百部红色经典

战争与人民

彭柏山 著

北京联合出版公司
Beijing United Publishing Co.,Ltd.

图书在版编目（CIP）数据

战争与人民 / 彭柏山著. -- 北京：北京联合出版公司，2021.7（2023.7重印）
（百部红色经典）
ISBN 978-7-5596-5095-5

Ⅰ.①战… Ⅱ.①彭… Ⅲ.①长篇小说—中国—当代 Ⅳ.①I247.5

中国版本图书馆CIP数据核字(2021)第030934号

战争与人民

作　　者：彭柏山
出 品 人：赵红仕
责任编辑：管　文
封面设计：赵银翠

北京联合出版公司出版
（北京市西城区德外大街83号楼9层 100088）
北京新华先锋出版科技有限公司发行
三河市宏达印刷有限公司印刷　新华书店经销
字数344千字　787毫米×1092毫米　1/16　24印张
2021年7月第1版　2023年7月第2次印刷
ISBN 978-7-5596-5095-5
定价：59.00元

版权所有，侵权必究
未经许可，不得以任何方式复制或抄袭本书部分或全部内容
本书若有质量问题，请与本社图书销售中心联系调换。电话：（010）88876681-8026

出版前言

为庆祝中国共产党成立100周年，全面展现中国共产党成立以来中华民族辉煌的发展历程、取得的伟大成就和宝贵经验，集中体现中华民族的文化创造力和生命力，北京联合出版公司策划了"百部红色经典"系列丛书，希望以文学的形式唱响礼赞新中国、奋斗新时代的昂扬旋律。

本套丛书收录了近一百年来，描绘我国人民在中国共产党的领导下艰苦奋斗、开拓创新、改革开放的壮美画卷，充分展现我国社会全方位变革、反映社会现实和人民主体地位、弘扬社会主义核心价值观、讴歌中华民族伟大复兴中国梦的100部文学经典力作。

本套丛书汇集了知侠、梁晓声、老舍、李心田、李广田、王愿坚、马烽、赵树理、孙犁、冯志、杨朔、刘白羽、浩然、李劼人、高云览、邱勋、靳以、韩少功、周梅森、石钟山等近百位具有代表性的中国现当代著名作家。入选作品中，有国民革命时期探索革命道路的《革命的信仰》《中国向何处去》，有描写抗日战争的《铁道游击队》《敌后武工队》《风云初记》《苦菜花》，有描绘解放战争历史画卷的《红嫂》《走向胜利》《新儿女英雄续传》，有展现新中国建设历程的《三里湾》《沸腾的群山》《激情燃烧的岁月》，有寻找和重建民族文化自信的《四面八方》，也有改革开放后反映中国社会现状、探索中国道路的《中国制造》，同时还收录了展现革命英雄人物光辉事迹的《刘胡兰传》《焦裕禄》《雷锋日记》等。

本套丛书讲述了丰富多样的中国故事，塑造了一大批深入人心的中国形象，奏响了昂扬奋进的中国旋律。这些经历了时间检验的文学作品，在艺术表现形式、文学叙述方式和创作技巧等方面都具有开拓性和创造性，作品的质量、品位、风格、内涵等方面都具有很高的水准，都是有筋骨、有道德、有温度的优秀作品，很多作家的作品都曾荣获"五个一工程奖""茅盾文学奖""鲁迅文学奖""国家图书奖"等奖项。

为将该套丛书打造成为集思想性、艺术性、时代性为一体，展现新时代文学艺术发展新风貌的精品图书，北京联合出版公司成立了由出版界、文学艺术界的资深专家和学者组成的编辑委员会。他们从文学作品的历史价值、文学价值、学术价值、现实意义等维度对作品进行了深入细致的研读和筛选，吸收并借鉴了广大读者的意见与建议，对入选作品进行深入细致的分析与综合评定，努力将"百部红色经典"系列丛书打造成为政治性、思想性和艺术性和谐统一的优秀读物，向伟大的中国共产党成立100周年这一光荣的日子献礼！

目 录

第一部
/
001

第二部
/
137

第三部
/
269

第一部

一[1]

淮阴城遭到国民党飞机的轰炸，整个华中人民的心都激动起来了！

第二天。老虎团就接到上级的命令，准备向黄桥地区开进。

排长季刚，由团首长指派，先到他家乡去，看看地方的战备情况，提前两天出发。他经过淮安、宝应、东台；所有城里的机关、部队和居民，纷纷向城外疏散。民兵都武装起来；日夜站岗，放哨，盘查来往行人。通榆公路上的汽车、马车、独轮车，还有河里的小火轮，都披上伪装，处于戒备状态。

一片战争的空气，笼罩着整个苏中根据地。

他走到海安镇，情况完全不同。白天，街上冷冷清清；男男女女都下地抢收庄稼去了。晚上，电灯通明，各个商店，热闹非凡。来往运送公粮的车子，络绎不绝。他愈向前走，愈感到接近战场，情绪愈激动。一种保卫根据地的责任感，很自然地落到他肩上了。

当他踏上黄桥去丁王庄的大路，两旁茂密的高粱，结实的玉米，绿油油的花生，好象都在向他点头，感到十分亲切。

"秀芬在家里干什里[2]呢？"

他不由地自语着。随即许多熟识的面影，一个个浮现在他的眼前。他的母亲已经是五十多岁的老人。她一向靠自己的双手养活自己。如果

---

[1]《战争与人民》是彭柏山的代表作。其作品在字词使用和语言表达等方面均具有鲜明的时代特色。此次出版，根据作者早期版本进行编校，文字尽量保留原貌，编者基本不做更动。

[2] 什里：意为"什么"。

内战爆发，她的生活又将动荡起来。和平的村庄又将经受战争的考验了。

丁王庄已经动员起来。庄头土地庙的墙上，涂着非常醒目的土红标语："反对内战，保卫和平！"公粮开始集中。民伕担架纷纷组织起来。反对内战的歌声，也在儿童中唱起来了。

季刚兴奋地向自己的家门口走去。

他的母亲正在和支部书记王长发、指导员陈静华激烈地争论动员工作。争论的焦点，是老人和小孩的疏散。地方党为了配合主力部队粉碎蒋匪军进攻，准备实行空舍清野。季大娘是第一个思想不通的人。她不是思想固执，而是有她自己的一种想法。日本鬼子占领黄桥几年，并没有把她吃掉，怎么蒋介石一来，她就要逃走呢？还有，儿子不在家，丢下媳妇一个人，她不放心。她们已经是相依为命的人。敌人如果敢到丁王庄来，她们就跟他们拼。她这么一大把年纪，还有什里丢不下呢？

"大嫂子，你留下来，叫秀芬怎里搞子[1]？"王长发说。

"有什里搞？她搞她的，我保证不拉她后腿，你放心。"季大娘回答。

"你不拉她后腿，她可得照顾你呀！"

"我耳不聋，眼不瞎，能吃，能走，要她照顾啥？"

"你是军属，可应当带头……"

季大娘没有等他说完，就煞住道：

"军属怎里[2]？军属该带头逃跑？"

"季大娘，"陈静华插上来说，"你可不能这么说，我们是主动疏散。"

"我就不散。"

季刚就在他们激烈的争辩中，喊了一声："妈！"出现在自己的家门口了。

空气缓和下来。他们都站了起来。

陈静华并不认识季刚。她估计这就是丁秀芬的丈夫。她对他上下打

---

[1] 怎里搞子：意为"怎么办"。

[2] 怎里：意为"怎么"。

量了一下：中等身材，结实的体格，古铜色的脸，锐利的眼光，真是少年英俊。她想，难怪丁秀芬经常把他挂在嘴上。听说他们结婚后，不到半个月，她就送他上前线。这真是出色的一对。不知是她因为喜欢丁秀芬，还是出于对解放军的尊重，对这位年青的战士，有一种说不出的敬爱。

"长发同志，让季大娘招待解放军，我们改一天再谈。"陈静华说着对季刚点点头，意思是请他帮忙做做工作。

"不。你们有事，你们谈吧。"季刚说。

"我们也没什里大事。你可回来得不凑巧，秀芬到县委听报告去了。说不定，今晚上回不来。"王长发拍着季刚的肩膀说，"你可不要用老眼光看人，秀芬已经是乡的妇女委员会主任啦。"

"长发同志，我可没有在哪块说过她落后。"季刚笑着回答。

季大娘一看到儿子回来，一肚子心事都放下了。最近，不晓得从哪来这些谣言：不是说江南的镇江、丹阳、常州、无锡、江阴，国民党军队多得象蚂蚁，就要打过江北来，就是说主力部队上山东去了。弄得人心惶惶。她的季刚回来了，看这些靠造谣吃饭的人，怎里过日子。长发这帮人，听到风就是雨，没有看到敌人的影子，先叫别人疏散。这算什里对敌斗争。阿刚回来了，看他们又怎里说。她才不上他们的当哩。

她感到格外高兴，连忙把地扫干净，给儿子舀水洗脸，象是招待稀客。接着，她又洗干净锅子，煎了两个荷包蛋，敬敬儿子。好象他在部队里吃不饱似的，盛了满满一碗汤。她说：

"你怎么这时候才回来？等得多叫人心焦。"

"队伍还没有来哩。"季刚回答。

"怎么，队伍不来啦？"季大娘问。

"还要迟两天。"

"你们的动作，实在太慢啦。一些落后分子，早已在骂你们出去就不回来，忘了本。"

"我们又不是游击队，哪能老呆在这里不动。"

"你们不看这是啥辰光，敌人到了家门口，还能在外面逍遥自在？"

"我们不能光听老百姓的意见,还得听毛主席的命令。"

"你这种说法就不对,毛主席还能跟老百姓两条心?"

"你不要性急嘛,过两天就要回来的。"

"只要回来就好,"季大娘满意地说,"你歇一会,我去把脚盆找来,给你洗澡。这些人家借了去又不送回来,真象有前手,没有后手。"

季刚看到家里很乱,有些不愉快。鸡窝里堆满了鸡粪,锄头上尽是泥巴,东倒西歪,扔在门角里。屋檐下的蛛网,结得蒲扇那么大;两只活蜻蜓还挂在上面挣扎。他感到很奇怪:秀芬以前那样爱干净,如今他不在家,不懂她变成什里邋遢样子。他走进秀芬的卧房也一样:梳妆盒上积满了尘灰。蚊帐垂下,被单虽算干净,两件脏衣服却扔在床角上,一股汗味。他实在有些看不惯。他在部队里,不管多忙,从不把脏衣服东丢西扔,即使一双破袜子,也都补好,洗好,摺好。生活的杂乱,意味着人的思想糊涂。清醒的头脑,往往和清洁的生活不能分开。没有想到秀芬会弄成这个样子。他开始把房间整理起来。先打扫地下,后清理床铺,把几件脏衣服拿出来,准备洗罢澡,连自己的衣服一起来洗。

"你把她的衣服,拿到哪去?"

季大娘手上拎着一个圆圆的红漆木盆,迎面走进来问他。

"秀芬怎里变得这样懒,"季刚不满意地说,"脏衣服就扔在床上。"

"你不懂她有多忙。"季大娘为她辩护道,"天不亮就下地。早饭碗放下,就到县委去;这辰光还不见她的影子,叫她什里搞子。"

季刚从母亲手上把木盆接过来。

"妈,你不要忙,我自己来。"

"你去拿衣服,我给你拎水。"

季刚把洗澡盆拎到屋背后的菜园里。暮色渐渐从高粱顶上爬下来。玉米的胡须,象红缨枪上的穗子低垂着,仿佛在暗中窥视主人的一举一动。菜园的四畦地上,茄子、辣椒,间杂在一起。各畦的边上,种的是高粱、玉米,整整齐齐。各畦走道中,没有一根草,而且平整得很光滑。满园碧青,生机盎然。他对这点很欣赏,觉得秀芬在生活上可能有些马虎，对生产的确很认真。象这个菜园收拾得这么整齐、干净，确实化[1]过一番功夫。他对她又有好感了。

她什里时候回来呢？

他在高粱丛中把衣服脱下，拍拍自己两只粗壮的臂膀，不由地笑起来：部队再这样长期不动，他要变成一个胖子了。当他的毛巾擦到左腿上的伤疤时，他感到非常不愉快。他对这次负伤，一直对领导上有意见。今年一月里，他们反击枣庄的顽固派；正当快要把贾汪镇拿下来，忽然说是什么和平停战，不打了。他腿上吃的这颗子弹，等于给狗咬了一口，没有取得一点代价。那时，他对指导员发牢骚：蒋介石手上还拿着枪，我们跟他讲和，这不是自讨苦吃。说是上级有命令，不停也得停。他们眼望着敌人逃走了。

当时，指导员批评他是政治上的近视眼。如今哩？敌人准备好了，再来打我们，多被动。要是那时不停火，一直打下去，说不定，我们早进了南京。

事实上，他的这种想法，并不符合实际。蒋介石撕毁停战协定，在政治上已经失去人心，他在军事上的失败也就注定了。我们赢得一个时期和平，部队得到整训，提高了战斗力，极为有利。他现在也渐渐懂得这个道理了。

当他和母亲面对面地坐在一盏油灯下吃晚饭时，季大娘突然问他：

"长发刚才来动员我疏散，他们这样做，你说对吗？"

"今天还没有到疏散的时候。"季刚回答。

"你的意思明天可要疏散？"

"看组织上怎里说就怎里办。"

"我不是组织里的人，也要照办？"

"妈，你这话也不对，"季刚批评道，"任何一个老百姓，都得听人民政府的话，你还是一个军属，能不听吗？"

---

[1] 化：同"花"。

"那我倒问你,我出去吃什里?一月,两月,还好靠靠政府;要是日子长了,怎里搞?"

"你以为我们还让敌人呆在这里一年两年吗?"

"话是这么说。真到那种田地,你跟部队去了,秀芬上游击队,你叫我去吃黄土。"

"你想,秀芬会把你扔掉?"

"你们年青人,总往好处想。我们庄稼人,离了土地就象风筝断了线,没处着落。"

"你不走,要是国民党真来了,怎里办?"

"日本鬼子呆在黄桥四五年,我不一样活过来了。"

"鬼子是鬼子,蒋介石是蒋介石。你想,蒋匪军一来,王老四这些恶棍不会象狗一样,跟着屁股背后来?"

"依你这么说,我们要拱手把土地交还王老四。要这么做,我情愿跟他们拼个你死我活。我这几根老骨头,拼死他一个,不亏本,拼死他一双,赚了利,有啥不值得。你不想想,你爹是怎里死去的,我怎里把你养大。如今我们有枪杆子,还叫他们踩在脚底下,不如拼个死,落得一身干净。"

季大娘一想起过去,仇恨和痛苦,就象毒蛇吞噬她的心,眼泪不由地滚滚直淌。她的一生,是血泪的一生。她好不容易盼到今天:儿子成了人,媳妇又听话,自己双手做了自己吃,再叫她走回头路,那不活够了吗!

季刚看到母亲淌眼泪,端在手上的一碗饭,好象一个铁饼顶在咽喉上,怎么也咽不下去。他还不满六周岁时,父亲就去世了。那是一九二八年的春天,他的叔父参加古溪地区的农民暴动,失败后偷偷跑回家。后来被地主的狗腿子告密,带了民团来捉他的叔叔。他清楚地记得:那天晚上,母亲正在炒花生,突然村头上一阵狗叫,叔叔知道事情不妙,便从后门钻进高粱地里,溜走了。结果把他父亲抓了去。母亲在地上哭得死去活来。最后,逼到把姐姐卖了,家里的东西也卖光,拼拼凑凑，弄得一百只大洋，请求王老四去说情，才把父亲从泰兴城里抬回来。父亲经过严刑拷打，人已折磨得半死；在床上痛苦地呻吟了半个月，终于丢弃他们母子，闭上眼睛了。

第二年，地主王老四说他家没有劳动力，荒了他的地，就把租契退给母亲，把地收了回去。母亲没有办法，只得把他送到舅舅家，她自己到黄桥季大兴米行做佣工。一个人烧十几个人的饭，还要洗衣、打扫店面。累得半死，一个月弄不到几升米。她苦苦熬熬，把他养到十岁，还是托人说情，送给王老四家放牛。条件：只供饭，不给钱。为了特别照顾，租给他母亲四亩地。这样，他家里的屋顶上才又开始冒出炊烟。

一九四〇年秋天，新四军东进，消灭土匪部队，赶走何克谦，解放黄桥。王老四全家逃到泰州去了，没有人来向他们收租，这才算解除了他们肩上的枷锁。

季大娘看到儿子端着碗不动筷子，发觉自己不对：孩子难得回来，应当让他高兴，反而惹得他不愉快。她化涕为笑地说：

"阿刚，不要想啦。怪妈不好，提起过去的事。我自己也不愿去想它。话又说回来，没有过去的苦，哪能尝到今日的甜。我事先不晓得你回来，没有一点准备。明天我上街，割一斤肉来，让你好好吃一顿。"

"妈，你不要去买。我们连上自己养了猪，经常吃到肉。"季刚把话题拉开，也想让母亲高兴一下，"我们也种了稻子，可惜还没有来得及收割。"

"好吧，你这回总要在家住几天。等母鸡生完蛋，宰了给你吃。"

"不，部队一到，我就要去。"

"不管部队啥辰光到，你总得住三五天。今天，你很累，吃了饭，早点去睡吧。"

季刚放下碗，望着母亲说：

"我等等秀芬。"

"你不要等。她要是上你姐姐家去，说不定不回来。"

"睡觉也还太早，我到庄上去走走。"

丁王庄安静地隐伏在密密的树林里。满天星斗，顶在头上。田野显得十分辽阔。没有风，空气格外闷热。前庄王老四的后窗里闪烁着一点灯光，他不由地想起苦难的童年：隆冬腊月，坐在草木灰里面取暖。当他听到小孩在那里喊出操的口令，才意识王老四的家已经做了村政府的办公室了。

村庄的前后两排，过去显然是两个世界：前排是瓦房，后排是泥屋。树林都集中在前庄。他的家五年前才移来几株柳树，如今也高大成荫了。房子经过修复，也焕然一新。他习惯于军队的集体生活，看看乡下情景，觉得怪冷清。人真是矛盾得很：在部队里，很想找机会回家看看；一离开集体又感到不习惯。

"秀芬不知道回不回来？"

本来，他想去找找过去的同伴，聊聊地方的战备工作；一想到秀芬还没有回来，他们自然也没有到家，也就止步了。

二

丁秀芬走出会场，如同从火山口走出来，浑身感到热烈、紧张。

本来，她早就听到过谣言：蒋介石调集了十万大军，准备渡江。她把它当作耳边风，听听就过去了。她一没有听到组织上的正式传达，二没有见到季刚一个字，听信这些谣言，真不要过日子了。而且蒋匪军真要打到江北来，我们的主力部队怎么还不动呢。所以她心里一直很笃定。

刚才，她听了县委肖书记的报告，谣言变成事实，开始紧张起来。开头，肖书记问："敌人有十万，我们有多少？"会场上鸦雀无声，没有一个人回答。其实，她心里有数：陈司令带领部队上山东去了，苏中的主力，只留下张司令和王司令的部队，那还能比蒋介石的兵多吗？突然，肖书记在台上大声说:"蒋介石有十万,我们有几百万。"接着,肖书记解释:"说到主力部队,我们当然不比蒋介石的多。这一点,同志们心里也有底;可是我们把苏中几百万人民加上去,蒋介石就变成一个小指头了。"然后他伸出大拇指:"我们就变成这个了。"场上哄然大笑。最后,肖书记提高嗓门问:"同志们!你们相信不相信自己?敢不敢和敌人斗争?"一阵暴风雨般的掌声,表示了全体的战斗决心。

丁秀芬被肖书记的话和全场的掌声鼓舞起来。她想得很多很远。当年,她还是做姑娘的时候,亲眼看到新四军在黄桥周围消灭韩德勤的三万大军。第八十九军军长李守维淹死在丁家桥的大河里。要不是他胸前挂着一条金表链,认出他是一个大人物,还不象死狗一样喂了乌鸦。退一步说,日本鬼子清乡的时候,主力部队都撤到东海边去了,他们单靠民兵和游击队,也把鬼子打得鸡飞狗跳。蒋介石要是比鬼子本事大,他就不会逃到四川峨嵋山去。如今他又要来抢我们的胜利果实,定把他打个落花流水,弄得他片甲不留。看他还敢不敢来作威作福。

民兵队长王长春就在她想得出神的时候,牵着一条灰色的毛驴来到她身边了。他是从火线上负伤下来的老战士。他懂得主力部队打仗的规律:哪里好打就去打,不好打就避开。敌人多少,对他们没多大关系;对民兵和游击队却有些麻烦,所以他也有些紧张。他说:

"阿芬,你是不是马上就回去?"

"不,我还想去看看阿刚的姐姐。"丁秀芬回答。

"时局这么紧张,你还有闲功夫走亲戚。"

"你有什里事吗?"

"你能不能和我一起去领手榴弹?"

"你带了毛驴,还拿不动吗?"

"不,武装部还要我去接受任务。"

丁秀芬一向把公家的事放在第一位。既然长春还有任务,她也就改变计划,说:

"我们一块儿去吧。"

王长春牵着驴子在前面走，丁秀芬在后面跟着。他们两个人，在工作上很合得来。一个是乡武委会主任，一个是乡妇委会主任。两人遇事都是有商有量。可是两个人在性格上，并不是很合得来。一个象山羊，一个象小鹿，不能碰在一起。王长春是他们庄上第一批参军的老战士。因为左手负重伤，复员回来，一直担任民兵队长。他有一个弱点，喜欢夸耀他在部队里作战怎么勇敢，怎么灵活。第一次听听，还很新鲜。可是老讲不完，丁秀芬就有些厌烦。她觉得季刚打仗也不落人后，他就从不在她面前夸口。所以两人之中，她就喜欢阿刚。不过她对长春，在内心里也有好感。特别是他一只手不灵便，能够使犁，还经常帮她犁地。她不知怎么地，一把家里的小黄牛套上牛轭，它就乱跳乱蹦，不听使唤。他们无论在一起劳动，还是一起工作，由于长春还是单身汉，她和他总是保持一定的距离。

王长春对这点，一向无所顾忌。他经常挑剔姑娘们，惹得大家都不肯接近他。但他对丁秀芬却很尊重。他走了一会，等丁秀芬跟上来，问道：

"你看这一回，会不会打起来？"

"可能性很大。"丁秀芬回答。

"我真倒霉，只能跟你们娘儿们一起，在家里看门。"

丁秀芬很恼火他这句话，觉得是一种侮辱，脱口而出地回答道：

"象你这样半个男人，娘儿们还不稀罕。"

她的话一说出口，立刻意识到自己不对，但又不肯改正。王长春却被气得说不出话来，沉默了。

"你怎里不作声，生气吗？"丁秀芬对他望望。

"我在你眼里，不过是半个男人，还敢生气。"

丁秀芬本想还他一句："武委会的工作，难道辱没了你？"但她觉得这是无原则纠纷，他要生气就生气吧，也不作声了。他们就这样默默地走到目的地，领了手榴弹。王长春上武装部去，她一个人牵着驴子，把手榴弹驮回来。

他们两人一分开，丁秀芬觉得王长春可笑而又可爱。他跟别人开玩笑，一点不照顾对方，想到什么就说什么。一条肠子，直通。别人一刺痛了他，就气得象仇人一样；可是过不了三天，他又忘得一干二净。不是挑逗这个，又去捉弄那个，弄得姑娘们都不喜欢他。其实，他在工作上倒是挺认真的。别的不讲，单就她知道的一件事，就觉得他这个人可爱。有一次，乡里的公粮存放在他家里，麻袋被老鼠咬破了，损失几十斤稻子。王长春一发现，就把自己家里的稻子补进去，把麻袋缝好。后来，他家大嫂子骂了他几句，气得三天不回家。这种维护集体利益的精神，只有他们阿刚能和他比。……

她想到季刚，无形中堕入旧情的回忆。他们结婚，名义上有三年，实际上过夫妻生活，不满三个月。她自己也不明白：他们分开愈久，精神上的联系反而更深。她的斗争热情，好象时刻都被他那种坚强的意志所鼓舞，愈向前奔愈感到有劲。他们分明是自由结合的，又象是命运把她和他联系在一起。她从小就没有母亲，甚至母亲是什里样子，脑子里也没有一点印象。她的父亲是一个憨厚、俭朴的人。从小就和季刚的爸爸结为同庚兄弟。当季刚送到王老四家去放牛，她的父亲对他们母子特别关心。每年春耕秋种，他总是自动牵了牛去帮季妈妈犁地。季妈妈也总是自己节省，买一壶酒，炒一盘豆，送到田里去，请她爸爸。她也经常到季妈妈家去。日子久了，季妈妈把她看同自己的女儿。给她做鞋子，补衣服，有什里好吃的东西，总留一点给她。她无形中从季妈妈这里得到母爱的温暖。有一个冬天的晚上，父亲和她，还有季妈妈，三个人围着灶前烤火。季妈妈把她抱在怀里，开玩笑地说："阿芬和阿刚将来长大了，真是天生一对。"当时她羞得满脸通红。从此，她一见到季刚就躲躲闪闪，而季妈妈对她却愈来愈亲切。

日本鬼子占领上海那年，她的父亲到江南去做季节工，一去杳无音信。她变成了一个孤女。季妈妈就把她经常带在身边，教她做针线、干农活。有时吃饭也在季妈妈家里，无形中变成她家的一员。

当新四军解放黄桥以后，她的生活发生了急剧的变化。她看到季刚参加农救会，调查汉奸恶霸，发动群众，减租减息，十分起劲。随后，她也跟了去。发现男孩子能做的事，她也可以做。而且新四军的民运工作队里，很多都是女同志，给了她很大的鼓舞。第二年秋天，季刚偷偷告诉她：他参加了共产党。她很奇怪：大家都说共产党就是新四军。他是共产党，怎里又不去当兵。从此，她把季刚当作庄上的一个神秘人物。当她和新四军的女同志在一起时，就打听她能不能参加共产党。其实，共产党是个什里组织，她还莫名其妙。后来，经过党支部的教育和季刚对她的帮助，她渐渐懂得了。一九四三年反清乡斗争的时候，有一次王长发找她去，要她化装到黄桥据点里去侦察，问她："你害怕不害怕？"她回答："上火线都不怕，还怕这个。"他又问她："你为什么不怕？"她说："怕死就不干革命。"她终于胜利地完成了任务。就在那年秋天，她成了丁王乡的第一个女共产党员。

从此，她和季刚不仅生活上接近，思想上也打成了一片。他们无论工作、劳动，经常在一起。这样，社会上渐渐形成一种舆论：他们在谈恋爱。最初，她并不理会，由他们去说。有一次，季刚被派去炸敌人的铁丝网，快到天亮，他还不回来，她心上感到一种莫名的不安，仿佛她的生活中没有他，将会发生什里不幸。她开始发现自己已经不能和他分离了。

一个满天繁星的晚上，她和季刚从区上开民兵工作会议回来；因为她在会上，大家要求她唱歌，她唱了一支《妻子送郎上前线》的歌。季刚在路上问她：

"你今天怎么唱一支这样的歌？"

"这支歌怎么不好？"她反问他。

"假若你真的有丈夫怎么办？"

"如果你做我的丈夫，我就来送你。"

"你这话可当真？"

"假若你明天去报名，我后天就跟你结婚。"

"君子一言为定，可不要改口。"

013

他们的戏言终于成为事实。一转眼又快三年了。……

突然，路边树上的一群晚鸦，"哇"地一声，把她从往事的回忆中噪醒了。她两颊燥热，不由地谴责自己："我真没出息，想这些干吗！"她在路边折了一根柳条，打着驴子迅速地向前跑。

她回到乡政府，上弦月已经西斜，夜很深了。恰好，乡政府的文书何克礼还点着灯在看书。她把手榴弹交给他，并托他喂喂牲口，径自回家了。

当她在门外看到自己卧房里有灯光，她断定季刚已经回来了。接着，她想，部队也一定南下了，感到很高兴。她用拳头捶着大门，喊道：

"妈妈，开门！"

她的话刚落音，门就朝两边散开了。她整个身子朝前栽过去，正好倒在季刚身上；他们很幸福地会见了。

这一夜，对于他们是太短了。丁秀芬好象多年没有和他见面似的，一肚子的话说不完。从生产谈到今天在路上和王长春的无原则纠纷，全都向他倾倒出来。她唯恐他睡着了，不时问他："你在听吗？"当季刚回答："你讲吧。"她又絮絮叨叨说下去。不知她从哪儿来的这股劲，一天没有休息，还是说不完的话。季刚半途插上来问道：

"阿芬，你今天听什里报告？"

"肖书记做战斗动员报告。"丁秀芬不在意地回答。

"他谈到当前的形势吗？"季刚问。

"说起形势，我倒要问你，"丁秀芬说，"蒋介石要打来了，为什里我们不先下手？"

"这个，我怎么能回答。"

"俗语说，先下手为强，后下手遭殃。现在敌人还没有渡江，先把江北的敌人吃掉，不是对我们有利吗？"

"我倒要问你，打仗为了什么？"

"打仗无非为了保护我们老百姓。"

"为老百姓，又不是为一两个人，要从全国着想。"

"那么，要等敌人来了，才打？"

"打是要打的。什么时候打，这个，连我们团长也没有权。你叫我怎么回答你。"

本来，丁秀芬以为象打日本鬼子一样，他们想什么时候干，只要准备好，就动手干起来。没有想到跟蒋介石打仗，还有这么许多麻烦。她说：

"那你怎么回来了？"

"为了你呀！"季刚笑着回答。

"情况这么紧张，你真是为着我回来，明天，我就赶你走。"

"那我不要你赶，我现在就走。"

季刚连忙从床上爬起来。丁秀芬一把抱住他，说：

"你要走，也得等天亮呀。"

他幸福地倒在她怀里，一声不响了。

秀芬听到他在耳边发出鼾声，她怎么也睡不着。她想着自己、家庭、战争。假若战争爆发，他们都要经受严峻的考验。那么，他们的会见，下一次又在哪里呢？……

三

王长春在县武装部过夜，第二天早上才赶回来。

他一晚上没有好睡。部长当面给他一个任务，要他派一个可靠的人到泰兴城里去查明敌人兵力；并说明他是荣誉军人，不能去。泰兴城是蒋匪军在苏北的一个桥头堡垒，军事上的战略要点。凭他的经验判断，既然去侦察，一定有攻击任务，不然有什里意义呢。他对于拔掉敌人这个据点，盼望很久。他认为这是插在我们咽喉上的刀子，不弄掉它，总是一个后患。可是要找这样一个适当的人，他心里没有底。

他把全乡的青年男女，一个一个拿来盘算一番：既要忠实可靠，又要机动灵活，才有可能完成任务。他想来想去，觉得合适的还只有她——丁秀芬。她忠实、勇敢而又机智。反清乡斗争中，她曾多次深入敌人的据点，都出色地完成任务。她的最大缺点，是眼睛长在额角上，瞧不起人。他，王长春对她总算不错。不论公事私事，她一开口，他总照她的意思去办。可没有想到，他在她眼里毕竟还不过是半个男人。难道他的血不是为革命流的吗？他想到这点，很气忿。但他又往回想，她的优点是主要的，不应当以这些个人情绪，影响军事任务。这一来，丁秀芬那个蛋圆形的脸，浓黑的眉毛，大大的眼睛，还有她那俏皮而锋利的嘴，又浮现在他的眼前了。

他跑回家，洗了一个脸，早饭没有吃，就跑到乡政府去了。他对昨天领回来的一批手榴弹很不放心。埋在地下很久，是不是个个都管用，他需要亲自检查一番。弹药武器，已经成为他的一种职业爱好。他把它看成是命根子。没有武器，他等于是一个"空军"队长，哪还谈什里对敌斗争呢。

乡政府的门还是关得紧紧的。太阳直射在门楣上，闪闪发光。知了在树顶上断续地叫着。白热的空气在朝阳中浮动。

文书何克礼不知从哪里弄来一部《毁灭》，一夜看到天亮。当他看到美谛克在部队里被木罗式枷奚落，他很不愉快。他认为美谛克固然有许多弱点，但他总也是来革命的；而木罗式枷那种酗酒，打老婆，又有什么可夸耀的呢？由此，他想到自己没有到部队去，总算是侥幸。新四军刚到黄桥，他们黄桥中学的学生就象发狂似的纷纷报名参军。有的在一九四一年日本鬼子扫荡盐阜地区，跟着"鲁艺"的学生在岗门的水网区牺牲了。有的也不过在文工团打打腰鼓，什么名堂也没有干出来。当然，他自己也不过抄抄文件，跑跑腿，对革命也没有做出什么贡献；但他至少对自己的老母亲还尽了奉养的责任。他联想自己熟读的古文《陈情表》，觉得李密真可说得上孝子贤孙。就文章的细微动人，还是看《毁灭》有味。他自己可惜没有文学才能。反清乡斗争中多少可歌可泣的英勇事迹，写出来，不一定不比《毁灭》动人。他一边看一边想，直到鸡叫第三遍，才迷迷糊糊合上眼。

一本书落在地上，让油灯照着直到天亮。

当王长春在外边敲门的时候，他睡得正香甜。突然，他被一声巨响惊醒，一张开眼，太阳已经射到床头上。他心里想："不好！睡过头了。"连忙把灯吹灭，披上衣服去开门。

"你这小子真会享福！"王长春批评道。

"秀芬半夜三更送手榴弹来，把我吵醒，又喂牲口，"何克礼扯谎道，"下半夜就没有睡好。"

"手榴弹呢？"王长春问。

"她丢下就走了，"何克礼说，"我看她丈夫回来了，等不及……。"

"季刚回来了吗？"王长春问。

"我没有看见他，听你家老二说的。"

"手榴弹检查过没有？"

"她半夜送来，我哪来得及。"

"我们现在一起来检查。"

"我还没有吃早饭。"

"你把吃饭就看得这么要紧。"王长春教训道，"解放军在前线，三顿不吃饭，还打仗哩！"

何克礼没有话说。他跟王长春把手榴弹从屋子里扛到门外场地上，一个一个拿出来检查。手榴弹埋在地下太久，有的铁盖子生了锈，有的没有盖子，导火索露在外面，有的柄有些动摇。总之，这一批手榴弹，数量不少，质量却不顶理想。

"秀芬不知从哪里弄来这些破烂货。"何克礼发牢骚说。

"你不要嫌它破烂。这都是血汗换来的。"

"既然重要，就应当保管好一点。"

"你不看上面有土，埋在地下。"

"和平这么久，为什么不早点取出来。"

"你相信这个和平靠得住吗？"

"现在还谈什么和平，中央军都快要打来了。"

"你是不是害怕？"王长春有意问他。

"我倒不怕。只是老百姓在谣传，我们的主力都上山东去了。"

"我看你这人，枉吃了几年墨水，"王长春说，"主力都上山东，季刚从哪里冒出来的？"

"呃！这倒是真的。我这个人就是不用脑子。"何克礼用拳头敲敲自己的头，"我们赶快把手榴弹弄好，去看看季刚。"

季刚和秀芬正在卧房里吃早饭。季大娘为了让儿子吃得好一点，拿出五个鸡蛋和面，煎的葱油饼。一碟盐煮花生，一碟土制的五香豆。她没有等他们夫妇醒过来，轻轻地推开房门，把菜饭放到桌上。她自己吃了两碗稀饭，就到黄桥街上去了。

王长春和何克礼跑进去，看到他们夫妇正在一面吃、一面谈笑，非常高兴，便开玩笑地说：

"你们两个倒会享福，把老人丢在一边，只顾自己吃。"

季刚兴奋地站起来，放下碗，一把抓住长春的手，说：

"我准备吃了早饭来找你，秀芬说你可能没有回来。"

"我刚到，听克礼说你回来了，就跑来。"王长春回答。

"那你还没有吃早饭？"季刚说，"来，就在这里吃。"

"不，我回去吃，"王长春说，"你们这一点也不够吃。"

"够吃的。"季刚递给王长春一块油饼，"你看，还有这许多。"

"你不知道，我们这位秀才，也是刚才爬起来的。"

王长春说着对何克礼笑笑。

"你要吃，自己吃，何必拉扯我。"何克礼不高兴地说。

"克礼，你这个坏习惯，实在也可以改改。晚上不睡，早上不起，"丁秀芬认真地说，"既然没有吃，就不必客气，我再去煎一盆来。鸡蛋可能没有了，面粉总还是有的。"

何克礼不响了。

季刚难得回来,一看到旧同伴,完全被快乐的气氛包围着。他们两个从小就在一块儿长大,一块儿放牛。最使他们难忘的,是曾经联合起来对付王老四的小儿子。有一次,他穿着一件白夏布长衫去上学,手里拿着鹅毛扇,摇摇摆摆,非常神气。王长春故意从泥塘里把牛牵起来,从他身边擦过去,弄得他象个泥人。当那个小家伙哭着回去的时候,他们却在背后偷偷地笑了。新四军一到黄桥,他们就找王老四减租减息,吓得王老四不敢蹲在家里,逃到泰州去了。当王长春从火线上下来,季刚又去参军。他们象接力赛跑,一个接一个。此刻,他们又会合在一起,真有说不出的高兴。

何克礼坐在旁边,听他们谈得十分投机。可是谈来谈去,都是部队里的事。不是谈部队增添了什么新式武器,又是部队的生产如何,至于当前的战争形势,这样重大问题,就听不到他们议论。他感到没有意思,想抽身回去,便站起来说:

"你们两个人谈吧,我回去吃早饭。"

"你这样客气干啥,秀芬不在做吗?"王长春说。

秀芬正好一手端着饼,一手端一碟咸蛋,高高兴兴地走进来。她很欣赏自己摊的饼,又香又甜,却客气地说:

"没有鸡蛋,放了点糖,不知甜不甜?"

何克礼很快拿了一片嚼起来,吃得很满意。他平日只听她嘴巴会讲,没有想到她在厨房里也有一手。他称赞道:

"秀芬真算得文武双全。"

"得了吧,穷秀才,高兴吃就多吃几片。我再去摊。"

秀芬说着又到灶房里去了。

"季刚,我想问你一个问题,"何克礼认真地说,"听说马歇尔答应给蒋介石原子弹,可有这回事?"

"你老一套又来了。"王长春不以为然地说。

"我不清楚,问问有啥关系。"何克礼反驳道。

"蒋介石有原子弹怎样?成千成万解放军都不怕,你坐在后方,难道会掉到你头上？"

"我不是说怕掉到我头上，"何克礼申辩道，"有这种东西和没有这种东西，究竟两样。"

"有怎么样？没有怎么样？"王长春批驳道，"我说你白吃了几年墨水。一本《论持久战》，你不知道看过多少遍，还是满脑子唯武器思想。"

"的确，克礼真有些书呆气。"季刚语调温和地说，"一个日本帝国主义打倒了，你还不相信人的因素第一。新四军初到江北来有多少人，现在有多少人，这不是明摆着。"

何克礼明白自己处于被包围的形势，不敢再开口了。但他心里并不服气：他们这帮人都是脑子简单，根本不懂科学，又不看报。日本广岛被美国一颗原子弹一炸，东条就投降了。他们只懂得《论持久战》，不懂得《论持久战》出版的时候还没有原子弹。真是些井底之蛙。

沉默占据了空间。

何克礼不知肚子饿还是输了理，只顾吃。王长春已经吃饱了，唯恐秀芬摊得太多，连忙跑到灶房去，招呼道：

"秀芬，你不要摊了。我跟你说句话。"

丁秀芬不知是没有听见，还是以为他客气，仍然埋头摊她的饼。

王长春走近她的身边说：

"你知道县武装部给了我们一个什么任务？"

"我估计不会超出战备的范围。"丁秀芬回答。

"你猜的差不离，"王长春凑近她耳边说，"要我们派一个人到泰兴城里去侦察。"

"这好呀！"丁秀芬兴奋地说，"看样子，我们要把泰兴城拿下来。"

"我也这样想，"王长春说，"可是派谁去呢？"

"派我去！"丁秀芬自告奋勇地说。

王长春本来有这个意思，一看到季刚回来，又犹豫了。他说：

"你怎么好去？季刚昨天才回来，你马上走开，人情上也说不过去。"

"你这种观点，就不对！"丁秀芬批评道，"当前是什么时候，人家在前线拼命流血,我们还能贪图个人安乐吗?"

"话是这么说,他究竟难得回来。"王长春坚持地说。

"你这就对他太不了解了。"丁秀芬说,"你想,我们刚结婚没有几天,他都有决心去参军,现在有任务出去,他还会有意见吗?"

王长春认为她的话有理。季刚一向把工作放在第一位,当前任务这么紧迫,料想他不会有意见。他说:

"即使季刚没有意见,也得通过组织,不能由你我私自决定。"

"你这么说,那还有点道理。"丁秀芬说,"你赶快去找长发,我们开个支委会,一起商量商量。不过你也可以盘算盘算,我们乡里,除了你和我,还有什里人适合做这种工作。你是荣誉军人,当然不用提,剩下不就是我了。"

王长春对她这种敢挑重担的精神,十分敬佩。虽然她在生活中也有这样那样的缺点,但毕竟象太阳中的黑点,并无损于整体的光明。他说:

"我马上找长发去。"

丁秀芬跟着他走到门口,望着他说:

"你动作快点,我等着你!"

四

这是夏收季节。

火热的太阳正在催促玉米、高粱、大豆和花生的生长、成熟。整个黄桥地区的农作物,一片丰收景象。高粱长得又高又壮,结实的穗子,有的开始下垂。玉米已经成熟,肚子臌[1]得很大,叶子渐渐枯黄,显示青

---

[1] 臌:同"鼓"。

春早已过去了。成群的蜜蜂象在赞赏这丰稔的庄稼,在高粱丛中飞来飞去,嗡嗡地歌唱。眼看这些美好的劳动果实,又将为蒋匪军的兽蹄所践踏,谁不怀恨在心呢!

丁王庄的男女老少,一清早就投入田间,抢收那些已经成熟的作物。他们不仅为自己,也为解放军储备粮食,所以都争先恐后地紧张地劳动着。

王长发在家里是一个生产能手。他带着妻子、侄儿和大嫂,天不亮就下地了。他们的玉米,极大部分已经发黄,准备摘回来窖在地下。不然,枪一打响,就没有时间了。

王长春就在他们紧张的劳动中找到了王长发。本来,他们是三兄弟:大哥在古溪农民暴动中牺牲了,留下一个儿子。他们两个踏着大哥的血迹,先后走上革命的道路。王长发早在新四军东进以前,就是地下党员;王长春当新四军一到黄桥,就自动报名参军。因此,他们不仅是兄弟,也是战友和同志。长春最近在家吃饭的时候多,劳动的日子少,时常引起嫂子们嘀嘀咕咕。长发总是以身作则,带头劳动,平息家庭的纠纷,让他有时间积极工作。当长发看到他走上前来,便迎过去问道:

"县委对战备工作,有什里新指示?"

"武装部要我们派一个人到泰兴城里去侦察,"王长春说,"刚才,我和秀芬商量,她提议她去,你看怎样?"

王长发对这一任务,毫无思想准备。武装部不通过区委,直接布置下来,他有些不满意。工作当然很重要,秀芬在泰兴城里既无亲戚,又无朋友,有什里把握完成?他说:

"秀芬到城里去,合不合适,你考虑过吗?"

"我觉得除了她,找不到更合适的人。"王长春回答。

"泰兴不是黄桥,早上去,下午就可以回来。"王长发说,"她在泰兴城里,一无亲戚,二无朋友,你叫她在哪里落脚?"

王长春听他这么一说,觉得很有道理。特别在当前的情况下,没有社会关系打掩护,不仅很难完成任务,而且个人还可能遭遇危险。他踌躇了。

"你看什里人合适？"

"这事应当通过区委，"王长发说，"我去请示马书记，再说。"

"这很好。"王长春表示赞同，"你就去。我来摘玉米。"

王长发很重视这一任务，立即上路了。他认为长春和秀芬这两个青年，性情完全不同，脑子可一样简单。他们不想想，眼前是什里时候，去的是什里地方，干什里事。单凭个人热情，想怎样干就怎样干，不问条件，也不考虑后果。这种莽张飞的作风，担心他们有一天，会碰大钉子。不过他们这种敢想、敢干的精神，他又很佩服。要是他们多动动脑子，干得更稳重更巧妙一些，那便是智勇双全了。

黄桥是苏中地区一个拥有三万人口的重镇。东连如皋，西接泰兴，北通姜埝、曲塘、海安，南达季家市。不仅交通便利，商业发达，又是一个军事要地。王长发祖宗三代都生长在这个地区，但黄桥和他们有什里关系，过去既没有人去想过也弄不清楚。直到他大哥牺牲以后，他开始对民团发生仇恨。但总觉得他们有权有势，无力对抗。抗日战争爆发，共产党象一颗隐蔽的种子落在黄桥，终于生根了。他和这肉眼看不见的根，搭上联系，渐渐认识自己、相信自己了。懂得只有反抗，才有出路。新四军东进，赶走何克谦，解放黄桥，打败李守维，驱逐日本鬼子；经过一系列的艰苦斗争，他开始明白：谁占领黄桥，谁就是这个地区的统治者。今天，这里已经是人民的天下了。

当他踏上黄桥北关的石桥，回头一望，无边无际的丰稔的庄稼，如同一片绿色的海洋，感到十分喜悦。可是联想到战争将要爆发，又有些纳闷。他走下石桥，通过一片树林，直向丁家花园走去。

区委书记马骏，中等身材，瘦长的脸，戴一副很深的近视眼镜。他正在办公室里清理文件，准备把一些可要可不要的东西，拿去烧掉，便于轻装行动。

当王长发走到大厅里，听到陈静华问道：

"长发同志，你们的公粮集中得怎样？"

"马书记呢？"王长发答非所问地说。

"你有什么事？"马书记应声回答，从办公室探出头来。

王长发看到马书记已经在清理文件，不由地一愣：区委准备搬家吗？接着，他说：

"你知道吗？县武装部要我们派一个人到泰兴城里去侦察。"

"我不知道。"马骏仍然一面整理文件，"这事很重要，你们打算派谁去？"

"我们找不出这样一个适当的人，"王长发说，"所以我来请示你。"

马骏放下手上的文件，抬起头对他望望，说：

"你们这么大一个乡，找不到一个人，难道派我去？"

"我想请区委考虑一下，别的乡里可有更合适的人。"王长发解释道。

"假如别的乡里也象你这么说，你叫我怎么办？"马骏直截了当地回答。

王长发并不满意他这个答复；但又不好正面辩驳，只得改变口吻说：

"长春提议，要丁秀芬去。"

"这很好。"马骏满口赞成。

王长发感到有些意外。马书记办事一向很仔细，怎么不考虑丁秀芬到泰兴去，有没有条件，他提醒他说：

"丁秀芬这个人是可靠的，也有经验；可是她在泰兴城里没有一点社会关系，怎么能去呢？"

"有了人就好办，条件不够，可以想办法。"

马骏立即把陈静华请来一起商量。对待这样重大的事情，马骏从来不肯一个人做决定。经过多方考虑，决定通过严子才的女儿严家珍动员她嫂嫂林琴瑶来帮忙。她是泰兴城里人，家里只有一个母亲，一个妹妹，社会关系很单纯。而林琴瑶本人，虽不算很进步，但一般的社会工作，严家珍也经常动员她出来参加。估计要她陪丁秀芬去一趟，没有问题。最后，把这件工作交给陈静华了。

"长发同志，你看这样行吗？"马骏问道。

"如果有林琴瑶这样的人做掩护，那当然行。"王长发回答。

"我有办法动员她去。"陈静华说。

"这一来，问题就算解决了。"马骏说，"不过长发同志，你这个缺点，今后一定要改。不要遇到一点困难，就往上推。应当自己先想办法，再和上级商量。毛主席经常教导我们，要有自力更生的精神。今后斗争的形势将更复杂，如果没有这种精神就很难独立作战。你想想，在国民党地区做秘密工作的同志，常常和上级失去联系，他们唯一的办法，是独立自主。我们在根据地工作，固然有很多有利条件，可是也容易养成一种依赖性。一个共产党员，应当学会各种斗争方式，才能应付各种情况。目前的斗争形势，我们更应有这种思想准备。我看，你老弟这一点就很强，什么任务都敢于承担。当然啰，他有他的缺点，不肯多动脑子，象一个莽张飞。你的优点，肯思索，稳重。但有时顾虑过多，决断不快。你说，对不对？"接着，他补充一句，"这也很好。你们两兄弟搭配在一起，真算得是难兄难弟。"

马书记这番话，当然对王长发是一番严厉的批评。由于他语调温和，词意中肯，王长发很信服。他认为领导上这种严肃指出他的弱点，是一种认真负责的态度，对他今后的工作将发生积极的作用。

"长发同志，你还有事吗？"马骏问。

"没有了。"王长发站了起来。

"长发同志，部队明天就要到，"陈静华说，"请你督促把粮食赶快集中。"

"好的。"

王长发很满意地走了。马书记的话引起他内心的自我批评：我太不了解干部了。一个亲弟弟，天天在自己身边，我只看到他的短处，不注意他的优点；而马书记和他不常在一起，却对他看得清清楚楚。这是一个深刻的教训。

他回到庄上就去找丁秀芬。

她在家里等得发急，早去找王长春了。她看见他正在采玉米，好象忘记这回事，非常奇怪。她说：

"长发不在家，你怎里不来讲一声，害得人家等个半死。"

"他说你不合适，自己到区委找马书记去了。"王长春回答。

"我为什里不合适？"丁秀芬问。

"他问我，你在城里有什里亲戚关系？"

丁秀芬听他这么一说，就象从头上浇了一瓢冷水，冷了半截。泰兴城里，她不但没有亲戚，而且长到这么大，还没有进去过，连街道是横的还是竖的，也不清楚。她细细一想，这个时候进城，没有社会关系掩护，个人担风险事小，贻误军机，这责任可担当不起。她说：

"长发办事，的确比我们想得周到。你想，马书记会另外找人吗？"

"我看不一定。"王长春说，"马书记的作风，从不肯包办下级的事。"

"这算什里包办。"丁秀芬说，"马书记顶关心下级的困难。有一次，我稍为[1]有点发烧，他亲自给我送药来。象这种大事，你以为他不管吗！"

"你不信，我们来赌一件什里东西。"王长春坚持地说。

"我不跟你打赌，等长发回来，看谁观察正确。"

正当他们两人争辩不休的时候，王长发很高兴地来到他们跟前了。

"马书记怎里说？"王长春性急地问。

"他同意丁秀芬去。"王长发简单地回答。

"你看，我说的怎么样？"王长春对丁秀芬说。

丁秀芬觉得有些为难。她倒不是因为输给长春，而是对自己的条件发生了犹豫。她说：

"马书记没说我合适吗？"

"我说你不合适，还吃了一个批评，"王长发坦直地说，"他说你有经验，缺少的只是社会关系。"

"眼前这个条件很重要。"王长春说。

"区委答应给秀芬找个社会关系。"王长发说。

"我说，马书记顶关心下级的困难。"

丁秀芬很高兴。她知道城里也有党的关系，只要区委答应想办法，那她什么心事也不担了。

"你准备好，明天早上，静华同志来叫你。"王长发说。

---

[1] 稍为：稍微。

"我要准备些什里东西？"丁秀芬问。

"我们穷人家，总不会打扮得象太太小姐。"王长春半开玩笑地说。

"总得有个身份。"丁秀芬说。

"我看，化装一个普通佣工就行了。"

王长发接着把他向区委请示的经过情形详细复述了一遍，然后从他自己所体验到的教训，对他们说：

"你们两个人，优点比我多。特别是秀芬敢于承担责任的精神，马书记很赏识。不过，从我的观察，她是主观条件考虑得多一点，照顾全面不够。我的缺点，正象马书记指出的，是过于稳重。说来也难，完人总不容易找到，我们以后多注意互相帮助。"

本来，丁秀芬象在日常生活中一样，从来不大去考虑自己的事，经长发这么一提，仿佛在镜子里突然看见自己，正击中她的要害，她说：

"我是太简单了。"

"不要谈这些，赶快去准备吧。"

王长春和丁秀芬一起走了。

五

太阳还没有出来，丁秀芬就在屋旁边的柳树下开始化妆。

她的两条粗大的发辫，早在结婚的时候就剪掉了。幸而剪下来的长发还保留在箱子里，反清乡斗争用过两次，今天又拿出来，准备梳一个旧式妇女的巴巴头。

季大娘坐在她背后，拿着一根红头绳，帮她把头发结起来。不知是红头绳太旧，还是她用力太猛，连扎三次，都断了。季大娘突然感觉这是不祥的预兆，停住手，脸上表现一种不愉快的神色。

"妈妈，你怎里不结啦？"丁秀芬回过头去问。

"阿芬，我看你不要去了。"季大娘不愉快地说。

"怎里啦？"丁秀芬惊奇地问。

"红头绳扎三次，断三次，"季大娘说，"你这次出门，一定不吉利。"

"妈妈，你怎里还这样封建迷信。"

"不，我心上总象有什里东西放不下，"季大娘说，"要末，让我替你去。做保姆，年老的人比你们年青人更合适。"

"妈妈，你怎里这样糊涂，"丁秀芬不高兴地说，"我哪是真的去做保姆，还有重要事情啦。"

"你有什里事交给我，一定帮你办好，"季大娘自信地说，"我见的人比你多，应酬起来，不会比你差。"

"妈妈，你不要东拉西扯啦，"丁秀芬急躁地说，"这不是我们家里的事，可以商量办。"

"你可懂得，你爸爸只留下你这一块血肉，要是你有什里三长两短，我怎对得起他。"

季大娘说着喉咙哽塞起来。

丁秀芬很不满意她在这个时候提起这种事。她觉得老年人就是落后，总是想着自己、想着过去，不看当前的斗争多么紧。但她又不肯伤大娘的心，只得安慰她说：

"你不要老提这些事，这要减弱人的斗争勇气。"

"你怎能叫我不提起呢？"季大娘说，"你爹和阿刚的爹，年青时真是患难兄弟，如今两个人都不在，我看到你们就想到他们。"

"你不要朝后想，应当向前看，"丁秀芬鼓励她说，"今天我们的生活是比过去好。"

"你们年青人在旧社会过的日子短，不懂得生活的艰难，"季大娘说，"看到今天就忘了过去，我怎里行呢？"

"你也不过五十多岁的人，如果活到八十岁，你还可以看到社会主义。"

"真有这种福气，我真要笑掉牙齿。"

季大娘高兴得笑起来了。

正当丁秀芬安慰她婆婆的刹那,陈静华出现在她们跟前了。她在农村工作已经多年,接触的农村妇女实在不少,象她们这种婆媳关系,还没有见过。她笑着说道:

"季大娘,秀芬给了你什么好东西,这样开心?"

"指导员,你里面坐,我很快就帮她弄好了。"季大娘回答。

陈静华如同到自己家里一样,很自然地进去了。

季大娘很快给丁秀芬把头梳好,再从自己头上拔下一根银针,插在丁秀芬的发髻上,拿镜子让她自己照照。当丁秀芬看到发髻上扎上一朵小红花,不由地想起乡下姑娘出嫁的样子,觉得怪难为情。她笑着说:

"妈!你看我象不象个新娘子?"

"死丫头,让阿刚听见,不骂你有鬼!"

"解放军不打人骂人。"

丁秀芬笑着拎起梳妆盒子,飞也似的跑进自己房里去了。

季刚仰靠在床杆上,面对着后窗,顺着光正在阅读《中国革命战争的战略问题》。这是他从连长那里借来的一本油印本,字非常小,意思又深,看得十分吃力。但他一字也不肯放过,看了又想,想想又看。当他读到下面这句:

"在保卫革命根据地和保卫中国的口号下,我们能够团结最大多数人民群众万众一心地作战,因为我们是被压迫者和被侵略者。"

他不由地联想起当前的情况,反对内战,保卫和平,更能团结广大人民和我们一起作战。象严子才的媳妇,也愿意替我们出力,可见我们的群众基础有多么牢固。

他想到严子才这家人,就联想到中国社会的复杂。他们全家只有四个大人,一个小孩。大人中,三个妇女,一个男人,这是最简单的家庭。可是四个人却有四条心:严子才原是东南大学的毕业生,在泰兴中学当校长，地位不算很低。后来，他看上了学校里的音乐教员柳如眉，乱搞男女关系，结果，校长被免职，名声一败涂地。柳如眉一到他家，他的前妻自缢死了。而柳如眉又极不安分，和严子才的兄弟严子强勾勾搭搭，弄得一个家庭乌烟瘴气。

抗日战争爆发，严子才就在黄桥镇上做寓公。新四军解放黄桥，严子强这个光棍，因为是何克谦手下的挂名大队长，逃到泰州去了。严子才算是过了几天太平日子。日本鬼子占领黄桥，全家搬到乡下，落得一个开明士绅的好名。他的女儿严家珍，原是黄桥中学学生，比较进步。柳如眉如今还是一个死顽固。他的媳妇林琴瑶是上海劳动大学的学生，回到泰兴来教书，和严子才的儿子结婚；不到一年的时光，丈夫被日本鬼子害死，守寡到现在。她是一个中间人物。如今儿子大了，她也不会再嫁。因此，严子才就成为他们家庭的进步力量和顽固力量争夺的对象。

季刚所了解的这些情况，还是他参军以前调查的材料。至于严子才最近的态度，他一点也不清楚。不过组织上能动员他的媳妇出来做事，想来不会很坏。从这个家庭，也可看到黄桥镇上的复杂。

丁秀芬从外边跑进来，看到他聚精会神地在看书，连忙说：

"指导员在外边，你怎里不去陪陪？"

"不用客气，我们前天就见过面了。"陈静华应声而入，"林琴瑶这个人，你懂得她的性格吗？"

"她家里的情况，我们很清楚。"丁秀芬说，"不过和林琴瑶直接接触并不多。"

"她是一个非常自尊又怕事的人。"陈静华说，"你在路上还要注意做她的工作。"

"那她怎么肯去呢？"丁秀芬问。

"家珍已经做过一番工作。"陈静华回答。

"她的文化那么高，我跟她谈得来吗？"丁秀芬说。

"我们应当学会对各种人做工作。"陈静华说，"这也是给你锻炼的一个机会。"

丁秀芬不响了。本来，她以为有林琴瑶陪去，问题算解决了。没有想到这个人还很麻烦，倒有些踌躇。她说：

"指导员，你还有什里指示吗？"

"你这是到老虎口里去，既要大胆，又要细心；既要立场坚定，又要机动灵活。"

陈静华说完就走了。

丁秀芬凭着她过去到鬼子据点里去的经验，上午去，下午回来，象走亲戚家一样，从没有什里顾虑。刚才，听指导员这么说，好象泰兴城里，是一个老虎窝，她是应当小心。她回过头对季刚说：

"你看陈指导员是不是说得有点过分。"

"她的话是对的，"季刚说，"今天不象打鬼子的时候，敌人到处有爪牙，所以要特别小心。"

"你看我对付得了吗？"丁秀芬说。

"你怎么又对自己怀疑起来？"季刚说，"首先应当相信自己，才会想出各种办法。"

"林琴瑶是大学生，我哪会比她办法多。"

"你又不和她谈学问，"季刚说，"做工作，她哪有你经验多。"

丁秀芬听他这么一说，的确增加了信心。和她谈学问，当然谈她不赢，如果和她谈种地，她也谈不来。应当细心和她接触，把她的工作做好，通过她对外面应付，自己也就少了许多麻烦。

季大娘就在她想问题的时候，把他们叫出去吃早饭了。早餐很讲究，有蛋饼，还有肉，好象欢送客人。季大娘想起自己的一生，就象一个走夜路的人，摸一辈子黑。如今儿子媳妇对她这样孝顺，又有吃有穿，总算奔出了头，看到天亮。她有吃的，怎里不拿出来让他们多吃点，难道她还要带到棺材里去？她拣一块瘦肉给秀芬说：

"这是特意为你烧的。平常，你孝敬我，今天，我来敬敬你。"

"你自己吃吧。我又不是出去一辈子。"丁秀芬说。

"这次，难得阿刚也在家。我苦了一辈子，总算出了头。我欠缺的，还少一个小的,在身边跑跑。不然,今天死了,我也瞑目。"

"妈,人家在吃饭,你讲这些不三不四的话,干吗!"季刚不满意地说。

"我倒问你,你打算做一辈子光棍,还革什里命?"季大娘不服气地反问道。

"革命又不是为自己,为的是千千万万受苦受难的人民。"

"你倒说得冠冕堂皇,难道我不在千千万万人里面。"

丁秀芬不愿意夹在这种无原则的纠纷里,端了碗就到卧房里换衣服去了。本来,她和季大娘生活在一起,相处很和睦,并没有发现彼此之间有什里矛盾。不知怎里,今天一起早,就发觉她们之间,思想上距离很远。她想到旧家庭婆媳不和,大概就是从这里起头的。不过季妈妈还是好的,在工作方面,从不拉后腿。老一辈人,有这个优点,就值得尊敬。其他,还去要求什里呢?

丁秀芬把随身带的换洗衣服包好,准备出门,突然乌云密布,象要下雨了。她站在门口踌躇了一下:真倒霉,不要一出门就碰到雨,大人倒不要紧,林琴瑶还带了个小的?

"阿芬,你弄好了,怎里不走?"季刚催促她。

"看天色要下雨了。"丁秀芬回答。

"下雨,你就不走吗?"

"哪个说不走。我担心琴瑶带了小孩。"

"地主家的孩子,让他在雨里洗洗,不是很好?"

"那就走吧。"

季大娘倚着门闾,目送季刚拿着布包,和秀芬肩并肩地走出门去。她不由地想起自己年青的时候,过的真不是人的生活。季刚的爹是一个好人,没有打过她也没有骂过她;可是一年到头为生活累得抬不起头来。她嫁到他家来,替全家洗呀、补呀、烧呀,忙了七八年。白天下地,孩子背在背上。他难得高兴搂搂她,平常总是愁眉苦脸,听不到他一句好话。那时,她总怪自己命运不好。没有想到他一去世,丢下她母子两人,孤苦无靠,才懂得他生前对她的好处。后来,秀芬的爹拉她一把,才把季家这个门打开，苦苦撑持下来。有谁想到她在风霜雨雪的日子里，过的什里光景。日本鬼子一来，不仅她失去帮手，连秀芬这个孩子也倒在她身上。如今她总算是把他们两个抚养成人，并且配成一对。她看到他们白天晚上总是有说有笑，快乐与哀愁无端一起涌上她的心头。……

季刚和秀芬完全不理解母亲的心情，也不想到他们的亲密会给她带来伤感；他们一出门，头也不回，一直向前走。他们的方向相同，目的相同，生活相同，而且步调也一致。他们虽然也在旧社会长大，可是旧社会的皮鞭打在他们身上的伤痕，早就被斗争的热情冲击，变成陈迹，从思想上模糊了。他们懂得自己不是为的吃喝玩乐，而是为了千千万万受苦受难的人们。现在眼看到胜利果实已经到手，又将为敌人抢走，除了斗争，又有什里办法呢！他们时常这样想，如果再回到爸爸妈妈走过的老路，活着还有什里意义。

当季刚和秀芬走过土地庙前面的泥塘边，她突然想起季刚在这里放牛的情景，她说：

"你还记得过去你在这里放牛的日子？"

"你也象我妈一样，老记着过去。"季刚批评道。

"没有过去，哪有今天。"丁秀芬不以他的话为然。

"你可懂得，我们追求的是未来。"

丁秀芬恍然有所领悟似的从季刚手上把布包夺过来，飞也似的向黄桥的大路上奔去。……

六

一九四六年的夏天。酷热。老虎团在黄昏以前开进黄桥镇。夕阳斜照着黄桥中学的钟楼，红光灿烂，昂然地高耸着。站在钟楼上跳望：宽阔而坚实的土圩子，象城墙般环绕全镇。镇上人烟稠密，街道纵横。一条积满污水的小河，从西边伸入镇中心。南边还有一条大河，河水清澈，绕着黄桥中学向南流去。停留在河岸边的桅杆，密集如林。从船舱里冒出缕缕炊烟，袅袅升起。

镇市的外围，一望无际的青纱帐，如同一片绿色的海洋，浩渺无边。晚风吹动茂密的高粱，象一阵阵的微波，轻轻荡漾。一条宽大而灰黄的泥路，由东北穿过青纱帐，笔直地伸向黄桥。

团长饶勇，中等身材，瘦瘦的脸，左颊有一个小手指那么大的伤疤。他骑着一匹深灰色的骏马，戴着一顶圆圆的金黄色的草帽，随着队伍向黄桥镇走来。他在马上纵目四望，不由地产生一种异样的感情。远在一九四〇年的秋天，国民党江苏省政府主席兼鲁苏战区副司令韩德勤乘我军在江北立脚未稳，调集三万大军，大举进攻黄桥。那时，饶勇是守卫黄桥的一个主力营的营长。敌人集中火力攻击北关，突破我军防御阵地。正是千钧一发之际，他不顾一切，率领第一连倾全力反击，象堵塞堤坝的缺口一样，把阵地稳住。随后，主力从左右两侧反击，把敌人反包围起来。经过三天三夜激战，把敌人彻底、干净、全部消灭，取得有历史意义的黄桥保卫战的胜利。往事还记忆犹新，今天蒋介石撕毁停战协定，又准备大举侵犯苏北，而他又来到黄桥负起守卫的重任。这真有些巧合。

他吃惊地望着宽大的土圩，从马上跳下来，取下草帽，擦掉额上的汗珠，向镇上走去。街道两旁廊檐的柱子上，贴着红红绿绿的标语：反对内战，保卫和平！人们欢欣鼓舞地欢迎主力部队归来。无数的目光注视着深灰色的骏马，人们纷纷议论饶团长当年保卫黄桥的战功。他对欢迎的人群不时报以愉快而亲切的微笑。

团部的宿营地正好以严子才的住宅为中心，分布在四周。严家人少房子大，既不适宜住机关，又不适宜住连队，恰好分配给首长。这是一座有三个院落的大瓦房。黄桥有数的大地主。严子才的父亲在孙传芳时代，做过江苏财政厅次长，发了一笔横财，把房屋造得宽敞、舒适。严子才住在正中的一院。左院是逃亡在外的严子强的住宅。右院是他已故的三弟的寡妇,搬到泰州娘家去了。因此,左右两院空着,只留下看房子的管家人。

饶团长被分配住右边一院。院子正中有一个椭圆形的水池。池子里的金鱼,早晚浮到水草上面,金光闪闪。水池南面,靠围墙有一个花台,陈设着茉莉,水仙,兰草,夜来香等等。一进院子,清香扑鼻而来,令人心旷神怡。

严子才就在暗香浮动的院子里迎接饶团长。他是一个五十岁左右的人,个子并不高,人很瘦,显得很苍老。他穿着一身白夏布短衫裤,很有礼貌地把团长迎到客厅里。他的妻子柳如眉已经三十五岁,打扮起来,象他的女儿。她是最爱奉承达官贵人。听说住在她家的是一位团首长,早已准备菜碟,泡好浓茶。当饶团长一坐下,便亲手送上前去,客气地说:

"请首长用茶。没有什么好菜碟,请随便尝一点。"

饶勇最讨厌这种虚伪而烦琐[1]的应酬,但为了礼节,又不得不敷衍几句。他说:

"你们不必客气。我们一来就打扰你们。"

"哪里的话,"严子才客气地回答,"首长住到寒舍,真是蓬荜增辉。最近镇上谣传纷纷,不是说主力部队上山东去了,就说中央军要渡江,弄得人心惶惶。饶团长来镇守黄桥,我们也就可以安居乐业了。"

"严先生过分夸奖,"饶勇说,"保卫根据地,主要靠全体人民动员起来。"

"主力部队毕竟是我们老百姓的靠山,"严子才恭维地说,"饶团长保卫黄桥,战功卓著,真是有口皆碑。"

"不,我们军队离开老百姓,犹鱼出水,什么事也办不成。"饶勇严正地说。

小胖子警卫员就在这时,在门口喊了一声"报告!"接着说:"政委请首长去。"

---

[1] 烦琐:同"繁琐"。

饶勇借此机会，和严子才敷衍了几句，脱身了。

暮色降落在他的脚跟前。一群白鸽在廊檐下咕咕咕地找寻自己的归宿。花台上吹过来的芳香，浓郁如醉。他是放牛出身，从小对花草有兴趣。当他一闻到这种花香，头脑格外清醒。他经过三年游击战争，八年抗日战争，负过两次轻伤，一次重伤，可说是身经百战，但他爱花的习惯，至今没有改变。在整风运动中，曾经有人提过意见，说他悠闲，他认为这是生活小事，至今没有去掉。

政治委员陈俊杰和参谋长高崇明，神色严峻地站在一幅五万分之一的挂图前面，正在研究敌人的兵力部署。他们出发前，上级给他们的任务是配合兄弟部队，拔除敌人插在我们心腹上的一个据点——如皋南面的白蒲镇。这个据点，敌人的守备兵力薄弱而又孤立，只要稍作准备，就可以拿下来。可是当他们刚刚到达黄桥，情况发生了根本的变化：军区转发军委副主席周恩来同志从南京拍来的电报，命令苏中部队停止对白蒲敌人的攻击，坚持不放第一枪。军区在转发这份电报的同时，指定他们这个团，积极侦察泰兴城的敌情、地形，充分做好攻城的准备，待命行动。这是一百八十度的大转弯。白蒲在东面，泰兴在西面，一个是镇市，一个是县城，情况完全两样。最严重的是泰兴有坚固的设防，现在开始准备，时间是不是允许呢？

饶勇走进参谋处办公室，高参谋长立即把电报递给他。饶勇一个字一个字看过去，脸上毫无表情，好象他早已知道这回事。陈俊杰望着他向地图跟前走过来，便问道：

"老饶，你看怎么办？"

"有什么怎么办，还不是照命令执行。"饶团长冷静地回答。

"从战术上来看，应当争取主动，先发制人。"高崇明插上来说。

"当然，最好的办法，乘敌人的大军还没有渡江，先打乱它的部署。"饶勇接着说，"这是积极的防御。"

"周副主席正在南京和蒋介石谈判，如果我们放第一枪，政治上就处于不利的地位。"陈俊杰说。

"这是一个矛盾。"饶勇说。

高崇明手上拿着几枚三角小旗，有红的、黄的，分别插在地图上。从南京插到镇江、丹阳、常州、无锡，沿沪宁铁路一线，都标志驻有敌人重兵；江北，从扬州、泰州、泰兴、靖江，直至南通，都是敌人的桥头堡垒。红旗标志我军的阵地，形成两军对垒，旗帜鲜明。

陈俊杰面对当前这种形势，指着泰兴城说：

"从整个形势来看，夺取这个据点，就象砍断敌人伸到江北来的一只脚，的确具有战略意义。"

"事实是这样，"饶勇接着说，"泰兴这个据点就象一把尖刀插在我们的咽喉上，拔掉它，既使敌人失去前进的立脚点，同时，我们把泰兴、泰州、直到扬州，联成一片，战场扩大，更有利于我们大踏步前进，大踏步后退。"

"我认为夺取泰兴城，不仅军事上对我们有利，"陈俊杰强调说，"还可以振奋人心，激励士气，提高胜利信心；对全国也将发生重大的政治影响。"

"就我们的实际利益来说，"高崇明半开玩笑地说，"还可以发一笔洋财，装备我们的部队。"

"那究竟有限。"陈俊杰说。

"也不要小看，"饶勇认真地说，"美国佬给蒋介石的补充，可不少。"

"蒋介石这个有名的运输队长，迟早会给我们输送过来。"陈俊杰充满着自信地说。

"关键在争取首战胜利，"饶勇说，"这真是举一发，牵动全局的大事。"

"我们需要认真对待。"陈俊杰提议道，"明天，我们开个团的党委会，仔细研究一下，统一认识以后，再作具体部署。你们以为怎样？"

饶勇立即表示同意。

他回到自己住地，警卫员早已把房间打扫干净，布置得整整齐齐。整个屋子非常讲究：白墙，红漆地板，门窗都装的彩色玻璃，一式新红木家具，好象刚娶过媳妇的新房。本来，长时间没有人住，有一股霉味。警卫员自作主张，从花台上搬来一盆正在盛开的茉莉花，放在窗台上，满房子香气袭人。他闻着这股香味，突然想起小时候在家乡放牛的情景。他经常闻着野花的香味，躺在草地上，做着朱洪武当年放牛的幻梦。没有料到红军在他家乡创立根据地以后，他真的参加武装斗争了。

警卫员就在这时跑来请他吃晚饭。

桌上摆的菜极为丰盛：有色有肉，还有香菌做的蛋汤，俨然把他当作一位大客人。他大为吃惊地问道：

"小胖子，你这是搞的什么鬼？把管理员叫来！"

"报告首长，这不是厨房里烧的。"警卫员说，"房东太太烧来请首长的客。"

"谁叫你收下来的？"

警卫员知道事情做得不对，站在旁边象木鸡一样，闷声不响。

"立刻把它送回去，说我已经吃过晚饭，谢谢他们。"饶勇命令道，"你可记住，下次不得到我的许可，不准随便收老百姓的东西。"

警卫员没有话说，只得用盘子把桌上的菜一起端走。

其实，饶勇早已饿得肚子咕咕叫，但他认为住地主的房子，生活上不能和他们混在一起，思想上应当划清界限。不然，政治上将发生不良的影响。作为一个军事负责人，又是共产党员，应当有这种警觉。

随后，他叫警卫员在街上买了几个包子，简单地吃了一点，就把泰兴的城厢图取出来，进行认真的研究。泰兴是一个古老的县城，既有城墙，又有城河，地形颇为复杂。去年夏天，我们在浙西攻新登，遇到敌人密集如林的碉堡，可没有城河，而且城墙很矮，象一个土圩子，很快就攻下了。日本鬼子投降后，我们攻金坛，虽遇到高大的城墙，可是城河没有水，又没有碉堡，也很快就攻下了。当前泰兴的情况，完全两样：既靠近长江，敌人又有坚固的设防，过去的一套打法，就得重新考虑。他想，应当把一营营长找来，听听他的意见。

他把地图往旁边一摊，拿起电话筒给一营摇了一个电话，然后点起一支飞马牌香烟,向外边院子里走去。月亮斜照着花台,满院清香,空气格外清新。他一手拿着烟,一手插在裤袋里,在院子里踱着方步。

一营营长王忠,湖南茶陵人。个子很高,满脸大麻子。他从小就在这个营当司号员,以后由战士、班长、排长、连长,直至营长,一直和饶团长在一起。他们在三年游击战争和八年抗日战争中,结下了深厚的战斗友谊。因此,他一接到电话,就估计有战斗任务,很快就跑来了。他走到院子门口,用手电一照,看到团长一个人在踱方步,喊了一声"报告",就进来了。

他跟着团长走进内房,迎面雕花床上的一面大圆镜,直照着他的半身。他不由地一惊,停在门口说:

"首长的房间,多香!"

"怎么样!你怕首长经不起香花的诱惑?"饶勇笑着回答。

"人家说你悠闲,的确不错。"王忠说。

"生活有紧张,也应当有空闲,"饶勇说,"如果一天到晚,象弓弦那样绷得紧紧的,还不绷断了。"

"你不看现在是什么时候?"王忠说。

"照你说,要到什么时候才有空?"饶勇问。

"起码,打到南京以后。"

"你以为进了大城市,就会没有事,"饶勇说,"那个时候,只会更忙。你现在就应当有这种思想准备。说不定,我们很快就要进城。"

"是不是要去打泰兴?"王忠敏感地问。

"你倒会猜,"饶勇说,"不过不要乐观,这是一块硬骨头。"

"不管它软骨头还是硬骨头,到了我们老虎团嘴里,总把它吞下去!"王忠兴奋地说,"难道一个小小泰兴城就能把我们吓唬住吗!"

饶勇把桌上一张泰兴城厢图打开来,摊在王忠面前。他说:

"你瞧瞧吧。"

王忠望着那宽阔的城河和高大的城墙,还有密密麻麻的碉堡,立刻意识到一个重大的责任落在自己肩上了。

七

　　第二天上午，团委会议很顺利地结束了。
　　陈俊杰丢掉手上的烟蒂，从桌旁站起来，望着各个人兴奋地离开他的办公室，感到一阵特有的轻松。最初，有的同志担心他们这个团善于野战，缺乏攻坚的经验；有的同志担心时间匆促，来不及准备；也有同志想得更远，认为泰兴城靠近长江，敌人有可能利用这个桥头堡垒作为诱饵，引诱我们在长江边上和他们决战。众说纷纭，好象万花丛中，各种花朵都开放出来，使人看得眼花缭乱。经过辩论、分析，最后取得一致意见：夺取泰兴城，时间、地点、条件，固然都是重要因素，关键还在于全体指战员有没有敢于战斗、敢于胜利的决心。只有敢于战斗，才敢于创造，战场上才会出现各种奇迹。因此，深入政治动员，把夺取泰兴城的战略意义，向每一个指战员说清楚，调动全体指战员的主动性和创造性，是夺取这个战役胜利的决定因素。他的结论是："只有精神上压倒敌人，才能在战场上打败敌人。"
　　他怀着喜悦的心情，回顾自己在战争的岁月里所走过的道路。
　　他没有进过军事学校，也不是当战士出身，对于打仗，可说是一窍不通；但他有一颗忠于人民革命事业的心。他的父亲和母亲都是福建漳州城里开元小学的教员。远在一九二九年，他的父亲就参加了共产党。当红军占领漳州的时候，他的政治面目被暴露了，后来被国民党杀害。他的母亲并没有因为丈夫的牺牲而吓倒，在红军退出漳州的第二年春天，她带着他假装回娘家，逃到闽西永定西洋坪，找到张司令，参加苏维埃运动。当时，他已经十五岁，决心为父亲报仇，就在县游击队当宣传员。他经常拎着一个石灰桶，在树上、墙上、甚至山头的石壁上涂写革命标语。经过党的教育，他渐渐懂得父亲的命运和千百万劳动人民的命运联系在一起，开始从狭隘的报仇思想发展为阶级的解放而斗争。当主力红军北上抗日，他们留在闽西坚持三年游击战争。他就在斗争最艰苦的年月里，举起自己的手，宣誓参加了共产党。

全国抗日战争爆发后，他们的游击队跟着张司令到皖南岩寺集合，改编为新四军。他开始担任连指导员。那时他们全连唯一的新式武器，是一挺很旧的捷克轻机枪。有的战士还扛着土造的红缨枪。沿途老百姓听说他们去打日本鬼子，都摇头。他的这个连就用这种简陋的武器，第一次在江南溧水参加了伏击敌车队的卫岗战斗。他们凭着必胜的信心，击毁敌汽车四辆，毙伤敌军士井少佐等九十余人，缴获军用品四车。这一胜利，鼓舞了苏南地区的军民，确立了全军胜利的信心。从那一次战斗起，他们挺进江南敌后，在敌人梅花形的据点网里，坚持游击战争。

八年抗日战争中，他们转战大江南北，所向无敌。去年五月，他调到老虎团来，至今又是一年多了。当日本鬼子宣布投降，他们奉命收复金坛城。一到金坛附近的株林镇，就碰上敌人不肯缴枪。那时，部队不顾白天，也不顾敌人据守碉堡顽抗，在强大的火力掩护下，一拥而上，干脆、彻底地把敌人全部消灭了。晚上又攻金坛城。在没有多大准备的条件下，又很快被攻下来了。当时，就是依靠部队的旺盛士气和顽强的战斗意志。凭着全体指战员生龙活虎的战斗精神，敌人的防御工事就象摧枯拉朽似的，一个个被我们攻下了。今年，部队经过整编，人员、武器又有补充，战斗力有很大提高，难道一个泰兴城拿不下来吗？

"当然，我们不应当轻敌，"他回答自己，"但是也不应轻轻把敌人放过。"

政治处的保卫股长卓荦，一个带上海口音的青年；眼睛有些近视，没有戴眼镜。他探进头对政委的办公室凝视了一会，看到会议已经散了，便悄悄地走进去，说：

"首长有空吗？我向你汇报一件事情。"

陈俊杰回过头对他高兴地望望，说：

"你请坐吧。"

"不,"卓荦说,"事情很简单。街上谣传我们要去打泰兴城。"

"谣言从哪来的?"陈俊杰疑惑地问。

"据我们调查,是从团长住的房东家散布出来的。"卓荦回答。

"有什么证据?"

"证据还不确凿,只查到一条线索。"

"他家的政治情况,你清楚吗?"

"一个开明士绅,"卓荦对政委望了望,"他家有个姑娘,政治上比较进步,我想去找她了解一下,首长认为怎么样?"

"你不要小题大做,"陈俊杰否定地回答,"这种谣言,有时也可能是老百姓看到我们部队南下,随意猜测出来的,不要看得太严重。如果我们认真追查,弄得满城风雨,反而不好。"

"那就由它去?"卓荦说。

"不。如果谣言真是出自严子才家里,当然有问题。不过不要正面去调查。回头,我要到区委去,就便请他们了解一下,很快会弄清楚。"

卓荦听政委这么一说,当然没有意见,说了一声:"好的!"转身就走了。

陈俊杰对于谣言的本身,并不感到诧异,有时也是反映群众对部队的一种愿望;可是恰巧发生在上级的指示刚刚下达,而又是出自严子才家里,这就不能不引起警惕。

他从办公室走出来,刚跨出大门,就听到防空哨上发出紧急警报的号音。黄桥中学的钟楼上,当!当!当地响个不停。街上的老百姓开始向郊外奔跑。战士们持着枪从各个巷口跑到街头,站在各自的岗位,维持秩序。有的按照指定的方向,进入防空洞。经过一阵骚动,整个黄桥镇顿时显得空旷起来。太阳浮在火热的泡沫里,空气渐渐紧张起来。

陈俊杰向天空张望了一番,没有发现什么动静,便沿着街檐向丁家花园走去。当他想到人们正在防空,便折回头向饶团长的住地走去。

饶勇正拿着望远镜站在院子里向天空探望。他对于敌机的来袭,并不感到什么可怕；他所担心的是敌人发现我们主力南下，可能加强防御。他感到时间对于我们十分可贵，而事实上又不能照我们的心意去摆布。

院子的南边，严子才的女儿严家珍正在浇花。她是一个二十岁左右的大姑娘，脸稍长，但很丰满。她好象没有听到警报，拎着一大桶水，拿着一个大木杓[1]，一盆一盆浇过去。

陈俊杰跨进院子，迎面看到她若无其事地浇花，便警告她说：

"大姑娘！你没有听到防空警报？"

严家珍猛地抬起头，毫无拘束地回答道：

"团长也在这里，我怕什么！"

"老饶，你听见吗？"陈俊杰向饶团长招呼，"你成了她违反纪律的挡箭牌。"

"首长不要说别人，"严家珍尖锐地说，"你为什么跑到这里来？"

"啊！你倒会说话，"陈俊杰笑着说，"我也成了你的防空洞。"

饶勇看到陈俊杰在这个时候跑来，估计有什么特殊事情，连忙把望远镜收起来，向里面走去，说：

"有什么重要事情？"

"你可知道？你泄漏了秘密。"陈俊杰笑着回答。

"我又不跟人谈恋爱，有什么秘密？"饶勇说。

"不是私人秘密，是军事秘密。"

陈俊杰把保卫股长的汇报转述给他。

饶勇感到诧异，他昨晚上和一营营长谈话，警卫员在院子里站岗。他说：

"这可能是老百姓捕风捉影，瞎猜。"

"卓荦说，确实从你这一家传出去的。"陈俊杰说。

"这很简单。找那个姑娘来问问就清楚。"饶勇说。

"这不等于此地无银三百两、不打自招吗？"

---

[1] 杓：同"勺"。

"没有关系。这个姑娘,也算得半个军属。她的爱人在五十二团做文化教员。"

严家珍突然听到团长叫她,以为和她开玩笑,好象没有听见。直到警卫员去催她,知道真有事叫她,感到有些突然。她跨进团长的房间,看到两位首长态度十分严肃,无形中感到有些拘束。她尴尬地站在门口,想进来又不敢进来,说道:

"首长叫我有什么事?"

"你进来,"饶勇说,"有人说,从你们家里传出去,部队要去打泰兴城,可有此事?"

严家珍被饶团长这么突然一问,瞠目不知所答。他们怎么会造这种谣言呢?但她仔细一想,除非她的继妈看到琴瑶回泰兴去,捕风捉影,在外边瞎说。她问道:

"首长从哪里听来的?"

"这个你不用问,"饶勇说,"你想想会不会有这回事?"

"可能会有。"严家珍回答。

"这怎么会的?"饶勇问。

"我嫂子昨天回泰兴去了。"

"这跟军队有什么关系?"

"部队里有位同志的爱人,跟我嫂子一起去。"严家珍解释道,"我的继妈是一个喜欢惹是生非的人,说不定,就是她在外边瞎造谣言。"

"我说无风不起浪,"陈俊杰说,"你知道部队的那位同志是谁?"

"丁王庄的季刚。"严家珍回答。

"他派他的爱人去干什么?"饶勇问。

"不,是区委派她去的。"严家珍回答。

"季刚回头可能来汇报,"陈俊杰说,"大姑娘,你不要再到外面去传。"

"这个道理,我懂。"严家珍掉头就走了。

"看来,地方党比我们早接到指示。"饶勇说。

044

"如果能得到地方上支援,那更好。"陈俊杰说。

"不过我们不能依赖地方,还得靠自力更生。"

饶勇的话还没有落音,空中嗡嗡嗡地响起了一阵马达声。他们连忙从房间里走出来,向高空张望:蔚蓝的天底下,象鱼鳞似的翻起一片白浪,渐渐滚向前来。饶勇拿起望远镜一照:一架象红头蛇似的飞机,向东绕一个半弧圈,闯入黄桥上空。地面的机枪哒哒哒地对空射击,敌机扫了两匣子弹,夹起尾巴向西逃窜了。

"我到连上去看看。"

陈俊杰说着就向一营的驻地走去。战士们一排一排分散在土圩边的防空洞里。有的在看书,有的在玩扑克,好象没有听到敌机的扫射,各人做着各人的事。

一连指导员陈小昆,绰号叫小钢炮,远远望见陈政委向他们走来,立即跑出防空洞,迎上前去。过去,他是政治处的宣传干事,陈政委赏识他对新事物非常敏感,特地派他下连队来锻炼。陈俊杰是以他切身的体验作为培养干部的准则。他认为知识青年,只有下连队,才能积累工作经验,得到战斗锻炼。陈小昆也常常以首长的一举一动作为榜样,要求自己。他跑到陈俊杰跟前,请示道:

"战士中纷纷传说我们要打泰兴,怎么我们干部都还在鼓里?"

"你相信战士的话吗?"陈俊杰反问道。

"不相信,我们又怎么向他们解释?"

"教导员会给你布置的。"陈俊杰说,"你们一排长回来没有?"

"他上午就回来了。"陈小昆回答。

"是不是你们一排长说要打泰兴?"陈俊杰问。

"他没有对我说。"

他们正谈着,季刚跑上来,喊一声:"报告!"向首长敬了一个礼,说:

"地方上的战备工作,还跑在我们前面。"

"是不是你说我们要去打泰兴?"陈俊杰问。

"我没有说,"季刚说,"我是这样猜想。"

"你是哪来的小广播？"陈俊杰说，"是不是从你爱人那里听来的？"

季刚有些脸红。他不明白首长怎么知道，心里有些着慌。忙说：

"我回头向首长汇报。"

"你爱人回来，就带她到团部来。"

陈俊杰对他笑了笑，就向丁家花园走去。

八

人的主观愿望，往往和实际的情况并不完全相符合。

丁秀芬和林琴瑶一进入泰兴城，就象堕入陷阱似的，走不出来。城里的敌人，听到解放军的主力部队已经从淮阴南下，精神上就处于挨打的状态，立即宣布戒严：凡是没有持城防司令部通行证的人，一律不准出城。她们到哪儿去找这种护身符呢。

丁秀芬是一个责任心非常强的人。她满心希望圆满完成任务迅速回去；事实上，她已经出不去了，林琴瑶的母亲还真把她当一个保姆使唤。头一天来，就叫她替林琴瑶打扫房间，晒被子，擦地板，洗马桶，忙得满头大汗。她心里急得要命，手上又不能不做，真是哑巴吃黄连，有苦说不出。晚上，她躺在床上翻过来滚过去，老是睡不着。她心里不住地想："怎里办呢？"

"小丁，你是不是担心你丈夫在着急？"

林琴瑶开玩笑地说。她以一般妇女的心理揣度丁秀芬，不懂她对待工作比对什么更为重要，所以随便这么说说。

"他，我才不想哩！"丁秀芬干脆回答。

"你嘴上说得响亮，心里不见得就是这回事。"

"如果照你这么说，他长年不在家，我不早急死啦！"

"这一点，我真佩服你。年纪这么轻，一个人生活也很习惯。"

"有什里习惯不习惯，"丁秀芬说，"反动派不打倒，我们夫妇想在一起，哪办得到呢！"

林琴瑶突然不作声了。丁秀芬的话象一枚锋利的针，刺痛了她的心。本来，她对她丈夫的死，已经渐渐忘却，习惯于眼前的生活。经丁秀芬这么一说，她的旧情就象已经熄灭的火焰，又被煽旺起来。他们夫妇的生活，最初也很幸福。同在一起教书，朝夕与共。不料日本鬼子第一次占领泰兴城，就彻底破灭了。谁也没有料到那些黑良心的刽子手，在他们学校里搜出几件童子军衣服，还有几支木制的步枪，就不问青红皂白，把几个男教员抓去。她的丈夫据理抗争，结果对准他一枪，就倒在街头上。那时，她身上还怀着孩子，只得逃到黄桥来。如今转眼孩子就八岁了；而她却在寂寞和痛苦中度过她的青春。丁秀芬虽然年青，却说出了生活的真理。日本鬼子虽然已经被打倒，而她生活中的空虚却永远无法填补。丁秀芬和她丈夫今天不在一起，将来还有希望。她过去虽有过短暂的幸福，就象昙花一现，永远不再来了。

丁秀芬以为她在路上劳累，睡着了，就问：

"琴瑶，你就睡了？"

"不。我哪睡得着呢，"林琴瑶回答，"想起过去许多事，真象在做梦。"

"过去的事，你还去想它干什里？"丁秀芬安慰她说，"要是我读了你这样多的书，才不呆在家里。"

"我不呆在家里，你叫我到哪去？"林琴瑶反问道。

"我们解放区这么大，哪儿不好去。"

"我不象你年青，有希望，"林琴瑶悲观地说，"我象一朵开败了的花，在我的身上，再也看不到春天了。"

"你也大不了我十岁，可你比我有学问，孩子又大了，没有什里挂牵，不正是做事的好时光？"丁秀芬鼓励她说，"你何必老想过去，不朝前看？"

"我的事真是一言难尽。"

林琴瑶说着不由地流下眼泪来了。她的家在这个城里。父亲早去世，母亲把她们两姐妹送进学校。她在劳动大学还没有毕业，上海"一·二八"事变，学校毁于炮火底下。承她父亲的一位朋友介绍给严子才，在泰兴城关小学谋到一个位置，以后和她丈夫结识，又混进泰兴中学。她满以为从此可以青云直上，结果，生活的鞭子，一下把她打落十八层地狱。如今社会又是这样动荡不安，江山究竟是哪一家的还判断不定，她朝哪里奔呢？

当然，丁秀芬是不理解她这种复杂的心情。不过她感觉林琴瑶这个人，起初还以为她有架子，不好接近；经过一路来看，她并不象一般人家的少奶奶，她处处平等待人，态度也很诚恳。她对她渐渐发生好感。要是能争取她参加妇救会，多少可以为革命尽一分力。她想起陈指导员的话，应当对她做工作，确实不要放弃这个机会。

黑夜占领了整个房间，空气很郁闷。她们各人想着自己的心事。只有林琴瑶的儿子——邦邦，不懂他们生活在什么世界。他所想到的只有母亲在哪里，幸福就在哪里。他天真地偎在林琴瑶身边，发出轻微的鼾声，睡得又香又甜。

丁秀芬做梦也没有料到她们的生活，第二天就变得紧张而复杂起来。傍晚。她带着邦邦准备上街去，看看敌人在城内的防御工事；可是她刚走出大门，迎面碰上一个穿黑香云纱短衫裤的大块头，胖得象条猪，满脸的横肉，胸襟敞开，一把左轮手枪插在裤腰里；后面跟着两个挂驳壳枪的便衣，气势汹汹地走进来。她对他望了一眼，好象有些面熟，可是怎么也记不起在什么地方碰过面。这一来，无形中给她心上投下一个忧虑的阴影。当她从外边回来，林琴瑶立即告诉她刚才来的这个家伙，就是严子强；而且他已经做了还乡团团长。她感到晦气，工作任务没有完成，却碰上这个恶棍。

林琴瑶也为此发愁。最使她穷于应付的，是严子强约定明天中午，在她家里请客。她留在家里不是，避开也不是。她焦虑地说：

"你看这事怎么办？如果不跟他应酬，怕他有意来找麻烦；如果跟他这伙人拉扯，今后可有的麻烦。"

丁秀芬虽然没有和这帮人打过交道，不懂得其中的利害；但她有一点是明确的：在敌人面前退却是不对的，应当挺身而出。把它打退，才有出路。她果敢地说：

"我们已经在这里，不跟他应酬，恐怕不好；利用这个机会，摸摸他的底，不一定是坏事。你想，对不对？"

其实，林琴瑶所顾虑的是怕严子强发觉她有目的回来。如果回避，的确容易出事；不如挺身而出，摸摸他的底，更好想办法对付。她说：

"你的话也对。怕事反而会出事，倒不如敷衍他一下。"

"不过你要小心，不要上他的当。"丁秀芬提醒她说。

事实上，她对这件事也感到很紧张。严子强做了还乡团长，其目的无非想回黄桥去镇压老百姓。利用这个机会，通过林琴瑶探听一下他的虚实，以后，要治他，也好想办法。

第二天上午，首先来到林琴瑶家的，是青云阁菜馆的一个厨师带两个副手，挑着两个红漆的大扁篮，装着菜肴和碗盏。他们一进来，直接到厨房。丁秀芬为了避免抛头露面，一直缩在灶房里，帮厨师烧火，洗碗。一切让林琴瑶在外面应付。

往常，严子强都是请林琴瑶的母亲出来招待客人，这一回，她托病睡在床上，干脆不出来。林琴瑶本来穿得很朴素，但为了应酬起见，特地把留在家里的一件天蓝色印度绸旗袍找出来，再配上玄色丝袜，白皮鞋，打扮得十分年青。清早，丁秀芬用白线，帮她把脸颊上的细绒毛夹得干干净净。好象一个战士上战场一样，做好充分准备。

当太阳还没有从客厅中间退出去，严子强就陪着一位穿白绸长衫，戴加拿大帽和金丝眼镜的中年人，摇摇晃晃地走进来。后面，跟着王老四和两个陌生面孔的人。还有几个便衣站在门口。顿时，她的家变得象个衙门：森严而恐怖。

戴金丝眼镜的，是国民党苏北剿匪指挥部特别党部第九十九旅特派员周汉辅。他的个子不高，人很胖，说起话来，两只眼睛眯成一条缝，好象观音殿里的罗汉。他一见到林琴瑶，连忙摘下铜盆帽，递上一张印有官衔的名片，显示他的身份。严子强接着介绍说：

"这位林女士，就是鄙人的侄媳妇。"

"久仰，久仰。"周汉辅连连点头。

林琴瑶一看到他这副丑脸，已经有些反感，再听他俗不可耐的谈吐，简直有些恶心。但她立刻提醒自己：这不是开玩笑的场合。她保持庄重的风度，又不显得冷淡，极有分寸地和他敷衍。

不久，严子强就叫人去拿麻将牌来。她已多年不玩这种东西，再和这帮人坐在一起，实在讨厌透了。她利用一个空隙，跑到厨房里来，对丁秀芬说：

"你来！我跟你说句话。"

丁秀芬跟着她走到后房里。林琴瑶轻声地说：

"你们庄上的王老四也在外面，可要当心！"

"不要紧，我不出去。"丁秀芬说，"来的是什么人？"

林琴瑶把拿在手上的名片递给她，说：

"你不知道这家伙，有多讨厌。"

丁秀芬连忙把名片收藏起来，对她说：

"你当心点就得了。他在大庭广众面前，又不会把你怎里样，尽管胆大些。"

"我倒不是害怕，"林琴瑶说，"你要晓得，和他们这种人一沾上边，只怕羊肉没有吃到，惹一身膻。"

"你只要自己脚跟站得稳，不泄漏秘密，有什里关系。"丁秀芬鼓励她，"你想，不相信你，这个时候，哪会要你到城里来？"

林琴瑶听丁秀芬这么一说，无形中胆壮起来。既然到了这里，怕又有什么用呢？所谓不入虎穴，焉得虎子；她把自己的衣服拉拉平整，带着笑脸走出去。

他们已经拉开桌子，摆上麻将牌，等她去上场。严子强故意派她和周特派员打对面，给她一种面子。林琴瑶一看态势，就明白严子强的阴谋诡计。她想："你们要来捉弄我，就叫你们脱了衣服，光着身子回去。"

她好象一个战士进入战场，勇敢而又机智地和敌人对战。

事实上，对方不在乎钱，而是把她当作消遣品。那位周特派员不仅是赌场上的能手，而且是情场上的老油子。他为了讨好林琴瑶，一发现她需要万字倒牌，就打万字，一需要索子就出索子，结果，钱都滚到她跟前去了。

林琴瑶在牌桌上占了上风，可是到筵席上，就变成了他们玩弄的对象。周特派员带头向她敬酒，所有的杯子都举到她面前。她完全处于被包围的状态。严子强利用她穷于应付的时刻，要她给柳如眉写信，约她到泰州去。林琴瑶头脑昏昏，也就答应下来。最后，她见势不妙，索性转守为攻，和周特派员连喝三杯，终于醉昏昏地跑回自己的房间；一倒在床上就呕吐了。

丁秀芬一看到她已经脱出虎口，连忙跑进来帮她脱掉皮鞋，把整个身子移到床上。过去，她从没有看到国民党这班光棍玩弄妇女，因此，她听到他们那种下流的语言，真不相信人间还有羞耻两字。林琴瑶毕竟对付这帮人还有一手，既把他们哄骗过去，又没有损伤自己的尊严，这很不容易。

当严子强陪着那批家伙兴高采烈地走了，她就出来打扫客厅。桌上地上都是残羹剩汤，烟蒂，灰屑，还有各色的糖果纸头。好象经过强盗抢劫的店铺，一片混乱。她慢慢地清理它，恢复原有的秩序。

直到太阳快要落山，林琴瑶才醒过来；她的头象要炸裂似的疼痛，人很不舒服。她看到丁秀芬坐在床边，非常后悔。她说：

"今天，我真悔不该留在家里。"

"你还是很能干，毕竟把他们对付过去了。"丁秀芬赞扬地说。

"你不知道那个党棍子，人长得象条猪，只想用金钱来迷惑人。"林琴瑶得意地说，"今天在牌桌上，我把他们一个个收拾掉了。"

"我担心你不得下场，"丁秀芬说。

"最后，我索性喝个痛快，"林琴瑶说，"真是一醉解千愁。这一来，倒反而清静了。"

"你做得对,不然,这批混蛋,还可能赖在这里吃晚饭。"丁秀芬说。

"不过严子强这个坏蛋,明天还可能来。"

"他来干吗?"

"他要我给柳如眉写信,约她上泰州去。"

"这正好。你附带给家珍写几句话,说小孩生病,不能回来。这样,她不就知道我们平安吗。"

林琴瑶觉得丁秀芬真能干。这实际上是给家里报平安。她抱住丁秀芬说:

"你真灵,会出点子。"

"你起来,洗个脸,让脑子清醒清醒。"

丁秀芬拿着脸盆走出去了。

九

一营营长王忠从团长那里领受任务回来,精神上就不象去的时候那么轻松了。夺取泰兴城,这是第一仗;它不仅使战争情况发生了变化,而且对整个战局有一种启导作用。这也正和演戏一样,序幕的好坏,不仅影响观众的情绪,对演员的信心和导演的决心也将起着决定的作用。这是多么重大的事情。他应当倾全力去争取这个首战的胜利。

最初,他把它看得很简单,认为他们这个团打遍大江南北,没有哪个敌人不在他们脚跟前倒下去,一个泰兴城又算得什么。经过团长一提醒:去年新登反击顽固派的经验和金坛打鬼子的经验,都不完全适合于当前的战斗。所谓看菜吃饭,泰兴既有城墙、城河,又有坚固的设防,任何骄傲轻敌,都将招致可怕的后果。

他回到营部和教导员叶诚一商量,决定第二天由他带一连连长周新民和排长季刚，亲自到泰兴城去侦察地形。在出发之前，他在地图上作业，做了各种设想，并带上一个五倍光的望远镜，准备做仔细观察。

傍晚。他们穿上便衣，把驳壳枪藏在衣服里面，大摇大摆地走了。

这是一个天空明净的夏夜。星光灿烂。上弦月斜挂在半空，大地寂静。无边无际的青纱帐，象海一样深。人在里面活动，纵横自如。他们撇开公路，远离村庄，钻入青纱帐里，如同潜水员似的直向泰兴城奔去。

将近午夜时分，王忠带着他的一行人，来到泰兴城南面一幢独立的草房跟前。房子里没有灯光，只听到婴儿的啼哭声。他们轻轻地敲开门，一个瘸腿的老人把他们迎到里面；一个年青的妇女把油灯点起来。他们说明来意，请老人引他们到城跟前去看看。年青的女人很敏感，没有等老人开口，就自告奋勇地说：

"同志，他的腿走不动，我带你们去。"

她把手上的小孩交给老头，扣上衣襟，吹熄灯，迈着大步，就向门外走去。她对中央军具有刻骨的仇恨：他们最近天天下乡抓壮丁，害得她丈夫长时间不敢呆在家里。前几天，把她公公抓去修工事，把他的左腿也打伤了。她眼看这种日子真混不下去，所以见到解放军就象救星一样，毫不迟疑地给他们领路。

王忠深受她这种英勇而果敢的行为所感动。平常，他一接触妇女就脸红，即使和最熟悉的女同志在一路行走，也总要和她保持一定的距离。此刻，他感到在身边走的，不是一位女性，而是一个可爱的战士。他唯恐在路上碰上敌人，紧紧靠着她，决心不让她受到意外的危险。

他们利用青纱帐做掩护，在朦胧的月色中，沿着一条杂草丛生的通向城河的干沟，机警地向前走去。四周异常寂静，好象整个世界上的生物都失去了声音，只听到他们自己的身子触动高粱叶子，沙沙地响着。

当他们快要接近城河，王忠身边的妇女机警地抓住他的手膀，拉他蹲下去；她凑着他的脸颊，轻声地说：

"对岸城墙下那个黑东西，就是炮垒。"

王忠的头和女向导的头靠在一起，卧倒地上。他循着她指示的方向，透过河岸边稀疏的芦叶，仔细观察：伏在河对岸城墙脚下的一个一个圆堆，象乌龟一样，漆黑一片。

他们象青蛙一样，慢慢爬近河岸。月色映照着河水，象江面一样，白浪翻腾。王忠很诧异：城河是死水，哪来的浪涛呢？他轻声地问：

"城河里的水怎么起浪？"

"子午涨潮，长江的水倒灌，等等浪还要比这大。"

不知是敌人恐慌，还是他们说话走漏了风声，对岸地堡里的机枪一响，所有靠河边墙脚下的地堡和城墙上高堡里的机枪都开火了。子弹象焰火般在空中飞舞，落到高粱丛中，哗哗地作响。

子弹的火光，暴露了敌人整个工事的配系和火网的布置，这是一个意外的收获。城墙是整个防御工事的骨干。城墙上的高堡和城墙脚下的地堡，控制河面，并对付远距离部队的运动。还有沿城墙一线的散兵坑，封锁正面的前进道路。火力又互相交叉，互相呼应。

女向导听到密集的枪声，和子弹在头顶上呼啸而过，象冻僵了的秋蝉，一声也不响了。但她相信和解放军在一起，什么也不怕，所以她心里很笃定。

王忠集中精力观察各个碉堡里射出来的火光，寻找敌人的空隙，完全忘记身边还有一个人。他小声地说：

"你们看到敌人的弱点在哪里？"

"敌人正面火力很强。"周新民回答。

"靠近城门的右侧，是一个死角。"季刚补充道。

敌人经过一阵猛烈的射击，发现是一场虚惊，所有的高堡里又死一般沉寂了。整个大地象一个漆黑的深渊，恐怖笼罩着一切。

王忠决定转移到城关附近去侦察，抓住女向导的手，从河边迅速退回到高粱地里。他们越过一条小堤埂，女向导喊道：

"同志！后面有人啦！"

她说着拔腿就跑。王忠在背后打开快慢机，沉着地隐入高粱地里。

果然，背后象有一群野狗追上来，发出一阵哗哗的响声；接着，一匣机枪子弹从他们头上掠过，空气骤然紧张起来。

他们沉着而又隐蔽地脱离敌人，立即改变方向，向来路转移。当女向导把他们带回到自己的家门口，用手拍拍胸脯说：

"真把我吓坏了！"

"你跟我们在一起，不要紧。"王忠安慰她说。

"同志，没有事，我好回去啦？"她大声地说。

王忠为了酬谢她冒着危险给他们领路，特地摸出一元苏中币给她，并恳切地说：

"谢谢你给我们的帮助。"

"同志，你这是什里意思？"她奇怪地说，"难道我是为了钱给你们领路的吗？这未免看不起人。"

她说话的声音很轻，可是落在王忠的心上却有千斤重。过去，他对边缘区的老百姓存有一种不正确的想法：他们受我们的正面教育少，听敌人的欺骗宣传多，思想觉悟，总不如中心区老百姓那样高。可是他没有估计敌人的残暴行为，更能激发老百姓的仇恨，鼓舞他们斗争的勇气。眼前这个妇女，就给他上了一堂生动的政治课。他向她敬了一个礼，告别了。

他们为了避免暴露目标，就在高粱地里，拔了一些玉米叶子铺在地上，轮流睡一会，等候天明。他们利用敌人的盲目射击，已经看到它们的火力配备，可是对整个工事结构还缺乏全面的概念，需要在白天再做一次远距离的观察。

第二天一大早，他们利用小沟里的清水，吃了一点干粮，绕着泰兴城兜了一个圈子。他们每到一个城门外，就爬到大树上，用望远镜作仔细观察。泰兴城反映在望远镜里，好象一个圆圆的大脚盆。四个城门顶上都有一个火力支撑点，联结左右的火网。城墙上的高堡和低堡，挨次排列。各个城门外，还有一个独立的碉堡群，作为外围阵地。在城里的东北角，有一个高高的尖塔，可以瞰览全城。很明显，敌人主要依靠堡垒作为防御手段。这是敌人的优点，也是他们的弱点。如果一个团的兵力，分散在各个碉堡里，就毫无机动的余地。只要突破一个缺口，把敌人分割开来，所有的碉堡便成为埋葬他们的坟墓。他们设计这种防御工事，自以为周密、坚固，实际上却显示出一种被动挨打的姿态；也是他们缺乏攻击精神的表现。

王忠对整个防御工事做过全面的观察，并得出明确的结论，心里已经有了底，也就安定下来。他对周新民说：

"地形已经看清楚了，你看，有没有把握？"

"我还不明白城里有多少敌人？"周新民说，"如果是一个团，这就比较好办。"

"如果不是一个团，又怎么样？"

"这就不是我们一个单位的任务。"

"你倒想得很远，象军区司令员一样，从全面考虑。"

"不做全面考虑，那我们来做什么？"周新民觉得营长的话带有讽刺的口味，表示不同意。"我们回去，应当把各种设想，反映给领导。"

"反映情况是一回事，自己敢不敢承担任务又是一回事。"王忠解释道，"决定打不打，这是上级的决心。我们从一个营的角度，如果分配给我们任务，你有没有把握打上去？"

"我不同意这样看问题，"周新民提出反对的意见，"我们一个营有多大力量，如果离开全团，怎么行呢？这不是打游击战。"

"那么，你的决心，寄托在兄弟单位身上？"王忠反问道，"如果个个都这样想，领导怎么下决心？"

"上级交给我们任务，哪一次我们还过价呢？"季刚支持连长的意见。

"不还价和用不着还价，这中间有很大差别。"王忠提醒他们注意。

"你的意思是问我们有没有决心？"周新民说，"我们在一起打了七八年仗，有哪一次执行任务，我们发生过犹豫呢？"

王忠不作声了。的确，对于一连执行命令的坚定性，是用不着怀疑的。问题是在新的情况下，是要经受新的考验。他说：

"过去，我们是打运动战，有一套完整的经验；今天，是阵地攻坚，应当慎重考虑。"

"作战的形式变化，决不会影响我们的决心。"周新民明确地回答，"这里只是需要我们研究如何改进作战的方法。"

他们的认识统一起来了，相互投以信任的眼光，相视而笑。他们沿着来路，满怀信心地在火热的阳光下，向黄桥走去。

王忠的思想上变得更为复杂了。他在没有领受任务之前，想到有战斗任务，满脑子的高兴；领受任务之后，就感到不是那么轻松。此刻，他好象从崇山峻岭中走出来的旅人，不仅看到巉崖峭壁，还有崎岖的道路。他们要征服这些障碍，不仅要付出辛勤的劳动，还得具有坚韧不拔的毅力。他想，面对敌人这种复杂的防御工事，任何偷袭是不可能的，唯一的手段是强攻。他考虑最大的障碍，是敌火下的渡河。河面阔，水流急，又没有船只。而敌人封锁河面的火力，又都隐藏在城墙脚下的地堡里。冒着敌火渡河，付出代价大，固然是个问题，更严重的是怕影响登城的任务。所有这种种设想，如同万箭齐发，一个个向他射来。

"那么，应当如何对付呢？"

他的脑子里象一团乱麻，纠缠在一起，找不出一个头绪。城河里的白浪，不时在他脑子里翻滚。最后，他想到兵对兵，将对将，只有集中全团的重火器，摧毁敌人一点，打破一个缺口，也就不成问题了。

他兴奋得独自微笑，信心百倍地向前走去。……

十

季刚的思想活动很单纯。他既没有连长那样从全局着想，也没有营长想得这样周密。他只觉得敌人很蠢笨：把兵力分散在一个一个碉堡里。好象驼鸟一样,自以为把头藏起来就没有事了。他们不想想,这样分兵把口,只要一点被突破,全都成为瓮中之鳖,一个也跑不掉。因此,他在路上集中想一点,如何从城墙右侧的死角上,打开一个缺口,攻进城去。

他回到连上,匆忙地吃了两碗饭,觉也不睡,就跑到土圩外面挖了一勺烂泥,找了几个火柴盒,一些黑头火柴,和一些小的绿纸头,开始工作起来。他凭自己观察所得到的印象,象小时候捏泥人一样,捏了一个圆圆的泰兴城。他用四个火柴盒做城门,上面插上一些高高低低的火柴头,作为碉堡的标志。沿着城墙用绿纸条铺起一条城河。外面,再撒上一些细碎的绿纸屑,象征整个泰兴城包围在青纱帐里面。最后,为了突出城内的制高点,在西北角上竖起一个精致的高高的尖塔。

泰兴城的立体模型,很快在他的手掌上活现出来了。

他对自己的杰作感到很满意,站在旁边凝视着立体模型,微笑了。

班长李进正当排长得意的时候,来到季刚的身边。他并不了解排长的意图,还以为他在准备做游戏的玩意儿。他说:

"你回来不休息,弄这个东西干吗?"

"你不要小看它,这里面可大有文章。"季刚得意地回答。

李进看到排长的玩意很别致,跑近去仔细一瞧,发现是一个城市的模型,立即想到他在为沙盘作业做准备。他兴奋地问道:

"排长,你们去侦察的结果,城里究竟有多少敌人?"

"谁告诉你,我们去侦察?"

"你们不去侦察,干吗?"

"啰,"季刚指着模型说,"我们是去看地形。"

"你们不了解敌情,单看看地形,管什么用?"

"吃饭要一碗一碗来。侦察敌情的,自然另外有人。"

季刚说这话的意思,是对秀芬怀着一种希望:说不定,这个时候,她也到家了。

"谁去侦察敌情?"李进追根究底地问。

"这是军事秘密，你管这么宽，干吗？"

他的话刚刚落音，王长春和季大娘就在他跟前出现了。他感到很诧异：秀芬怎么没有来？他连忙上前叫一声：

"妈！秀芬呢？"

"她没有上你这里来？"季大娘反问道。

"没有呀！"季刚回答。

"她约定中午赶到，"王长春插上来说，"现在太阳已经偏西，怎里还不见她的影子？"

"死丫头，就是一个刚性子，好强。"季大娘埋怨地说，"叫她让我去，她不肯。"

"如果要出事，她去你去都一样。"季刚说。

"我这几根老骨头，为大伙儿的事，丢在泰兴城里，也值得。"季大娘说。

"照你这样说，她就不值得？……"季刚争辩道。

"你的家，好歹在连上；我没有她，往后靠谁？"季大娘几乎要哭出来了。

"阿刚，你不要跟妈争吵了，"王长春劝说道，"你去报告首长，问问泰兴城里情况怎样？"

"报告首长有什里用？这里还等她来了解情况。她这个人嘻嘻哈哈，要是发生意外，真误大事。"

季刚完全陷在一种复杂的心境中：既担心敌情弄不清楚，又愁她个人的安全。他做了各种设想：依她的斗争经验，又有林琴瑶作掩护，已经进去了，就不可能出事；即使发生意外，敌人抓不住证据，最多是皮肉吃点苦，生命决无危险；至于林琴瑶，家在这里，更不会出卖她。最讨厌的是她不回来，弄不清敌情，叫领导怎么下决心呢？他想，应当早点去报告首长。

其实，团首长已经得到情报，泰兴城里正在戒严，把城里所有的老百姓都封锁在里面。这一来，希望从城里送情报出来，那只是一种空想。

季刚就在陈政委和饶团长谈话中间，在门外喊了一声："报告！"陈俊杰向他点了点头，他就进去了。

"你来得正好，我正要来找你。"陈俊杰送走饶团长，回过头来说，"你爱人回来了吗？"

"报告首长！没有。"季刚简单地回答。

"她今天还没有到，估计回不来了。"陈俊杰说。

"有什里问题吗？"季刚问。

"你爱人有没有问题，可不清楚。人暂时不会回来了。"

"那是什里一同事？"

"敌人已经戒严。进城去的人，一个也出不来。"

季刚表现出一种惊愕的神色，立在旁边一声不响。

"怎么样！你着急吗？"陈俊杰安慰他说，"不要急。如果遇到什么危险，这对她是一个考验。一个共产党员，应该经得起这种考验。如果仅仅因为戒严，一时走不出来，让她在城里迎接我们，不也很有趣吗？"

"我不是担心她个人的安全。"季刚冷静地说，"她不回来，敌情搞不清楚，我们怎么行动？"

"你不要把这件事看得太严重了。"陈俊杰拍拍他的肩膀，说，"本来，我们并不晓得她去，也没有把她作为唯一的依靠。你想，我们一个团，几千人，怎么就靠她一个人。"

季刚完全误解了首长的意思。本来，他对秀芬所担任的任务，看做是极端重要的工作；听陈政委这么一说，仿佛有她或没有她没什里关系。这样，要是落在敌人手上，岂不成了冤枉？

人被崇高的理想所鼓舞的时候，完全忘记个人的存在，更不会计较个人的得失。如果只考虑个人的安危，人就变得十分渺小了。季刚脑子里突然闪出一个杂念：找严家珍去问问有没有什里消息？他向首长敬了一个礼，转身就走了。

"季刚，你等等！"陈俊杰把他叫住，"你有没有听懂我刚才说话的意思？我并不是说你爱人的工作不重要，而是说我们一个战斗部队，有我们自己的职责；从地方工作来说，你爱人这种积极主动精神，是值得赞扬的，也值得我们学习。"

"我懂得首长的意思。"季刚清楚地回答。

"懂得就好。不过你可要注意，不要过于担心她个人的安全，影响自己的情绪。"陈俊杰鼓励他说，"她已经进了城去，不管遇到危险或没有遇到危险，只有我们打进城去，她才能得救。你可记住：你是一个革命军人，手上有枪杆子，只有枪口对敌人说话，才有力量。任何其他的想法，都是不对的。"

季刚的脑子清醒起来。好象从深山的迷雾中走出来，眼界开阔，思路也畅通了。的确，她如果在城里已经遇到危险，他焦急，对她并无实际的帮助。如果她安全，他岂不成为庸人自扰？还去找严家珍干吗？他说：

"首长还有指示吗？"

"集中精力把战备工作做好。"

很巧，季刚从陈政委那里出来，偏偏在路上遇到严家珍。她对他望了一望，说道：

"季刚，秀芬一时回不来，你知道吗？"

"我知道。"季刚简单地回答。

"我另外告诉你一个消息，"严家珍走近他跟前，"严子强到了泰兴城里，他已经是还乡团的团长啦！"

"真的吗！"季刚说，"区委知不知道？"

"我告诉了陈指导员。"严家珍回答。

季刚的脑子里又变得复杂起来。秀芬在泰兴城里碰上严子强，那真倒霉。不过她和林琴瑶在一起，不会出什么事；最成为问题的，严子强做了还乡团长，将来是地方上的一个祸害。

他吃罢晚饭，向连长请了假，就回丁王庄去了。他唯恐母亲过分担心秀芬个人的安全，急出病来，有意把情况说得很简单，让她放心。至于严子强在泰兴城里活动,他根本不提,以免增加她精神上的负担。

他为了让王长春精神上有准备,特地去告诉他严子强准备还乡,这将有一场复杂而激烈的斗争。日本鬼子豢养的伪军,最大的弱点是没有地头蛇做它们的狗腿子,所以开展政治攻势,敌人就完全陷于孤立。如果严子强一回来,必然要搜罗社会上的渣滓,这就很麻烦。

王长春正在前庄王老四家门口的场地上和民兵开会。他们的任务,坚决实行空舍清野,准备对付敌人。让他们窜进根据地,就象豺狼跑进铁笼里,进得来,出不去。然后关起门来捉活的。当季刚跑上前去,所有的民兵都围上来,希望从他那里打听一点新消息。他和大家打了一个招呼,就把王长春拉到村头上去了。

"秀芬的事,你有没有报告首长?"王长春问。

"真是屋漏又逢连夜雨,"季刚说,"泰兴城里戒严,秀芬可能一时出不来;倒霉的是,偏偏又碰上严子强这个坏蛋。"

"你听谁说的?"

"严家珍告诉我,严子强已经做了还乡团长。"

"那你怕他干什里?"

"并不是我怕他,"季刚解释道,"这一来,今后地方上的斗争,可复杂啦!"

"这个,我们已经有思想准备,"王长春沉着地说,"既然内战打起来了,你想要这些牛鬼蛇神不回来,那是办不到的。"

"这就增加了斗争的复杂性和艰苦性。"季刚说。

"这个,我们思想上也做了准备,"王长春说,"我们实际上的困难,就是乡里的民兵基干队上升为区游击队以后,手上没有一支步枪。"

季刚听他这么一说,觉得是一个问题。过去,丁王乡基干队的步枪,最多的时候,达到三十多支。如今斗争形势这么严重,没有一支步枪,怎么行呢?他说:

"我给你出个主意。部队打进泰兴城,你就去找我们团长,请他解决这个实际困难。"

"团长不经过组织，他肯把武器直接发给我们？"王长春表示有顾虑。

"你不要用老眼光看新事物，"季刚有把握地说，"我们全团的武器，都换了一式新的。缴来一般的步枪，首长统统发给民兵。"

"那么，到时候我来找你。"王长春高兴地说。

"不过你要想法子，早些进城。"

季刚说得很肯定。好象泰兴城里的敌人等着他们去拿枪似的，毫不迟疑地答应下来。他的这种信心，虽然没有什么实在的根据，但凭经验判断：首长说要打哪里，哪里的敌人就一定倒霉；那么，泰兴城的敌人还能逃得脱吗！

季刚平常是很反对本位主义的，但他对自己乡里的民兵，毕竟有一种特殊感情，满心希望把他们武装起来。因此，他对于进攻泰兴城里的敌人，也就有更迫切的要求。

他怀着兴奋的心情，回到班上；营长王忠早已在那里等候他。当他刚跨进门槛，就听到营长的沙喉咙说：

"你跑到哪去了？到处找不着你。"

"我跟连长请假，回乡下去了一趟。"季刚回答。

"你准备带半班人，到姚家岱去泰兴的公路上，捉一个活舌头来。"王忠带着命令的口气说。

"团首长不是说，有人去吗？"季刚回答。

"我们不能光睁眼睛看上面，"王忠说，"应当自力更生。"

季刚明白营长的意思，应当靠自己动手，才能把准备工作建立在可靠的基础上。他说：

"马上就去吗？"

"你做好准备，明天去！"

季刚没有想到秀芬没有完成的任务，竟落到他的肩上了。现在他不论为公为私，甚至为自己，都需要把泰兴城拿下来，因此，他很乐意地把任务领受下来了。

十一

  人的精神上没有负担，做梦也是甜的。季刚领受任务以后，脑子里就象万马奔腾，一刻也停不下来。捉一个活舌头，任务并不复杂；但能不能完成任务，却关系到整个战局，这就非同小可了。

  他和一班长李进商量，认为人多反而误事：目标大，行动不灵活。结果，只从班上挑选了李成德、吴金贵和刘得胜三个战士，做他们的助手。他们三个人各有特点：李成德是孤胆作战英雄；吴金贵做过侦察员，去年夏天，他一个人深入广德泗安镇，抓到一个伪军的活舌头；刘得胜是从国民党突击营解放过来的老战士，有丰富的战斗经验。最后，经过连长的同意，他们这支便衣队很快就组成了。

  季刚很满意这支短小精悍的队伍。如果碰上敌人的大部队，转移方便；少数敌人准有把握吃下来。第二天傍晚，他满怀着胜利的信心出发了。

  当他们按照预定的计划，走到姚家岱敌人据点的附近，情况发生了根本的变化：敌人似乎已经知道他们要来，就在傍晚以前全部撤回到泰兴城去了。

  姚家岱镇上火光烛天，人声嘈杂。从四周乡下来的农民、妇女，还有民兵，都在那里拆碉堡，平战壕，闹得天翻地覆。当他们一走到镇上，老乡们都拥上前来。有的开玩笑地说：

  "同志，你们早来一步，说不定还发到洋财。"

  这对他们是一个讽刺。季刚心绪很复杂。本来，看到老乡们这股冲天干劲，应当高兴；可是敌人跑了，他们又没有赶上，怎么去完成任务？

  他们绕着姚家岱兜了一圈。敌人的工事结构，大体和泰兴城一样：有高堡、地堡、散兵坑,还有外壕。四周密布着铁丝网,都没有拆走。从外表看,也有一个完整的防御体系,实际上也是分兵把口,准备挨打的架势。

季刚不理解,敌人处处都这样设防。如果有一百个这样据点,那又需要多少兵力呢?它们还有什么力量作战呢?他说:

"你们看看这地形,有把握攻下来吗?"

"现在要紧的,是查明敌情,"李进焦急地说,"地形是死的。如果守备兵力少,再复杂的地形,也容易打上去。"

"敌人已经跑了。不要说捉活的,死尸也捞不到一个。"吴金贵感到有些失望。

"我们既然出来了,总不能空着手回去。"刘得胜插上来说。

"我们应当改换方向,"李成德提议道,"是不是到泰兴城去动脑筋?"

"你这话对。"吴金贵第一个表示赞同,"最好让我化装进城去。"

"泰兴城已经戒严,进去出不来,有什么用?"季刚说。

"我们停在这里总不是办法。"吴金贵说。

季刚考虑,停在这里当然不是办法。换方向也只有两条路:一是兴泰公路;一是靖泰公路,这都是边缘区,容易走漏消息。最后,他还是说:

"我们只有到泰兴往泰州去的公路上想办法。"

"我赞成。"李成德说。

"时间已经不早,"李进说,"我们马上就走吧。"

从泰兴到泰州一带地区,村庄非常稠密。有树木大、树林密的大村庄,也有树木小、树林稀的小村庄。各个村庄,好象一座座小岛,分散在广阔无边的原野。从树荫里射出来的一点一点灯光,如同海面上的渔灯,在浓黑的青纱帐里,若隐若现。一种深邃而幽静的夜色,紧紧地包围着他们。

他们既不靠近树林密的大村庄走,也不走树林稀的地方,穿过广阔无边的青纱帐,迅速而坚定地向前迈进。

夜深了。黑黢黢的大地静寂得没有一点声音。只听到微风吹动高粱叶子象在窃窃私语。偶尔有一只青蛙,蹲在路上,听到他们的脚步声,慌慌张张跳进草丛中，发出簌簌的响声。他们已经习惯于夜行军的生活，不讲话，不抽烟，也不咳嗽。谁也不会察觉在这茫茫的大地上，还有这些肩负重任的战士，迎着黑夜向敌人的方向进军。

将近天亮，他们还没有接近兴泰公路。季刚接受前天看地形的经验，还是先找老百姓问问情况，比较稳妥。他们走出青纱帐，朝着正前方两株孤单单的白杨树走去。

当他们还没有接近村庄，就听到一阵深沉的狗叫。季刚唯恐惊动四周的狗都叫起来，连忙叫吴金贵上前去把狗拢住。吴金贵从怀里摸出一个馒头，掰了一半，迎着狗声走上前去。他把馒头轻轻地抛过去，一条黑狗跳过来，咬住馒头就在他跟前摇起尾巴了。

他们一走进老乡的家里，就听到一个悲惨的故事：西边村上最近从城里来了一位女教师，前天傍晚正在小学门口教村上的小孩唱《游击队之歌》，突然被公路上下来的两个"遭殃军"揪住，说她是共产党。他们把她推进屋子里；第二天早上，庄上的人进去一看：她把头颈悬挂在屋梁上，自尽了。

"同志，一个多好的姑娘！"房东老大娘流着眼泪说，"那些没有心肝的畜生，白白地把她害死了。"

敌人的残暴，激发战士强烈的憎恨；他们和老百姓的感情深深凝结在一起了。季刚想起前天那个领路的妇女，又想想被敌人残害的女教师，除了斗争，老百姓是没有别的出路的。

庄上的老百姓，男女青年都在高粱地里过夜。他们为了不牵累老百姓，各人喝了一瓢冷水，很快钻入高粱地里，又继续向前走了。

直到天亮，他们在兴泰公路的东边埋伏下来。沿公路两侧，高粱很深。他们选择一段既有利于隐蔽又便于观察敌人的高地。背后是一个斜坡，通向一条干沟。靠北有几株高大的槐树。他们派出一个战士在路边监视敌人，其他都隐蔽在高粱地里休息。

七月的太阳象火一般红。高粱地里如同火坑上的蒸笼，沉闷而燥热。他们身上的衣服全被汗水浸得透湿，可是谁都不吭一声，全神贯注地倾听四周的动静。

公路由北向南伸展开去，好象一条干涸的河床，长满了杂草。只有两条磨得十分光滑的车辙，暗示还有汽车从这儿走过。

第一个在路边放哨的吴金贵，是一个急性子。他隐蔽在那里，好象守株待兔，感到非常无聊。他想起去年上伪军据点里，看到一个伪军正在买油条，他跟上去，掏出枪对他一指，伪军就乖乖地走了出来。那是多么痛快。今天要是白等一场，这就真晦气！

刘得胜并不象吴金贵那么急躁。他的思想，是希望在这次行动中立功。他一年多来，虽然参加过几次战斗，但没有特殊的表现，总觉得是一个缺陷。这一回，轮着他出差，还能辜负领导上的信任吗？

李成德最沉着。他完全懂得这个任务的重要性。全团的眼睛都望着他们的行动，非完成任务不可。如果今天抓不到，明天到泰兴城边上去，也得抓一个。所以他冷静而耐心，注视着公路上一草一木的动静。

正当他们沉浸在各种不同的思想活动中，突然从西北角上传来一阵汽车的喇叭声。他们紧张起来。季刚很快跑上前来，伏在高粱丛中，仔细观察。一辆黑黑的吉普车，象喝醉了酒的酒鬼，歪歪斜斜地开过来。速度很慢。从汽车里伸出来一挺冲锋枪，向两旁高粱地里不住地扫射，好象他们已经发现有人要来伏击，沿途搜索过来。

季刚很快地判断：敌人的大队伍马上就要来了。他又喜又急。喜的是有希望完成任务，急的是担心敌人向泰兴城里增兵，任务又将加重。

"排长，我们就把这辆破车弄下来？"吴金贵提议道。

"不要动！赶快隐蔽下来。"季刚命令。

果然，第一辆吉普车开过去不久，四辆篷车的中吉普装着士兵，牵引四门山炮，轰隆隆地开过来。季刚还没有来得及想出对策，敌人已经从他们眼前跑过去了。

季刚发现敌人的车上没有辎重，立即把五个人分成两组：李进带吴金贵和李成德准备袭击敌人；他和刘得胜伺机捕捉活舌头。

当炮车开过去将近三个钟头，一班敌人掩护着炊事房和三辆载着弹药的马车拖拖拉拉地走过来。不知他们是麻痹，还是行军疲劳，有的把枪倒挂着，拖着沉重的步伐，跟在马车背后，缓缓行进。

第一颗手榴弹击中头一辆马车，马倒下了。车上的炮弹跟着爆炸。敌人的队伍混乱了，各自奔走逃命。公路上一片烟雾，响声震天。

季刚和刘得胜勇猛地跳到公路上，追着向北逃走的一个敌人，把他揪到高粱地里，拖着他向东迅跑。他们已经顾不了公路上的东西，只求完成任务为满足。

抓来的这个家伙是一个怕死鬼。他跪在地上赖着不走，连连叩头求饶。刘得胜非常恼火，又不能揍他，只得用命令的口气说：

"站起来！你不走，我就用枪扣了你。"

对方听他满口湖南腔，对刘得胜望了一望，连忙从袋里摸出几张国民党的关金券，哀求道：

"我们是老乡，请帮帮忙。"

"你这干吗？！"刘得胜呵斥道，"你不要看错了人，我们是解放军。不要说你这几张破钞票，就是金条，也不会有人要你的。赶快走吧！"

刘得胜根据自己切身的体验，一面紧紧揪住他，不让他跑掉；一面和他拉同乡的关系，解除他的恐怖和对立情绪。他把自己被俘的经过，老老实实对俘虏说。"你瞧！我现在不也是解放军的好战士。"

俘虏兵并不相信刘得胜的话是真实的，一直低着头，闷声不响。他的眼睛向两旁窥视，寻找逃跑的机会。

"你是怎么出来当兵的？家里还有什么人？"刘得胜恳切地问道。

俘虏兵被他这一问，心里开始有些激动。他已经一年没有接到家信，不知他老婆是不是跟别人走了。他不由地反问道：

"你真的是中央军过来的？"

"你不信，我从前在突击营刻在手膀上的字，还没有去掉。"

刘得胜撩起衣袖，让他看手膀上刻的"忠义"两字，把他怔住了。俘虏兵不理解，他留着这种标记，共产党为什么不杀他。他说：

"新四军不怕你反水？"

"你真糊涂,解放军看人,不是看表面,"刘得胜解释道,"主要看一个人的心。"

"你是真心降了他们?"俘虏兵怀疑地问。

"我问你,你是真心参加中央军的吗?"刘得胜反问道。

俘虏兵不响了。他哪里是真心的呢?他从家乡抓出来,关在火车上,整整三天没有松开绑住他手上的绳子。想起这些,他几乎哭出来了。

"你想,我们穷人,跟中央军卖命,自己能得到什么?"刘得胜说,"解放军是我们穷人自己的队伍。我到了解放军,就等于回到自己家里,哪还谈得上降不降哩。"

俘虏兵已经被刘得胜解除了思想上的武装,开始动摇了。的确,他在中央军干了三四年,连家信都断了。再干下去,还能有什么希望。他说:

"我怎么办?"

"你一心一意跟我们走!"刘得胜明白地回答。

俘虏兵看到大势已去。他的武装已被缴去,逃回中央军,也没有生路,不如跟着他走,至少可以救得一条命。他说:

"在家靠父母,出外靠朋友,我就跟你去吧。"

直到太阳西下,季刚和刘得胜押着俘虏,走到他们早上来的村庄,跟李进的一个组会合,胜利地返回了。

十二

生活如同逆水行舟,顶过一个风浪,又一个风浪迎上来。只有征服一个又一个风浪,才能顺利前进。而生活的意义也就在和风浪搏斗中体现出来了。

李成德胜利完成任务回来,军邮给他送来一封信:家里失火,烧掉一间半房子，还有他父亲在救火中跌坏了一条腿。这个不幸的消息，象一支暗箭从背后射来，刺痛着他的心。

他的家是在东台三仓河，离开黄桥将近两天的路程。他既不可能回去，也想不出办法补救。特别是目前战斗任务这么紧急，他怎么能提起个人的问题呢。

他的父亲是全家主要的劳动力。姐姐已经出嫁，弟弟还小。父亲跌伤了，母亲怎么办呢？他竭力抑制自己的感情，不去想它；可是一堆熊熊的火焰，却不停地在他脑子里绕来绕去。他现在所能做到的，只有给姐姐去封信，请她去找找乡政府，看能不能照顾一下。但他又往回想，在目前这种情况下，地方工作也够忙，个人的事再去麻烦他们，怎么说得过去？干脆请姐姐回去看看，给父亲慰问一下算了。

他经过反复考虑，搬了一张小方桌在营地背后的大树下，坐在一截枯树上，从学习本上撕下一张纸头，开始给他姐姐写信了。

班长李进听到俘虏的口供，证实泰兴城里只有一个加强团。他非常兴奋。特别是昨天，它们又增援进去一个山炮连，油水更大了。这时，他对排长的沙盘模型，已经发生兴趣，连忙来找李成德去参观。当他跑来看到李成德正聚精会神地埋着头写东西，以为他在记昨天抓俘虏的日记，轻轻地从背后走过去，偷看他的秘密。

李成德刚刚拿起笔写上"亲爱的姐姐"几个字，便发觉班长立在背后，连忙用身子盖住纸头，不让他看见。其实，李进早已看到，正在等他继续写下去，是不是与他未婚妻谈情说爱。他见李成德停下了笔，才问：

"怎么不写啦？"

"你偷看人家写信，这是不道德的行为。"李成德严肃地说。

"你有什么秘密，不让人看？"李进笑着说。

"不管有秘密没有秘密，看人家的信总不对。"

"你说，写给什么人？"

"我写给我姐姐。"

"靠不住，"李进开玩笑地说，"恐怕是跟你的亲爱的……。"

李成德对他这种开玩笑，很不满意。第一，他一向不和女人来往；第二，他心上正是不愉快，偏来开这种玩笑。他不高兴地说：

"你赶快走吧，不要在这里噜噜苏苏。"

"你不把秘密坦白出来，我就不走。"李进回答。

李成德一气之下，拿起纸头就走。他不当心把一封家信落在地上，被李进抢到了手。他说：

"这里面有什么秘密，让我来瞧瞧。"

李进带着一种好奇心，拿着信一面走一面看，发觉李成德家里发生这么大灾祸，隐瞒不说，便用一种严厉的口吻责问他，说：

"你家里出了这么大的事，怎么一声不响？"

"这是我个人的事。"李成德低声地回答。

"你个人能解决这个问题吗？"李进说。

"目前战斗任务这么紧迫，"李成德说，"我怎么好提出个人问题。"

"你这说法不对。正因为要好好完成战斗任务，所以才先得把个人的问题解决好。不然，你人在这里，心在家里，还行吗！"

李成德觉得班长的话是对的；不过他是一个共产党员，总不能把家庭问题放在战斗任务前面。他说：

"这种问题，我想等打完仗以后，再说。"

"你看目前这种形势，战争一两天就会结束吗？"李进说，"这次不打则已；一打起来，就应当有和蒋介石打到底的决心。"

"那么，怎么办呢？"李成德问。

"走！我们一起上指导员那里去。"

李进把信往口袋里一塞，就在头里走了。

"我不去！"李成德坚持地说，"家里的事又何必去麻烦指导员。"

"你这话说得真稀奇，"李进瞪着眼向他望望，"你不依靠组织，一个人想心事，就能想出办法吗？"

李成德在原则上认为班长的意见是对的，不过全团有三千多人，哪个家里没有一点小问题。如果个个都象他一样，向组织上提出困难，领导上怎么对付得了。可是班长已经在前面走,他也只得勉强跟上去。

陈指导员正在连部和新抓来的俘虏谈话。很奇怪,俘虏休息了一夜,神情完全变了。他昨天似乎人很瘦,头发很乱,有点象抽鸦片的老枪。此刻,他穿上新军装,束上腰皮带,又理了发,满脸笑容。他望见他们两个人,好象老朋友似的站起来打招呼。

陈指导员看到李成德不象平日那样生龙活虎,有说有笑,估计他们班上出了什么乱子,连忙把他们引到外面,问道:

"你们有什么事?"

李进从衣袋里掏出李成德的家信,说:

"你看!成德家里失火了。"

陈小昆把信拿过来一看,觉得事情很严重。他知道李成德家里,主要靠他父亲劳动,这一来,全家的生活都有问题。他对李进说:

"这事,你看怎么办?"

"组织上应当想办法帮他解决困难。"李进回答。

"单靠组织也不行,"陈指导员说,"还得靠大家一起想办法。"

李进听指导员这样说,觉得自己就有责任帮助他。虽然他每个月的津贴只有三元钱,但现在他已经积攒下十元了,应当全部拿出来。他说:

"我们班上可以想点办法,主要还得靠组织。"

"你不要急,"陈指导员说,"等我向首长请示以后,再答复你。"

李进懂得团首长一向关心战士的生活,对于这种大事,更不会置之不理。因此,他也就放心了。他说:

"成德,我们找排长去!"

李成德以为他又是为自己的事去麻烦排长,连忙制止说:

"不要为我一个人的事,闹得满城风雨。"

"不。我带你到排长那里去看个好东西。"李进回答。

季刚正在专心致志地修整他的工事模型。他不仅把它看做是劳动成果,而且对它寄以极大的希望。特别是他去参观过参谋处设置在河边的演习阵地,更觉得自己这个模型有利用的价值。当他一抬起头,看到李进和李成德走上前来，兴高采烈地喊道：

"快来！报告你们一个好消息。"

"我特地带成德来参观。"李进说。

"你们知道吗？"季刚高兴地说，"团首长批准我们一连做突击队啦！"

李进连跳带叫地问：

"那我们呢？"

"你这还要问吗？"季刚回答，"尖刀班不就是你们。"

他们都兴奋得跳了起来。这是团首长对他们的信任，也是他们的光荣。李进说：

"排长，你这个宝贝，可发挥作用啦。"

"我还要做些修改，"季刚说，"你们先去看看演习阵地。"

"演习阵地在哪儿？"李进问。

"黄桥中学对面的河边上。"季刚回答。

李进被胜利的信心所鼓舞，一心希望他们第一班首先进城，打开前进的道路。他对敌情已经有数，研究地形也就特别感到兴趣。他立即带着李成德参观演习阵地去了。

黄桥中学对面的河边上，果真以关帝庙为中心，筑起了防御工事：地堡、外壕、散兵坑，还有沿着关帝庙的围墙，依照"想定"，筑了各种工事，很象一个防御阵地。

李成德没有去实地观察过地形，看到前面一条水流很急的大河，心里想："泰兴城外还有这样的大河吗？"他说：

"排长去看过地形，他说要渡河吗？"

"我没有问他。"李进回答。

"这是个大问题，"李成德说，"你记得吗？去年我们打金坛城，那里的城河，我们是徒涉过去的。"

"咦！你不提醒，我倒没有去想它，"李进说，"那我们还得先请排长讲讲。"

季刚的工事模型，经过一番加工，已经弄得更完整。他利用一块门板，铺上沙土，把工事模型放在中间，周围还插上一些小小的柳枝，衬托泰兴城，风景极为优美。他看到他们很快就跑回来了，连忙问道：

"你们怎么这样快就看好了？"

"我们没有实地去看过地形，"李进说，"看不出要领。"

"那里有这样大的城河吗？"李成德问。

"不仅河面比这大，水流还比这里急。"季刚沉着地说，"你们被它吓住了？你们来看！"

季刚把他们叫到沙盘前面，不仅指示他们城河的阔度，还把敌人的工事构筑，火力配备，详详细细讲清楚。他们最初都以为象去年攻金坛那么简单，听了排长的讲述，渐渐感受到一种压力，不作声了。

季刚懂得他们心情的变化，故意问道：

"这样的地形，你们看怎样对付？"

他们思想上毫无准备，面面相觑地望着。李进说：

"我们以前没有打过这样的仗。"

"你前天不是说，地形是死的。"季刚启发道，"现在我们已经查明敌情，你怎么又不开动脑筋呢？"

"你指点我们向哪里冲，我们保证打上去！"李进回答。

"还是你的话对，"季刚鼓励他说，"地形是死的。敌人的工事，表面看起来很坚固，实际上分兵把口，象一个纸老虎，没有多大力量。"

"我有个想法。"李成德从旁边插上来说，"班长，你记得去年我们打金坛株林镇吗？集中火力摧毁一点，打开一个缺口。白天，我们不是也打上去了吗？"

李进恍然大悟。他仿佛从深山迷雾中走出来，兴奋地说：

"你这话对！敌人一个团分得这样散，总有弱点给我们抓住。"

"这就对啦！"季刚高兴地说，"敌人这种防御，就是一个挨打的架势。你们看明天演习吧。"

接着，李进又从口袋里把李成德的家信掏出来，说：

"排长，成德家里出事了。"

季刚一看完信，不由地联想到自己父亲当年躺在床上的情景，感到事情很严重。他说：

"部队可能一两天就要行动，我们马上开个党小组会，一起来研究一下。"

他们研究的结果，五个党员带头，把积余的津贴凑合起来，帮助李成德解决困难。他们这种行动，立即推动了全排全连的战士，无形中造成一个救济运动。

李成德深为同志们的热情所感动。经济上的援助，固然帮助他解决实际的困难，更可贵的，是每个人都把他的困难当作自己的困难。他不仅感受到了集体的温暖，更深刻体会到什么叫阶级的友情。他的脑子里，不由地重复着班长的话：

"你不依靠组织，一个人有什么办法？"

晚上。陈指导员跑来对他说：

靠政治处派民运干事到你家乡去找地方政府，帮助把房子修起来。还有全连同志捐助五十元钱，作为临时救济。"最后，他问道：

"你自己还需要回去吗？"

李成德激动地回答：

"指导员，还需要我回去做什么呢。"

十三

拂晓。疏星护着残月，从蔚蓝的天空开始撤退。曙光驱散夜的黑暗，大地的一切生物开始苏醒了。黄桥象一个海岛浮现在无边的绿色的海面上，宁静而深沉。一阵悠长而清脆的号音，充满着坚毅的力量，唤醒战士们迅速奔赴操场。空气开始沸腾起来。

季刚第一个吹着哨子,带领队伍在黄桥小学东边的篮球场上跑步。整齐的步伐,如同沙沙的机器声,急速而又均匀。战士们象在和敌人赛跑似的,紧张、沉着。直到一声命令:"停!"随即"喳"地一响,大地静止了。

本来,他们经过一阵激烈的跑步,就要开始紧张的刺杀动作;今天,李进和李成德把排长做的泰兴城的沙盘扛来,改换了课目的内容。战士们带着好奇的心理,围拢来了。大家望着那沙盘上的工事模型,好象烧给死人的冥屋,感到很别致,一齐都笑了。

季刚走过来,叫大家挨次地站到沙盘跟前,然后他拿着一枝小柳条,把敌人的工事一项一项指点给大家看。最后,他说:

"你们不要看到有城墙、城河,还有这许多碉堡,就以为有什么了不起。你们想想,泰兴城内外有上百个碉堡,一个碉堡里放一个班,你们说要多少人?"

战士们互相观望着,好象小学生面对算术老师的口头测验,谁也不肯第一个说出答案来。但是各人心里都有数:"这还用算,命令一下,对准敌人,就得啦!"

李进早有思想准备。他看过演习阵地,又研究过沙盘里的工事模型,敌情也弄清楚了。他认为选择一点,摧毁敌人的工事,打开一个缺口,就从那里打进去。因此,他满有把握地说:

"敌人工事好象很坚固,实际兵力分散,只要打开一个缺口,敌人一个也跑不掉。"

"泰兴城,看样子象一颗生栗子,外面尽是刺,很棘手,只要用铁锤一敲,就叫它粉碎。"吴金贵满不在乎地说。

"你的铁锤在哪里?"不知谁从旁边插上来问。

"师部不是有两条阎锡山的老水牛山炮?"另一个人回答。

他们每个人好象都是参谋,又好象是司令员,谁都可以摆布敌人。有的人还在迷信去年打金坛城的经验,认为泰兴城的敌人总不会比日本鬼子本领大,我们一个冲锋,就从城门顶上跨进去。一个小小泰兴城,还用得着这么计算吗？

战士的议论，都不把泰兴城放在话下，好象吃豆腐那么容易。季刚对于这种轻敌的情绪，并不认为是坏现象；相反，他觉得这是士气的高涨。如果在任务面前，个个都畏首畏尾，哪还谈得上消灭敌人呢。他激励大家说：

"同志们！你们不要只想到阎锡山的老水牛，泰兴城里有四门美制山炮，看哪个有种，先把它夺到手！"

"你放心，我们进了城，不会睡觉的。"

"夺取敌人的武器，武装自己！"

季刚被战士们紧紧地包围着。好象一群小鸡包围着母鸡，吱吱喳喳闹个不停。这种无休止的争论，完全破坏了操场上应有的秩序。季刚认为这是战士们热情的表现，也是智慧的源泉。他感到很高兴，倾听大家议论。

李进对于这种无结果的争论，觉得没有多大意义。部队马上就要举行攻城演习，何必把时间浪费在唇舌上。他提议道：

"排长，不做动作，我们好下操啦！"

"你怎么这样急，"季刚说，"听听大家的意见，不很好吗？"

"这样你一句，他一句，又不会吵出什么结果。"

"结果不在开头，要看收尾。"季刚说，"打仗不光是我们两个，要靠大家。"

"操场又不是俱乐部。"

"操场上也有民主，不一定在俱乐部。"

最后，虽然没有什么确定的结论，但是经过争辩，战士们既弄清了敌情和地形，也懂得了自己的任务。他们好象在夜间行军，由于方向明确，目标鲜明，道路虽坏，心里却很清楚。所以脚步愈走愈有劲，情绪也愈来愈高涨。

早饭过后，全团的攻城演习就开始了！

季刚带领队伍走在连的前卫，向着演习场走去。头上都戴着防空伪装，远远望去，象一行一行树林在移动。他们好象开赴战场一样，步伐整齐，意志坚定，态度严肃。很快就象河里的流水，在黄桥河南的空地上，汇成一片了。

镇上的老百姓都兴奋地拥到河边上来看热闹。他们既感到新奇，希望看看主力部队怎样打仗；又怀着期望的心情，早点把泰兴城拿下来。所以每个人的脸上都流露着愉快的表情。

季刚面对着河北的演习阵地，看到围墙上飘起一面黄旗，不由地想起去年打新登的情景。那是一个碉堡林立的山城。没有城墙，也没有城河，四周都是绿油油的稻田。当我们从北门突破一个缺口，部队蜂拥而上。接着，就拼刺刀……他浑身热血沸腾起来。

连长周新民手上拎着枪，跑到他跟前喊道：

"一排开始运动！"

季刚恍然对大河里一望，感到一阵紧张。虽然事先已交代大家，渡河的时候，注意协同动作。但他还担心云梯组跟不上，特地把组长叫到身边，再说一声：

"你们注意不要和尖刀班失去联系。"

部队利用青纱帐，一个个向前跃进。很快，全排人都卧倒河边上，等候攻击的命令。随即信号弹一响，空中升起一根蓝色的烟柱，季刚带头"扑咚"跳下河去。

队伍冲击着河水，白浪翻滚。从河北岸射过来的子弹，象水鸟掠过水面，钻到水底，发出嘘嘘的啸声。战士们昂着头，一手举着枪，如同一排飞雁凌空，整齐而飞速地前进。

三副云梯，好象浮在河面上的水桥，追随着队伍，紧紧地跟上。

当第一个战士跳上河岸，云梯就象吊桥似的竖立起来。河南的火力掩护云梯搭上城墙，战士立即攀援而上，象飞檐走壁一样，一个挨一个跟进。

敌人狡猾地隐藏在城墙后面，一发现云梯上墙，猛力朝外一推，登上云梯的战士，仰面和云梯向后倒下来，"扑咚"掉进河里。

河南阵地上的六〇炮，集中打击城墙上的散兵坑，打得尘土飞扬，烟雾腾腾。第二张云梯又架上了。战士利用烟雾，再攀援而上，突破一个缺口，取得了前进的立脚点。

季刚带领尖刀班，向着敌人冲锋，扩大突破口，掩护后续部队上来。周连长立即出现在他身边，两人各对付一面，打退敌人的反击，巩固了已得的阵地。

他们的演习就在一片热烈的欢呼声中结束了。

季刚对于战士动作的敏捷，步调的一致，十分满意。特别是在紧要关头，连长出现在他身边，鼓舞士气，给了他们有力的支持。他非常高兴。

饶团长就在他们满足于演习成功的时刻，来到了。他一直在指挥阵地上，用望远镜观察攻击部队的每一个动作。从接敌运动、渡河以至登城，战士的动作都合乎要领。严重的缺点：部队上了岸，连的干部都成了尖兵，失去指挥，部队拥挤不堪。如果在战场上，就要遭到敌人的火力杀伤，这是极端危险的。

他看到战士和干部个个都象潜水员，从头到脚，浑身湿淋淋的。可是都很兴奋，谁都不注意个人的形象，更没有人去考虑演习中的缺点。不知谁发现团长到了跟前，突然大声地叫喊：

"立——正！"

饶团长报以愉快的微笑，夸奖道：

"大家稍息！你们的演习动作做得不错啦。"

"首长好！"战士亲切地回答。

"报告首长，要不要再演习一次？"季刚请示道。

"先把经验总结一下，看有哪些优缺点。"饶勇回答。

"请首长指示。"周新民从旁插上来说。

"啊！你今天不错，表现很勇敢。"饶勇带笑地说，"可惜你丢了连长的职务，做了一个出色的尖兵。"

周新民脸上的表情，变得很严峻。他并不觉得自己有任何失职的地

方。突击队归他率领,他的位置应当在最前线。他理直气壮地回答:

"我和副连长分了工:他在后面,我在前面。"

"你们两个究竟谁指挥谁?"饶勇严肃地说,"你没有回头看看,部队一上岸,就象一群鸭子。这能战斗吗?"

季刚看到连长很窘,连忙站出来替他打掩护,说:

"报告首长,连长在第一线,对士气鼓舞很大。"

"那你做什么?"饶团长反问道,"指挥全连重要,还是指挥一个排重要?"

季刚没有话说。他为胜利所陶醉,根本没有去考虑工作中的缺点。经团长一提醒,好象一瓢冷水从头顶上泼下来,顿然冷静下来。不错,带突击队是他的任务,怎么靠在连长身上。他想,打了胜仗找缺点,这本来是我军的传统。今天,他偏偏丢了这一条,这将给战斗带来不好的后果。值得他警惕。他怀着自责的心情,向团长敬了一个礼,带着队伍向出发地走了。

战士们和排长有着相同的情绪,一面走,一面夸耀演习的成功。好象他们真正打了什么胜仗,眉开眼笑。在往常的情况下,季刚对于战士的这种谈笑,看作是走向新的胜利的起点。可是此刻,他认为这是盲目的乐观。他大声喊道:

"不要讲话啦!"

战士们就象一群喧噪的鸟雀,突然被一棍子打下来,没有一点声音了。当他们走近目的地,李进靠近排长的身边,低声地说:

"团长对我们的演习好象不满意?"

"谁对你说的?"季刚反问道。

"你没有听到连长吃批评?"

"打了胜仗找缺点,这是我们的传统,你就忘了?"

"我们的缺点在哪儿?"

"你自己也应当动脑筋呀!"

季刚开始对团长的批评,还有些接受不了,认为是吹毛求疵。可是仔细一想，演习的目的就是保证战场上的胜利，如果不严格要求，可能造成不应有的损失。这一来，他也就心平气静了。

他们回到河南的阵地上，老百姓和战士都为他们的演习叫好，报以热烈的掌声。他们也都为胜利的信心所鼓舞，象河流奔向大海，汹涌地向前奔跑了。

十四

饶勇从演习场归来，想到战备工作已经有个头绪，心里比较踏实。正如一个建筑工程师巡视工地归来，不仅看到整个工程有了蓝图，而且材料也已齐备，只待实际施工；任务由空洞而渐渐变得明确具体，不由地充满着胜利的希望。

天气燥热。他浑身汗涔涔的；脑子却十分冷静。他靠在椅子上，偶然回想起去年从苏南撤退到苏北之前，中央曾经有过这样的指示：

"……如果国民党还要发动内战，它就在全国全世界面前输了理，我们就有理由采取自卫战争，击破其进攻。"

今天，他重温这句话，好象嚼橄榄一样，愈嚼愈有回味。当他开始接到命令要撤退的刹那，如同堕入深山云雾里，摸不清方向。他考虑的问题很多。不仅部队的战士和苏南人民有着血肉的联系，还有成千上万的战友流血牺牲从敌人手里夺回来的江山，拱手让给国民党。理性上虽能够接受，感情上却很难通过。特别是蒋匪军一来，许多指战员的家属将遭受摧残，这怎么说得过去呢？今天回头来看，要是当时执行中央的命令稍一犹豫，沪宁铁路被敌人占领之后，不仅政治上被动，而且有被包围的危险。如今我们背靠山东，面对长江，大块根据地联成一片，蒋介石来个十万三十万，大有余地和他周旋。这较之当年在湘赣边游击区的山沟里，更是别有天地。

参谋长高崇明，是一个精明干练而富有风趣的人。他拿着军区的作战命令，兴致勃勃地走进来，两脚踏得地板吱吱作响，一边带笑地说：

"蒋介石已经发出进攻命令，我们也要动手了。"

"军区作战命令来了吗？"饶勇立即站起来问。

"你瞧！"高参谋长把军区作战命令递过来，"时间很紧迫。"

饶勇把命令拿来一看：我们的行动时间，仅仅提前一天。他兴奋地说：

"时间对于我们真宝贵。战术上任何拖延，就是犯罪。我们要抓紧。"

"速战速决，"高崇明说，"这一次对我们是一个考验。"

"党中央真英明，"饶勇说，"要是去年我们不从江南撤过来，今天就没有这样主动了。"

"要是不撤退，今天只有上天目山啃竹笋。"高崇明诙谐地回答。

"打游击的时代，我们恐怕已经结束了。"

饶勇把军区的作战命令翻来覆去地看了几遍，感到很满意。他认为这次作战部署，既是积极的，又是稳妥的。兄弟部队集中主力攻歼宣家堡的敌人，再以四个团的兵力围攻驻泰兴城的敌人一百军，真是集中优势兵力，打击敌人一点。凭他军长陈天霞有多大本领，也叫他化为灰尘。拿下泰兴城，我们既可以大踏步前进，又可以大踏步后退，真是纵横自如。他说：

"我们马上召开干部会，向下传达。"

"不。"高崇明说，"明天上午，王师长要来，是不是请他给干部打打气。"

"那好呀！等他来，再开。"

饶勇对于王师长的信任，达到近于迷信的地步。他们在长期的战斗中，不仅工作上互相信任，而且私人的友情也是很深的。王师长是长征的老干部。曾经在红军中担任过副师长。新四军组成以后，他从延安派来，担任这个团的团长。有一次，他们在江南茅山地区，把日本鬼子一个中队包围在九里庄的一所大庙里。四面都是河套，地形开阔。那时，饶勇任作战参谋，亲自看到王师长带领部队冒着敌人的火网，向敌人攻击。当他们把敌人的火力全部吸引过来，从庙背后上去的部队，用扶梯爬上屋顶，朝着敌人扔手榴弹，把敌人彻底消灭。从那一次起，他完全为王师长的勇敢和机智所惊服，处处以他的行动作为自己的榜样。而且在以后无数次战斗中，只要王师长出现在阵地上，士气就象火焰般旺盛。一声命令冲锋，无往而不胜利。因此，王师长在战士的心目中，就是力量的化身。明天他来，无疑地将给干部带来强大的精神力量。

事实上，王师长从来不把自己估计得很高。他无论在战场上或是日常生活中，都是以一个战士身份出现。如果说战士对他有好感，也就因为他平常和战士接近，战场上又和战士在一起，这样，渐渐互相信任起来。他在这个团的时间相当长，对部队的战斗作风和干部的性格，一般比较熟悉。唯恐他们用野战中那种猛打猛冲的作风，对付泰兴的敌人，有些不放心。所以第二天，他亲自跑来看看他们的准备工作。

饶勇对待这次战斗是非常认真的。他清楚地意识：从党的利益出发，固然要把战备工作做好；就是为了保持团的荣誉，他也不肯马虎。他不仅在部队内部准备，并且派出侦察班，整天监视泰兴城，以防敌情发生变化。他保证自己的行动，落实在可靠的基础上。

王师长是一个胆大心细的人。他有老红军的传统，从部队的政治动员、攻城演习，到粮食弹药的配备，一一了解清楚，记在一个小笔记本上。当他听到使用第一连做突击队时，笑着问道：

"一连连长还是周新民吗？"

"还是他，"饶勇回答，"他已很老了，我们准备把他提起来。"

"他老什么，不过二十四岁。"王师长说，"目前正是过硬的时候，提拔一些新手，当心出事。"

"不会，"饶勇说，"一连一排长，也能过硬。"

"你估计拿下泰兴，有把握吗？"王师长问。

"照目前的情况，绝对有把握。"饶勇肯定地回答。

"你可不要轻敌。泰兴城里，敌人只摆一个加强团，你看这里面有没有什么阴谋？"

"我们已经研究过，有一种可能，敌人拿泰兴做钓饵，引诱我们上钩，逼着我们在长江边上和他们决战。"

"你们看到这一点，算是有很大进步。"王师长夸奖地说，"那么，击破敌人这个阴谋，关键在哪里？"

"时间。"饶勇简单而明了地回答，"谁赢得时间，谁就赢得胜利。"

"你的军事艺术，已经可以打几分了，"王师长笑着说，"毛主席教导我们：战术上要速决，就是这个意思。"

"学会这门艺术，我们还是小学生。"

"毛主席不是讲过，从老百姓到军人之间，并不是万里长城。"

"这中间毕竟有一段距离。"

"缩短这个距离，唯一的办法，就靠不断总结经验。"

"我们正集合干部在传达军区命令，请首长去讲讲。"

"一切命令上面都写得很明确，照着做就对啦，我还有什么要讲的。不过和大家见见面，那是好的。"

"请就去吧！"

全团排以上干部都集中在参谋处的大厅里。四面墙壁上挂满了五万分之一的军用地图：上至楼顶，下靠墙脚。地图上用红蓝两种小三角旗所标明的敌我形势：江南江北完全是两个世界。江北的敌人如同零落的小小沙洲，被包围在绿色的海洋中，渺小得可怜。南靠长江，北到陇海铁路，东起东海，西抵津浦铁路，全是我们的天下。本来，干部脑子里想到蒋介石集中了十万大军，准备渡江，多少有些紧张；可是把全华中地图挂起来看，不要说敌人来十万，就是来二十万，他们又能占领多大一块地方呢。这一来，不仅开拓了大家的眼界，而且思想上也获得解放了。

王师长双手反剪在背后，迈着稳健的步伐，从容地步入会场。他的个子不高，人很沉静。最初，谁也没有注意他的到来，当高参谋长一声口令："立——正！"全场哗地一声，起立。整个大厅，肃静无声。

王师长见到所有干部，个个精神饱满，容光焕发，一种发自内心的喜悦，流露在他的唇边。他微笑地向大家点头，一面招手：请大家坐下。

一阵暴风雨般的掌声，表达对首长的热烈欢迎。大家懂得，首长在这个时刻来到，不仅是精神上的支持，而且在实际上也会给他们援助。每个人都以期待的眼光注视着他。

王师长走近主席的位置，扬起浓黑而深沉的眉毛向全场一望，然后用坚定而有力的语调，说：

"同志们！

"战争，对我们来说，是不需要的。我们要求的是和平。现在阶级敌人不让我们和平；他们把机关枪、大炮，架在我们大门口。蒋介石夸口要在六个月内把我们消灭干净。在这种情况下，我们再去和他讲和，岂不是与虎谋皮。我们只能以牙还牙，以革命战争，消灭反革命战争！

"在敌人的心目中，只有飞机、大炮，没有人民。当我们意识到自己肩负着保卫人民的责任，也就会看到站在我们背后的是千百万人民。为了人民，依靠人民。这就是无敌的力量，也就是我们胜利的根本保证。

"军区已给了我们光荣的战斗任务。我们要高举起革命的战斗旗帜，紧握手中的武器，夺取一个胜利又一个胜利。全部的战斗历史，证明我们攻无不克，坚无不摧。让蒋介石在我们面前发抖吧！胜利一定属于我们！"

王师长的这种充满乐观的讲话，句句都象电流触动了每个干部的神经，全场在雷动般的掌声中，振臂高呼：

"用革命战争，消灭反革命战争！"

"为自卫而战！为保卫和平而战！"

"人民革命战争胜利万岁！"

整个会场的空气，如同煮沸了的开水，滚滚翻腾。王师长在热烈的掌声中离开主席台，兴奋地和陈俊杰、高崇明，以及各营的干部一一握手。当他走过一营营长王忠跟前，看到他过去的警卫员——一连连长周新民，感到特别亲热。他鼓励着他：

"小黑皮，这次攻坚，你可不要老一套。"

"黑皮近来不错，有进步。"饶勇从旁回答。

"个人进步还不够，要带动大家一起向前。"

"黑皮，师长的话，你听见吗？"饶勇提示道。

"报告首长，听见了！"周新民立正回答。

王师长向大家一挥手，就朝大门口走去。一阵热烈的掌声欢送他。饶勇跟在他背后，想到自己肩负着历史的使命，不觉心明眼亮，精神更加振奋起来。

十五

黄桥地区的群众象潮水般涌到镇上来了！

他们都把支援前线当作自己的光荣任务。有的扛着担架，有的挑着慰劳品，有的推着粮食，从四面八方汇集到黄桥镇上。街头挤得水泄不通，喊声震天。好象准备和洪水搏斗，热烈、紧张。

他们的口号：一切为了战争！一切为了前线！一切为了胜利！他们体验到：没有战争的胜利，便没有自己的一切。他们宁愿牺牲眼前的利益，争取最后的胜利。所以谁都不吝啬自己的人力和物力，都动员出来了。

整个黄桥镇充满着战争的气氛。部队的骡马都上好驮架。大炮、迫击炮、无后座力的小钢炮，都摆出来了。战士们忙着做伪装，打扫环境卫生，准备出发。妇女和儿童，打着腰鼓，吹着唢呐，扛着慰劳品，到各个连去慰劳，欢送战士们奔赴前线。

这是具有伟大历史意义的一天。和平的日子已经结束，自卫战争开始了！当太阳升到半空，部队开始集合了。各个连队从大街小巷走出来，好象无数支河流，向着同一方向汇合，渐渐变成一支巨流，迈着雄壮的步伐，在进军号的引导下，奋勇前进。

红旗在阳光下招展。公路上尘土飞扬。一支强大的队伍，在伪装的掩护下，和无边无际的青纱帐混成一片。只见一股绿色的巨浪，沿着泰黄公路，滚滚向前。

战士们戴着柳条编成的防空帽，衬托得各个人容光焕发，象早晨的阳光，清新而明朗。他们为了保持军容的整齐，既不拉下军帽，也不敞开衣襟，全副武装，雄赳赳地走着。树上的老鹰，看到这种赫赫的声势，发出一阵惊讶的叫声，仓皇地向西飞走了。

饶勇骑在马上，不时用望远镜瞭望无边的绿色的田野：浓密的树林，安静的村庄，丰盛的庄稼，到处一片和平景象。如果没有战争，让人们安静地劳动，这是一个多么优美的世界啊！然而依靠抢劫为生的蒋介石，却不让人们有这种安静的日子。抗战胜利的果实，要由他独吞。为了生存，为了自卫，今天，他们不得不奔赴战场。这是人民军队的义务，也是人民军队的责任。

时间在紧张的空气中驰过，太阳很快就向西偏斜了。按照部队行军的速度计算，前卫部队已经离城不远了。战士们如同船上的船员，完全信任舵手的驾驭，一声不响地向着目的地行进。

饶勇看看天色，再看看表，立即命令部队就地停止，让前卫营按照预定的作战部署，先去扫清泰兴南关的敌人，以便为攻城做好准备。

部队沿着公路南边的高粱地坐下来。各人放下背包，垫在地上，舒适而平稳地坐着。有的拿着白毛巾擦干脸上、脖颈上的汗水，有的拿起水壶大口大口地喝水。一阵凉风从高粱顶上吹来，拂过各人的脸颊，给战士们带来爽快的感觉，心里顿然冷静下来。

骡马隐蔽在大树底下；插在驮架上的柳条，也在晚风中轻轻飘动。

队伍全部没有一点声音，如果不是偶尔传出一声马叫，谁也不会发觉有队伍在这里停留。

饶勇一向是以严整的军容作为体现部队战斗力的标志。他看到战士们很有秩序地就地坐着，既不乱跑，又不喧闹，感到很满意。战士望着首长从自己身边走过，都投以敬重和信任的目光。他们经过长期战争的考验，已经得出一条结论：首长到哪里，胜利也就在哪里。所以每个人都怀着胜利的信心，期待即将开始的战斗。

经过一阵较长时间的休息，暑热随着晚风渐渐退走了。树林的背面出现了阴影。大地的一切生物，开始抬起头来，渐渐感到舒畅了。战士们听到"起立！"的口令，立即背起背包，束紧腰皮带，拍拍身上的尘土，又象一股激流汹涌前进。人影拖在地上愈来愈长，脚步也愈走愈快。

饶勇已经集中心思关注前卫营的战斗。如果敌人利用城关固守，那他等于送死。要是敌人为了保存实力，放弃城关，又有利于我们争取时间，进行攻城准备。当他计算前卫营应该进抵城关，还没有听到动静。他想，敌人可能撤到城里去了。他两腿夹一夹马肚，将手上的缰绳一勒，马蹄开始哒哒哒地快跑了。

战士们不知是前面有人带头跑步，还是受了首长的马的影响，不自觉地都奔跑起来。脚步愈跑愈快。好象狂风卷起一阵巨浪，滚滚向前。

果然，泰兴城南关的敌人，为了逃脱被消灭的命运，已经缩回城里去了。整个南关剩下黑黢黢的一片瓦房和空空洞洞的一群碉堡。

前卫营按照预定的战斗部署，分三路搜索前进：左面一路沿着西南角上的一排大树林，直接搜索到一座高大的碉堡下；右边一路沿着一条干沟搜索到城河边；正面沿着城关的街檐，直逼城门口。他们好象在野外打演习，没有遇到任何抵抗，很迅速地占领了整个城关。

泰兴城完全被我们包围了！宽阔的城河和高大的城墙，象一道天然的屏障，把城里和城外划分为两个世界：城里是黑暗的地狱；城外是自由的天堂。

饶勇跑到城关，一了解情况，并没有出乎他的预料，就积极着手做攻城的准备。他一边命令部队迅速进入宿营地，积极做好防空准备，迎击白天敌机来袭；同时通知一营的干部立即到阵地前沿来，实地观察地形，核实预定的作战方案。

王忠带领周新民、季刚和李进很快来到团长的跟前。他们集合在靠城河边上的横街头。饶勇坐在一个破旧的烘烧饼的桶上，背靠着廊檐下的小屋柱。他用手捂住手电筒，把泰兴城厢图摊在膝盖上，核实南关的地形。

城墙上的敌人，明知自己已被包围，但他们故作镇静，一枪不发。他们自信有坚固的设防，空军的配合，还有大军即将渡江，毫不在乎。有的正在碉堡里高声谈话，有的还在抽烟。他们妄想江南大军一到，就把我们反包围起来。这样，内外夹击，胜利就是他们的了。

敌人毕竟心虚。不久，城头上点起了照明柴，照得满天通红，河水发紫。他们妄图以火光阻止我们偷袭。结果，城外一片光明，更有利于我们观察地形，缩短他们的寿命。

饶勇带领王忠，从河边的横街头，用爬行的动作，爬到城门口的桥头，利用桥墩的一块石碑隐蔽下来，仔细观察城门右边的死角。

河水在桥底下，汹涌地奔腾。火光映着晚潮，幻化出一片金黄色，一起一伏。时而冲击河岸，时而被柳条阻住，发出嘘啸的声音。伏在城墙脚下的地堡，象巨大的乌龟缩在河对岸，一动不动。地堡的枪洞象死人的眼睛，空洞而阴森。

饶勇根据王忠第一次侦察的报告：城门右边的死角，被城门突出的部分挡住，左面的火力对它毫无威胁。只要把城门顶上的高堡摧毁，从这里登上城墙，最为安全。他经过反复观察，认为预定的作战方案和实际情况完全符合。他用左肘抵了抵王忠的手臂，轻轻地挪动身子，向后一步一步退回来。

王忠第一次侦察，距离比较远，既没有看到河南岸的地形有一条横街可以利用，更没有看到河北岸离城墙还有一段空地，可以作为立脚点。

经过这次观察,更增强了他的攻击信心。

他们回到横街头,走进一只没有人的小店,关上北窗,再用一个木盆罩住,点燃蜡烛,核实敌人的火力配系。饶勇指着地图对一连连长说:

"黑皮,你们再去仔细看看。确定从城门右侧打上去。你们看过后,发现有什么问题再提出来。"

"你们注意,"王忠插上来说,"河北有一段空地,正好作为登城的立脚点。"

"城墙下有地堡吗?"周新民问。

"有也要消灭它。"饶勇回答。

"城门顶上的碉堡,最好也先打掉。"季刚提议道。

"这是炮兵的任务,不用你担心。……"

饶勇的话还没有落音,一排机枪子弹,掠过他们的屋顶。他把烛光灭掉,从屋子里走出来。东边的枪声愈来愈激烈。这种突如其来的枪声,扰乱了夜间的宁静。他不由地惶惑起来:难道敌人敢于夜间出来?他一面叫周新民继续去观察地形,一面叫王忠派一班人朝着枪声的方向去搜索,自己带着警卫员向营地走了。

他走过一营的驻地,战士们都在挖防空洞。有的扛着门板,构筑防空工事,有的给骡马做伪装,还有民伕担架队,协助卫生人员,在村庄外边建立临时包扎所。整个城外,只见人来人去,可是谁都不高声大叫,保持高度的肃静。

东面的枪声,突然停止了。

饶勇估计敌人可能派出少数人出来捣乱,可是他们再也回不去了。他对干部队顺利进入阵地,并亲自看过地形,感到很满意。本来,他想洗洗身,休息一会;但他想到下一步的关键,就是火力的组织,随即又向炮兵连的营地走去。

他的心情好象已经张开的弓弦,拉得很紧,再也不能松弛下来。他的脚步踏在坚实的土地上愈走愈有劲了。

十六

丁秀芬终于等到解放军包围泰兴城的一天了。

黄昏以前,泰兴城里,街上行人断绝。各个巷口和十字街头,都堆集起沙包、桌子、门板,还有从老百姓家里扛来的橱柜,把道路堵塞起来。好象这些障碍物比城墙更牢固,更能保全他们的性命。

断黑。城墙上火光灼天,整个城市包围在一片火海中,随时都有化为灰烬的危险。站在街头上的哨兵,如同关在铁笼里的狼,走来走去,显得心神不安。家家户户关上门,唯恐发生意外的灾祸。全城的居民好象坐在一条将要沉落的海船上,怀着沉重的心情等待救援。

林琴瑶的母亲,手里捏着一把香,跪在神龛跟前,一面磕头,一面念阿弥陀佛,祈祷上天保佑。林琴瑶的儿子邦邦望着外婆跪在地上,不懂她做什么,跑去叫她,却被丁秀芬把他拉住了。

林琴瑶为了驱除内心的寂寞,坐在油灯前看《聊斋》。她看到那些狐狸妖怪,好象到了另一个世界。当她看到一个"农妇",强悍而泼辣,不由地联想到在乡下看到的许多农妇。象丁秀芬这样年青,已经懂得自己掌握自己的命运,而她一天到晚,忙忙碌碌,究竟为了什么呢?

"琴瑶,你成天看这些书,有什里用?"丁秀芬走进来问道。

"睡觉太早,不看书,又无聊。"林琴瑶回答。

"我看,解放军今晚准要攻城。"

"你怎么知道?"

"你到外边去看看,城墙上火光灼天,不防解放军攻城,干什里?"

林琴瑶心里很矛盾:希望解放军快些进城,让她们早点离开这个人间地狱;但她又担心打起来,万一落一发炮弹在自己的屋顶上,可怎么得了！她茫然地回答：

"解放军一进城，我们就好回去了。"

"军队进了城，要做的事可多哩，你还走吗？"

林琴瑶没有作声。要她抛头露面跟解放军办事，她有顾虑。万一被严子强的狗腿子看到，传到他耳朵里，不要说她妈在城里有危险，连她自己以后也不好自由走动了。

丁秀芬看到她一声不响，心里已经猜到几分。要她暗地里做点事，她的胆子还不小，公开出面，就害怕牵累。她想，对她也不必要求太高，干脆地说：

"这样也好，你先回去。"

"阿姨，我不回去，我要看解放军叔叔打仗。"

林琴瑶把儿子拉到自己怀里，连忙用手捂住他的嘴，不让他说下去。这多危险！要是把这个孩子留在城里，迟早要闯祸，觉得非走不可。她已经是三十多岁的人啦，经过多少风霜雨雪，再也受不起打击。如果能够把这个小家伙养大，她也算对得住死者；至于她自己，不求名不求利，图个自在，了此一生，拉倒。

丁秀芬的思想完全是另一种境界。她的命运已经和解放军连在一起。解放军的胜利，也就是她的胜利。如果明天解放军进城，不要说清除城里的许许多多坏蛋，需要很多人做工作，就是把城里敌人的武器弹药弄走，也不是少数人干得了的。还有他们庄上的民兵，一支步枪也没有，明天这个机会万万不能错过。即使首长不发，到敌人仓库里去拾破烂货，也要弄几支回去。她躺在床上，一面想着，一面倾听屋外的动静。

夜深。街上的巡逻队，不断地从窗外走过；沙沙的脚步声，带来一种恐怖的气氛，压得她气都喘不过来。她愈是希望听到枪声，炮声，愈是没有动静。她由烦躁而渐渐感到不安。如果城外没有解放军，城墙上烧那样多火干什里？如果解放军已经把城包围了，怎里不开枪呢？她心上这个疙瘩，老是解不开。

第二天上午。林琴瑶家里受到一场意外的恐怖侵袭。她们刚吃罢早饭，一阵紧急而骇人的敲门声，把全家人都惊动起来。接着，一个瘦长的戴黑眼镜的国民党军官，穿着一身笔挺的黄军装，一脚踢开大门闯进来。他的两只眼睛藏在墨镜后面，好象没有眼珠，阴险可怕。背后跟着两个戴船形便帽的小兵，象强盗一样，左顾右盼。

"你们家里多少人？"

戴黑眼镜的家伙打开手上的户籍册，仔细翻着。

林琴瑶思想上毫无准备，心里有些慌乱。丁秀芬在她背后推她一下，意思叫她大胆回答。林琴瑶神色仓皇地说：

"我妹妹在泰州教书，家里只有一个老母亲。"

"你干什么的？"

"我是逃难回娘家的。"

"你婆家在什么地方？"

"黄桥。"林琴瑶回答。

"啊！黄桥？新四军的老家，"戴黑眼镜的家伙，不怀好意地耸耸鼻子，说，"他们派你来做侦探？"

林琴瑶的脚后跟不由地有些抖颤。她勉强支持着说：

"我在那里呆不住，才逃回来。"

"你回来有多久？到公安局登记过吗？"

丁秀芬看到形势严重，唯恐林琴瑶挡不住，连忙跑到卧房里把她保存的周汉辅和严子强的两张有官衔的名片拿出来，递给林琴瑶。她恍然灵机一动，壮着胆说：

"长官不相信，请你去问问他们。"

戴黑眼镜的家伙把名片接过去，耸起眉毛一看，然后朝林琴瑶上下看了一眼，问道：

"周特派员是你的什么人？"

"朋友。"

"你在什么地方认识他的？"

"家叔严子强介绍的。"

"啊！严团长就是你的叔父？"戴黑眼镜的家伙把户籍册合起来问道，"是嫡亲的吗？"

"嫡亲的。"林琴瑶回答。

"你知道周特派员住在哪里？"

"早三天，他还到我家里来过，"林琴瑶说，"不知他今天有没有回泰州去。"

"对不起，有眼不识泰山，"戴黑眼镜的家伙皮笑肉不笑地说，"林女士还是周特派员的朋友。"

"我们也不是深交。"林琴瑶回答。

"哪里的话。"他改变口吻说，"那是你的小公子？"

林琴瑶把邦邦拉过来，说："是的。"

"那位小娘子，你家什么人？"他用一种怀疑的眼光对丁秀芬望了望。

"她是我家的用人。"林琴瑶回答。

"你们怎么会跑到泰兴来？"

"听说中央军有十万大军要过江北来。"

"不！"戴黑眼镜的家伙得意地说，"共军要来攻城啦。"

"真有这回事吗？"林琴瑶问。

"我们今天来查户口，就是防止坏人混进来。"

"他们会攻进来吗？"

"他们在做梦！"

戴黑眼镜的家伙对旁边两个小兵歪一歪嘴，暗示他们向后转。他向林琴瑶点点头，灰溜溜地走了。

林琴瑶吓得满头大汗。她没有想到丁秀芬这样机智，竟把这两张名片拿出来，把这个坏蛋吓跑了。她高兴地说：

"小丁，你怎么想得起来？"

"我看到你着急，怕出乱子，想到只有这一着棋了。"丁秀芬得意地笑了，"国民党这些家伙，就是蜡烛，不点不亮。他看到你后台有人，就会向你低头。"

"你的脑子真灵。"

"我们到了老虎窝里,不放机灵一点,随时随地有被它们吃掉的危险。"

"你看他们还会再来吗?"

"你胆子放大些,不要害怕。舍得一身剐,敢把皇帝拉下马。这班赤佬,怕他干吗?"

"我一个人倒不怕,还有你。如果出了事,我回去怎么交代。"

"你怕出事,反而容易出事;对付这班家伙,就不能怕。"

林琴瑶没有作声。她很佩服丁秀芬:年纪这么轻,脑子这么灵,胆子又这么大。周汉辅的一张名片,她当时接到就觉得这个人俗不可耐。没有想到她藏起来,派了大用场。她说:

"严子强的名片,你从哪里弄来的?"

"前天扫地,我在茶几下扫出来,上面粘了一点鸡粪,把它擦干净,一起保存下来的。"

"你怎么想到它会有用场?"

"我们在这里没有一点依靠,只得拿这种纸老虎去吓人。"

林琴瑶哈哈地笑了。

"今天这个家伙,算是被你吓唬住了。"

她拥着丁秀芬走进内房里去了。

就在这时,国民党的飞机出现在泰兴城的上空,象苍蝇一样嗡嗡嗡地轰鸣着。不久,飞机向下俯冲,侧身从屋顶上擦过,空气冲击着瓦片,哗哗地作响。突然轰隆一声,炸弹在城外爆炸,整个城市在颤动。

空气十分紧张。

丁秀芬想到敌人的飞机,炸的是我们的部队。她很奇怪:部队既然把泰兴城包围起来,又不攻击,白白地让敌人轰炸,这是什么缘故呢?

"小丁,你看炸弹会不会落到我们头上?"林琴瑶抖颤着。

"这是国民党的飞机,它不会对城里扔炸弹。"

丁秀芬安慰她说。

"那么，解放军怎么不攻城呢？"

"我们等着吧！"

十七

泰兴城的上空，敌机一批过去，又一批飞来，象梭子鱼一样，横冲直撞，非常猖狂。城里的敌人不时发出信号弹，指示敌机轰炸的目标。成百上千吨炸弹，向城外投下来。村庄、树林、田野被炸得浓烟四起，火光烛天。战士们望着一些庄上的房屋被炸毁，忿怒的火焰也在胸中燃烧。一个个摩拳擦掌，等待攻击的命令。

一会儿，一队加拿大制的敌机，疯狂地闯入老虎团的上空，侧着机身俯冲下来，从树顶上擦过，盲目地扫射。地面防空的轻重火器一齐对准敌机开火。一架红头飞机屁股上冒起浓烟，倒栽葱似的翻滚下来。战士们拍手叫好：

"打中了！打中了！"

经过一阵激烈的对空射击，敌机仓皇地逃走了。季刚带领战士回到防空洞里隐蔽下来。他好象看到有一颗炸弹落在那天晚上给他们领路的妇女的村上，不知她家里的人有没有受到危险？接着，他又想起秀芬在城里，不知怎样？所有这些公仇私恨，都集中到他的枪口上，准备向敌人发泄。

指导员陈小昆就在这时来到季刚的防空洞跟前。这是一个很别致的防空洞。象一个大木杓，里面铺着金黄色的麦秸，外面插着绿荫荫的柳条。季刚看见指导员在外面，连忙喊道：

"不要暴露目标，赶快进来！"

"你们的地形，倒利用得不错。"

陈指导员说着就钻进防空洞里，坐下了。他们两人挤在一起，把一张泰兴城厢图拿出来，象读不厌的一课旧书，又默诵起来。

"一排长，你可知道进城以后，还有一条内河？"陈小昆指着地图说。

"我知道。"季刚简单地回答。

"你准备怎么对付？"

"城外的大河渡过，城里的小河还愁什里。"

"你可不能大意。"陈小昆警告他，"不能迅速抢占内河，还有被敌人打出来的危险。"

"你不要估计得太严重。"季刚不以为然地说。

"你瞧！"陈小昆又指着地图说，"从城墙到内河，只一点点距离。如果拥挤在这儿，不要遭受敌人纵深的炮火杀伤吗？"

季刚并没有想到这一点。他所注意的是如何渡过外城河；经指导员这么一提，觉得是一个问题。他把地图移到自己眼前，再端详一番，说：

"关键就靠动作迅速，突破城墙，穷追猛打，不让敌人在桥头稳住阵脚。"

"要当心敌人有桥头堡垒。"陈小昆说。

季刚又被问题拦住了。他并不认为这是敌人可能设置的重重障碍，好象是指导员有意想出一些难题来考他。他说：

"你不要把敌人估计得太过分。"

"我们宁可先做些坏打算，"陈小昆说，"如果想得太容易，一遇到实际困难，就被动了。"

"我们不能设想得太严重，"季刚坚持地说，"不要挫伤战士的信心。"

"不过我们干部应当有充分的思想准备。"

"这个你放心。"季刚坚定地说，"城里只有一个团的敌人，只要打进城去，决不会让敌人反出来。"

"有信心是好的，"陈小昆说，"还要有预见。"

"如果敌人坚守桥头堡垒，我们就从河里抄到敌人背后去，把它包围起来。"季刚很有把握地说，"不怕它不缴枪。"

"好吧！希望你们做好充分准备。"

陈小昆说着,拿起地图走了。

季刚回头一想,指导员提醒他注意这一点,还是好的;不过他认为关键还在突破城墙。他为了不分散战士的注意力,只是自己记在心上,不再向战士传达了。

天断黑。我们的部队就开始向城河边运动。季刚带着队伍走在最前面。跟在他们背后的是火力部队。各个部队进入阵地,就按照预定的部署,执行自己的任务。突击连沿着河边的横街隐藏休息。火力部队有的从民房里打枪洞,有的在屋顶上架设机枪,炮兵设置在纵深阵地上,各人都选定自己的射击目标,确实瞄准。

城里的敌人,看到飞机扫射和轰炸,并没有产生积极的效果,开始恐慌起来。最初,城墙上的照明柴,仍然烧得满天通红;一发觉我们部队向城河边运动,火光顿然熄灭了。

黑暗笼罩着整个泰兴城。

城里城外象死一般寂静。

月亮悄悄地爬上树顶,天空一片明净。无边无际的青纱帐紧紧包围着泰兴城,如同一个荒凉的孤岛,听不到一点声息。突然,两颗红色信号弹冲出树林,升到半空,闪现出灿烂的火光,照亮了广阔的田野,也照亮了战士们的眼睛。

第一发炮弹揭开了战争的序幕!随即雷鸣般的炮声和密集的枪声混合在一起,象洪水冲击着山谷,哗哗哗地轰响着。整个泰兴城变成了一片火海。成千上万的红色曳光弹,划出一道一道红线在半空飞射。有时双方的子弹在空中碰撞,迸裂出一朵一朵火花。随即,象无数的陨星向下坠落。大地在震颤。空气在燃烧。战士们的心沸腾起来了!

季刚带领突击队象猫儿捕鼠似的,潜伏在河岸边。当第一排炮弹击中城门顶上的高堡,喊声和哭声,代替了枪声,形成一片混乱。接着,炮弹炸得碉堡的砖瓦向四面开花,城门顶上的敌人哑然无声了。

"同志们!冲呀!"

季刚一挥手,"扑咚"跳下河去。队伍击着浪花,冲过河去。云梯随后跟进。河南岸的六〇炮集中摧毁城墙上的散兵坑，打得敌人东逃西窜。突击队搭上云梯，飞也似的登上城墙了。

李成德第一个占领突破口。从城内土坡上射过来的机枪，掩护敌人反击。他趴在墙头上，端着汤姆枪迎接敌人。冲上来一批，倒下去，又一批上来。他甩出一个手榴弹，换上子弹匣，又把敌人打下去。

就在这时，从城墙的东面又冲上来一路敌人。恰好，刘得胜出现在他身边；两人肩并着肩，各人堵住一路敌人，坚守已经夺得的阵地。

突然，敌人从纵深打出一发山炮弹，落在城门顶上，弹片和尘土向四面飞射。季刚上来了。他立即命令：

"李成德！向东面冲锋！"

李成德听到排长的命令，知道后续部队已经上来，一跃而起，冲向前去。迎面一排冲锋枪扫过来，李成德倒下了！

刘得胜连甩过去三个手榴弹，端着汤姆枪横扫一匣子弹，冲上前去。敌人向后溃退，他用火力追击，把敌人堵住了。

后续部队蜂拥地登上城墙。季刚命令二排长带一组人配合刘得胜向东追击敌人。他带李进向着据守土坡顽抗的敌人，发起冲锋。当正面敌人一被击溃，他们乘胜向内城河追击前进。

季刚冲下土坡，冲到一座瓦房跟前，停了一下，把队伍集积起来。敌人又从正面反击上来。他派出一个战斗组正面迎击敌人，自己带着两个班绕过瓦房，从敌人背后迂回上去。敌人向后逃跑了。

"李进！追击前进！"季刚命令。

一发炮弹正落在李进旁边；他向东面一闪，一股气浪把他冲倒在地。李进的头碰在一块石壁上，昏迷过去。当他苏醒过来，吃惊地发现自己手上抓住一把泥土。他慌乱地摸了一阵，最后在石壁背后找到枪身，立即爬了起来。他把旁边两个轻伤员带着，迎着敌人火力，追击前进。

季刚发现敌人从桥头射过来的火力很猛，立即带着吴金贵一个战斗组从侧面直接插到河边。他们集中火力向桥头上的敌人射击，把火力吸引过来。

炮兵已经转移火力，向敌人进行拦阻射击。一阵排炮打到敌人桥头阵地上，敌人火力向后撤退。炮兵跟着敌人的退路，一路拦阻，敌人混乱了。

季刚发现桥头上的机枪不响了，带领部队直向桥上冲去；正好和李进会合了。他们一面用火力追击敌人，一面扫除横置在桥上的障碍物，开辟前进的道路。

大部队象潮水般涌进城来，敌人慌乱地向城中心退却。他们集聚在南北大街的十字路口，构筑临时防御阵地，集中强大火力阻止我部队向前推进，作绝望的挣扎。

饶团长就在这时来到一营的阵地上。他看到天色已出现蒙蒙的曙光，部队迟迟不进。他跑到一营营长跟前，问道：

"谁叫你们停止前进？"

"敌人的火力封锁了前进的道路。"王忠回答。

"谁叫你们从正面攻击？"饶勇责问道。

"我们从屋顶上打过去。"一连连长周新民提议。

"另外再从民房里打洞开辟前进的道路。"饶勇指示道。

"一排长，你们从屋顶上抄到敌人背后去。"王忠命令。

季刚已经知道自己手上没有多少人，可是大敌当前，毫不犹豫地说：

"同志们！跟我来！"

他端起汤姆枪走向前去。……

十八

天明。东门城头上竖起了一面白旗，西门城头上也竖起了一面白旗。敌人宣布投降。泰兴城解放了！

全城迅速恢复了正常的秩序。除了四个城门严密警戒，城内通行无阻。老百姓自动撤除街头巷口的障碍物，冲洗石板上的血迹。商店恢复营业，熙熙攘攘，一片热闹景象。整个泰兴城好象经过暴风雨冲洗，焕然一新，显得别有生气。

俘虏倒挂着没有枪机的步枪，垂头丧气地一批批向城外走去。一些戴大盖帽的军官，帽檐朝后，低下头，哭丧着脸，在枪刺前面，有气无力地走着。

民兵队长王长春跟着县委工作组第一批进城。他们在城门口碰上部队押着俘虏出城，从心底里感到高兴。王长春想起国民党这些家伙，打鬼子的时候，看不到他们的影子，今天想来捞便宜，落到做俘虏的下场，总也算是一种报应。他横着眼睛对那些俘虏军官瞪瞪，就从旁边擦过，兴高采烈地跑进城里来了。

他第一件事就是找丁秀芬。按照严家珍给他的门牌号头，在北街找来找去，没有找到。他非常焦急。不仅关心她的安全，而且希望找到她一起去找季刚。

丁秀芬早已投入火热的斗争中去了。她跑到包扎所，看到护理有人，便帮助炊事房挑水。正当她挑着满满两水桶水向北后街走去，被王长春发现了。他一把抓住她的扁担，兴奋地说：

"到处找不着你，真把人急坏了。"

"你怎里来得这么快？"丁秀芬反问道。

"你赶快把水桶放掉，找季刚去。"王长春说。

"包扎所忙得很，我这时哪有空去找他。"

"阿刚答应给我们枪，去迟了就没有希望。"

"他一个小干部哪来的枪？"

"他约好我早些进城，一起去找团长。"

"真的吗？"

丁秀芬听说有希望搞到枪，便什么事也不考虑了。她想，部队打了这样大的胜仗，找首长讨几支枪，可能有希望。原来，她打算到敌人

101

的仓库里去拾破烂，就是找不到门路。阿刚已经想到这个问题，这机会万万不能错过。她赶忙把水送到包扎所，和医生打了一个招呼，就跟王长春到部队里去了。

季刚一结束战斗就着手整理战斗组织。他懂得枪已经打响了，便不会停下来。说不定，下午又要投入战斗，他哪里还记得去跟乡里民兵弄枪呢？

他最伤脑筋的，是他们这个连付出的代价太大。他嘴里虽无怨言，心里毕竟不舒服。特别是他心爱的战士，象李成德这些同志牺牲了，感到心痛。又加上自己消耗的子弹没有捞回来，更是不称心。但是战斗任务摆在眼前，也就不能闹个人情绪了。

刘得胜就没有他这样的认识水平，气得简直要哭出来。他们全班十四个同志，除了吴金贵负重伤，还剩下他和李班长。此外，幸而有个同志护送吴金贵下火线，算是保存下来了。现在营部给他们补充八个新解放战士，不谈质量，连数量上也不够。他很苦恼；特别是他听指导员说，要把二排犯错误的胡明来补到他们班上，简直有些凑数。他们以后又怎么担负艰巨的任务呢？他想起李成德平日那样爱学习，守纪律，战场上又那样勇敢，毕竟有些心痛。在战场上，他没有时间去想，此刻，不由地两眼发酸，几乎要哭出来了。

他的旁边坐着几个新来的解放战士。班长分配他给做工作。他和他们谈了一会，觉得他们敌对情绪很严重，也就不想和他们多谈了。

但是他又往回想，不争取这些新解放战士，又到哪去找补充。他勉强抑制住自己内心的痛苦，和新战士聊起天来。依据他自身的体验，不是自己亲手抓的俘虏，不是很容易谈得来。可是由于他缺乏耐心，谈了一会，便跑到排长跟前哭诉道：

"这些家伙，死顽固，我有些不高兴跟他们谈。"

"啊！你倒不错，"季刚说，"如果他们都象老同志一样，还用得着你去做工作吗？"

"到别的班上换几个人来。"

"你可算得本位主义典型，"季刚批评道，"不好的往别的班上送，自己挑好的，大家都象你这样，不要打破头？何况你工作没有做到家，怎么就知道他们不好。"

刘得胜明明懂得排长的话有理，思想上一时整不过来。他不检查自己思想上的毛病，只怪工作难做，一切全推到客观的困难，这怎么能解决问题呢？

"同志，你应该学学李成德。你想，他平日是怎样耐心帮助同志的？"季刚恳切地说，"他已经光荣牺牲了。我们为了纪念他，就应当以他为榜样，做好自己的工作，把他没有完成的任务承担下来。"

刘得胜被排长的话激动起来。他不应消极地悲痛，应积极地站起来工作。他应当踏着成德的血迹，勇敢地前进。他抬起头正准备回排长的话，突然背后传来一个妇女的声音：

"阿刚，我们跑遍了全城，就没有看见你的影子。"

季刚望见秀芬和长春来了，非常高兴地说：

"我们正在战斗，哪顾得上去找你们。"

刘得胜并不知道站在面前的妇女就是排长的爱人，觉得有些不好意思。他向排长敬了一个礼，掉转头就走了。

"阿刚，你答应带我们去找团长，怎里说？"王长春问。

季刚心里很矛盾：这是他自己提出来的任务；可是战斗刚结束，团长的事想来比他更忙，这时去找他，是不是合式呢？如果这时不去，等缴获的武器送到后方去了，就会完全落空。他想，武装民兵，也是重要的战斗任务，不是什么个人要求什里东西，他说：

"你们等一等，我跟连长说一声，马上来。"

不久，他们从树林里走出来。虽然看到敌机在头上转，也不去理睬。他们很快钻进高粱地里，向着团部的方向前进。

一营离团指挥所，只隔一片高粱地。他们看到炮兵连的骡马已经上好驮架，好象准备出发。季刚担心团长走了，连忙催促说：

"你们快点跟上。"

饶团长并没有走，也没有睡觉，正在一间独立的小草房里，架起新缴获来的美式收音机，收听新华社播送胜利的消息。门外树荫下，坐着一大批戴大盖帽的国民党军官。他们一个个低垂着头，好象没有脸见人。警卫班的战士，端着加拿大的冲锋枪，站在旁边，严密警戒。

丁秀芬看到这批军官，就想起昨天到林琴瑶家里查户口的那个家伙。她好奇地一个一个认过去，象在看动物园里的野兽一样，希望把那个家伙找到，问问他解放军攻城是不是做梦。她终究没有找到，就以讥笑的口吻说道：

"军官老爷，你们今天可不威风了！"

一个脸孔修长、留着一撮日本胡髭的家伙，横眉怒目地敌视丁秀芬。警卫员大声对他喝斥道：

"放规矩点！不要东张西望。"

饶勇听到外面有妇女说话，从屋子里出来了。季刚跑上前去，向首长敬了一个礼。饶勇看看旁边的妇女，知道是他的妻子，故意开玩笑地说：

"季刚，你是不是押送俘虏来的？"

季刚满脸通红。他并不想到团长有意和他开玩笑，只因为自己没有抓到俘虏，感到羞愧。他说：

"报告首长，我们这次任务完成得不好。"

"你们第一个进城，应该得奖，"饶勇说，"怎么任务完成得不好？"

"我们一没有缴到枪，二没有抓到俘虏。"季刚说。

"别人缴获的，也有你们的一分。"饶勇回答。

丁秀芬看到团长对季刚很客气，便插上去说：

"报告首长，我们是来请求支援的。"

"你是哪来的？"饶勇对丁秀芬笑着说，"军队靠老百姓支援，我们能支援你什么？"

"我们乡里民兵，没有一支步枪。"丁秀芬回答。

"你未免有些夸张，"饶勇说，"怎么会没有一支步枪？你是哪个乡的？"

"黄桥丁王乡。"丁秀芬回答。

"啊！我懂啦，"饶勇说，"季刚是不是在闹本位主义？"

丁秀芬对季刚望望，又望望长春。

季刚连忙把王长春推上前去，说道：

"他是我们乡的民兵队长。"

"她呢？"饶团长对丁秀芬望望。

"她是刚从城里回来的。"季刚不好意思地回答。

"我们叫你不要急，对了嘛。"饶勇高兴地说，"她会使枪吗？"

"会一点点。"丁秀芬笑着回答。

"这很好，到季刚排上当娘子军。"饶勇开玩笑地说。

"首长说话算数，我就报名。"丁秀芬认真地回答。

"你报名，也得经过地方政府。"饶勇说，"今天，你能拿几支枪，先拿去再说。"

"请首长多给几支。"丁秀芬请求道。

"你有多少气力挑多少。"饶勇说，"季刚，你去请军需股长来。"

季刚很快把军需股长请来了。

饶勇当面交代发给丁王乡民兵十六支步枪，每支枪配三排子弹。丁秀芬深深被饶团长的慷慨支援所感动。她过去对主力部队一向有好感，但从来还没有象今天这样感受深切。她恭恭敬敬向团长鞠一个躬，说道：

"谢谢首长！"

"你不要谢我，这里还有季刚的一份功，也有你自己的一份啊。"饶勇亲切地回答。

丁秀芬满意地笑了。她兴高采烈地跟着军需股长走了。

军需股隐藏在一片树林里。缴获来的四门山炮，已经挂在吉普车的后面，准备开动。地上堆满了枪支、弹药，还有一种象吹火筒似的火箭炮，油漆得金黄，精致而轻巧。本来，首长批给他们十六支枪，已经很满意。可是一看到这里的武器，堆积如山，又觉得太少。丁秀芬埋怨道：

"阿春，你真没出息，怎里不多带几个人来？"

"你说得倒轻巧，入城纪律，你懂吗？"王长春回答。

"入城纪律又怎里啦？"

"规定民兵不许进城。"

"你又怎里进来了？"

"我是跟县委工作组，才捞到进城的机会。"

丁秀芬听他这么一说，幸喜自己早进了城，要不然，还见不到这样一个大场面。可惜没有碰上昨天那个查户籍的家伙，不然，她真要问问他，究竟谁在做梦。

王长春因为左手不方便，挑着八支步枪和二十多排子弹，感到很吃力。丁秀芬却轻松地在前面走着，他很羡慕。

丁秀芬回头看到王长春跟不上，停下来等他。她想到主力打胜仗，他们算是沾光不小。她说：

"阿春，你怎么想到要去找首长呢？"

"这是阿刚的功劳。"王长春说。

"他不过跟我们跑了几步路。"秀芬说。

"你不懂。这是他教我的窍门。"

"难怪首长说他闹本位主义。"

"你不要没良心。没有他的本位主义，我们今后光靠几颗手榴弹能解决问题吗？"

"不过我们还得报告区队部。"

"有了武器，什里事都好办。"

"以后，就要看你的指挥啦。"

"啊！以后就没有你的事？"

"我们娘儿们，还顶用吗？"

王长春听她这么一说，知道她有意寻报复，便不声不响地挑着枪向前走了。

十九

刘得胜听了排长的话，思想上发生了急剧的变化。他想起自己走过的路，也不是很顺利的，怎么一下子就忘记了呢？

他的家在湖南攸县黄土岭。一家五口全靠父亲佃种地主七亩多地过活。由于土质差，肥料缺，很难碰上一年好收成。交给地主的一千三百斤稻子，一粒也不能缺少。一年到头，落得两袖清风，常常全家人挨饿。一九三一年大水灾，村上饿死不少人。他们全家靠摘野菜，捞浮萍充饥。母亲因为吃错了野菜，中毒死了。后来，把小妹妹卖掉，才买到一口棺材，把她收殓入土。他自己十一岁，帮村上一家地主放鸭子。有一次，一只鸭子被老鹰抓去，他被地主婆打得死去活来。过去，他对这种生活，总认为是命里注定；经过诉苦运动和阶级教育，才懂得这是地主对穷人的剥削和压迫。

抗战期间，他没有和日本鬼子打过一次仗，妄想在军队里鬼混几年，能当上一个小官。去年新登战役，国民党突击营被消灭，他算是解放了。可是最初，他还抱着很大的敌对情绪。直到解放金坛城，第一次和日本鬼子面对面作战，他才明白：过去是完全受骗了。

他最感动的是首长对他的关怀。他在被俘的时候，有二十几张关金券被人抄了去。当时，他因为活命要紧，没有去想它；待到以后需要用的时候，又不知道哪儿去找。当部队进入金坛城，排长突然把钱拿出来，对他说：

"刘得胜，天快冷了，你拿去买件卫生衣。"

当时，他还以为排长和他开玩笑。直到排长告诉他，这是政治处为他保存起来的，他激动得几乎流出眼泪来。从此，他开始体会：解放军真是自己的队伍。由此，他联想到今天新来的战士，很可能和他当初的心情一样，他有什么理由去歧视他们呢？

他的这种情绪的转变，一回到班上，又因为胡明来的到来而扰乱了。本来，他只听说他要来，没有想到他已经垂头丧气地和新战士坐在一起了。他担心胡明来在新战士面前说怪话，连忙跑到他跟前说：

"老胡，你来我们班上，真好。我们正缺少老骨干。"

"我是人家不要的，算什么骨干。"胡明来气忿地回答。

刘得胜唯恐他的话被新战士听到，连忙拿着他的背包，带他走开，说：

"老胡，我们是老战士，说话可要当心，不要给新战士一个不好的印象。"

"我已经是老油条，"胡明来噘起嘴说，"还管它这些。"

"你怎么可以这样讲？"刘得胜耐心地劝导。"你想想，我们初来的时候，老战士怎样对待我们？"

"如今我们老了，就不值钱了。"

"你这样说就不公平，"刘得胜批评道。"谁个不犯错误；有错就应当改，坚持错误就不对。"

"我这算什么错误？最大不了，就是在老百姓田里扒了一个红薯。"胡明来振振有词地说，"天这么热，哪个不口渴？"

"你不仅是扒红薯，"刘得胜说，"你和班长对抗，不接受批评，这就错上加错。现在你调到我们班上来，从头做起，不是很好吗？"

"我们这种人，总是抬不起头来的。"胡明来顽固地说。

"你不应当这样说。我听你诉苦的时候，知道你也是苦水流不尽的人。你想想自己做学徒的时候，过的什么日子？你师傅是怎么待你的？"

胡明来听刘得胜这么一说，顿然想起自己的过去了。他在临安城里张大成缝衣店做学徒，生活有苦有甜，苦的是师傅虐待他；可是当他出师以后，师娘却看上他，又常常从她身上得到异性的温暖和抚爱，至今还引起他对她的怀念。他说：

"得胜，你看我们这回会打回江南去吗？"

刘得胜并不理解他说这句话的动机，只觉得他的口气有了转变，便高兴地说：

"这要看我们的仗打得怎样。如果胜利发展，我们也有可能打回江南去。"

"那么，现在你有什么事，分配给我一点。"胡明来的怨气开始消除了。

"你自己去找个对象，进行政治工作。"

正在这时，一个新战士迎面走来，引起他们的注意。新战士张全保从老百姓家里拿来一个木构，舀水擦过脸，往地上一扔，走了。

刘得胜立即跑过去，把木构拾起来，就和张全保攀谈起来。他并不责备对方不应当把木构扔在地上，而是对他说：

"这把木构，如果是你家里的，人家把它扔了，你又怎么想呢？"

新战士张全保睁大眼睛对刘得胜望望，一声不响地听着。接着，刘得胜不仅打听到张全保的出身，而且了解他当前最大的苦闷，也象自己初来时一样，被人搜去了一个金戒指。他安慰他说。

"我们是解放军。不会把你的东西拿走，回头我去帮你问问，你放心好了。"

"我现在什么东西都没有，日子怎么过？"张全保不满意地回答。

刘得胜想起他刚才用手擦脸，便从自己背包里拿出一条新毛巾来，安慰他说：

"生活用品，公家会发给你的。现在是在火线上，东西运不上来。先把我这条毛巾拿去用吧。"

新战士张全保对他望望，并不说不要，也不说感谢。好象这毛巾上有毒似的，心里想要，又不敢伸出手来。他把头低下了。

"你不用客气，"刘得胜说，"我们是同乡，现在又是同志，一条毛巾算得了什么！"

张全保对同志两字并没有听进去，对同乡却很感兴趣。的确，他现在象是海上遇难的难民。船已经沉了，人还活着，他去靠谁呢？既然碰上这样一个同乡，比孤苦一人总好些。他说：

"老乡，今后多靠你照顾。"

他说着把毛巾收下来。

刘得胜凭他这一动作，看出他的敌对情绪已经开始发生变化。正如两军对峙，敌方一动摇，就是发起攻击的机会。他立即现身说法，用自己被俘的经过和思想感情的变化，打动对方的心，很快赢得了张全保的信任。他说：

"你几晚上没有睡，好好躺一会。"

刘得胜的工作是成功的。他赢得了一个战士的心，就把其他新战士吸引在自己的周围了。他们把他看做是老大哥，各人把困难都向他提出来了。

不久，队伍向泰兴城东南面的陈家桥出发。他利用行军的空隙，一路上了解他们的思想活动，解除他们的恐惧情绪。同时教他们注意遵守群众纪律，借了老百姓的东西要还，说话要和气。特别是他们还没有改换军装，很容易引起老百姓误会。他把他们看做自己的弟兄，他的话也就容易为他们接受了。

中午。部队到达目的地，全村庄的人都动员起来，迎接他们。民兵出去站岗放哨，妇女跑到连队上帮战士洗衣服。军民融洽在一起，无形中给那些新解放战士一种活的教育。

将近下午三点钟，庄东头响起一阵热烈的锣鼓声。接着，一面红旗从碧青的高粱丛中飘动起来。两个化装成船家女郎的姑娘，摇着一条纸糊的旱船撑到庄上来了。前面两个扎黄头巾、穿绿上衣的小伙子，撑着竹篙，一边跳一边唱地摇晃着。跟在旱船背后的小孩、妇女，象一窝蜂似的拥过来。

当旱船摇到一营的驻地，战士们好奇地把旱船包围起来。摇船的小伙子在船前跳舞，船舱里传出姑娘热情的歌唱：

　　天空密布着乌云哟，

江上卷起了风浪；

我们不怕风吹浪打啊！

向那朝霞灿烂的天边，

摇呀摇，……

她们的歌声激起了热烈的掌声；歌声又压倒了掌声。最后，一片歌声、掌声和人们的欢笑声混合在一起，呈现出一派欢乐的景象。

刘得胜带着新战士混在人群中看热闹，都被激动起来。新战士张全保第一次遇到这种场面，既感到新奇，又不理解。他问刘得胜：

"摇船的两个女子，是不是唱戏的？"

"你不要瞎说，"刘得胜解释道，"她们是小学生。"

"她们不怕军队？……"

"我们解放军是她们的靠山。"

"中央军来了怎么办？"

"你不要迷信中央军，"刘得胜解释道，"他们那些当官的，都是草包。"

"你不要只看这一次，"张全保说，"我告诉你一个消息，中央军有十几万，今天就要渡江了。"

"你不要害怕，"刘得胜说，"我们有几百万。"

"我不相信。"张全保坦率地回答。

"解放区老百姓，个个都会打仗。"刘得胜说，"苏北有上千万老百姓，不比中央军多吗？"

"老百姓有什么用？"

"我问你，以前在家里，你是不是老百姓？"

张全保被他这一问，找不出话回答。但他认为刘得胜有意和他抬杠子，也就默不作声了。

刘得胜为了鼓励他，便挽着他的手从人堆里走出来，恳切地对他说：

"今天，你可能不相信我的话，你看以后的事实吧。"

二十

泰兴战役的胜利，揭开了自卫战争的序幕。

整个苏中战局有如风云突变，大为改观。蒋介石依仗优势兵力，从天星桥、七圩港、天生港和南通，大举进犯解放区。其先头部队从天生港渡江，直逼如皋城下。结果，被我兄弟部队分别包围在宋家桥和鬼头街。大战已经爆发了。

老虎团的紧急任务：阻止从七圩港渡江之敌向东增援，打破它们东西会师的狂妄企图，保证兄弟部队侧翼安全，争取新的胜利。

政治委员陈俊杰，等饶团长率领二、三营和团直属队去分界布置防线以后，也带着第一营向黄桥出动了。

太阳在满布着红霞的天边沉落，映照得无边的青纱帐象一片金光灿灿的海洋，在晚风中轻轻浮动。万物沉浸在热烈而兴奋的气氛中，等待黄昏降临。

战士们从一个胜利向着另一个胜利的目标前进，充满着信心和希望。泰兴战斗的英雄业绩，就象一部壮丽的史册，记载着许许多多英雄人物。战士们带着崇敬而怀念的心情，议论各个英雄人物的英勇行为。他们的话儿象河水般畅流不息。

陈俊杰的思想不象战士那样单纯。他骑在马上，脑子里象个万花筒，不断地变换着各种奇异的色彩。泰兴的胜利，是一个良好的开端。接下去，第二步就变得复杂了。敌人分四路渡江北进，显然是以如皋城作为它们合击的目标。我们的作战任务，是分头阻击，集中优势兵力，打击敌人一路，以达到各个击破。他以一个营的兵力，当然不能坚守黄桥。尽最大的可能，也要设法拖住敌人前进的时间，以便于在分界主阵地上有力地阻住敌人。

啊！黄桥。他蓦然想起这个英雄的镇市，又将经受着战争的考验。日本鬼子进攻黄桥时，他曾经在这里和黄桥人民一起战斗过，有力地打击过敌人。今天又轮着他和黄桥人民抵抗国民党军队的进攻，这将是一场艰苦的斗争。为了最后的胜利，将不得不暂时放弃它。他，作为一个政治上的负责人，应当从思想上指引战士们向着远大的胜利目标奋勇前进！

夜幕渐渐降落到村庄、树林、田野，大地象被包裹在乌绒里，柔和而宁静。战士们严格地保持夜行军的纪律，谁也不吭声了。只听到脚步的沙沙声，水壶和刺刀鞘的撞击声，显示出一种紧张的战斗的气氛。

经过一阵急行军，黄桥就象一个黑压压的山峰出现在他们跟前了。没有灯光，没有人声，也没有骡马的嘶叫声，好象变成一个空空洞洞的躯壳。老战士和黄桥有着深厚的感情，一想起出发前那种热烈的欢乐的场面，不由地感到一种重大的责任，落到每个人的肩上了。

陈俊杰随着队伍进到镇上，感到一种稀有的平静。好象整个镇上没有一个人，只有他们的部队在活动。街道显得特别空旷，房屋也似乎矮小了。他停下来向四面望望，开始布置防御阵地。

"政委，面积这么宽，道路又这么多，队伍摆在哪里恰当呢？"一营营长王忠请示道。

"我们不能守面，只能守点。"陈俊杰说，"南面有河，北面没有路，重点在阻住西面从泰兴来的敌人。"

王忠遵照指示，立即把部队带走了。

西头的阵地很不利于防守：正面很阔，公路两侧的高粱又深，既不利于观察敌人，又不便于发扬火力。好象四处都是空隙，真有防不胜防的感觉。

王忠踌躇了。他是一个冲锋陷阵的猛将，今天轮着他来阻击敌人，精神上完全陷于一种被动的状态。他想把阵地前沿的高粱全部砍光，扫清射界；可是，当他看到这些丰稔的庄稼，又不忍下决心。他只得去请示首长了。

"你可懂得？"陈俊杰对他说，"毛主席教导我们：消极防御，就是一种挨打的姿势。你以为扫清射界，就能保证安全吗？"

"毛主席讲的是战略防御呀！"王忠回答。

"你以为战略和战术可以机械地分开吗？"陈俊杰耐心地解释道，"那么，机动灵活的战略战术又怎么解释？我们既不损害群众利益，又要保证完成军事任务，这才是积极防御。"

"原则上，我懂得这个道理，"王忠说，"可实际问题又怎么解决呢？"

"懂得原则，实际问题也就好解决了。"陈俊杰指示道，"你在阵地前沿，多派几个游击小组，不比扫清射界，还能及早发现敌人吗？"

王忠领会了首长的意思，敬一个礼就往回跑了。

陈俊杰所关心的不单单是一个军事防御问题。从部队这方面来说，打得赢就打，打不赢就走，没有多大的了不起；可是地方上的老百姓就不能象部队这样一走了事。他想到一排排长就是本地人，应当让他思想上有准备，不然，明天敌人一来，就很被动。随即，他就去找一营教导员了。

一营教导员叶诚，是一个经过战斗锻炼的知识青年。勇敢而热情。在学校里，他是踢足球的健将；在战场上，他是打冲锋的勇士。缺点是热情有余，冷静不够。他多次请求改行做军事工作，又因为他政治原则性较强，一直留在政治工作岗位上。当陈政委跑去问他战士对守备黄桥有什么思想活动时，他满口回答：

"没有问题。"

陈俊杰笑了笑。他知道叶诚的弱点，便反问道：

"假若你的家在黄桥，部队如果撤走，你会怎么想呢？"

叶诚被首长这一诘问，弄得哑口无言。他不是黄桥人，事实不存在这个问题，当然，他没有去考虑。经首长这么一提，他想想，本地战士已经不多，也就没有问题。他简单地回答：

"只有一连一排长是黄桥人，他不会有思想问题。"

"你这种说法，就有问题。"陈俊杰带一种批评的口气说，"你没有对他做过任何工作，也没有对他说清楚整个情况，你怎么知道他没有问题？人的思想象流水一样，不会老停在一个地方。要是我们瞒着他，把部队撤了，首先就表现对他不信任。那时，他的思想会怎样？如果他家里因此受到损失，我看，你的所谓没有问题就会变成大问题。到那时，再来做工作，就变成马后炮，非常被动了。"

　　叶诚恍然意识到自己的工作方法太简单了。他仅仅看到新补充进来的大批解放战士中存在许多问题，急需解决，但没有考虑到巩固干部的胜利信心，是做好战士政治工作的先决条件；同时更没有想到把思想工作做在前头，才能处于主动的地位。他以严肃的批评和自我批评的态度说：

　　"首长的指示，很正确。这是我政治上的近视。"

　　"看到自己的缺点，固然很重要；更重要的是立即采取有效的措施。"

　　"首长放心。我马上就去布置。"

　　陈俊杰熟悉他的缺点，他更赏识他的优点。他和叶诚相处，时间虽只有一年多，但从实际工作的考验中，他既能坚持原则，又不隐讳自己的缺点，觉得他可爱。至于他作战勇敢，也为饶团长赏识。所以他就成为团里不可多得的好干部了。

　　区委书记马骏和陈静华就在这时来到陈政委的身边了。因为天黑，又加上他正在跟人谈话，所以他们站在旁边没有作声。当他发现马骏来了，便引着他们向街头一家中药店里走去。

　　马骏对于整个战局，只听到泰兴、宣家堡打了大胜仗，如皋南面又包围敌人一个旅，至于其他方面的情况，一无所知。因此，他看到黄桥镇上只有一个营，感觉有些奇怪，便跑来请示行动方针。

　　陈俊杰自己打过游击，最能体贴地方工作同志的心情。他跨进店门，用手电筒照了一照，没有看到一个人影。一面叫警卫员点蜡烛，一面对他们说：

　　"马骏同志，你们一切都准备好了吗？"

115

"陈政委指的哪一方面？"马骏反问道，"如果说备战，我们早已有布置。"

"今天不是布置，而是行动。"陈俊杰说，"敌人有一个旅已经到了陈家桥，很可能明天早上和泰兴方面的敌人配合进攻黄桥。"

"那么，我们的行动应当怎样？"马骏问。

"我们的任务是相机阻击敌人。"陈俊杰说，"你们在拂晓前就得离开这里。"

"首长这么说，黄桥打算不要了。"陈静华从旁边插上去说。

"谁对你说黄桥不要了？"陈俊杰反问道。

"那么，我们打了胜仗，为什么还要放弃？"陈静华说。

"我问你，假若一群狼跑到你家里来了，是打狼要紧，还是保护家里东西要紧？"陈俊杰说着对她望了望，"如果不去打狼，只顾保全家里的坛坛罐罐，人就有被吃掉的危险。狼打掉了，即使损坏一些东西，以后可以置回来。你说对不对？"

"话是这么说，可是老百姓的思想就是不容易打通。"陈静华坚持地说。

"首先，你这个老百姓就要通。"陈俊杰耐心地解释道，"日本鬼子进攻黄桥的时候，我们也放弃过。以后怎么样？我们还不是回来了。你拿这个道理跟黄桥老百姓讲，我相信一说就通。"

陈静华不作声了。她的担心仅仅从群众的眼前利益出发，没有从整个战局来考虑，经陈政委这么一指点，她懂得应当先打击敌人，不应当为黄桥一个地方，消耗自己的力量。她的思想上豁然开朗起来。便说：

"那我们应当怎样行动？"

"明天敌人的主要目标，是我们。"陈俊杰说，"主力部队一离开这个地区，艰巨的任务就要落到你们的肩上了。"

"这个我们早有思想准备。"马骏坚定地回答。

"你们经过反清乡斗争，我相信，胜利一定属于你们。"陈俊杰鼓励他们说。

马骏听了陈政委的指示，觉得没有什么话可说，决心按照县委预定的部署开始行动了。

陈俊杰望着他们迎着黑夜，迈开健壮的步伐向前走去，安慰他们说："天黑，路不平，你们好好地走。不久，我们就会回来的。"

二十一

季刚第一次参加这样的防御战斗，不仅军事动作不熟练，而且思想上也转不过弯来。过去，他们都是研究如何进攻敌人，今天却来考虑防止敌人进攻，精神上感觉很被动。他把队伍带到阵地上，看到防御阵地的正面这么宽，不知把队伍摆到哪里。他也踌躇起来。

天黑。阵地前沿的青纱帐，象密密的森林那样深。如果一个不留神，敌人从高粱丛中钻出来，就得被迫进行白刃战：这对我们是多么不利呢。

一营营长王忠就在季刚心神不定的时刻，请示首长回来了。他带着季刚把周围的阵地统看一遍，然后选择以前日本鬼子修的一个钢筋水泥碉堡作为支撑点，组织一面扇形的火力网，接着，他说：

"防止敌人利用青纱帐进行偷袭，前面派出三个游击小组，便于及早发现敌人，相机给敌人以猛烈的打击。"

季刚听营长这么一说，脑子顿然清醒过来。好象搁浅的一条小船，又回到水里游动了。他说：

"你去吧。我马上就来布置。"

季刚立即带领战士把那个杂草丛生的碉堡，打扫得干干净净，再把碉堡前面的射界稍为拓宽一点，碉堡顶上做上伪装，谁也看不出这里潜藏着一支坚强的战斗力量。

正当他把各班的任务安排停当,高兴地从碉堡里走出来,一股强烈的手电光直射到他的脸上,刺激得睁不开眼睛。他大声喊道:

"谁在打电筒!"

"一排长,你已经布置好了吗?"叶诚迎上前来,说,"我跟你谈一件事。"

季刚听到是教导员来了,便走近他的身边。最初,他以为教导员是来了解新战士情况的;可是一听他说明上级的意图,便不作声了。

"你马上回丁王庄去一趟,"叶诚说,"叫家里人做些准备。"

季刚所想到的并不是个人家庭问题,而是部队打了这样大的胜仗,立即放弃黄桥,怎样对老百姓说话呢?他觉得这是给地方干部带来一个难题。他说:

"这是军区首长的命令吗?"

"你难道以为这是团首长出的主意?"叶诚反问道。

"不过我们一走,怎里向群众交代?"

"你可记得去年的孝丰战役?当时,我们如果不放弃天目山,造成敌人的错觉,分兵冒进,怎么能在三四天中歼灭敌人十四个团。"

季刚恍然领悟过来。首长经常讲,我们不在乎一城一地的得失,主要是歼灭敌人的有生力量。江南那样一个好地方,去年都放弃了,他不能因为黄桥是自己的家乡就留恋起来。他说:

"教导员,领导上的意图,我懂得了!"

"懂得就好。"叶诚说,"你快去快回。"

"时间还来得及吗?"

"现在还不到下一点,你去吧!"

季刚对领导这样关心他的家庭,非常感动。他的家虽然很简单,但他的母亲却很固执,以为还象过去一样,呆在家里没事,这是很危险的。他只要把母亲打发走了,秀芬和民兵基干队行动,也就没有什么问题。他联想起去年从江南撤退的时候,当时为了保证行动的安全,事先都没有向战士透露消息。直到长江边上,战士们看到要渡江了,情绪很波动。

有的甚至舍不得和江南的老百姓分别，竟偷偷地哭了起来。好在他们连里，黄桥的老战士，除了几个干部，已经没有什里人，部队暂时撤离，也就没有多大问题。

夜已经很深。他一个人走过很深的高粱地，感到有些孤单：既担心明天敌人突如其来，乡里的民兵没有思想准备，又怕敌人晚上出动，他已离开部队，于是急急忙忙赶回丁王庄。

整个村庄如同婴儿沉睡在摇篮里，甜蜜而安静。泰兴、宣家堡的胜利，如皋传来的好消息，把人们的脑子弄得昏昏然，还有什里人想到明天早上敌人就要进占黄桥呢。丁秀芬从泰兴城把八支步枪和二十多排子弹挑回来，已经劳累不堪，再加上一大早就要带担架队上如皋前线去支援，很早就关上大门，象醉人一样，睡得昏昏沉沉了。

季刚跑回家，象摇鼓似的摇着大门，很久听不到屋子里的动静。他很奇怪：秀芬不在家，母亲一定没有出门，不然，谁把门闩起来呢。他绕到屋背后，越过菜园的围墙，趴到秀芬的窗口窥视：帐门静静地垂着，只听到呼呼的鼾声。他一边敲窗，一边叫唤，把丁秀芬从梦中惊醒，吓得她胸口突突跳个不停。

她仔细倾听，发觉是季刚的声音，连忙披上衣服，回答道：

"我来了呀！"

她不知道这么深夜，季刚跑回来有什里事，难道出了什里岔子？她把门一打开就问道：

"你怎么半夜三更跑回来？"

"妈妈呢？"季刚急忙地问。

"你一天到晚只记得她。"

"要她马上到姊姊家去。"

"她早已走了。"

"那就很好，"季刚的心安定下来了，"你也赶快准备行动。"

"情况有变化吗？"丁秀芬紧张地问。

"敌人明天可能两路进攻黄桥。"季刚说，"我们相机打击敌人，就要转移。"

"你们准备放弃黄桥吗？"丁秀芬惊讶地问。

"你去把长春和长发找来，我把整个情况跟你们谈谈，我马上就要走了。"

季刚说着就进房间里把灯点起来。看看房间里还是几件旧家具，好象丢掉也没有什里可惜。不过蚊帐、被子、衣服，虽不是全新，但很宝贵。他不等秀芬回来，就把蚊帐拆下来，又从橱柜里，把所有衣服都拿出来，包在一个大包里。还有梳妆盒上的一面圆镜，这是他们结婚时候的纪念物，具有特殊的感情。他把它揩干净，也包在衣服里。粮食早已疏散。剩下桌子、床，还有母亲出嫁时带来的柜子，已经很旧，只得由它去了。

丁秀芬和王长春就在他忙着收拾东西的时候，进来了。他们对干部队准备这么快就放弃黄桥，毫无思想准备。虽然领导上早已做好空舍清野的打算，那是为了应付万不得已的情况，才采取这种措施。目前，部队打了这样大的胜仗，区里还准备开庆祝会，突然放弃黄桥，他们实在不懂什里道理。王长春一跑进来就问道：

"你们打算不要黄桥了？"

"哪个对你说黄桥不要了？"季刚反问道，"苏中这样多市镇，个个都守起来，我们不变成和以前的日本鬼子一样，还有什里力量去打仗？"

"你嘴里说要，实际上要走，这不等于一句空话？"王长春带着一种埋怨的口气说。

"你是一个老革命，不应当说这种话。"季刚批评道，"我问你，舍不得蚯蚓，钓得到鲤鱼吗？"

"你把黄桥几万人看做是蚯蚓，这是什里群众观点？"王长春反驳道。

"你不要抬杠，我是打比方。"季刚解释道，"我问你，当年鬼子进攻黄桥的时候，我们有没有守住黄桥？"

"那次虽没有守住，却给了敌人一个狠狠打击。"王长春说。

"可是你知道，那次付出多大代价？你没听说，守黄桥部队的首长吃批评。"季刚回答。

"你叫我们怎里对群众说话。"王长春仍然思想不通。

"我们是干部，就不应做群众的尾巴，"季刚说，"你们应当想想，坚守黄桥重要，还是保卫整个苏中重要。如果把锅子打破了，还能不能保住锅里的稀饭？"

王长春不响了。从道理上讲，季刚的话当然很正确，不过他的感情上，总觉得这件事来得太突然。他是一个共产党员，当然不该只顾地方，不顾大局，也就说不出其他理由了。丁秀芬却插上来说：

"你在主力部队，当然说起来很轻巧，我们天天和群众打交道，就没有这么方便。"

"你这样说就更不对。"季刚批评道，"我们大家都是党员，每个人都有责任说服群众，却不应跟在群众屁股后面跑。不然，还要我们做什里。"

"好啦！我们不要争吵了，"王长春说，"看我们怎里办？"

"长发呢？"季刚问。

"他到区委开会还没有回来。"王长春回答。

"我估计区委有统一布置，"季刚说，"你们先把民兵动员起来，立即准备行动。"

"我预定明天上如皋去支前，还去不去呢？"丁秀芬说。

"你还是去，支前不能放弃，"王长春说，"家里有长发和我负责。"

"这样就很对。"季刚高兴地说，"你们好好准备吧，我要赶回去了。"

"走吧！"丁秀芬把门一关，"我送你一程路。"

灰暗的云层弥漫着天空。明月时而透过云层的空隙露出脸来，大地有时朦胧，有时明净。黑黢黢的青纱帐，象沉睡着的森林，默默无声。他们从家里走出来，顿然感觉周围的空气已经发生变化。如同暴风雨将要到来之前的一刹那，显得特别的平静。丁秀芬抢前一步，靠近季刚的肩膀，说：

"我这次在泰兴城里碰上王老四啦！"

"他们这些都是严子强的狗腿子，"季刚回答，"敌人一到，他们就会跟在屁股后面来的，可要当心。"

"不过不会比鬼子清乡时更严重。"

"你不应当这样想，"季刚警告她，"日本鬼子的时候，没有庄上的人替它们做狗腿子，今天情况就两样了。"

"今天首长说，我可以到部队里去，"丁秀芬说，"你觉得怎样？"

"他是跟你开玩笑的，"季刚说，"事实上，我们乡里就只有你这样一个女干部，在这种紧急关头，应当坚守自己的岗位。"

"那么好吧，我听你的话。"丁秀芬亲切地回答。

"你更应当听党的话。"

丁秀芬想到他还有战斗任务，不应当耽误他的时间，便松开他的手，停住脚说：

"你去吧！明天在前线再见。"

季刚沿着展开在他眼前的一条宽阔的大路，急速地向着自己的战斗岗位走去。……

二十二

战争的布局，虽然象下围棋一样，有一般的规律，但在实际的演变中，随着棋手的艺术高低，往往千变万化。

本来，预计从七圩港出发进到陈家桥的敌人，第二天，可能和泰兴方面的敌人，合击黄桥；可是一到下半夜，敌人撇开黄桥，由南面季家市直向东进，妄图摆脱我们的牵制，打救鬼头街被我们包围的敌人。相反，它们利用泰兴方面的敌人进攻黄桥，以达到牵制我军兵力的目的。

季刚回到阵地上，本想利用时间在碉堡里休息一会，可是前面的游击小组已经和敌人接上火了。营部命令，要他带领全排人掩护整个营撤退。这样，他的防御任务也就完结了。

他为了不轻易放过敌人，指定一班长和刘得胜带一挺轻机枪守住碉堡，自己率领全排的主力埋伏在东北角的一个高地上；当游击小组把敌人引到阵地前沿，正准备发起冲锋，碉堡里的机枪开火了。他从侧翼给敌人以猛烈的射击，打得敌人人仰马翻，一片混乱。他趁着敌人重新组织力量的时候，带着队伍从东北悄悄地撤走了。

敌人并没有发觉这是一个空城计，按着老规矩，先用炮击。东一炮，西一炮，最后一炮落在镇中心，一座民房着火了。随着，浓黑的烟雾滚滚上升，火舌也冒出头了。

黄桥在炮火的摧残下，又经受一次战争的考验。

季刚回头望到镇上火光烛天，怒火也在胸中燃烧。虽然他明白这不过为了战略上的需要，不得不暂时撤退，但正如看到一群强盗闯进自己家里，没有给以应得的惩罚，总觉得有些不甘心。接着，他向自己解释：小人报仇眼前，君子报仇三年。你们等着瞧吧！总有一天，回头来收拾这批家伙。

他督促部队迅速前进。

夜色象一幅巨大的帷幕，渐渐向四面拉开。树林、村庄、田野，和各个人的面貌，由模糊而清晰。早晨的彩霞给田野抹上一层鲜艳的颜色，大地在隆隆的炮声中惊醒了！

战士们已经把黄桥的敌人抛得远远的了。他们渴望迅速消灭如皋鬼头街的敌人，然后反戈一击，吃掉黄桥这班放火的强盗。

事实并不如他们所想象的那般完美。从季家市东进的敌人，已经在分界和二、三营展开激战了。炮声象雷鸣般震撼着大地，树林都仿佛在摇动。敌人的飞机沿着黄桥通往如皋的公路线，象无头苍蝇飞来飞去。

季刚听到炮声中夹着手榴弹的爆炸声，他懂得战斗已展开短兵火力，开始白热化了。这是关键的时刻。如果敌人通过分界，东西敌人一会合，

123

就很难各个击破。正如一个手指容易掰断，合成一个拳头，就不容易对付。

他又继续督促部队迅速前进。

当他们走到离分界还有三里路光景，碰上一条积水很深的小河，拦住他们前进的道路。河面并不宽，但只有一只用草绳拉来拉去的水桥。桥上每次只能载三个人。季刚一看：不行！立即命令战士把背包和弹药由水桥上运过去，自己带头"扑咚"一声跳下河，迅速向对岸泅去。他刚刚跳上岸，营部通讯员骑着营长的黄马，气喘吁吁地跑到他跟前，催促部队跑步前进。

分界，是泰兴和如皋的交界；此刻，已变成敌人生与死的分界线了。本来，敌人妄想撇开黄桥，直奔如皋城下；没有想到竟在分界碰上我们的主力，受到阻击了。

战斗从天不亮打到太阳当顶，毫无进展。敌人象一群扑火的飞蛾，明明看着前面一批批倒下去，后面用机关枪驱使另一批再扑上来。最后，他们改变战术，派出一个营的兵力，绕道向北，占领分界河上游的一个居民点，从侧背用火力威胁我正面阵地。情况开始恶化了。

季刚就在这时带领全排人赶到了。他奉命轻装渡过河去，插到敌人的背后，配合营的主力正面攻击，用火力从侧翼包围敌人。当敌人发觉自己陷入四面包围中，便立即转移兵力，妄图驱走我河西的部队，保持腹背的安全。王忠乘着敌人的火力向西转移，率领全营从正面发起冲锋，把敌人从河边的居民点驱逐出去，保证正面部队的侧翼安全。战斗的主动权又夺回到我们手上了。

经过反复的争夺，坚持到天黑；胜利地赢得了一天的时间。而被包围在鬼头街的敌人的末日，已经临近了。

黄昏。部队向东转移，在芹湖、西南洋一线布置新的阻击阵地，以空间换取时间。既不让敌人前进，又不放它逃走，使他们陷入于进退维谷的境地。

季刚把部队刚刚带到阵地上，准备挖掘防空工事，又接到向敌人心脏进军的命令。他的任务是骚扰、袭击敌人，不让他们有喘息的机会。他想到兄弟部队经过一天苦战，不但需要休息，而且要整理组织，准备明天再战。因此，他什么话也没有说，又立即带领部队出发了。

芹湖西南的村庄，是密集的。而且有许多大瓦房，适宜驻扎部队。季刚为了深入敌人的心脏，绕过正面的敌人，从高粱地里摸索前进。

敌人为了防止我们偷袭，各个村头上都点着照明柴，烧得遍地通红，火光灿烂。季刚和他的部队仿佛在火海中游泳，稍不留神，就有毁灭的危险。

当他们继续前进，快要走到分界南边的河岸边，碰上敌人两个架电话线的小兵，抓住一个，缴获一圈皮线。从电话兵的口供里，知道南边村上驻有敌人一个辎重连，给了他们极大的鼓舞。

夜已经很深。季刚并不熟悉这一带的地形，但方向是清楚的。他们撇开村庄和大路，迎着村头上照明的火光，从茂密的高粱丛中，向着攻击的目标前进。

他们走出高粱地，四周的火光都熄灭了。整个敌人驻扎的营地，变成漆黑一团，甚至东西南北也都不容易辨别出来。突然一阵骡马的嘶叫声，象在告诉他们：那就是辎重连的方向。

果然，循着骡马的叫声，远远望见一根旗杆似的东西竖在屋顶上。季刚懂得这是本地人卖豆腐挂的标志。他们就以这个标志为目标，又从高粱地里搜索前进。不久，一个狭长的村庄出现在他们眼前了。

庄子前面一片开阔的打谷场，背后还有几根小竹子轻轻地摇曳。场地上原来烧的是一堆熏蚊子的篝火，现在已经熄灭，只剩下缕缕轻烟在月色中袅袅上升。拴在槽头上的骡马，不时互相踢打，嘶叫。马伕横七竖八地睡在烟火旁边，象猪一样发出蠢笨的鼾声。

季刚把敌情地形观察清楚以后，选择一个小小的高地，把轻机枪和六〇炮布置下来。当枪声和炮声突然响起，敌人的骡马便嘶叫着挣断缰绳乱跑。人和马互相撞击，象落网的一群鱼，乱作一团。不久，敌人的增援部队上来了。季刚留下少数人在正面吸引敌人，自己带着部队从高梁地里绕到敌人的尾巴上,给以突然的袭击。敌人感到腹背受敌,开始慌乱起来。

他们迅速地撤出战斗了。

他们胜利地返回营地,天已经朦朦亮了。部队整整四天四夜没有睡觉,战士在行军中都打瞌睡。季刚懂得战斗愈是接近胜利,困难愈大。谁能熬过这个关头,谁就赢得胜利。因此,他把部队安排在一片树荫下休息,自己又带领各班班长到防御阵地上去了。

阵地布置在一条由南向北的防风林的大堤埂上。朝外,堤埂的坡度很陡,朝里倾斜。这是一条天然的防御阵地。堤上的垂柳,高大成荫。堤埂的两侧,高粱象一片绿色的海洋,在晨风中轻轻地荡漾。

季刚对于这条防风林堤埂,极为欣赏。这等于筑了一座临时的城墙,添了一倍兵力。多么难得啊!他的信心大为增强起来。他刚刚走到二排的阵地上,迎面碰上周连长。他不问季刚执行任务的情况,先告诉他们鬼头街的敌人已经解决,只剩下一个宋家桥了。大家高兴得跳跃起来。

他们很快跑到自己的防御阵地;那里的战壕和防空洞都已挖好,只等他们来接防。季刚立即命令各班班长把队伍带到阵地上来休息;自己却站在堤埂上观察前面的地形。

正前方的一块红薯地里,有一座孤独的柏树林,中间竖起几个尖尖的坟堆。很明显,敌人如果进攻,一定要抢占这座坟林,作为前进的立脚点。

正当他准备派人到坟林里埋炸药,突然"啪"地一声,一颗子弹已经从他头上飞过去了。他定睛一望:西南面高粱地里,冒出几个绿色的钢盔,象西瓜一样在红薯地上打滚。他判断敌人正在运动队伍,立即命令道:

"西南正前方,发现敌人,开火!"

部队刚刚进入阵地,机枪嗒嗒嗒地响了。

敌人卧倒在地上,利用红薯地的垄沟,匍匐前进。最前面的一股敌人，带着一挺轻机枪，一个跑步，冲进正前面的坟林里，占领阵地。

季刚立即集中三门六〇小炮，对准坟林里的敌人，给以狠狠的打击。同时用两挺轻机枪连发射击，打得敌人抬不起头。

敌人发现我们建立了坚强的防御阵地，开始用山炮射击。第一发炮弹正击中村头上的一株大槐树，树干咔嚓一声，坍倒下来。整个村庄都震动了。

连长周新民来到一排阵地上。他决心趁敌人的炮兵还没有转移火力，先消灭坟林里的敌人。他命令道：

"一排的同志们！上刺刀！目标，坟林里的敌人，冲呀！"

季刚端起冲锋枪，跳出战壕，象一匹猎马，迎着敌人的火力，猛冲上去。敌人依靠坟堆，扼守顽抗。我们一排手榴弹扔过去，敌人向后逃跑。阵地上用火力追击，敌人一个个迎着枪声倒下去。

敌人发出一排烟幕弹，整个红薯地里烟雾腾腾。

季刚乘着烟雾把部队撤回来。当他们刚刚爬上堤埂的陡坡，一发炮弹落在他们旁边。他看到两个新战士还没有发现，眼看炮弹就要爆炸。他来不及叫喊，便把两个战士压倒在自己的身子下面。炮弹猛烈爆炸，弹片和泥土一起落到他的身上；他昏迷过去了。

二十三

丁秀芬并不知道主力部队将要继续大踏步后退，只看到鬼头街的巨大胜利，因此，脑子热烘烘的。她带着担架队胜利返回，好象骑兵队从战场上下来，一听到枪声，又只顾朝前冲了。

她怎么能不兴奋呢？泰兴战斗的胜利，饶团长把他们乡里的民兵武装起来了。昨晚上，她又亲眼看到鬼头街的胜利，缴获武器，比泰兴还多，捉到的俘虏，真是数也数不清。好象好象被大水冲下来的一群蚂蚁。当她向一位部队首长请求支援他们一点武器的时候，二话没说，给他们的担架队员每人一支步枪。部队首长为了奖励她支前有功，送她一支崭新的加拿大手枪。样子有些粗笨，不象日本手枪那样灵巧，但威力却抵得上一支三号驳壳枪。火漆闪闪发亮，真叫她心爱极了。

她想望得到一支手枪，已经不是一天，也不是几个月，而是几年了。她在反清乡斗争中，做梦都想弄到一支手枪，就没有碰上这样一个机会。日本鬼子投降以后，满以为和平到来，安心搞生产，对枪的兴趣，她已经不那么强烈；由于蒋介石挑起内战，又引起她对枪的渴望。没有想到这一次，不仅武装了乡里的民兵，自己也武装起来了。

她把枪束在腰上，子弹带挂在肩上，俨然象一个指挥员。她扛着担架兴致勃勃地往回走，满希望还有新的任务在等着他们。

天刚亮。他们经过加利镇，听到西边炮声嚯嚯，急忙赶到芹湖，碰上老虎团的卫生队。照顾伤员，这不仅是他们应尽的义务，也是他们的心愿。他们整个担架队又都停下来了。

团的包扎所，是用一张新缴获的绿色军用帐篷，支在芹湖北面一株大树底下。地上铺着金黄的麦秸。一副铁架的绿色军用床旁边，有一张四方的白帆布桌。桌上摆着许多象沙丁鱼罐头那种美国的暗绿色急救包盒子，好象这是从美国军营里搬来的一套装备，鲜艳夺目。

前线的炮声和枪声，如同瀑布从万丈悬崖上倾泻下来，哗哗哗地轰响着。敌人的飞机在天空里转来转去。医生和护士都在紧张地准备器械，其他一些人忙着卷绷带、烧开水、杀鸡，如同战士准备冲锋陷阵，十分紧张。

年青的女医生江一琼，是一位参军不到半年的上海小姐。她和旁人不一样，穿着洁白的工作服，烫过的鬈发上戴着一顶小白帽，态度沉静而闲适。她看到丁秀芬全副武装走进他们的包扎所，很为惊奇。最初，她还以为她是一个大干部，不敢去接近。直到丁秀芬说明来意，江一琼为她的热情所感动，很快就和她熟悉起来。

枪声渐渐稀落。伤员继续从火线上运下来。包扎所开始忙碌。他们把重伤员安置在帐篷里的麦秸上,轻伤员集中在外边的树荫下。有的重伤员痛得难于忍受,不住地低声哼叫。轻伤员却安静地等待卫生员给他们包扎,好象什么也不在乎地谈论着。

丁秀芬没有学过救护,但她昨天在鬼头街前线做了一天的抢救工作,懂得重伤员是首先抢救的对象。她拿着手术用的一把雪亮的剪子,跟着江医生。她一到伤员跟前,就帮忙把血衣剪开,让医生检查伤势,然后把伤口很快包扎起来。如果碰上急于开刀的伤员,就送到手术台,协助医生抢救。她感到战士流的血就象是为她自己流的,非常心痛。因此,她处处以身受者的心情,去适应伤员的要求。不管端屎端尿,洗涤血衣,都象服侍亲人一样,唯恐做得不周到。她力求以自己的动作,减轻伤员的痛苦。

当丁秀芬看到两个身上穿着国民党军队服装的新解放战士抬着一个伤员进来,大吃一惊!她心想:怎里让他们运送伤员?她很快走过去招呼担架抬到里面去。伤员伏在帆布担架上,背上、臀部和腿上全是血。脸朝着地下,人有点昏迷。她看到伤势很重,连忙跑去把江医生拉过来,说:

"这个伤员伤势很重,应当急救。"

江一琼沉着地把血衣剪开,发现有七八处伤口,都是弹片擦伤。只是臀部有一处比较重一点。但因流血过多,人的神志不清。她叫丁秀芬把打针的盒子拿来,给伤员注射一针强心剂。伤员突然把身子侧起来;丁秀芬发现是她的季刚,手上的盒子"哗啦"一声落在地上。她扑上去,紧紧把伤员抱住,脸色变得煞白了。

江一琼被丁秀芬这一突然的动作吓住了。她不知道伤员就是她的丈夫,还以为她神经受了刺激,昏倒下去。江一琼连忙拉住她说:

"你镇静点!前方这样的伤员经常碰到,不要害怕。"

"江医生,他是我的爱人,请救救他。"

江一琼凭着女性特有的敏感,当然理解丁秀芬这时的心情是不好受

129

的。但她作为一个医生却有安慰伤员家属的义务。她说:

"你不要难过。他的伤势并不很严重,只是流血过多,精神差一点。你到炊事班舀一碗鸡汤来,给他提提神。"

丁秀芬听医生这么一说,脑子清醒过来。她想,既然已经负伤,急又有什么用呢?何况这里伤员又不只是季刚一人。她跑到炊事班去了。

季刚不知是因为打了针,神志比较清醒,还是听到秀芬说话的声音,侧过脸来,望见她手上端着一只碗向他走来,感到极大安慰。他向她点点头,表示有话对她说。

丁秀芬并没有让他说话,用小匙把鸡汤送到他嘴里。好象母亲看护生病的孩子,每当他多喝一口,就给她增添一份希望。当他把鸡汤喝光,精神也振作起来,他说:

"你怎里跑到这里来了?"

"不要说话。你静静躺着。"

丁秀芬说着就端起碗走开了。

很快,包扎所都知道季刚是为了照顾两个新战士才负伤的,不然,他是完全可以避免。他这种爱护战士的精神,不但感动了一般伤员,更重要的是使新战士受到深刻的教育。最明显的是新战士张全保,他认为自己这条性命,是季排长的血肉换来的。经过这一事实的教训,他想到国民党军队的长官对士兵的态度;两相比较,他完全相信刘得胜的话:解放军是我们自己的部队。他对解放军的爱,对国民党军队的恨,开始明确起来了。

丁秀芬知道季刚的负伤,不单单是勇敢,而且是一种高尚的道德行为。她深为感动,认为他真不愧为一个共产党员。她应当以他做榜样,鞭策自己。这一来,最初看到他所引起的那种忧伤的情绪,顿然象烟云般消散了。

季刚已经四天四夜没有睡觉,又加上流血过多,精神和体力都感到极大的困倦。伤口经过包扎,又喝过一碗鸡汤,神志比较清醒。他的负伤既不是由于自己的过失,也不是什么敌人勇猛,被迫进行了残酷的战斗，完全是出于爱护战士的结果。因此，他的内心很平静。至于肉体上受点痛苦，又算得了什么呢！他为了不使秀芬感到痛苦，竭力克制自己，表情镇定、安静，不声不响地躺着。

当秀芬安排担架把一些轻伤员送走以后，再回到季刚身边时，他看到她全副武装，高兴地笑了。他轻声地问道：

"你的手枪从哪来的？"

"你可晓得，鬼头街打了大胜仗，一位首长送我的。"丁秀芬高兴地回答。

"武器是战士的血换来的，要把它当作第二生命。"

"你放心。有我就有它。"

江一琼唯恐她的谈话扰乱了伤员的安静，把她叫过来，说：

"休息可以恢复疲劳，让他安静。"

"我和他谈谈，也可以帮助他心里安静啊。"丁秀芬俏皮地回答。

"他需要的是恢复体力的疲劳，不是什么精神上的创伤。"江一琼带笑地说。

丁秀芬明白她说话的意思，不作声了。

火线上经过短时的间隙，炮火又隆隆地轰响起来。团指挥所派通讯员来传达命令：所有伤员立即送往野战医院，勤杂人员跟去，动作要迅速。

江一琼猜想部队要转移阵地，便对丁秀芬说：

"我们要把所有伤员送野战医院。"

"我们有担架。"丁秀芬回答。

"你们临时来帮忙的，怎么可以？"

"支前是我们的任务。哪里有战斗，哪里就是我们的工作岗位。"

"那就请准备吧！"

丁秀芬把担架全部检查一遍，再分配各副担架的任务。她把季刚放在自己的担架上，盖上伪装，冒着火热的太阳，以坚定而有力的步伐，跟在担架队的行列中，向东北方向前进。

131

二十四

　　太阳已经落下,月亮还没有升起来。野战医院驻扎的村庄,家家户户的屋顶冒着炊烟。从各个部队来的空担架,一队一队向庄上集中。东南和西南的炮声,经过一阵激战,突然停歇了。大地变得十分沉静。树林渐渐阴暗起来。

　　野战医院已经接到命令向东海边转移。凡是能走动的轻伤员,编成一队一队,由卫生员带领,向海安方向前进。重伤员,由各部队派来的担架,直接送后方医院。刘得胜和胡明来就在这时,扛着担架来到野战医院了。

　　丁秀芬并不了解战局的变化,只看到部队的担架队纷纷接替地方支前的担架,估计医院要转移,不知把季刚怎样处理才好,开始焦虑起来。她跑到季刚跟前说:

　　"医院要转移,你看怎么办?"

　　"不要急,医院会安排担架的。"季刚回答。

　　"我送你去,好不好?"丁秀芬说。

　　"你是带队来的,"季刚说,"不能为了我,放弃自己的任务。"

　　他们正说着,刘得胜和胡明来找着排长了。刘得胜看到坐在旁边的妇女,已经在泰兴城外见过,估计是排长的爱人,便凑上前去说:

　　"排长,连长派我们来送你。"

　　季刚一看到刘得胜和胡明来来了,很高兴。这样,既可以让秀芬安心回去,又不麻烦医院,也就心定了。他说:

　　"什里时候动身?"

　　"换上我们自己的担架就走。"胡明来回答。

　　丁秀芬看到连队里派了两个老战士来护送,也就比较放心。不过他的身体经过这次摧残，大为削弱，总是有些挂牵。可是战争形势这么紧迫，她总不能跟到后方医院去。乡里只留下长发和长春，万一发生情况，多一个人就有多一个人的好处。她说：

"阿刚，部队有同志来送你，我就不去了。你好好休养。"

季刚躺上帆布担架，向她招招手，说：

"你们回去的时候，一路上要当心。"

丁秀芬看到他睡的姿势不够平稳，便走过去将他的身子扶正，使他象是睡在摇篮里那样舒坦。她望着他向苍茫的暮色中移动。……

刘得胜和胡明来并不去考虑他们这时的思想感情有什么变化，只想到任务急迫，要在拂晓前通过海安镇，便急急忙忙向前走去。

当野战医院刚开始移动，从前方撤下来的一个部队，和担架队交叉前进，把刘得胜和胡明来的担架与医院截断了。最初，他们想让队伍先通过，随后跟上去。可是队伍愈来愈多，没有个边。如果等在这里，可能天亮还通不过。刘得胜说：

"老胡，我们不能等在这里，抄小路走。"

"我对这个地方一点不熟，方向都摸不清楚。"胡明来回答。

"方向不是朝东吗？路不熟，可以问老百姓。"

"你有把握就走吧。"

胡明来不以为然地回答。他不把自己的任务看作是光荣的责任，认为只不过是一种无聊的差遣。所以既不着急，也不想办法，一切听从刘得胜的支配。

刘得胜认为连长把这个任务交给他们，是对他们的信任。特别是排长这次受伤，他很受感动。因此，他觉得对排长的安全，负有重大的责任，不能丝毫马虎。他不顾胡明来高兴不高兴，抬着担架就向前走了。

夜色愈来愈黑了。他们愈走离开村庄愈远，四周静悄悄的，没有一点声音。他们经过几天炮火的震撼，脑子一直热烘烘的，突然掉进这样一个静寂的世界，四顾茫茫，有些胆怯起来。

胡明来在战场上，仗着群胆，也还能打几个冲锋。这时，仿佛总有

133

什么鬼跟着他似的,感到有些恐惧。他不时地问:

"刘得胜,你不要弄错了方向。"

"你瞧!北斗星不是在那里。"

"没有向导,你瞎摸,啥辰光到海安?"

"你跟着走吧。我不会把你带到敌人那里去。"

事实上,胡明来并不是完全辨不清方向,而是他对向东去不感兴趣。他所希望的是打回江南去。没有想到打来打去,结果,走回头路。他很失望。他想起他的师娘,虽然比他大十几岁,但她没有生过孩子,还很清秀,不瘦也不胖,两只眼睛很迷人。他记得,他初到他们店里,他只有十六岁。师傅经常打他,骂他,而师娘总是在背地里抚慰他。他觉得她象自己的母亲。他冬天给她生火盆,夏天给她烧水洗澡。只要她有什吩咐,他都很乐意去做。这样,他不仅生活上和她亲近,感情上也和她亲近。因此,他对自己的手艺也就一天天热爱起来。当他出师的那年春天,本可以独立谋生;不料在元宵节晚上,师傅出去赌博没有回,师娘把他叫去说:"你舍得离开我吗?"他被她的话所感动,不由地扑倒在她身上了。他常常被这种回忆所召唤,无形中留恋起江南来。他就在这种胡思乱想中,跟着刘得胜走到卢家桥了。

这是从黄桥到海安当中的一个小集镇。店铺不很多,但已实行空舍清野。不仅看不到一点灯光,连任何一点声音也听不到。集镇北面的一座木桥,已被破坏。桥边倒下一株大槐树,横在大路中间。路上的泥土挖得很松,好象埋了地雷。

他们既高兴又焦急。高兴的是已经走上大路,不会迷失方向了;焦急的是唯恐踏上自己的地雷。胡明来叫屈地喊道:

"真倒霉,桥也没有了。"

"你不要叫屈,这是民兵的功劳。"刘得胜说。

"你看怎么过去?"

"让我下河去试试看。"

刘得胜从河边慢慢把脚伸到河里,河水不深,河泥很滑。他搅着河水，哗哗地走到对岸，找到上岸的斜坡，立即掉头往回走。他们抬着担架，小心地下到河里，一步一步踩过河去。当他们踏上河对岸的大路，刘得胜象脱离险境似的，高兴地说：

"你瞧！我们不是走上了正路吗！"

一轮圆月从东海边升起，星光就显得微弱了。田野、村庄、树木，沐浴在轻盈的月光中，清新而宁静。刘得胜充满着信心，相信能按预定的时间赶到海安镇。胡明来却感到自己肩上的负担愈来愈重，希望停下来休息。他们在同一条路上前进，两个人的思想却开始不对头了。

天不亮，他们毕竟赶到了海安河南岸。从东南和西南撤下来的队伍，象潮水般汇合在一起。桥头上点着照明柴，照得每个人的脸都是红彤彤的。站在桥头上的指挥员，命令各个部队挨次序通过，不准抢夺。

刘得胜和胡明来是走自己选择的路，变成了散兵，因此，任何一个队伍都不让他们插进去。他们开始着慌了。胡明来看到大部队这样撤退，不知道要撤到哪里去，开始动摇了。他对于打回江南去的希望，感到幻灭。他怎么办呢？

"老胡，你在这里看护排长，我上前去看看。"

刘得胜很快跑到桥头上，向维持秩序的指挥员敬了一个礼，请求让他们插在队伍中，早点通过去。那位首长对他点点头，表示同意。他很高兴地跑回来了。

他没有想到就在部队交叉运动中，胡明来偷偷地溜跑了。他气得两脚直跳，但又不愿意让排长知道，急得象热锅上的蚂蚁，不知如何是好。最后，他只得请求兄弟部队派一个战士协助他把伤员送过大桥。他为了不让排长受刺激，找了一个民兵接替胡明来。他心里咒骂："胡明来这小子，逃得出部队，看你能不能逃出民兵的关口，总有一天把你抓回来。"

刘得胜和那民兵抬着担架走出海安镇，天已经蒙蒙亮了。熹微的晨光，如同万道金线，展现在他眼前。他怀着胜利的喜悦，迎着曙光向东海边前进！

135

第二部

一

　　解放军撤离黄桥之前，各乡的民兵就象肉眼看不见的地下水，透过密密的高粱地，从四面八方汇集到泰黄公路的两侧了。

　　王长春最早得到消息，准备得也早。当他带领丁王乡的民兵基干队出发的时候，月亮刚刚升到半空。田野象湖水一般平静。偶有微风吹动高粱叶子，发出沙沙响声，衬托出夜色深沉。要不是他们准备去伏击敌人，谁也感觉不到战争的气息。

　　他们选择的伏击地点，是在黄桥以西的两里路外。靠公路北面的一条干沟附近，没有村庄，也没有树林，只有一片黑压压的高粱地。王长春为了节省子弹，挑选了三个得力的队员把手榴弹捆成一束一束，埋在公路上；再用绳子系住导火线，拉到高粱地里，隐蔽下来。好象猎人捕捉野兽，只要一碰上，管叫它呜呼哀哉。

　　敌人的行动是迟缓的。直到东方已经发白，泰兴到黄桥的公路上仍然没有一点动静。民兵象猫捕老鼠似的伏在黑漆漆的高粱丛中，已经有些不耐烦了。突然，一阵扑扑扑的摩托声，把整个静寂的世界扰乱了。

　　一道巨大的亮光，掠过高粱顶，向半空探照。很快，一队摩托车出现在公路上，向黄桥奔驰过去。嘈杂的人马声，象热闹的集市，哄哄地喧啸[1]不已。

　　王长春遵照统一规定，等敌人先头部队接近黄桥，再开始行动。当他听到机关枪响，立即发命令：

---

　　[1] 喧啸：同"喧嚣"。

"放！"

公路上的手榴弹，顿时象地雷般轰隆隆地响起来！子弹象雨点似的从高粱地里飞出去，落到敌人的队伍里。公路上混乱起来。当敌人组织火力向公路北面扫射时，南面的枪声又响起来了。敌人驱散前面的民兵，后面的又打了过来。象捅了一个马蜂窝，蜂针从四面八方刺过来，弄得他们无处藏身。敌人被迫打打停停，停停打打，一直拖到太阳升到树顶，才象乌龟爬沙一样，慢慢地爬进黄桥镇去。

王长春早已完成任务，带领队伍安全转移了。他很满意自己这支队伍已经武装起来。第一次出动就把敌人打得团团转，确立了胜利的信心。但他听到黄桥没有抵抗多久，就没有了枪声，开始感到自己肩上的负担渐渐沉重起来。

他带领队伍向黄桥西北角的严许庄走去；眼看着敌人没有得到应有的惩罚，轻易地占领了黄桥，心里总有些不舒服。他不由地自语着："季刚他们为什里撤得这么快？"

严许庄设在树顶上的瞭望哨，远远望见他们从高粱地里一个个走过来。地下的民兵立即上前去联络，随即，他们就走到庄头上了。

支部书记王长发和老乡长正坐在树荫下，商量如何安顿从黄桥镇上撤退下来的群众。他们自己的人刚刚疏散，镇上又下来这样一大批，感到有些踌躇。王长发望见长春带着队伍走过来，便迎上前去说：

"阿春！马书记刚才路过这里，要你立即到周家庄去。请你顺便问问他，镇上下来这许多人，怎里安顿？"

"敌人已经到了镇上，先分散再说。"

王长春说着就走了。他并不知道镇上下来的这些人，是组织上有计划暂时撤出来的，还以为是盲目地逃跑，感到有些不满。部队撤出黄桥是为了战斗的需要，并不是永远放弃给敌人。大家见到敌人一来，就慌慌张张跑到乡下来，难道八年抗战，辛辛苦苦打下来的天下，就白白丢了不成？

他怀着愤激的心情向周家庄走去。大路两旁的玉米，结实而金黄，棵棵都象很粗很粗的棒头。眼看这样一个丰收的年景，将要遭受敌人的摧残，怎么不叫人气忿呢！

他走过一片花生地，点缀在绿油油的叶片下的小黄花，如同天星灿烂。他想起小时候，带着竹篮和小锄，在地主家挖过的花生地里拾捡零星花生的情景，那是多么艰难啊！有时难得拾到一两斤，自己没有尝一颗，就被母亲拿到镇上去换了油。如今这些土地已经掌握在穷人手里，看来，不经过残酷的斗争，还是保不牢的。他欣喜季刚这次帮了个大忙，把基干队武装起来，不然，面临今天这种局面，真是手足无措了。

他无形中谴责自己的太平观念。日本鬼子一投降，区大队上升主力，把他们基干队的十几支步枪都收走了。那时，以为从此天下太平，满不在乎。他固然找不到机会去弄枪，实际上，自己也没有积极去想办法。这次，算逼上梁山，不得不向主力求救了。

当周家庄的民兵从高粱地里钻出来，问他要路条时，王长春才意识到已经到了目的地。经过说明，民兵领着他向区委所在地走去。

区委书记马骏虽然没有上战场，也是三天三夜没有睡觉了。他的眼睛有些发红，脸色发黄，但他的精神却很振作，没有疲劳现象。他正在用一根白线维系脱下来的眼镜脚，弄得满头是汗。直到王长春走近他跟前，听到说话的声音，他才戴上眼镜，笑着说道：

"你们的基干队可富啦！今天的战果怎样？"

"请他们吃了几个小苹果。"王长春高兴地回答。

"要注意节省弹药，"马书记说，"锣鼓刚打响，大戏还在后头。"

"我还不懂这出戏怎里唱下去？"王长春说，"敌人刚进黄桥，镇上的人统统跑到乡下来了。"

"怎么样，你不让他们来？"马骏问。

"难道黄桥就不要了？"王长春回答。

"谁对你这么说？"马骏说，"你想想，今天是什么战争？我们不把一些积极分子暂时撤出来，万一遭受损失，岂不误大事。"

"难道我们就这样让敌人长住下去？"王长春说。

"你这话是什么意思？"马骏责问道，"黄桥有几万人，怎么会让敌人安安稳稳住下去。你应当相信党，相信群众的力量。"

"群众没有领导，还不等于一盘散沙。"王长春坚持地说。

"你怎么知道没人领导？"马骏说，"我叫你来，就是要你去联系。"

"联系谁呀？"王长春问。

"你可记得黄桥北关后面有个坟地？"马骏问。

"那坟地有几棵柏树，我都数得清楚。"王长春回答。

"这就行啦！"马骏说，"今天黄昏的时候，你到那里去联络严家珍。"

"她这种贵族小姐，太平时候，喊喊口号还可以。"王长春抱着怀疑的态度说，"今天这种情况下，不一定可靠。"

"你怎么这样不相信人。"马骏说，"我们固然要看她的成分，也要看她的政治表现。她上次动员林琴瑶掩护丁秀芬到泰兴去，不是也没有出事吗！"

王长春不响了。严家珍的家庭成分固然不好，可是从去年秋天，她的表哥渡江北上以后，政治上积极要求进步，表现还不错。组织上让她留在镇上，一定有道理。他说：

"那么，我去有什里任务？"

"主要是了解敌人的情况。"马骏说。

"严家珍这个毛丫头，她会弄得清楚吗？"

"自有人告诉她。"

王长春懂得组织上已建立地下的情报网，完全改变了刚才那种愤激的情绪。他说：

"马书记还有别的指示吗？"

"为了慎重起见，你再带一个人做助手。"马骏最后叮嘱。

王长春觉得马书记的话是正确的。虽然严家珍在政治上不会有问题，可现在不是打鬼子的时候，还乡团都是一些地头蛇，却不能不提防。

当王长春从周家庄走回来不到一里地的光景，木桥旁边一个民兵告诉他：南边有情况。他对民兵笑了笑，毫不在意地走了。他刚从南边来，敌人进占黄桥，还惊魂未定，哪会一下子就到乡下来了。他认为这个民兵有意恐吓人。当他继续向南走，远远望见丁王庄方向，升起一股巨大的烟柱，在半空缭绕，他才惊疑起来：敌人真的在放火吗？他放慢脚步，仔细向前观察。果然，高粱地里有人慌慌张张向西奔跑。随即，一个颈上围着一条白毛巾的青年，迎面向他跑来。他停住脚，定睛一望：正是文书何克礼。

王长春觉得何克礼是一个沉不住气的人，听到风就是雨，一定出了什么事。就远远招呼道：

"你跑得这样急，出了什里事？"

"阿春，不好了！"何克礼一个箭步跳到他跟前，"我妈被敌人抓走了。"

"不要胡说。"王长春瞪起眼睛问道，"你妈在哪里被敌人抓走了？"

"我哪会骗你。"何克礼急得象要哭出来的样子，"你刚走不久，还乡团就跑到我们庄上来了。"

"你妈怎里不跑？"王长春反问道。

"她正在房间里收拾东西，没有料到敌人会来得这么快。"何克礼说。

"说来说去，她还是舍不得家里的几个坛坛罐罐。"王长春说，"就抓走你妈一个人吗？"

"听说还有马婆嫂。"何克礼说，"请你赶快想办法把她们救出来。"

"我现在一个人，你叫我想什里办法？"王长春回答。

"你去请马书记派区大队来，就有办法。"何克礼建议道。

"你倒说得轻便。为了你妈，要游击队白天去冒险。"王长春表示不同意。

"照你这么说，白白地望着她们去死。"何克礼紫涨着脸说。

"你怎么断定她们就会死？"王长春说，"斗争还刚刚开头，黄桥究竟是哪个的天下，还没有定。"

"你想想看，敌人要是知道我妈，肯放过她吗？"

"你不要把事情估计得太坏。我们总有办法对付他们。"

"好汉不吃眼前亏。让他们抓到镇上去，至少皮肉要受罪。"

"革命嘛，总得要付出一些代价。要想舒服，那还能革命。"

"你不要讲这种大话。她是上了年纪的人，不比我们年青人。"

"老年人也有老年人的骨气。"

何克礼看到王长春的态度，十分固执，深为不满。他感觉自己这几年来，虽没做出什么大成绩，但是一天到晚，总是勤勤恳恳地工作。如今他母亲临难，就这样冷酷无情。他心里不由一酸，眼泪滚滚地涌到眼角上了。

王长春看到他这种要哭出来的样子，在往常的情况下，定要狠狠地训他一顿。可是当前斗争形势这么紧张，何克礼又没有经过什么严重的考验，便安慰他道：

"你要懂得，今天的斗争可不比打日本鬼子。敌人刚进黄桥就跑到乡下来抓人、烧房子，可见他们事先有准备。不然，哪有这样大的胆。我们不弄清情况，冒冒失失碰上去，万一出了岔子，你我担当得起吗？"

何克礼听王长春这么一说，觉得还有一点道理，便抬起头来问道："那我们今后怎么办？"

"领导上总会有办法，"王长春肯定地回答，"你跟我走吧！"

何克礼无可奈何地对长春望望，象要从他脸上观察出究竟有什么办法来，然后移动着沉重的脚步，有气无力地跟在王长春背后慢慢地走着。

二

严家珍怀着一种神秘而又自豪的心情留下来了。

她对于自己的家庭已经没有什么留恋，特别是想到严子强一回来，各种坏事都干得出来，更不想呆在家里。当马书记亲自告诉她，要她和陈静华一起留下来，心情十分激动。她的家庭成分不好，自己又没有工作经验，领导上这样重视她，怎能叫她不感到自豪呢。她不懂得为什么要把陈静华留下来。陈静华经常在群众中工作，连小孩都认得她，如果敌人一来，她怎么活动？可她对自己将变为一个秘密工作者，又觉得很神秘。她想起马书记临走之前对她说的一句话：

"丑恶的家庭并不妨碍你追求美好的理想，正如一个住在茅棚里的人，不影响她心地的纯洁一样。"

这样，严家珍把她的家庭当作一件脏衣服穿在身上，就可以在敌人的监视下自由活动，这又有什么不好呢？

解放军撤退的前夕，恐惧和不安笼罩着整个黄桥。严家珍全家人集中在她父亲的房间里。桌上点着一盏油灯。唯恐透漏灯光，窗上遮着一块黑幔，和外面的世界完全隔绝。他们象一群难民挤在一条摇摇晃晃的破船上，各人为着自己的前途暗自盘算。其中，她的父亲——严子才心神最不安。他端着一个水烟斗，并不抽，只在房间里踱来踱去。仿佛走前一步，看到的是陷阱，退后一步，又是深渊。哪里都没有他立脚的余地。林琴瑶抱着儿子，低着头，苦恼地沉思。只有她的继妈——柳如眉躺在竹躺椅上，摇着鹅毛扇子，心情闲适地倾听着屋外的动静。

严家珍靠在床杆上，观察各人的神情，真是各人一副面孔。她对她父亲，既憎恨又可怜。十年前，如果不是他把柳如眉带回来，逼着和母亲离婚，母亲也不会自寻短见。如今他象一只猴子牵在柳如眉手上，任她摆布。严子强这个混蛋一回来，这个家里准有戏看。要不是组织上要她留下来，她真不想呆在这个家里。很奇怪，两年前，她的表哥曾经劝过她离开这个家庭。那时，她就象一只羽毛未长全的小鸟，既怕风又怕雨，下不了决心。去年，他从江南回来，不知怎么的，她非常向往他的生活。以后，和陈静华一接触，就好象一个文盲已经能识字一样，打开生活这本书，愈看愈有兴趣了。假若她表哥再回来，不知他怎么看她？此刻，他在前线，也许正在激烈地战斗……。

突然，轰隆一声，一发炮弹落在他们屋背后不远的地方爆炸了。整个屋子震荡着。桌上的茶杯和碟子震得当当地响。她的父亲把灯吹灭了。整个房间黑黢黢的。只听到枪声和炮声象潮水般轰响着。

柳如眉紧张地立起来，趴到窗口边，掀起窗幔的一角，窥视屋外的动静。一排整齐的队伍，踏着紧张而急速的步伐，哗哗哗地向东北走去。她惊慌地叫道：

"我的天啦！炮弹不要落到我们屋顶上。"

"不要响！你静静坐着就好了。"严子才警告她。

他们都屏住气息，惶惶然地坐着。直到枪声和炮声渐渐稀少，各个人心上才象落下一块石头，慢慢地安定下来。

太阳已经射到窗台上，房间里仍然黑沉沉的。他们以为关着窗户就可以逃避一切灾难。谁也不感到饥饿，谁也不敢走出去看看外面的世界。不久，一阵乒乒乓乓的紧急的叩门声，把他们从惊恐中叫出来了。

大门一打开，严子强带着一群穿黑短褂裤的还乡团拥了进来。他戴着一顶灰色的铜盆帽，穿一身黑香云纱褂裤，满脸横肉，神气活现地站在厅堂上，好象一位大将军驾临阅兵场，虎视着四周的一切。

柳如眉所期望的日子终于来到了。她象在灰暗的雨天里见到阳光，眉开眼笑地迎上去，一边从严子强手上把帽子和手杖接过来，一边献媚地说：

"琴瑶一回来，我就把你的房间收拾干净了。"

严子才和严子强寒暄了几句，冷落地站在旁边。望着那些团丁在大厅里熙熙攘攘的情形。好象这个家已经不属于他的，而被一群强盗霸占了，他感到无可奈何。

林琴瑶早已带着孩子躲到自己房间里去了。

严家珍对柳如眉的一举一动，本来就很厌恶，严子强一回来，她更是装腔作势，令人作呕。她看到父亲的可怜相，又替他难过。他们一个好好的家庭，就被柳如眉这个臭狐狸搞得不成样子了。她不知道今后还将弄成一个什么样的局面。

她望着那些团丁毫无规矩地四处乱钻，心里实在生气。但她一想到自己所处的地位，也就装聋作哑，不去理睬他们。后来，她实在看不顺眼，就溜到林琴瑶房间里去了。

林琴瑶横躺在床上，两眼呆呆地望着帐顶，不知今后的日子将变成什么样子。真有人生如梦之感。她活在这个世界上，好象仅仅是为了一个小孩；不然，又有什么意义呢？

"你又在想什么？"严家珍撩起门帘，探进头去问，"你看柳家的样子，多肉麻。"

林琴瑶从床上坐起来，说：

"死丫头，如今是她的天下，你说话可当心点。"

"我才不怕她，"严家珍不在乎地说，"这个家，我早就不想呆了。"

"又有谁拖住你？"林琴瑶顶她一句。

"我真矛盾得很：好象笼子里的鸽子，关在家里，闷得发慌；飞出去，又不知哪里可以归宿。"

"这还说什么，"林琴瑶说，"既然没有地方去，你就安分一点，老老实实呆在家里。"

"你看这个家里还有太平日子吗？"

"没有，又怎么办？"林琴瑶无可奈何地回答。

就在这时，挂在墙上的时钟，"当当"地敲了九响。严家珍约好这个时间去和陈静华碰头，随即借口上街买菜，从厨房里拎了一只圆圆的小菜篮，就跑出去了。

黄桥镇上完全变成了一个恐怖世界。街上的店门全都关上了。街道两旁的廊檐下，拴的都是骡马。马粪满地，臭气冲天。许多破烂的纸头，丢在街中心，随风飞舞。繁荣的市面，一夜之间，就象百花盛开的公园，被狂风暴雨吹打得零乱不堪了。

严家珍拎着菜篮提心吊胆地向河下街走去。本来，谁都没有把她放在眼里，但她一碰上那些戴船形小帽的小兵，总觉得他们在盯着她。她有意低下头，不去望他们，迈着急速的步伐，匆匆忙忙地向前走去。

陈静华经过一夜的变化，已经成为一个蓬头垢面的船家女郎了。

穿着一件破烂的土衣，梳着一个巴巴头，赤脚，腿肚上满是泥巴。谁也看不出她就是昨天的陈指导员。她生活在水上的世界，到处可以走来走去。

严家珍按照预定的吩咐，在河下一条乌篷船上找到了她，当陈静华从船舱里探出头来，严家珍完全不认识她了。直到陈静华自己笑起来，她才迎上去说：

"你怎么弄成这个样子，脸都不洗干净？"

"我这个船家姑娘，还要讲究打扮吗？"

陈静华从她手上把菜篮拿去，跑进船舱里抓了几条新鲜鲫鱼放进篮子里，再放上一把青菜，两个人一起上岸了。

"你住在这种地方，卫生还是要讲究的。"

严家珍无形中在生活上感觉彼此之间距离很远，但在精神上，她觉得陈静华更可尊敬了。

"你要懂得，我们不到穷人家里就不懂穷人的生活有多苦。"陈静华说，"和他们生活在一起，如果自己一特殊，就会完全陷于孤立。"

严家珍发现自己毕竟和她有距离。她们在形式上已经变成主仆的关系了。她看到旁边没有人，靠近陈静华耳边说：

"严子强这个混蛋已经回来了。我们家里被弄得乱七八糟。"

"他有多少人？"陈静华问。

"住在我家的，只有七八个人。"

"带的什么枪？"

"都是盒子枪。"

"你回去再打听一下，还有没有队伍？"

她们一面走一面交谈，很快就走近河下的拱桥头。桥上一个哨兵大声喊道：

"敬——礼！"

她们紧张地抬头一望：骑在一匹大洋马上的军官，戴着黑眼镜，白手套，从桥北头迎面走过来。他挥了挥手上的马鞭，对她们瞪瞪眼，趾高气扬地过去了。

严家珍不知是看到那匹洋马魁梧高大，还是受了哨兵喊声的惊吓，心里忐忑不安起来。她好象感到有什么危险在等待着她，无形中落在陈静华背后了。

"大小姐，要回去烧中饭，快点走吧！"

陈静华看到她脸上的表情很不自然，就有意催促她加快步子。

"我们上哪儿去？"严家珍低声地问。

"先到丁家花园去看看。"陈静华回答。

丁家花园并没有驻扎部队，仍然是空空荡荡。区委临走时，曾把桌椅板凳摆得整整齐齐，现在依然没有人动过，仿佛还在等待他们回去。她们穿过中堂，从西边侧门溜到花园里，这里也非常冷清。本来这里树木扶疏，是黄桥的游览胜地。经过日本鬼子的践踏，只剩下一座孤单单的凉亭。我们还没有来得及修复，今天又将要遭受敌人的践踏了。

她们再从院墙西面小门口走出去，站在红十字会门口的一个卫兵，手上端着枪，迎面向她们走来，喝斥道：

"站住！你们干什么的？"

"老总，我们上街买菜。"陈静华沉着地回答。

"这里不准走！"卫兵用刺刀指着她们，"回去！"

"我们就是打这里回去。"陈静华回答。

"你瞎了眼睛，不看看这是什么地方！"卫兵咒骂道。

陈静华抬头一望：红十字会门前的空地上，全是堆的弹药箱，象一座小山。她明白这是敌人储藏的弹药。随即，她们退回丁家花园了。

陈静华带着严家珍从院墙北面的一个缺口走到后面荷塘边，停下来对严家珍说：

"这是我们的地方，你不要害怕。"

"我们跑到这里来干吗？"严家珍问。

"你把这个池塘前面的路看看清楚，"陈静华说，"黄昏的时候，你到你母亲坟地那里去联络区委的人。"

"联络谁呀？"

"你听到羊叫，就有人来了。"

"我去对他讲什么呢？"

"你没看见，红十字会门前堆的都是弹药箱，告诉他这件事就行了。"

严家珍以为要区委派人来抢弹药，便天真地说：

"那里有卫兵看守啦！"

"这也告诉给来的人。"陈静华说，"你办得到吗？"

"我一定办到！"严家珍兴奋地回答。

"那么，你拎着菜篮回去吧，"陈静华说，"明天再见。"

在严家珍印象里，地下工作就是打入敌人内部去偷窃秘密情报，没有想到和陈静华去兜了一转，就有了任务。她觉得完成这项任务并不难，回去准备一点纸钱、蜡烛、香，就行了。

当她兴致勃勃地跑回到家门口，站在外面的一个卫兵抓住她，责问道：

"你跑哪里去？"

严家珍瞪着眼睛回答：

"怎么？这是我的家，不能去？"

"不行！"卫兵凶狠地说，"拿通行证来。"

严家珍甩开他的手，朝前直冲。卫兵把她朝旁边一推，她猛不防左脚碰在一块砖头上，跌倒了。她呜呜地哭泣起来。

一只菜篮抛到老远的地方，几条活鲫鱼在地上打滚。从屋里跑出来的小黄狗，对着卫兵嗥叫了两声，夹着尾巴进去了。

不久，严子才出来了。他对卫兵瞪瞪眼，一声不响地从地上拾起鲫鱼，拉着严家珍进去了。

"这么大的人，哭什么？回头叫你阿叔开个通行证，就没有事了。"

严家珍想到自己的家，进出都没有自由，感到受了莫大的侮辱，她跑进房里，倒在床上，哭得更加伤心。直到林琴瑶从还乡团给她开了通行证回来，她才又象小孩一样，破涕为笑，高高兴兴地坐到桌上吃饭了。

149

黄昏。严家珍把通行证当作护身符，拿起纸钱、蜡烛、香，上她母亲的坟地上去了。

三

王长春终究没有轻信何克礼的意见，仍然按照马书记交待的任务去执行。

他回到乡里，找王长发一了解情况：敌人抓去了几个妇女，烧了丁秀芬和他家的房子。他们断定，这是庄上的地头蛇搞的鬼，说不定就是王老四亲自干的。不然，不会只烧他们两家的房子。这也是意料中的事，暂时记下一笔债再说。最后，他们决定，叫寡妇嫂嫂的儿子丁长友做助手，跟王长春出发进行活动。

他们选中丁长友是有理由的。丁长友虽然年轻，但斗争意志却很坚强。他刚满十岁的时候，他的父亲就被国民党军队拉去当壮丁，至今没有下落。他从小就跟着妈妈和游击队一起活动。他真是在战斗中成长，完全可以信赖。

寡妇嫂嫂顾小妹是一个热情而强悍的女人。她对王家两兄弟对她母子的照顾，常常记在心上。特别是去年长友坚决报名参军，王长春考虑他是独子，再三说服，没有让他去。寡妇嫂嫂感到生活有了依靠，对长春真是感激不尽。她甚至有点什么好吃的东西，也常常留着等王长春来。因此，王长春在她家里就象一个亲兄弟，不分彼此。

当太阳快要落山的时候，顾小妹和往常一样，把纺车挪到屋旁边的树荫下，一丝丝一缕缕地纺她的棉花。她明知敌人今天已经到了丁王庄，并且抓了人，烧了房子，她仍然若无其事。她有一个不成文的信念：一个人一天不死，生活总得要维持下去。因此，她也就不把敌人放在心上，照样做自己的活。

王长春就在她专心致志地把棉纱纺得很长很长的时刻，突然在背后喊一声："小嫂嫂！"顾小妹的心一跳，手上的棉纱也绷断了。她很不高兴地骂道：

"你这个人就是缺德，把人家的纱也弄断了。"

"我看你的纱可以收起了，"王长春警告她说，"当心象马婆嫂一样，给还乡团捉了去。"

"照你这么说，敌人一来，饭都不要吃了。"顾小妹把纱头结好，仍然纺她的棉花。

"你去把长友找来，"王长春说，"叫他跟我去出差。"

顾小妹听他说要出差，停住纺车，望着他说：

"太阳快要落山了，你还出差到哪去？"

"你想想这是什里时候，还分白天晚上吗？"

顾小妹心里有数了，连忙端起纺车，一边向屋子里走，一边说："我还有点白糖，给你们摊几个饼。"

"不。我们晚上回来吃。"王长春说，"你赶快去把长友叫来。

他们正说着，丁长友挑着两筐玉米进来了。

"阿春叔等你去出差，赶快吃口冷茶，就走吧。"

"不啦，现在就可以走。"丁长友回答说。

顾小妹把长友肩上的玉米接过来，帮他拍掉身上的尘土，就让他跟着王长春走了。

太阳已经向西边沉落。一片阳光浮动在高粱顶上，地下渐渐阴暗起来。蝉声已经停止，只听到一群一群麻雀在玉米地里叽喳乱叫。

王长春一边走一边给丁长友交代任务。他们接近目的地，就分成两路前进：丁长友潜伏在高粱地里，负责监视黄桥北关敌人；王长春却朝着那黑黑的柏树林走去。

坟地在一片高粱地的前面，地里长满了杂草。墓门前亮着两支烛光，在苍茫的暮色中，摇摇晃晃；说明那里有人在活动了。

151

王长春看看四周没有人，便迎着蜡光，越过高粱地向坟地走去。很快，他就看到两条发辫在烛光下轻轻晃动。他佯装一声羊叫，一个人影就开始移动了。

他兴奋地冲上前去，一把抓住严家珍的手，激动地说：

"我还以为你走不出来呢？"

"你是不是担心我不敢出来？"

严家珍说着高兴地笑了。她唯恐旁边有人看见，便很快地把任务转达完，掉过头把墓前的烛光吹灭，就在模糊的田塍上消失了。

王长春对她这种沉着而勇敢的行为，非常钦佩。本来，他以为她这样一位娇小姐，经不起这样的风浪，没有想到她竟出色地把任务完成了。他目送着她向前走去，好象她的影子愈向前走愈显得高大。

"的确，人不可以貌相。"他对自己说，"光看成分是不对的。"

他怀着胜利的喜悦，吹了两声口哨，把丁长友召回来。立即往回走了。

当天夜里，王长春就赶到区委作了汇报。他认为这是打击敌人的一个最好的机会。第一、敌人立脚未稳，迎头给它一个下马威，就可以造成他们内部的混乱，有力地支援前线。第二、敌人麻痹大意，把弹药堆积在红十字会门前，一个手榴弹扔过去，就给他们报销了。

马书记听完他的汇报，拍拍他的肩膀说：

"你们丁王乡的民兵有没有勇气承担这个任务？"

"马书记是不是担心我们承担不起？"王长春反问道。

"如果有这个意思，就不叫你去联络。"

"那么这第一仗就让我们打头阵了。"

"希望你马到成功。"

"你放心，我们不会叫领导失望。"

王长春领受这个光荣而重大的任务回来了。他一路上想，敌人乘我们大意，一上来就抓去我们的人，烧我们的房子；我们也弄他个措手不及，叫敌人懂得黄桥老百姓不是好惹的。但他又往回想，执行这样一个任务，光杆一人是不成的。他可以带上丁长友，再把"老民兵"周连生也带上，组成一个小组，这样，他左右就有依靠了。

周连生年青而勇敢。过去，他在王老四家做长工，腰杆被压伤，天阴就疼痛。曾多次报名参军，都没有被选上。人家送他一个绰号："老民兵。"乡里的一些年青姑娘，常常拿这个绰号奚落他。王长春理解他的心情，经常把他当一个重要的角色使用。所以他一听到队长说有任务，就手舞足蹈地跑来了。

当天下午，他们就在丁长友家里开会，研究行动计划。往常，他们开会的时候顾小妹也常常坐在旁边做针线，间或插一两句话，他们也不忌讳。今天，王长春却例外地请她出去。她有些怀疑起来：难道对我还信不过，我还会走漏消息吗？她为了好奇，就躲在外面偷听。

王长春是一个老战士。他用纸头画了一个简单的路线图，然后强调说明，这个行动，不仅给敌人一个报复，对前方的军事行动，有直接配合的意义；更为重要的，给黄桥地区的敌后斗争，打响第一炮。末了，他说：

"所以我们这个任务非常非常重要。你们有没有胜利的把握？"

"小长友能行，我还会落后吗！"周连生满有信心地回答。

"你不要狗眼看人低，"丁长友气冲冲地回答，"有本事到战场上去表现。"

"好吧！看哪个有种。"周连生带一种挑战的口气说。

顾小妹虽没有听到他们去什里地方，但已明白他们是去袭击敌人。她沉不住气跑进来说：

"你们事情没有做，自己倒先吵起来，象什里话！"

"年青人嘛，哪个没有一点火气。"王长春站起来，"我们就准备行动吧。"

顾小妹对丁长友参加这次行动，突然感到有些不放心。既不是恐惧，也不是害怕他完不成任务，心里有一种说不出的不安。当王长春走出门，她跟上去说：

153

"阿春！我跟你去，好不好？"

王长春并不明白她说话的意思，还以为她开玩笑，他板起面孔说：

"这不是你们娘儿们干的事。"

"你看长友，还是一个小孩子。"顾小妹流露出她的私心，"我不会比他弱。"

"你是不是怕他受危险？"

王长春的话说到了她的心上。她脸红了。

"他跟你去，我还有什里不放心？"

"这就得啦。你在家安心睡觉好了。"

顾小妹懂得话已说到尽头，再开口就没有意思了。她随即从场地上捧了一把麦秸，跑进灶房里，给他们着手准备晚饭。

天断黑。他们满身背着手榴弹，带上刺刀，全副武装出发了。他直接向南走，不到半小时就到达了。他们为了避免惹人注意，先向东去，好象去支前，然后拐回头，隐蔽在高粱地里。直到月亮西斜，万籁无声。他们从高粱地里慢慢摸到黄桥北关的小河边，停下来了。

他们选择东北角作为偷渡点。那里离丁家花园近，河面窄。但是河边上的灌木林密集而又多刺，一不小心，就会把皮肤戳破。正是这样，敌人往往不去注意。他们也就利用密集的灌木做掩护，从空隙中钻进去，伸到河里。

第一个爬过河的是"老民兵"。他爬上河对岸先是占领阵地，掩护后面两人过河。他们进入镇上，沿着东北角的一片树林，接近丁家花园后面的荷花塘，再从院墙的缺口，潜入到丁家花园。

他们沿着院墙摸到西面的侧门，再过去，就是敌人的岗哨了。王长春一个人先上去，观察敌人的动作，然后指挥丁长友和周连生一个一个穿过侧门，潜入院子外面向南的小巷里，作为进攻的立脚点。

从小巷口向西的屋檐下有一条小沟。沿着沟北面的土坡爬上去，就可以望见敌人堆集在那里的弹药箱了。

他们顺着小沟爬上去，很久没有发现敌人的哨兵，但闻到一股鱼腥味。接着,一股黑烟在场地上升起来。两个人影离开黑烟,一个向东,一个向西走开了。

王长春感到很棘手。如果两个人坐在一起,倒好对付。现在敌人是一人看守一方,就不知从哪里下手。不知是他们的行动引起了敌人的注意,还是哨兵无意中巡查过来,直接逼到他们眼前了。"老民兵"不等命令,一跃而起,猛扑上去,一把夺住敌人的枪支;丁长友随后冲上去,对准敌人的腹部猛劲一刺刀,只听"呀"地一声,不响了。

王长春乘机朝着弹药堆连甩过去三个手榴弹。随着手榴弹的爆炸,子弹和炮弹象地震般轰响了。他们赶紧跳进小沟里,正准备撤退,突然一挺冲锋枪向他们扫射过来。王长春命令丁长友和周连生从来路冲出去,他在后面掩护。

不久,敌人就象一群疯狗从小巷里冲出来,用火力封锁了丁家花园的侧门。王长春没有来得及跟上,退到小巷口的墙脚下,伏在地上,拉开手榴弹,准备迎接敌人。当他望见前面有两个黑影冲上来,一个手榴弹扔出去,枪声停止了。他折回头跑到侧门口,被西面飞过来的一排子弹打在腿上,他跌倒了。

王长春伸手一摸,裤子湿漉漉的,知道已经带花,他拼命爬起来,朝前冲去。可是他还没跑出三五步,终于支不住,倒下了。他咬紧牙关,拼命在地上爬。爬到凉亭附近,"老民兵"和丁长友迎上来,挟着他越过院墙了。

不料他们刚刚走近荷花池塘,从后面跳出来两个男人和一个妇女,一边把王长春抢过去,一边对他们说:

"你们快跑!"

他们正想和长春讲一句话,院墙里举起一个高大的火把,照得池塘里的荷叶都发红。他们向北,长春被拖着向西,分开了。他们跑进树林里,回头一望,长春通过池塘边的一只茅棚以后,不见了。……

四

丁秀芬送走季刚，就带领担架队向敌人的腹背进军了。

夜已经很深。广阔无边的高粱地，经过几天几夜的炮火震撼，仿佛也感到有些疲惫，静静地躺下了。没有枪声，也没有人声，好象整个大地上只有他们这个小小担架队在前进。这种稀有的平静，很容易引起精神上的不安。他们一面走，一面警惕地注视四周的动静。

丁秀芬的心情是复杂的。她想着季刚的安全，又想着往后的斗争。主力一撤退，黄桥地区就完全变成敌后了。打日本鬼子的时候，伪军暗地里被我们控制，敌人等于聋子和瞎子，只能死守在碉堡里。如果还乡团一来，王老四这些牛鬼蛇神都跟回来，斗争的形势就变得十分复杂了。她每前进一步，仿佛向斗争深入一步。

他们经过一番急速的行军，很快就到了古溪镇。那里已经看不到一点灯光，只见一片黑黢黢的房屋静静地躺着。他们没有经过镇上，从南边绕到西北的一片树林里，隐蔽地休息了。

当地的民兵一发现他们是前线下来的担架队，立即动员起来，四周布置哨岗，保证他们的安全。不知他们是由于过度困倦，还是年青人好睡，一倒下去，直到太阳爬到各个人的脸上，才慌慌忙忙爬起来。

当他们刚刚吃罢干粮，准备出发，哨岗上来人说，已经抓到一个逃兵。丁秀芬跑去一看：站在那里象木头一样的这个混蛋，正是昨晚上送季刚到后方去的一个老战士。她又急又恼，跑上去，推着他的肩膀说：

"你把你们排长送到哪去了？"

逃兵胡明来抬头一望，丁秀芬那支引入注目的手枪，把他吓慌了。他明白站在眼前的就是排长的妻子，感到十分窘迫，什么话也说不出来了。

"你这个坏蛋！你怎里不作声？"丁秀芬申斥道。

"我到了海安……"胡明来说了一半，没有勇气说下去。

"到了海安怎里啦？"

"敌人飞机来了，"胡明来撒谎道，"部队混乱，把我们冲散了。……"

"你这个坏蛋，当面撒谎。晚上哪来的飞机？"丁秀芬下命令，"把他带走！"

胡明来低下头，一声不响了。

丁秀芬气得脸发紫。要不是碍于政策，她真想打他一记耳光。她懊悔自己没有送季刚下去。现在还不知道他有没有遇到危险。不过她冷静一想，火线上炮火打得那样猛烈，首长都不允许丢下一个伤员。季刚已经到后方，同志们更不会轻易把他扔掉。她只好这样自己安慰自己了。

胡明来就象一个囚犯，被绳子拴住，押着在前面走。他每向前一步，就象走向黑暗的深渊，看不到前途在哪里，脚步愈走愈没有劲，游魂似的跟跟跄跄地向前移动着。

当担架队员在他背后猛击一掌，大声喝道：

"你在想什么？快点走！"

胡明来猛然抬起头，想起他当年从师傅的店里被赶出来的情景：一个寒冬的夜晚，他正睡在师娘身旁做着好梦，师傅突然踢开门冲进来，揪住他一顿毒打。他衣服没有来得及拿，慌慌张张逃出来，冻得牙齿直发抖。结果他积存在师娘手上的工钱，一文也没有拿到手，就逃到於潜城里，投奔国民党的第十九师当兵。他想起当时身无半文，沿途求乞的日子，和今天一对比，更感到没有出路。

他为什么要去走回头路呢？如果师娘真对他好，怎么临走时，她一声不响？以后去信向她讨钱，又一字不回呢？实际，他是受骗了。说不定，他们夫妇有意串通，侵吞他一年的工钱。不然，师傅并没有离开临安城，怎么骗他到上杭去了？他觉得师娘象一条花蛇，外表很美，心里却很毒。他要不上她的当，哪会落到今天这种地步？怀念变成痛苦，他

157

几乎哭出来了。

过去，他一直保留在记忆中的，是师娘对他的种种温情。当他揭开这温情的面纱，看到她险恶的灵魂时，就连她的肉体都觉得很肮脏。他开始厌恶起来。她是扼杀他的前途的刽子手，还去想她做什么呢？

丁秀芬并不理解胡明来正在进行激烈的思想斗争，只觉得象他这样一个老战士，经过很多次战斗，又受过解放军一年多的教育，在江南不逃跑，而偏偏在打了胜仗以后开了小差。她不懂得其中的奥妙。她想到自己是一个共产党员，有教育人争取人的责任。眼看着这样一个年青的老战士，逃到敌人那里去，这岂不是自己与自己作对。经过这么一想，最初那种愤激的情绪，渐渐消失了。她走近他的身边，很温和地问道：

"你叫什么名字？"

"古月胡，光明的明，来去的来。"胡明来清楚地回答。

"你这名字倒好听，"丁秀芬笑着说，"真是明来暗去。你为什里要这样呢？"

"我错了。"胡明来痛苦地回答。

"口头上认错是容易的，"丁秀芬说，"你要想清楚自己错在哪里？为什么犯这种错误？你们排长有什里对不起你？解放军有哪些地方错待了你？你逃出去有什里前途？所有这些事，前前后后想想清楚。"

胡明来感到这些话象连珠炮似的震动着他的心。他哪里这样想过呢？他只偶然想到回江南去的日子很渺茫，头脑里象有鬼似的一念之差就跑下来。他说：

"是我一时糊涂。"

"过去糊涂，现在不能再糊涂，不然以后怎里办？"丁秀芬提醒他说。

胡明来不作声了。

太阳晒在头顶上，象顶着一盆火。各个人身上脸上全是汗。担架队带着这个逃兵，更是增加了一种负担，非常烦躁。只有丁秀芬认为有教育和争取他的义务，所以，她就同他走在一起。

中午。丁秀芬带着担架队回到自己庄上了。她没有料到一栋刚刚修理好的房子，又完全化为灰烬了。她看到这种情景，真是无话可说。她正愁着季刚的安全，又碰上家里遭遇这种横祸，仿佛前后都受着阻拦，逼得她只有铤而走险了。她望着倒下来的墙垣，烧黑了的屋梁，觉得自己只是孑然一身，什么也没有了。她走进灶房里，水缸已经破碎，地上全是水，象一片池沼。她用手摸摸水缸底下的泥土，没有被翻动，想到埋在地窖里的衣服被单没有被挖走。这对她算是一点小小的安慰。

寡妇嫂嫂顾小妹就在她愁思苦想的时候赶来了。她并不去想想丁秀芬这时有多大的心事，只想到长春已经负伤还没有回来，急得象热锅上的蚂蚁，直蹦直跳。她一把抱住丁秀芬哭诉道：

"阿芬！你回来啦！阿春又负伤了。"

丁秀芬就象被她当头一棒，打得喘不过气来。她说：

"你说的什里一回事，阿春在哪里负伤？"

顾小妹把他们去炸敌人的情形，详细说了一遍，接着她愁苦地说：

"到这时，人还没有回来，不晓得可有危险？"

丁秀芬觉得长春的行动是勇敢的。如果遇到危险，付出的代价未免太大了。不过镇上既然有人出来抢救他，一定是组织上事先有安排；黄桥是我们的老根据地，镇上的人都有一定的政治觉悟，掩护一个伤员，不会有多大问题。她对顾小妹说：

"你不要急。镇上还有我们的人，会送回来的。"

"你怎里一出去几天，到这时才回？"顾小妹反问丁秀芬。

"你不晓得，我们季刚在前方也带花了。"丁秀芬回答。

"我的天啦！他怎里也带花了？"顾小妹说，"我们丁王乡真是流年不利，负伤的负伤，抓走的抓走，还有房子也烧了。"

"谁被抓走啦？"丁秀芬问。

"敌人一进黄桥，还乡团就跑下来抓走何克礼妈和马婆嫂一伙五个妇女，还烧了你们的房子。"顾小妹回答。

"基干队怎里不抵抗？"丁秀芬问。

"等基干队上去，敌人已经逃走了。"

丁秀芬感到真是祸不单行。严重的问题是长春负伤了，基干队由谁来指挥呢？无形中感到自己肩上的担子愈来愈重了。

"阿芬，事已到了这个地步，你先上我家去洗洗，换换衣服再说。"顾小妹说。

"那就走吧！"

她们离开丁王庄，向西北角走去。

顾小妹住的是独家独户。还是她结婚的那年，她丈夫亲手搭的三间泥屋。屋前屋后种的杨柳，也高大成荫了。后面一块菜园，丝瓜藤攀在树枝上，挂满了丝瓜。门前场地碾得很平。晚上，坐在树荫下纳凉，别有一番风趣。

她和丁秀芬走到家门口，看见屋子里挤满了人。她急忙跑进去一看：王长春已经回来了。他躺在一张绳床上，脸色煞白。沾满血迹的裤管，经太阳一晒，已经发黑了。

顾小妹又喜又愁地蹲上去，抓住长春的手，喊道：

"阿春，你回来了！"

王长春因为流血过多，又加上天热，精神有点支不住，只对她点点头，不想说话了。

丁秀芬把镇上下来的人打发走，立即回过头来对顾小妹说：

"你站起来，找一把剪子，让我来把他的伤口重新包扎一下。"

她凭着在火线上做了两天急救工作的经验，把他的血衣剪开：发现一颗子弹直穿过左腿，还有两处擦伤。她轻轻地在伤员的腿上用手指按了一下，好象没有伤骨头，心里比较安定。她把原来包扎伤口的一块破蓝布，换上她从前方带回来的一块白纱布，再用绷带紧紧把伤口扎起来。随即，用冷开水把腿上的血迹擦干净，手术很快做完了。

她懂得伤员流血过后，极需补充营养，便把顾小妹拉到一边说：

"你家里还有没有母鸡？熬些汤给他喝。"

顾小妹二话没说，就跑到鸡棚边去了。

丁秀芬回头看到长春不时用手撵走脸上的苍蝇，连忙拿来一把蒲扇，搬一条凳子坐在旁边,轻轻地扇着。仿佛母亲看护害病的婴儿,心里充满着忧虑和期望。

直到夕阳从西边窗口射进来,映照在土黄的墙壁上,屋子里显得特别明亮。她看到伤员闭上眼,好象已经睡着,心里才渐渐安静下来。……

五

晚上。丁秀芬和王长发会合在一起了。

他们分开只有几天,在生活上和思想上仿佛经历了好几年。前方,泰兴战役胜利以后,又在如皋鬼头街歼灭了敌人一个旅;后方,炸毁了黄桥敌人的弹药库。前后呼应,节节胜利,大大鼓舞了黄桥的老百姓。可是他们个人的遭遇,却有着共同的不幸:一个丈夫受伤,一个兄弟带花,而且两家的房子都被敌人烧掉了。正因为这种共同的遭遇,使他们团结得更紧密,斗争决心更坚强。

他们坐在顾小妹家门口的树荫下,一边纳凉,一边商谈工作。晚风已经驱走白昼的暑热。天空是明净的。群星象无数的眼睛在俯视,大地在朦胧的夜色中沉默了。他们互相汇报了几天来的工作,最后,丁秀芬提出问题说:

"阿春的伤口,看来不是一两天能好,乡里的民兵什里人来指挥?"

王长发对这个问题,也有过一番思考。他们一共三个党员干部,长春负伤,就只剩下他和丁秀芬。如果他自己担任民兵队长,支部书记就只有让她来担任了。因此,他简单地回答道:

"问题摆在眼前,不是你来,就只我了。"

"我怎里行?"丁秀芬不同意地说。

"那你来担任支部工作。"王长发接着说。

"我哪有这个能力？"丁秀芬又表示不同意。

"那你叫谁来？"王长发问。

"我明天要到区委去汇报，"丁秀芬说，"让我顺便去请示一下马书记。"

"马书记会给我们派个民兵队长吗？"王长发说，"乡里的事不依靠自己，靠外援，还能算自力更生？"

丁秀芬不响了。从道理上来讲，当然不能希望区里派人来；就他们眼前的实际情况，暂时弄个人来帮忙，也还是需要的。她说：

"这个问题，明天再说吧。"

"我劝你不要对马书记说，"王长发说，"你不记得，上次你去泰兴的时候，不是有过教训吗？"

"那一次，马书记还是给我们解决了困难。"

"那么，你高兴提你就去提吧。"

丁秀芬并不是怕承担责任，而是觉得这副担子太重，她担不起。要她跟着大伙儿去冲锋陷阵，这个勇气，她有；要她指挥别人，她真一无办法。她想，马书记是实事求是的人，不会不考虑这种实际困难。

顾小妹插上来，把王长发撵走了。她想到丁秀芬已劳累了几天，应当早些休息，要是拖出病来，乡里的事更没有人管了。她催促丁秀芬说：

"明天还会天亮，有话留着，早些去睡吧。"

丁秀芬哪里睡得着呢？私事公事一大堆，都搅在脑子里。家里没有房子，暂时只有她一个人，到处都可以安身。要是明天马书记，也和长发的意见一样，她又怎么办呢？

顾小妹看她在床上翻来覆去，以为她在挂牵季刚。的确，这次对她的打击也实在太大。男的负伤，家里房子又烧了，真是祸不单行。要是她处在秀芬的地位，同样也是睡不着觉。她说：

"阿刚在医院里，自有人管，你不要去想他。"

"我哪会去想他，"丁秀芬说，"我愁阿春的伤口，短时间好不了，乡里的民兵没有负责人。"

"你愁这个干吗？"顾小妹说，"你代他管管就行了。"

"你倒说得轻松，我又没有当过兵。"

"那你身上挂支手枪，摆样子的？"

丁秀芬被她这样一说，的确没有话回答。拿着武器不打敌人，难道是好玩的。不过个人投入战斗和带领别人作战，毕竟还有距离。她对自己仍然有些怀疑。

她抱着这种怀疑的态度，模糊地睡下去了。她好象躺在一条大船上，冲入渺无边际的大海里。开始感觉很平静，愈向前进愈感到船身在摇晃。她仿佛听到风在呼号，水在翻腾。她心里似乎要呕吐，拼命用手按住胸口，觉着身子渐渐往下陷落。……

突然，象一声春雷，轰隆地响了！随即哗哗地下着倾盆大雨。她冒着大雨走出船舱，望见迎面驶来一条大船。一阵强烈的灯光射到她脸上，在濛濛的雨水中，什么也看不清楚。接着，一发重炮弹落在她前头，船身向左边侧过去，海水滚滚冲进来。她正准备跳海，一个海盗跳上她的船。她举起手枪，准备射击，突然被一只黑手揪住了。她"呀"地一声惊叫起来。

顾小妹被她叫醒了。她一把抱住她问道：

"阿芬！你怎么啦？怎么啦？"

"没有什么，我做了一个噩梦。"丁秀芬清醒地回答。

"你是太累啦！不好好休息，真会拖出病来。"

"你睡吧。让我静一静。"

丁秀芬虽然不迷信，但心里总感到有些不舒服。她又想，真是遇到这种情况也没有什里了不起。阿刚在火线上，敢于用自己的身体保护战士的生命；为了革命事业，我还有什里舍不得牺牲。她胆壮起来。

第二天起来，她的精神状态完全不同了。既然不怕牺牲，她还顾虑什里呢？如果马书记不同意派人来，只有自己上阵了。她吃罢早饭，头发都没有梳，就到区委去汇报了。

他们的担架队，这次支援前线，完成任务很出色。部队首长发给他们每人一支步枪，这样，他们的基干队差不多每个人都有枪了。和其他乡的民兵比较，他们就算得是富户了。她想，她不应当隐瞒。如果区队部要来调他们的枪，他们也有义务支援别人。比如有的乡，也和他们以前的情况一样，光靠几个手榴弹在支持，这是不好的。不过她又往回想，要从队员手上把枪拿下来，这也是一个麻烦问题。谁不爱自己的武器呢？要打通队员的思想，还需要做艰苦的工作。

她在路上就做好了思想准备，如果领导上提出这个问题，她自己首先不应有本位主义，服从组织调配。她估计马书记也会照顾他们的实际情形。这一来，她的思想上就毫无负担了。

区委书记马骏对丁王乡的工作，早已做过考虑。当他听到王长春负伤的消息，就决定要丁秀芬代理民兵队长。当然，她有缺点，没有长春那样有战斗经验。但是民兵作战，毕竟不是什么正规战，凭她的勇敢、忠诚和在群众中的威信，要不了很长时间，她就会在实战中锻炼出来。因此，当丁秀芬跨进他的门槛时，他非常高兴地说：

"你们这次支前，成绩不错啊！"

丁秀芬对马书记的话不完全理解，很谦虚地回答：

"我们只做了很少的一点工作。"

"你个人不是也大有收获吗！"马骏笑着说。

丁秀芬看到马书记注意她身上的手枪，立即申明道：

"部队首长很慷慨，给了我们每人一支枪。"

"你们真算得我们黄桥区的富翁了。"

"我们不本位，如果区队部要调，决不吝啬。"

"目前，你们枪是不少了，问题是长春的伤口一时不容易好，谁来领队，你们考虑过没有？"

"我就是特意来向你请示的。"

"你是不是要我去当队长？"马骏开玩笑地说。

"不过我们乡里实在很难找出象长春这样的一个人。"丁秀芬转弯抹角地把问题提了出来。

"照你这样说，要是长春这次牺牲了，你们只有把枪埋起来。"马骏严肃地说，"你已经武装起来，还到哪里去找谁？"

丁秀芬精神上受到很大刺激。她并没有想得那样坏。但是，事实又确实如此，在革命的道路上，有多少人倒下去了，革命事业不是照样胜利前进吗！这样，她还怎能退却呢？但她嘴上还是坚持说：

"我一没有当过兵，二没有上过火线，怎么能领队？"

"毛主席不是说过，'从老百姓到军人之间有一个距离，但不是隔着万里长城'。你拿了枪，不使用，永远是个老百姓。"

丁秀芬不作声了。不论从道理上，还是工作需要上，她应当挺身而出。季刚过去也是一个老百姓，他还不是从实战中学会起来的。如果前怕狼、后怕虎，只好站着不动。这还革什么命呢？于是她坚定地回答：

"如果领导上认为我干得了，我只有先干起来，再慢慢学。"

"毛主席早就说过，革命战争是民众的事，常常不是先学好了再干，而是干起来再学习，干就是学习。这个道理，你应当懂得。"

"那我回去和长发交换一下意见，再确定吧。"

"交换不交换，总是你们两个人包干。"马骏肯定地说。

"那我可以走了。"丁秀芬说。

"不，马骏挽留她，"听说你爱人又负伤了？"

"你不要提起这件事。"丁秀芬不愉快地说，"本来，我想亲自送他到后方去，后来部队首长派了一副担架来，我也就不去了。不料昨天我们在古溪镇带回来的一个逃兵，就是送季刚的老战士，真把人都气坏了。"

"只要伤势不要紧，到了后方，不会有问题。"

"我也是这样想。"

"这就对啦！"马骏补充说，"我们应当相信组织，相信根据地的老百姓。"

"这点我不会动摇。"丁秀芬明确地表示。

"如果这一点也动摇，就等于不相信自己了。"

丁秀芬和马骏握了握手，就回头了。她走出周家庄，呼吸着清新的高粱的气息，好象有一股新的力量在刺激着她。天气晴朗，田野辽阔，展开在她眼前的道路上，充满着光明和希望。她举起矫健的步伐，有力地向前迈进！

六

　　黄桥敌人的弹药库被炸，造成了他们内部的混乱。
　　还乡团团长严子强错误地估计了形势。他刚刚起床，就被九十九旅情报处叫去了。他以为情报处长何胡子这一回要用上他了，感到很得意。本来，他对这次还乡，有着远大的抱负。凭着他在黄桥的社会地位，如果再得到军方的支持，就可以独霸一方。
　　他在泰州出发的时候，已经得到特别党部周特派员的俯允，把他的大哥严子才抬出来做区长。他自己再以还乡团为基础，逐渐把武装力量扩大，进一步夺取黄桥的税收。这样，黄桥就是他严家的天下了。过去，何克谦取得保安司令的时候，最初还没有他今天这样好的条件，他不应错过这个机会。
　　特别是九十九旅的军政两方，都想利用他的社会关系，在黄桥捞一点油水。只要他善于望风使舵，在何胡子和特派员之间，左右逢迎，他就可以扶摇直上了。
　　他走过黄桥中学北面的大桥头，哨兵冷眼向他望了望，好象在观察他是什么人。他非常生气。过去，他在何司令部下做大队长，哪个卫兵敢不对他敬礼。如今他身穿便服，似乎身价低了十倍。他为了显示自己的威风，有意昂首阔步地在桥上走着。
　　九十九旅情报处就在黄桥中学东面的一座三层楼房上。严子强走到楼下，碰到一些官兵，没有一个和他打招呼的。他很尴尬。他跨上扶梯的台阶,背上仿佛有一股寒意。他的情绪低落了。

情报处长何成俊是一个阴险毒辣的人。一副尖尖的脸,蓄着两撇日本式的八字胡髭。两只怒火般的眼睛,潜伏在浓黑的眉毛下,好象要把人吞进去。他对弹药库的被炸,并不责怪自己失职,认为是党政方面无能,敌人才这么嚣张。当严子强跨进他的门槛,喊了一声:"报告!"何成俊仿佛没有听见,仰靠在太师椅上,慢慢转过脸来,说:

"昨晚上发生的事,你清楚吗?"

严子强观察对方的神气,感到苗头不对,手上捏着铜盆帽,毕恭毕敬地回答:

"报告处长,我听到爆炸声,不清楚是怎么回事。"

"还乡团是吃干饭的!"何成俊怒斥道。

"我们刚到两天,地方上情况还摸不清楚。"严子强解释道。

"你不要装相!"何成俊怒气冲冲地说,"镇上驻有这样多的重兵,没有内线捣鬼,敌人敢这样无法无天!"

"鄙人这就更不清楚了。"严子强回答。

"你敢担保还乡团里面就没有共产党的人?"

"这,这不会……"

"不管你会不会,三天之内,给我把凶犯抓来。"何成俊盛气凌人地说,"不然,就叫你好看!"

严子强象被一盆冷水从头顶上泼下来,浑身战抖起来。他明知这是天大的冤屈,可是在何成俊这种气势下,不要说申辩,连开口的勇气都失去了。

他从情报处楼上走下来,好象从万丈高崖上向无底的深渊坠下去。眼睛昏花,心悬在半空。他感到前途凶险,一切美梦,就象肥皂泡沫一样一个一个被吹散。

他垂头丧气地跑回家,倒在床上象死人一样,连勤务兵请他用早餐,他都不理。这一来,柳如眉可急坏了。她是把他当作希望的化身。如果他有什么不幸,就直接落到她的头上。她走近床边,亲热地说:

"子强！你什么地方不舒服，告诉我。"

"何胡子这个混蛋，他自己失职，嫁祸于人。"严子强从床上暴跳起来，无头无尾地说了这么一句。

"你这话是什么意思？我不懂。"柳如眉问。

"昨晚上弹药库被炸，他诬赖是还乡团串通敌人搞的鬼。"

"我的天！这个罪名可担当不起。"

"他还限令我三天破案。"

柳如眉觉得这件事太严重，弄得不好，要遭杀身之祸。真是羊肉没有吃到，先惹一身骚。她认为非想办法对付不可。象他这样垂头丧气，还能解决问题吗？她说：

"子强，你这样生气，不顶事。要赶紧想办法对付。"

"一时有什么办法？"严子强无可奈何地回答。

"你不是说，有个什么周特派员很器重你吗？"柳如眉说，"你不好去求求他？"

"你倒说得轻便，"严子强说，"周特派员刚到，我还没有送什么见面礼，怎么说得出口。"

"这不好办吗。"柳如眉献计道，"趁他刚到，我们为他设宴洗尘，这不就算见面礼？再顺便介绍子才和他见见面，不是一举两得？"

严子强觉得这话有理。他只要抱住周特派员的腿，也就不怕何胡子踢了。他兴奋地说：

"你这办法很对。"

他匆匆忙忙吃了一点早点，拿起铜盆帽，就上特别党部去了。

他对柳如眉的这个建议，十分赏识。周特派员一光临，不仅可以取得他的好感，又可以抬高他们严家的身价；让黄桥人知道他严子强，不是没有靠山。以后，他说话，一般人就得掂掂斤量。柳如眉这个女人，过去，他只觉得她色相迷人，这次一接触，看她很有政治手腕。他有这样一个人在背后出谋划策，不愁打不开局面。他又雄心勃勃地向前走去。

特别党部设在商会的楼下。一进门，就看到两面厢房的彩色玻璃在阳光下打闪。厅上的大圆桌四周，摆的都是红木雕花椅子，显得有些古老。

严子强向门口的卫兵出示名片，对方好象和他面熟，点点头就让他进去了。他踏进天井里，听到周汉辅正在和电话里的人生气。他在门口喊了一声"报告"，周汉辅把电话筒放下，顿然收起脸上的怒容，向他招呼道：

"你来得正好！我正想来请你。"

严子强对周特派员这种以礼待人的态度，深为感动。他满脸笑容地说：

"特派员，你忙。本来，昨天就想来请示，因为还乡团抓来几个乡下女人，忙着审问，耽搁了。请特派员见谅！"

"不必客气。"周汉辅说，"你们抓的人当中有什么重要分子？"

"有一个文书的母亲。"

"这很好。可以从她身上做做文章。"

"不过昨天夜里，镇上又出了事，特派员可知道？"

"你不要提，刚才还和何胡子在电话里争论，"周汉辅怒气冲冲地说，"他们不检查军事上防范不严，还责怪什么党政方面维持地方秩序无能。真是岂有此理！"

"何处长真有些不顾实际，"严子强乘机挑拨说，"地方政府还没有建立起来，他就要求什么社会秩序。"

"不过这方面，我们也得快些着手进行。"周汉辅说，"令兄的态度怎样？"

"家兄略备菲酌，请明天正午光临舍下，一为特派员洗尘，就便请示黄桥施政方针。"

"军事时期，洗尘就不必了，"周汉辅客气地说，"登门拜会令兄，倒是应尽之礼。"

"这不敢当。"严子强谦恭地说，"战争时期，办不出什么好的酒席，无非表示一点意思而已。"

"你府上那位林女士，还在泰兴吗？"周汉辅很有兴致地问。

169

"她原是避难去的，早已回来了。"严子强回答。

"那很好。象她这样有才之士，应当请她出来为党国效劳。"周汉辅夸奖地说，"不应当埋没人才。"

"如有机缘，当然是她平生素愿。"严子强附和着说。

"如今是我们的天下，还说这些话。"周汉辅慷慨地回答，"你介绍她到我这里来，不会让她屈就。"

"承特派员垂青，真是三生有幸。"

严子强看到目的已经达到，就打躬作揖地告辞了。本来，他给何成俊一威胁，感到山穷水尽。和周汉辅一接谈，发现别有天地。第一，周汉辅和何成俊之间的空隙还大得很，只要他削尖头去钻，一定大有作为。第二，周汉辅对他家的林女士，看来很有好感。这也是他很可利用的门路。他抓住这两条线索，不怕周汉辅不上他的圈套。

他和周汉辅接触的过程中，发现他和一般官场中的人有共同特点：酒、色、财、气俱全。他应当从这四方面，在他身上做文章。酒，他家里是不缺的；色，就靠柳如眉在林琴瑶身上下工夫；至于财，等他把税权弄到手，也不成问题。

严子强这样一盘算，觉得柳如眉对内对外都起作用，应当牢牢地把她拢在手上。他这次从泰州出发，光身一条，倒给了他一个便利，不然，象柳如眉这种女人，是不容易对付的。本来，他给她带来两件见面礼，不忙轻易拿出来。一定要取得较大的代价，才不枉费心机。

严子强好象沉溺在水里的人，已经捞到一个救生圈，觉得大有希望。他回到家里，得意非凡，和从情报处回来的神情，完全判若两人。

柳如眉摸透了他的性格。失意的时候，他就看不起自己；得意的时候，就瞧不起别人。她就经常利用他这种弱点，施展自己的伎俩。她迎上去说：

"周特派员可答应赏光？"

"这一着棋，就是下对了。"严子强很高兴地说，"不过还得靠你出把力，才能奏合。"

"你这是什么话？"柳如眉说，"我不和姓周的沾亲，又不带故，能出什么力？"

"你就不知道其中的底蕴，"严子强眉开眼笑地说，"周特派员这个人四字俱全：酒、色、财、气。"

"难道你叫我去陪他喝酒？"柳如眉说。

"不，里面大有文章。"严子强轻佻地说，"你可知道周特派员看上了我家的少奶奶。"

"你不要狗血喷人，玷污人家的清白，"柳如眉假装正经地说，"琴瑶从不和他相识，他在梦里见过她？"

"他不但见过她，还和她碰过杯。"

"狗嘴里吐不出象牙，我就不信你这一套。"

"你不信，去问琴瑶在泰兴城里见过什么人？"

"真有这回事吗？"柳如眉觉得有些奇怪，"她回来，一点风声都没有漏出来。"

"那我问你，"严子强得意忘形地说，"你干的好事都对人说吗？"

柳如眉不知是出于爱还是恨，顺手给他一巴掌。严子强用脚把门一踢，一把紧紧抱住她，责问道：

"你怎么可以动手打人？"

柳如眉屈服了。

七

柳如眉怀着得意而期待的心情，筹备第二天的家宴。

这是她生活中的一件大事。他们严家从何克谦司令被赶走以后，就没有什么达官贵人上过门。明天，周特派员光临，应当大大炫耀一番。

让黄桥人知道他们严家已不象前几年那样门庭冷落，应当刮目相看了。而她自己在黄桥街上也可以挺起腰杆走路了。

因此，她不怕天热，亲自跑到菜馆里定酒席。菜馆老板把全部家当摊出给她看，除了还有几两银耳，什么好菜也拿不出来。柳如眉对厨师说了不少好话，再从家里送去两只母鸡，一包海参，请他无论如何做一桌象样的酒席。特别是点心方面，黄桥是有名的，要做到名不虚传。临走时，她又对厨师说：

"做得能使客人吃着满意，今后，你们在生意上就会得到军方的照顾。"

她回到家里，从箱子里找出一块有红团花的铺酒席桌的白台布，拿到院子里见见阳光。然后再把她自己多年没有穿的几件短袖旗袍，拿出来试一试。第一件，太红，和她的年龄已不相称；第二件，太黑，又不适宜接见客人。最后，还是选了一件乳白色的，她比较满意。

她把衣服穿上身，绷得一身很紧。她发现自己的身子已经开始发胖。虽然感到有些不舒服，可是再也找不出更合式的衣服。临时做新的，不要说时间来不及，手边也没有什么好衣料。她想到这里，肚里有些冒火。严子强这个坏蛋，从城里来，连这一点都不照顾她，实在可恼。她对着穿衣镜把衣袖拉来拉去，很不称心。

严子强就在这时候，掀起门帘，出现在穿衣镜里。柳如眉本来一肚子火，一见他站在门口，掉过脸来，怒气冲冲地说：

"你滚开去，不要站在这里看洋相。"

"你火气怎么这样大？"严子强低声地说，"我又没有得罪你。"

"你没有眼睛，看见人家穿着这身衣服，绷得象条猪。"

"不是很摩登吗。如今城里人都时兴曲线美。"

"闭起你的油嘴，赶快给我出去。"

"你不要生气。我有要紧的事跟你商量。"

"谁高兴跟你商量。"

"你冷静些。"严子强正经地说，"子才这个窝囊废，我刚才跟他谈了，他不肯出任区长。还有琴瑶也不识抬举，不肯干。"

"他们不干，管我什么事。"柳如眉回答。

"你这种态度，不是有意拆我的台？"

"谁拆你的台？"柳如眉气势很凶的走近他跟前，"平时不见你烧香，有事倒晓得拜菩萨。"

"我长时间不在家，向谁去烧香？"

"你这次回来，又哪里记得还有我这个人。"

"你怎么知道我不记得？"严子强会心地一笑，"不相信，你跟我来吧。"

柳如眉为了要摸他的底，随即跟着他走。她要看看他对她究竟有多大诚意。这样，她也就不挂一个虚名。

严子强走进房间里把一个黑皮的手提包拎出来，取出一只女式手表。还有一件礼物，往里面一塞，不让她看见。他转过头来，拉住柳如眉的手，替她把手表戴上，得意地说：

"你看我有没有诚意？"

"你这是逼上梁山。"柳如眉扑嗤地笑了。

"你这就叫没有良心。我这又不是偷来的。"

"那你回来几天，怎么不见你拿出来？"

"你不怕子才讲话。"

"兄弟给嫂子一件见面礼，他管得着。"

"不怕。你就戴上吧。"

柳如眉胜利了。她多年来就希望有这么一只手表，今天无意给她一逼，却轻易得到手了。这样配上这身短袖旗袍，虽然不是光着两只膀子，也就象个人样了。

她对于严子强对自己的感情感到十分满意。而对严子才这个窝囊废，真象个缩头乌龟，一天到晚缩在家里，不敢见人，跟着他倒一辈子霉。如今别人给他安排一条出路，他还不干。要是他真这样顽固，她定要给他一点颜色看看。至于林琴瑶，她想拆台，只要把她通新四军这一点亮

173

出来，她就没得命。柳如眉正如船上一个舵手，掌握着全家人的命运。谁不听她使唤，就有冤沉海底的危险。她满怀信心应付这个局面。

严子才仍然睡在梦中，只为自己打算。他虽然不赞成共产党的一套办法，但对新四军也有戒心。新四军刚到苏北的时候，就象几株野草，并没有什么了不起。可是韩德勤却拱手把整个苏北送给陈毅。以后，日本鬼子又被他们打败。如今共产党的势力，象一片大草原，铺平了苏北，再要想消灭他们，那真是痴人说梦。严子强脑筋简单，只看眼前，不计后果，拿他做傀儡，他可不上这个当。严子强光身一条，说走就走。他拖着一个家，离开黄桥，去喝西北风。不过他所虑的，是柳如眉这个贱货和严子强串通在一起，不好应付。严子才想到这里，懊悔当年不该和柳如眉结婚。如今他年老多病，她独行其事。他不由地想起家珍的母亲，心里一阵辛酸。

柳如眉回到房间里，看严子才一个人拿着酒壶，坐在那里自斟自饮，又觉得他有些可怜。她跑过去把他的酒壶拿开，说：

"你少喝一点，明天陪客，让你喝个饱。"

"酒逢知己饮。"严子才说，"和不相识的人对饮，还不如独酌痛快。"

"你就是这种窝囊相，"柳如眉责备道，"见不得大场面。"

"怎么？你还要我去仰人鼻息。"

"不是要你去，是人家登门拜访你。"

"你不要把事情看得太简单，"严子才冷冷地说，"无官一身轻。你就让我过过太平日子吧。"

"怎么样？党部的特派员抬举你，要你出来掌权，难道还要给人家一个难堪。"

"黄桥这个权，不是容易掌的。你看历来掌权的，哪个有好下场。"

"你说得倒轻松。"柳如眉正颜厉色地说，"如果人家查你的老底，说你通新四军，怎么办？"

"这个……"严子才踌躇了，"我跟新四军又没有关系。"

"你做泰兴县参政员，不算关系是什么？"柳如眉问。

"我那是权宜之计，"严子才回答。

"啊！对新四军可以权宜，对中央军就不能权宜。你这是什么念头？"柳如眉怒气冲冲地说，"你不要搬起石头打自己的脚。到头来，求爹爹，拜奶奶，那就迟了。"

严子才就象一匹老公马，本来还有一点野性，经她这么几鞭子打下来，完全驯服了。

经过一夜的工夫，柳如眉终于把严子才和林琴瑶都征服了。现在全家人都站到她这一边，组成一条阵线。下一步，她就要对那位周特派员展开攻势了。

清早。她就指挥用人把房子里里外外打扫得干干净净。院子里，沿着廊檐摆上几盆兰草。大厅上，摆上一盆正在盛开的茉莉花。酒席台的正中，用一个绿色的长玻璃瓶插上一束粉红色的苍兰；和白台布衬托起来，幽静而淡雅。

她在忙碌的时候，无暇去想到客人。当她把各种布置停当，准备迎接客人，想象今天来的周特派员一定是仪表非凡。不然，哪里配得上酒、色、财、气。不过有一点，她心里不佩服。他为啥看上一个寡妇？论才貌，她柳如眉总比林琴瑶高三分。要是有机会，她显显自己的歌喉，准叫他拜倒在她的裙下。她自鸣得意地笑了。

她正在热烈的期待中，外面勤务兵跑来报告："客人到！"他们全家人迎上前去。周汉辅穿着一身新的黄军服。肩上两颗金星，配在肩章上，闪闪发亮。因为他人胖，个子又不高，肚皮朝前挺起，远远一看，好象戏台上的武大郎。

柳如眉经过严子强的介绍，感到非常失望。走近看：人倒有些书生气，脸孔很白净，周正，不很难看。他脱下白手套，很有礼貌地和她拉手。她觉得他的态度颇为文雅，象是一个有学问的人。

柳如眉注意到他和林琴瑶打招呼很平常，并不象严子强所吹嘘的那样他对她有特殊的好感。她上前去招呼道：

"周特派员，请上坐。"

"严太太,你太客气了。"周汉辅点头表示谢意,"你是中式还是西式礼节?按西式规矩,主妇应当陪客人坐。"

"我们乡下人,不懂什么中式西式,只要客人满意,就合式。"柳如眉用俏皮的口吻回答。

"那就请坐这里,"周汉辅拉开右手边的椅子,"最合式。"

柳如眉对大家招呼一声:"各位随意坐。我就坐陪席吧!"

宾主全部入席,围成一个大圆圈。用人把花瓶收走,桌上的菜盆象一朵大梅花,出现在客人面前。

周汉辅在主人还没有敬酒以前,先举起酒杯说:

"报告各位一个好消息:国军已于昨晚占领如皋城。让我借花献佛,提议为前方的胜利祝贺,共饮一杯。"

四面在座的人都站起来,举杯祝贺。

柳如眉为了向周汉辅献殷勤,主动和他碰杯,颂扬地说:

"今天真是双喜临门:祝贺前方胜利,又为我们敬爱的周特派员洗尘,大家应当干杯。"

她一饮而尽,接着把杯子朝外一倾,以示诚意。

座位上的人,借着这个题目,都向周汉辅敬酒。他立即处于被包围的状态。他为了摆脱困境,主动向严子才挑战,举起杯子说:

"严大兄,马上要出任黄桥区长,我提议为新官上任祝贺,共饮一杯。"

大家附和着,各奉陪一杯。

"家兄承特派员提携,我们应当敬谢酒一杯。"

周汉辅由于肠胃空虚,这个一杯,那个一杯,渐渐感觉桌子上的碗盘,开始在眼前旋转起来。柳如眉看见他脸色有些发青,故意出他洋相,又举起酒杯说:

"周特派员,我们第一次见面,一起喝一杯见面酒。"

周汉辅虽然有些头昏,脑子却很清醒,觉得她这句话含意很深,非常高兴地喝了一杯。可是酒还没有落到肚子里,就象一把火从喉咙里喷射出来。全部酒菜都喷到柳如眉的胸脯上。柳如眉觉得怪难为情，连忙扶住他离开席位。周汉辅昏昏沉沉靠在她身上，由她摆布着躺倒在床上了。

一场热闹的筵席就这样不欢而散了。

柳如眉唯恐客人不高兴，惹出不好的后果，便拿了一条湿毛巾，洒上一些香水，敷在周汉辅的额角上。不知是受到香水的刺激，还是湿毛巾的作用，他模糊地有一种温柔的感觉，非常舒服。他睁开眼睛看到严太太在旁边服侍，十分感动地说：

"谢谢你的厚意。"

"不客气。请安静地躺一会。"

柳如眉跑到自己房间里去了。

严子强很不满意柳如眉对周汉辅的过分殷勤。她是一个主妇，尽可以让林琴瑶去招待他，何必自己这样低声下气，有失尊严。他好象受到某种侮辱似的，心里极不舒服。

晚上。严子强为了提醒她注意自己的身份，特地把她请去。而柳如眉却认为她的招待，很博得客人的欢心，感到非常满意。因此，她走进严子强的房间，非常称心地说：

"今天，我给你忙了一整天，总算不错吧。"

"你自己不照照镜子，象个什么人。"严子强板起面孔说。

"你看我象什么人？难道我错待了你的客人？"柳如眉不服气地说。

"你是一个主妇，也应当有个主妇样子。"

"怎么？我辱没了你们严家的门庭。"

"看你那样殷勤，恨不得倒在周汉辅的怀里。"

严子强的话，刺痛了她的心。她为了煞他的威风，气势汹汹地说：

"我高兴倒在他的怀里，又怎么样？你管得着我？"

"我当然管不着你，总有人管得着你。"

"啊！你以为给了我一只手表，就想骑在我头上。"

她感到这是对她的侮辱，从手上把手表摘下来，一头倒在床上，气

177

得要哭出来。

"你不要这样小囡气，我是为了维护你的尊严。"

柳如眉听到说她损害了尊严，不由地哭泣起来。

严子强毕竟怕她翻脸贻误大计，便靠近她身边说：

"你不要生气，我给你看件好东西。"

柳如眉知道他欺软怕硬，索性把脸翻过去，不理他。

严子强从手提包里把一副金项链拿出来，十分迁就地挂在她的脖子上。柳如眉从床上坐起来了。

八

严子才出任黄桥区长，就开始踏上毁灭的道路。

他的一生，从来没有飞黄腾达的日子。年青的时候，他跨出东南大学的大门，曾经有过作育英才的抱负。他感觉整个社会，就象一个污泥浊水的池塘，表面上似乎很平静，一把水底下的沉渣搅起来，就不堪入目。他想，要改造这个社会，唯一的途径，是改良教育。毕业后，他凭借他父亲的地位，谋到泰兴中学的校长。起初，他想以这所学校作为试验场，推广他的杜威教育的理想。可是一厕身其间，就遭到一伙尊孔读经腐儒们的抵抗。学校每一项微小的变动，都要经过一番斗争。他几次请来几个志同道合的教员，过不了几天，就被顽固的教务处长赶走了。他愈来愈陷于孤立，愈来愈感到苦闷。

一九三五年的夏天，学校聘请来一位年青的女音乐教员，给整个学校带来一种活跃的空气。同时也给他苦闷的生活带来很大的刺激。她年青、漂亮，又有一定的音乐才能，很自然地成为大家注意的目标。严子才对她虽然也有好感，但碍于校长的地位，很少和她接近。同时他年届

"不惑"，又有儿女，他和她之间的兴趣，很少共同之点。这样，他们之间的往来，自然很正常，也没有人注意。

不料就在那年的冬天，由于一个偶然的机缘，使得他们亲近起来。那是放寒假的前一天晚上，音乐教员柳如眉接到家里一封急信，母亲病重，要她汇一笔钱去。她跑去和校长商量，请求预支一个月的薪金。严子才感到很为难。一来学校没有余款，二来没有这种先例；可是从她的处境来说，又确实需要。这怎么办呢？他经过多方面的考虑，最后回答说：

"柳先生，实在没有办法，为权宜之计，我私人垫出五十元给你。以后，你什么时候方便，什么时候还我。"

他的慷慨，博得了柳如眉的感激。但是这样一种无可非议的行为，一传到那些好事之徒的嘴里，就纷纷议论开去。有的说校长看上了音乐教师。有的说亲眼看见他们在房间里密谈。谣言一传开去，就闹得满城风雨。

最初，严子才非常镇静。他分析这些谣言，来自两个方面：一是那些顽固派，有意破坏他的名誉，乘机把他搞下台；一是那些垂涎音乐教员姿色的无赖汉，借此破坏她的名誉，以达到他们不可告人的目的。他自信后台有靠山，只要自己立得正，不怕风吹浪打。可是这种谣言，一落到一个女人身上，就是一种打击。

柳如眉终于被这种谣言弄得心烦意乱。这样，她在学校里的一举一动，都被人歧视。她真象干了什么不名誉的事，精神上受到很大的压力。最后，她被逼得没有办法，只好向校长求援。她说：

"严校长，我实在没有地方可去；可是在这里，你叫我怎么呆下去？"

"你不要害怕。"严子才严正地说，"只要我严某人在这里，谁也不敢动你一根毫毛。"

他的大话一传出去，就有人煽动学生，说校长行为不正，不足以为人师表。这样传来传去，就象吹肥皂泡一样，愈吹愈大。本来，严子才对柳如眉并没有不纯正的动机，经外面这一攻击，他渐渐感到自己的地

位有些动摇；但同时又感觉一个女子处在这种社会,生活毫无保障,觉得她可怜而又可爱。有一天,他把她请来,恳切地说:

"柳先生,目前外界的舆论,压力这样大,你看怎么办?"

柳如眉听到这句话,感受一种失业的威胁。她上有母亲,下有弟弟,怎么生活下去?她央求道:

"严校长,我如果失去你的支持,就会走上绝路。"

严子才深为她的话所感动。她年青貌美,又有才能,如果万一发生什么不幸,不要说道义上受到谴责,就是良心上也说不过去。可是他自己的处境,如果坚持挽留她,也就很难支持下去。他说:

"如果你留下来,我就可能倒台。"

柳如眉看到大势已去,就伏在桌子上呜呜地哭泣起来。

严子才的心软下来了。他觉得她是纯洁的,应当成全她。他即使不为恶势力所容,也应当和她同进退。他说:

"柳先生,你不要哭。隔墙有耳,被人发觉,更不好办。我已下定决心,和你同进退。我即使为你牺牲自己的地位,在道义上,我问心无愧。"

柳如眉被他这番话所感动,觉得他人格伟大,激动地说。

"严校长,你这种大义凛然的精神,我就是死了,也不会忘记。"

他们这次恳切的交谈,无形中在感情上种下爱的根苗。过去的流言,后来渐渐成为事实。结果,就在第二年的冬天,他们两个人都离开泰兴,回到黄桥来了。

如今一转眼又是十年了。严子才回想起这段往事,仍然忿忿不平。当他此刻坐在油灯下和柳如眉闲叙旧情的时候,不由地感概道:

"想不到我们还有今天这种日子。"

"你这个人,一辈子吃亏的,就是因为不通人情世故。"柳如眉教训道。

"你想,我如果是一个世故老人,也就不会和你走到一条路上了。"

"我在那种环境下,真是走投无路。"

"不过我是出于真心爱你,不是趁人之危。"

"我跟你受的苦可也不小。"

"说不定，我们还有一个好的晚景。"

就在这时，门帘一动，一个年青的军官，手持盒子枪，带着两个勤务兵，突然闯了进来。一个勤务兵用枪对着柳如眉说：

"你跟我出去！"

严子才不知出了什么乱子，吓得目瞪口呆。他现在已经是地方的行政官，为什么还要对他这般无礼。他气忿地说：

"我是黄桥区长，你们不要这般无礼。"

"严先生，我知道你是黄桥区长。"年青的军官说，"你坐下，不要害怕。我们是马书记派来和你商量问题的。"

"哪个马书记？"严子才仿佛没有听清楚，反问道。

"黄桥区委的马书记。"年青的军官说，"你不认识吗？"

严子才仿佛堕入五里云雾中。站在他面前的，分明是中央军的军官，怎么又是共产党的马书记派来的。他的两腿不由地抖战起来，口里喃喃地说：

"你们从哪里来的？我并不认识马书记。"

"你不要装相。"年青的军官说，"你这次当区长，我们也懂得你有为难之处。你不要忘记过去跟我们走过一段路。"

严子才开始明白，站在他面前的是新四军的武工队。他听对方的口气，不会为难他，只是不懂他们有什么要求。他说：

"马书记有什么吩咐？兄弟照办。"

"请你把丁王乡的几个妇女，释放回去。"年青的军官带一种命令的口气说。

"同志，这个权不在我手上。"严子才推脱说。

"不在你手上，在你兄弟手上。"

"你要给我时间。"

年青的军官从口袋里掏出一张写好的协议书，摆到严子才面前说：

"你在这张纸上签个字，我们就走了。"

严子才屈于威力，不敢反抗，拿起笔在白纸上签上自己的名字。他对军官望了望，又发生了怀疑：是不是中央军有意来讹诈。他问道：

"你们真的是马书记派来的？"

"这个你不用怀疑。"

年青的军官拿起协议书，把门带上，出去了。

这真是晴天霹雳。大门口站着卫兵，武工队进来出去，怎么没有人盘问。共产党胆敢在这种军警森严的情况下，在黄桥出入自如，那我们的生命还有什么保障呢？

严子才本来有心脏衰弱症，经过这一惊吓，倒在床上，象要死过去了。柳如眉从门外进来，看到他不声不响地躺着，以为遭了毒手。她哭哭啼啼地喊道：

"我的子才呀！"

严子才的脑子仍然很清醒。他连忙举起手抚摸着她说：

"你让我静一静。"

柳如眉听到他的声音，开始安定下来。她端起油灯，照照他的脸，知道他旧病发作，安慰他说：

"子才，怎么啦？刚才来的军官，干什么？"

"轻点！"严子才小声地说，"不是什么军官，是新四军的武工队。"

"我的天呀！"柳如眉惊叫起来，"都是穿的中央军军服。"

"那是化装的。"

"怎么？门口的卫兵不查问？"

"这班吃冤枉的，大概看到是长官，不敢问。"

"象他们这样无法无天，今后的日子怎么得了。"

"不要说今后，眼前就无法交代。"

"怎么？他们说还要来吗？"

"他们要我把丁王乡的几个女人，统统放回去。"

"这可不能答应。"

"不答应，怎么过关？"严子才无可奈何地说，"我已在协议书上签了字。"

柳如眉象是被一棍子打下来，昏昏然地坐下了。她好象做了一场噩梦。他们这班暴徒，胆子这样大。街上全是中央军，门口又站了哨岗，他们竟敢跑进房里来。这是多么可怕！她以后还能上街去吗？她说：

"你这样贸贸然签字，怎么兑现？"

"麻烦你去找子强商量商量。"严子才央求道。

"他已上报特别党部，自己也不能做主。"柳如眉回答。

"可不可以走走特派员的门路？"严子才出于无奈地说。

"我看你昏了头。"柳如眉批评道，"这种事如果让官方知道，你还有命吗？"

严子才完全陷于失望的境地。本来，他已看到黄桥的事不能插手，新四军不是那么容易肃清。如今他还没有行使职权，大祸已经临头。今后这出戏怎么唱下去？他感到自己的心脏又急剧地跳动起来。他一手按住胸口，连声叫"唉！唉！"把脸转过去了。

柳如眉面对这种情况，深为忧虑。如果万一把他急死了，她今后又去依靠谁。而且他已经接任区长，子强正在想法搞武装，下一步，他们就可以把黄桥税收拿过来。她反复地思考，已经到了嘴里的东西，还能吐出去吗？她坐到床沿上，安慰他说：

"你不要急得这个样子，让我明天和子强商量以后再说。"

"我早就对你说，这种事情干不得。"严子才泄气地说。

"你就是这种窝囊相，"柳如眉不高兴地说，"经不起一点风浪。人已经上了船，就得向前撑。遇到风浪，后退也有翻船的危险。你不要害怕。"

严子才觉得她的话也有道理。锣鼓已经敲响，人不出场，也由不了自己。他又想起当年在泰兴中学和恶势力作斗争，她敢于牺牲自己和他同进退，不由地激动起来。

"你已经为我作过牺牲，我也只有和你共命运。"

柳如眉被他的话勾起往事的回忆，她想起严子才第一次对自己的谈话，深为感动地说：

"我们既然坐到一条船上，也只能听天由命了。"

"夜已经很深。你休息吧！"

柳如眉把灯吹灭，走进黑暗的世界。

九

严子强被税权迷住了心窍，其他一切他都不去考虑了。

黄桥是一个水陆码头。过去，每天的税权，如果是旺季，总在千元以上；淡季，也有好几百元。何克谦坐镇黄桥，不到两年工夫，就搞起一个大家当。现在，他已掌握军政大权，再不动手，就会失去良机。他所顾虑的，是黄桥商会会长季盛然这一关，还得需要去疏通。何司令当年掌握那样大的兵力，他还在背后捣乱。如今自己的实力还差得远，他肯买账吗？如果他和军方一勾结，这就很危险。第一步，争取和他合作，成立一个君子协定，让他尝到一点甜头，把他的嘴巴塞住。他想，要办好这件外交，又用得上柳如眉这位内阁大臣了。

柳如眉就在他需要的时刻来到了。往常，她除了和人吵嘴，总是眉开眼笑、喜气洋洋。今天，她一反常态，脸上毫无笑容，好象心事重重，冷冷地坐在旁边。

"怎么？你昨晚上没有睡好，又在想什么心事？"

严子强走近她身边，好意地慰问她。

"我的心事大得很！柳如眉带气地说，"我担心你的头被人割去了，自己还在梦中。"

"谁敢在太岁头上动土？"严子强自负地说。

"你不要嘴巴说得这么硬。"柳如眉说，"你知道我们家里昨晚上出了什么事？"

"门口有人站岗，总不会有人来绑票。"

"你的那些卫兵是摆门面的，顶屁用。"

"真的出了什么事吗？"

"你想得到吗？新四军的武工队，跑到我们房间里来了。"

"真的吗？"

"我还能骗你？他们还用枪威胁子才，要他释放丁王乡的几个女人。"

"他们从天上掉下来的？"

"他们都穿的中央军服装，全副武装，大摇大摆地从门口进出。"

"他妈的！这些卫兵真混蛋。"严子强气得往外直跑，"非抓来枪毙不可。"

柳如眉跑上去，一把抓住他说：

"这种事宣扬出去，你还要命吗？"

严子强又气又恼。街上全是军队，门口又有卫兵，他们竟敢这样无法无天，这还了得！要是他们跑到他家里来，岂不真要送命。他说：

"你们怎么打发他们走的？"

"子才屈于压力，不得不在协议书上签字，答应释放。"柳如眉如实地回答。

"这些人已呈报党部，我也不能做主。"严子强焦虑地说。

"这个我也知道，"柳如眉说，"生米已煮成熟饭，总得想个善后的办法。"

"这事要是被党部发觉，我还能在黄桥立脚吗？"严子强感到束手无策。

"我知道这批女人里面，有一个是王老四早年的姘头，我和她很熟。让我去做做工作，把她收买过来，做我们的内线。这样，我们就有理由释放了。"柳如眉建议道。

"你得经过党部批准。"严子强说。

"如果你同意，我就有办法。"柳如眉肯定地回答。

"这样事等于玩火，当心烧着自己的手。"严子强警告她。

"你总不能望着子才受逼，"柳如眉说，"他是我们抬出来的，应当同舟共济。"

"你有办法，照你的办法去做吧。"严子强说，"不过我们要夺取税收，还得疏通季盛然这一关。"

"这跟季盛然有什么相干？"柳如眉问。

"我们不把季盛然拉过来，要是他和军队一勾结，就会全盘落空。"严子强解释道。

"这容易，让我去疏通他的三姨太太金玉梅，准有把握把季胡子拉过来。"柳如眉满有信心地说。

"季胡子又哪来的三姨太太？"严子强问。

"这是他的掌上明珠，一点就灵。"柳如眉说。

他们正在研究拉拢季盛然的时候，季盛然却派人送来一张请帖：约严子强到他家里去吃晚餐。这真是喜出望外。严子强站起来，高兴地说：

"说曹操，曹操就到。看来，季胡子也想在我身上做文章。"

"不过你要小心，"柳如眉提醒他，"季盛然是黄桥有名的老狐狸。他的东西不是好吃的；没有毒药，也得吐出来。"

"你也不要把他想得这样可怕，"严子强说，"也许他看到周特派员赏了我们的脸，有什么事求我。"

"你还是谨慎一点好。"柳如眉再次提醒他。

严子强觉得她的话也有些道理。季盛然在黄桥算是一个不倒翁。何克谦坐镇黄桥，黄桥的经济命脉就掌握在他手上。以后新四军占领黄桥，他的地位仍然没有动摇。日本人统治时期，他人在泰州，手还控制黄桥不放。新四军再占领黄桥，他又回来了。现在是中央军的天下，他仍然原封不动。一家米行，一家油行，还有一爿布店，都是生意兴隆。要和他这样一条地头蛇斗法，的确不简单。是应当小心些，不要上他的圈套。

晚上。严子强带着卫兵，耀武扬威地到季盛然家里赴宴。几年不见，季盛然已经变得象个干瘪老头。满脸皱纹，胡须已经花白。陪他出来迎接客人的，是一位如花似玉的少妇。严子强要不是听说他有一位三姨太太，一定怀疑是他的女儿。他非常羡慕而又不舒服。象他这样一个干瘪老头，还藏着这样一位美人，无非有几个臭钱，不然，他靠什么本事呢。

严子强怀着一种嫉忌的心情观察季盛然客厅里的陈设。靠东面的院墙下有一个花台；两壁墙上，挂着两幅俗不可耐的红对联。厅堂正中挂着清代诗人、书法家何绍基写的一幅字画，上面题着：

淡墨秋山近远天，暮霞还照紫添烟。

故人好在重携手，不到平山谩五年。

他对于文墨虽然一窍不通，但是季盛然这样一个满身铜臭的人，也来附庸风雅，实在也有些可笑。他带着一种讽刺的口吻说：

"季翁近来也雅起来了。"

"哪里的话，"季盛然客气地回答，"我这幅'何'字，并不算好，贵的是真迹。还是去年在泰州，花去八十只大洋买到的。"

"贵在一个真。"严子强附和着说。

"不过尊翁过去收藏的古玩可不少。"季盛然恭维地说。

"这些都是家兄在管，"严子强很为感慨地说，"近几年，他搬来搬去，不懂他丢到哪去了。"

"哪会丢掉呢，"三姨太太金玉梅插上来说，"前些时候，我还看到你嫂子拿出一副翡翠的镯子给别人看。"

"啊！三嫂子对这些也有兴趣？"严子强回过头来和她应酬。

"你这次从泰州来，当然给你嫂子带来贵重礼物。"金玉梅挑逗地说。

"我不象你们季翁这样富，"严子强回答，"哪能买得起贵重的礼物。"

"你如今有实力，就比我高强十倍。"季盛然说。

"我这一点点武装，哪还谈得上什么实力。"严子强谦逊地说，"地方上的事，还得靠季翁掌舵。"

"现在还是你们这些有枪阶级吃得开。"季盛然恭维地说。

"说起有枪阶级,"严子强把话题转过来,"前方,最近节节胜利,我们地方上可也要有什么表示?"

季盛然一手抚摸着胡须,慢条斯理地说:

"这个事嘛,兄弟也想到过。不过商会是一块空招牌。要惊动各商号,这年头,也颇有困难。"

"黄桥是鱼米之乡。"严子强提醒道,"一点不表示,恐有难处。"

"子才兄已经执政,只要他登高一呼,我们没有不响应。"季盛然推得一干二净。

"家兄刚上台,诸事尚未就绪,"严子强说,"还是季翁领头,由商会发起,易于奏效。"

"岂敢!岂敢!"季盛然唯恐引火上身,坚持地说,"兄弟年老昏聩,实在力不从心。"

"那么,请尊夫人与家嫂合力筹谋如何?"严子强以退为进,诱他上钩。

"贱内,大的愚笨,小的幼稚,还是尊嫂夫人好。"季盛然坚持阵地,不肯退让。

"不。季翁领导一方,没有你领衔,家嫂也无能为力。"严子强连捧带拉地说。

"既承世兄这样不弃,可以让贱内挂个虚名。"季盛然以退为进,"不过我倒有件事,想请示你一下:还乡团抓来丁王乡的几个女人,不知怎样发落?"

严子强抓住了季盛然的狐狸尾巴。他估计新四军的武工队也到他家里拜访过。他乘机给他一点面子,把责任全推到他身上。他说:

"抓来的几个女人,都是愚昧无知。我早就打算放回去;不过已经呈报党部,还得经过一番手续。"

"需要什么手续?"季盛然问。

"比如商会能够出面具个保,我就好向党部说话了。"

"不行，不行。"季盛然断然拒绝，"这种事应当公事公办，不要牵连商会。"

"那么，季翁私人出面也行。"严子强想牢牢地揪住他。

"这个嘛……"

季盛然的话还没有说完，勤务兵从外面跑进来了。

严子强听到外面有情报处的人请他，心里慌乱起来。他知道事情已经不妙，何胡子要下他的手了。他连忙站起来，和季盛然夫妇打了一个招呼，匆匆地跑出去了。

果然，他走出门口，情报处的特务人员解除了他的武装，把他带走了。

这是他自己欺骗自己的结果。他认为党部和情报处有空隙，他就可以从这空隙逃过去。何胡子限令他三天之内破案；他既不破案，也不去消灾，逍遥自在。落得这样一个结果，是活该的。

他被押着走过黄桥大街，感觉冷冷静静，好象走向墓地，看不清前进的道路。直到把他关在一间空空洞洞的房子里，发现只有一床草席铺在木板床上，心里一冷，糊糊涂涂地倒下了。

十

周汉辅于夜深人静中做了一个桃色的梦。

他梦见在一个万花缭乱的舞场里跳了一通宵的舞。起初，他戴上面具，象着了魔似的跳来跳去，并不知道舞伴是什么样的人。当他无意踩到舞伴脚上，对方手一松，他把面具取下来，站在面前的，正是体态轻盈的严太太。一阵喜悦，激动了他的心，连忙向她赔礼道歉。然后他们再拉起手来，缓缓地有节奏地移动着步子。随着音乐的旋律渐渐紧张，他们的步伐也加快起来。当音乐的旋律达到高潮，他们如象一对醉人，昏昏然忘乎所以了。最后，她的手一滑，他不由地倒在她怀里。严太太惊叫一声，把他骇醒了。

他睁开眼一看，屋子里仍然漆黑一团，只有屋外的蟋蟀在吱吱地叫着。他感到非常无聊。本来，他觉得那位林女士态度文雅，口齿伶俐，颇为可爱。不料那天和严太太一接触，感觉她象一把火，立即把他的热情燃烧起来。可是碍于自己的身份，几天来，再没有机会和她亲近，感到十分遗憾！

第二天一清早，秘书送来一份战情通报并转达旅长的面谕，要他发动地方组织慰劳队，上前线慰问。他看到通报：进攻海安的友军，伤亡重大，至今未能得手，觉得有些伤脑筋。当他回头一想，这事请严太太出来主持，真是名正言顺。他不由地高兴起来。他正愁没有机会和她接近，这一来，就变为公私两便了。

他怀着愉快和期望的心情来到办公室。他把许多日常的公文翻了一翻，都是些"等因奉此"之类的例行公事；他向旁边一推开，双手反剪着后颈，仰靠在藤椅上。他一面考虑上前方慰劳，一面考虑把严子强叫来商量。他拿起笔准备给严子强写条子，勤务兵走进来，报告严太太在门口求见。

他丢下笔，把纸头捏成一团丢进字纸篓里，起身出门迎接。柳如眉看到他穿着一件丝织的白汗衫，挺着肚皮立在门口，感到不好意思走进去。周汉辅并没有意识到自己不礼貌，连忙伸出手嚷道："请进！请进！"

柳如眉觉得他这样随便，也就不拘礼节地进去了。她向房间里横扫了一眼，只见一件黄军装挂在衣架上，就在办公桌前面站住了。

"严太太，你来得很巧，我正想派人去请你。"

周汉辅一边搬椅子，一边倒茶，忙着招待。

柳如眉听他说要去请她，为了摸清他的底细，很谦逊地说：

"周特派员太客气了。我们一个乡下女人，哪用得着请。"

"不，绝对不是客气。"周汉辅亲自把茶杯送到她旁边，"前方最近节节胜利，想请严太太来商量，发起一次劳军。"

"这是我们地方上应尽的义务。"柳如眉爽直地回答。

"只要严太太登高一呼，事情就好办了。"周汉辅恭维地说。

"不过眼前还有一些障碍。"柳如眉半吞半吐地说。

"障碍在哪里？"周汉辅问。

"周特派员可知道，"柳如眉看看他的脸色，说，"舍弟子强昨晚上被情报处长扣押了。"

"嘎！真有这回事吗？"周汉辅惊讶地问。

"何处长把弹药库被炸的责任，全都推到子强头上。"

"真是岂有此理！"

周汉辅感到很不安，一面搓着双手，一面在办公室里来回地走动。

"区政府刚把架子搭起来，又发生这样一桩事，真不晓得要怎么办？"柳如眉试探地说。

"何胡子真岂有此理，连招呼也不打一声。"周汉辅忿忿地说，"严太太，你不必急，回头，我去把子强兄放出来。"

"子强全仗着特派员做靠山，"柳如眉吹捧地说，"不然，他就很难在黄桥立脚。"

"哪里，哪里。这是兄弟应尽的责任。"

柳如眉听他满口答应，觉得毋须多说，就抽身告辞了。

"严太太，你再坐一会。我们谈谈劳军的事。"周汉辅挽留她。

"劳军的事，等子强回来，我跟他商量一下，再来请示。"

"这也好。傍晚的时候，请到我公馆去，给你回话。"

"谢谢特派员费心。"

柳如眉很满意地走了。

周汉辅送走柳如眉以后，觉得严子强的事还有些麻烦。何胡子这一手，分明是打狗欺主，有意塌他的台，叫他面子上过不去。如果不把严子强放出来，于公于私都不利。不过何胡子那里，不给他任何甜头，要他轻易放人，一定要打官腔。为这样一件事，公开和他闹翻，又犯不着。

他在动身上情报处之前，决定把劳军这件事向他暗示一下，设法弄一批现款；同时把严府上那位林女士介绍到何胡子跟前去听使唤，可能投其所好。这样，他和严太太来往，也就没有障碍。一箭双雕，岂不很妙。

他怀着得意的心情向黄桥中学走去。

何成俊事先没有接到电话，突然看到周汉辅神色匆匆地跑来，心里已经有几分数：他来替严子强说话。他为了不让周汉辅进言，他绝口不提严子强的事，热情而有礼貌地接待了他。

周汉辅很懂得何胡子的权术，也不暴露自己的意图。经过一番寒暄之后，他说：

"今天的战情通报，何处长这里，想是早送到了。"

"海安方面，进展很慢。"何成俊冷淡地回答。

"兄弟考虑，我们第二线部队，应当有所表示。"

"旅座有意思发动一次劳军，不知周公有没有听说？"

"我正是为此事来和你商量。"周汉辅说。

"这是地方上的事，兄弟无能为力。"何成俊一口推脱。

"你不要把这件事当成一种负担。"周汉辅暗示道，"利用这次劳军，筹集一批现款，对阁下也不无小补。"

何成俊眉梢一动，听他言下之意，乘机捞点油水，倒也符合他的心意。他说：

"这件事应由党部方面筹划。"

"不过还得借重阁下，从旁协助。"周汉辅说。

"只要力所能及，无不从命。"何成俊回答。

"商会的季盛然，是黄桥的财神。他正在你门下奔走，切不可失去机会。"周汉辅提醒他说，"我这方面，可以给你提供一个得力助手。"

"你所谓的得力助手是谁？"何成俊问。

"严子强的侄媳妇，是一位大学生，年青貌美，又有学问，阁下使用得当，一定大有帮助。"

"严子强这个坏蛋，不会干好事。"何成俊带气地说，"昨天我已把他扣起来了。"

"这件事，你做得太急躁。"周汉辅委婉地说，"军队初到，政府刚成立，你把严子强扣留，我们依靠什么人做耳目。"

"他目无军纪。岂有此理！"何成俊表示极为不满。

"不过我们应当从大处着想，目前我们正需要网罗社会上的人才，做我们的耳目。你这样一来，岂不是自绝后路。"周汉辅开导他。

"你不要把严子强看得太重。"何成俊说。

"不是我特别器重他，"周汉辅说，"他本人是还乡团的头子，区长是他的长兄，再把他的侄媳妇争取为我们使用，请你权衡一下，是不是对我们有利？"

何成俊经他这么一说，觉得有些道理。他说：

"你所提供的那位助手，她能做什么？"

"你可以量材使用。"周汉辅说，"严子强，你教训他一顿就可以了，不可羁留太久。"

"看你的情面，晚上我放他回去。"何成俊回答。

周汉辅和何成俊握手告别了。本来，何成俊想拆他的台，经他这样一周旋，既可以博得严子强和严太太的好感，又缓和了他和何成俊之间的紧张局面，真是坏事变成好事。他有些飘飘然起来。

七月的苏北，气候非常燥热。太阳已经落山，房间里还是火辣辣的。周汉辅打开窗户，掀起门帘，让空气对流。他为了保持内心的宁静，一面拨开收音机，一面躺在竹躺椅上，倾听美国之音播送的爵士音乐。

柳如眉迫切希望听到圆满的回答，按时来到周公馆门前。一阵娓娓动人的音乐，激动了她的心。她不知是由于过去职业的嗜好，还是在乡村禁锢得太久，音乐的声音，立即把她引回到年青时候的幻梦里。当勤务兵请她进去，她恍然意识自己是来作客，拍拍身上的灰尘，轻步走向前去。

周汉辅很满意她按时赴约，笑眯眯地说：

"严太太的表，真准！"

"没有这回事。"柳如眉客气地说，"来得太早，怕特派员还在办公；来得太迟，又怕妨碍特派员休息。"

"这是好习惯。"周汉辅恭维地说，"美国朋友就不满意我们中国人不守时间。"

"我在家没有事，总不能让特派员空等。"柳如眉附和着说。

周汉辅唯恐收音机干扰客人的谈话，立即把它关上了。

"音乐并不碍事，我很习惯。"柳如眉说。

"啊！严太太对音乐也很爱好，那就把它打开。"

周汉辅把收音机稍为拨得轻一些。

"谈不上爱好，"柳如眉卖弄地说，"年青时，为了糊口，在中学里教过几点钟音乐，所以比较有兴趣。"

"真是有眼不识泰山，"周汉辅高兴地说，"严太太原来是一位音乐家。在哪个大学深造的？"

"特派员过奖了。"柳如眉谦逊地说，"我们穷人家子女，哪里进得起正式大学。只不过在上海音专混了两年。"

"这很难得！以后我倒要向严太太请教。可惜有几张美国的音乐唱片，没有带来。你对卡尔曼有兴趣吗？"

"希望今后有机会欣赏。"柳如眉兴奋地回答。

"一定。过几天有人去后方，一定拿来。"

"不知子强的事，特派员交涉的结果，究竟如何？"

"没有事。完全出于误会。"

"他什么时候，可以回去？"

"免得张扬，叫他晚上回来。你放心好了。"

柳如眉听他说得这样肯定，立即把话题拉开去。她说：

"还乡团抓来的几个乡下女人，不知特派员如何发落？"

"啊！你不提起，我倒忘记了。"周汉辅恍然想起来了，"严太太有何高见？"

"我们子才有句话，托我向特派员转达，不知当说不当说？"

"严太太考虑过的意见，一定中肯。"

"这几个女人里面，有一个文书的母亲。"柳如眉叙述道，"我们说服她，叫她的儿子做我们的内线，她已答应。我们把她们放了，表面上表示政府宽大，暗地里，我们在敌人那里装了一只眼睛。不知特派员认为这办法可行不可行？"

"严太太的办法，很好。"周汉辅表示同意，"本来，对共军就应当软硬兼施，单靠杀是杀不尽的。"

"如果特派员认为可行，我叫子强具一个呈文来，请批示何如？"

"可以。可以。"

柳如眉的目的全部达到了，她觉得再坐下去就无聊。她立起来，准备告辞。

"严太太，你不忙走，"周汉辅挽留她，"劳军的事，我们还没有谈哩。"

"幸亏特派员提起，不然，我倒忘了。"

柳如眉又坐下了。

"这样好吧，严太太不要见弃，在这里便餐，我们好好谈谈，"周汉辅恳切地说，"你既然爱好音乐，过半个钟头，就可以听到贝多芬的《月光曲》。"

柳如眉察觉他的动机不单纯，感到很尴尬。她好象被强盗追逼到悬崖上，既不能进，又不能退。她说：

"周特派员，你不用忙，改日来领情。"

"严太太，你这就太不赏脸了。"周汉辅面有难色，"你们那样热情，我还没有还礼。今天在这里便餐，就算先表示一点意思。"

柳如眉非常矛盾。本来，她倒希望有机会，叫他为她倾倒，和他开开玩笑。现在这样一来，她倒象只小鸡，捏在他手上，由他摆布了。如果他来陪她喝酒，做出什么无礼的行为，未免有失体统。如果她执意拒绝，惹他生气，以后再有什么事求他，就无从开口了。她委婉地说：

"周特派员,你这里是行营,吃饭就心领了,还是请指示一下劳军如何进行。"

"这事好办。主要靠商会解囊。你领个衔就行了。"

周汉辅说着,一面拨弄收音机,寻找音乐。

柳如眉如同身陷重围,已经无法脱身。凭着她在社交场中的经验,退避,总是自己吃亏,只有采取攻势,才能取得主动。她说:

"承特派员这样盛情,我倒想请党部给我们子才配上一两支短枪,让他有一点自卫力量。"

周汉辅抓住她的弱点了。他懂得她在向他索取代价,便高兴地说:

"武器这种东西,是司令部掌管,我们特别党部很少办法。不过严太太是音乐专家,我倒可以送你一件有用的东西。"

"无功不受禄。这万万使不得。"柳如眉谢绝。

周汉辅为了打动她的心,不惜牺牲自己的血本。他从床头上取出一个用黄皮套装着的半导体收音机,拨开开关,正好播送贝多芬的《月光曲》。

柳如眉被迷住了。她不仅没有见过,连名称都没有听过。她拿到手上,心脏跳动得很厉害。她为了掩饰自己的无知,笑着说:

"特派员这件宝贝,是从美国买来的吧。"

"美国这种玩艺,也算新式,"周汉辅说,"严太太爱音乐,拿去消消遣,倒很方便。"

"你这种贵重礼物,实在不敢领受。"

"严太太,不必客气。我这就算送你的一件见面礼。"

"特派员把这种礼物给我,将来被你太太发觉,我岂不成为一个罪人。"

"严太太不必多疑。将在外,君命有所不受。何况这样一件小东西。"

"先放在这里,等我以后为特派员出了力,再赏给我。"

"严太太是不是怀疑我的诚意?"

周汉辅最后对她将一军。

柳如眉满脸通红,对他笑了笑,不作声了。

十一

丁王庄被还乡团抓去的人，终于归来了。

丁秀芬刚一得到这个消息，非常兴奋。她认为这是对敌斗争的一个重大胜利。为了教育群众，激励斗志，准备组织这几个被释放回来的妇女，搞一次控诉大会。因此，她挨家挨户进行个别访问。

她访问的第一个对象，就是何克礼的妈。

太阳已经西斜，何克礼妈洗好身，换过衣服，端着一个盘子，坐在家门口梳头。她这次受难的显著标记，就是背上被敌人用皮鞭抽的两条伤痕，至今还发青。她望见丁秀芬走过来，丢下手上的梳子，一把抱住她哭诉道：

"秀芬妹妹，我以为这一生见不到你了。"

丁秀芬深为她的哭声所感动。在通常的情况下，她自己也会哭起来。今天，她是要来鼓励她们控诉敌人，竭力抑制自己感情的激动。她安慰她说：

"你们回来了，就是胜利了。个人吃了一点苦，还是有价值的。"

"秀芬妹妹，你看这些土匪，心好毒。"何克礼妈说着撩起背后的衣服给丁秀芬看，"他们把我打得青一块、紫一块。"

丁秀芬用手摸了摸她的伤痕，象两条小小青蛇缠在她背上，心里非常难过。这些土匪对老年人竟敢下这种毒手，真是没有心肝。她说：

"痛在身上，记在心上。我们一定要向他们讨回这笔血债。"

何克礼妈把衣服放下，感到一阵欣慰。其实，她早已忘记这种痛苦，而为严子才女人的甜言蜜语所诱惑，变了心。她之所以要让丁秀芬懂得她吃了这么大的苦，目的在掩饰她不可告人的心计。她说：

"秀芬妹妹，你坐一会，我去烧口茶给你喝。"

"不，我不坐。"丁秀芬说，"你们克礼上哪去了？"

"上乡政府去，还没有回。"

"回来，请叫他来找我。"

丁秀芬回头就去看马婆嫂。她认为何克礼妈，在妇女中，一向称为落后分子，没有想到她这一次还能经受如此严峻的考验。这也算是难得。当她走过村西头的大槐树下，恰好碰上何克礼。

他的脖子上仍然挂着一条白毛巾。但他不是那样愁眉苦脸，一见丁秀芬就笑嘻嘻地说：

"阿芬，你知道吗？我妈已经回来了。"

"我刚才去看过她，"丁秀芬拦住他说，"我想来找你谈谈。"

"有什么事吗？"何克礼问。

"你妈这回吃的苦不小。"丁秀芬说。

"她全身都被打得发青。"何克礼夸张地说。

"我们要把这种痛苦，化为仇恨。"丁秀芬说，"我们准备召开一个群众大会，让你妈到会上去控诉，教育群众。"

"这很好。"何克礼很赞成。

"希望你帮助她做些准备。"丁秀芬说，"要她讲得细致些，不要三言两语就讲完了。"

"这个，我懂，"何克礼高兴地说，"要不要写成书面的稿子？"

"你就是喜欢掉书袋，"丁秀芬批评道，"你妈识不了几个大字，写成书面稿，给谁看？"

"可以印发给外乡人看。"

"不要那样铺张。"

丁秀芬说着就走了。

马婆嫂是她的堂嫂嫂。人高，力气大。走起路来，比男人还快。人家给她取个绰号，叫马婆。她心直口快，和什么人都搞得来。她这次被抓去，完全是冤枉。事先，她的丈夫和媳妇都劝她走开，她舍不得家里的坛坛罐罐，一直在房间里拾掇，结果，碰上了。她受敌人的拳打脚踢，并不比何克礼妈吃的苦小，但她见人不讲。敌人折磨她，要她把儿子交出来。她干脆回答："我儿子在解放军，你们有本事，去把他抓来。"她死不低头，敌人拿她没办法，最后还是放她回来。她算是胜利了。

丁秀芬来到她跟前，她正在埋头斩猪草。养猪是她们家里最大的副业，实际上就是她的副业。所以她一到家，就割回一篮猪草，坐在门口场地上，一刀一刀地斩着。

"阿嫂，你回来也不歇一会。"丁秀芬突然地说。

"阿芬，我正想斩好草去找你。"马婆嫂丢下刀，站起来，两手在衣服上搓了搓，"你怎里这么快，就晓得我回来了？"

"我早几天以前，就知道你们要回来。"丁秀芬高兴地说。

"你真是诸葛亮，会算。"马婆嫂惊奇地望着她。

"你懂得你们怎里回来的吗？"丁秀芬问。

"那班土匪，把我整够了。"马婆嫂骄傲地说，"我们死不低头，他们拿我们没办法。长期关着我们，又怕吃掉他们的粮食，只好把我们放了。"

"你说得倒轻松。"丁秀芬说，"粮食是我们种出来的，他们才不稀罕。"

"那他们怎里会放我们？"马婆嫂奇怪地问。

"马书记派武工队上街把你们接回来的。"丁秀芬回答。

"我怎里没有看见？"马婆嫂又问。

"你以后会晓得。"丁秀芬说，"还乡团没有把你们一个个叫去审问？"

"他们打我们，都不开口，还审什里！"马婆嫂说，"只有到我们回来的前两天，严子才的女人找何克礼妈去谈过两次。"

"她们谈什么？"丁秀芬问。

"她说是问问她家里的生活，说了些好话，要她不要见怪。"马婆嫂毫不在意地回答。

丁秀芬眉头一皱，心里想：何克礼妈刚才没有提起这回事。她说："严子才的女人来找过你吗？"

"她以前住在乡下，我就没有和她往来，她哪会找我。"

"她还找过别人吗？"

"没有。"

丁秀芬发生怀疑了。她觉得何克礼妈和严子才的女人谈过话，决不象马婆嫂所说的这样简单。严子才逃难在乡下的时候，她们之间就经常有往来。何克礼妈早年就和王老四有不正当关系。她们是不是串通起来捣什么鬼？本来，她打算详细问问马婆嫂在牢房里的生活，这一来，控诉会不忙开，等问题弄清楚以后再说。随即，她带着这个问题去找支部书记了。

丁秀芬富有敌后斗争的经验。过去，我们挖日本鬼子的墙脚，都是从争取伪军的家属着手。何克礼妈虽然是一个小土地出租者，毕竟自己不劳动，和大地主又有牵丝攀藤的关系，谁晓得她安的什里心？要是敌人利用她来挖我们的墙脚，这可不能不警惕。

丁秀芬跑到王长发家里，恰好，他到长春那里去了。她随即赶了去。本来，她对她们几个人胜利归来，一肚子高兴。当她发现其中有破绽，就象晴朗的天空，突然出现一片乌云，心情变得有些暗淡。她记起阿刚曾经对她谈过，今天的斗争，可比打日本鬼子的时候复杂。她思想一紧张，不由地感觉高粱田里发出簌簌响声，她连忙拔出手枪，抓在手上，很紧张地向前走去。

王长春早几天以前就转移到周家乡的附近，由顾小妹护理他。这是一户偏僻人家，又没有树林，很不容易被人发觉。丁秀芬走出高粱地，就望见窗口里的灯光，隐隐若现。

王长春和王长发正在议论严子强被九十九旅情报处扣押的消息。王长发开始有些怀疑：敌人正需要还乡团做狗腿子，怎么会把严子强扣起来？扣了又很快放出来，这里面搞的什么鬼？真象一个哑谜。

"这消息是绝对可靠的，"王长春说，"他们里面可能狗咬狗。"

"那我们的人怎么释放出来了？"王长发说。

"释放出来的人，可能有问题。丁秀芬刚刚冲进去，接上说，"我已经去访问过她们。"

"有什里问题？"王长春惊疑地问。

"马婆嫂对我说，严子才的女人找何克礼妈谈过两次话，"丁秀芬说，"这里面可能有鬼。"

"她们谈些什么？"王长发问。

"马婆嫂说，只问问她家里的生活情况。"

"不会这么简单。"王长春警觉地说，"严子才的女人和严子强穿一条裤子，不会干好事。"

"你问过何克礼妈没有？"王长发问。

"我去看过她，"丁秀芬说，"她根本没有提起这回事。"

"她们过去有来往，这里面可能有问题。"王长发冷静地说，"人已经回来，主动权在我们手上。只要注意她的行动，她翻不了天。"

"要紧的是注意何克礼的行动。"王长春提醒大家，"他这个小资产阶级，他的母亲放个屁，都是香的。"

"本来，我想组织她们在群众中开个控诉会，"丁秀芬说，"现在这样一来，只有等等再说了。"

"这没有关系。"王长春说，"通过控诉，也许可以启发她自觉，把问题讲出来。"

"我们应当把一切罪恶，记到敌人的帐上，"王长发说，"对自己人，主要还是教育。"

"那我再去做做工作，"丁秀芬说，"如果能启发她把问题交待出来，结合控诉，教育意义会更大。"

"这样做很好。"王长春表示赞同。

"那我就去。"丁秀芬性急地说。

"你就去？"顾小妹从旁边插上来说，"你吃了晚饭没有？"

"你就在这里吃一点再走。"王长春挽留她。

顾小妹一向关心她的生活。唯恐她整天忙，把身体拖垮。当丁秀芬一进门，她就用鸡蛋给她炒了一碗白米饭，端出来说：

"你只顾在外面跑，当心病倒了。"

"我不跑，还能躺在床上吗？"丁秀芬笑着说。

"你家的玉米收得怎样？"

丁秀芬当作没有听见。她现在心上哪还想到田里的事，一心要把何克礼妈这一关突破，戳穿敌人的阴谋诡计，争取彻底的胜利。

她匆匆放下碗，跑回庄上，何克礼家的大门已经闭上了。她在门上捶了两拳，没有回声，很扫兴地离开了。

十二

何克礼和他的妈很早关上门休息了。

他对于母亲的归来，感到非常高兴；他看到母亲身上的伤痕，又觉着十分痛苦。他们母子真是相依为命。如果他失去了母亲，象前些日子那样孤苦伶仃，怎么生活下去呢？他愈想愈感到母亲在身旁的温暖。

何克礼妈最理解儿子的心情。她因为年纪大了，又在敌人那里受到折磨，浑身感到不舒服。她躺在床上，让何克礼用拳头在她背上、腿上，象敲鼓似的一拳一拳地捶着。何克礼很懂得母亲的脾气，知道哪里要轻，哪里要重，一个来回，又一个来回地捶个不停。

何克礼妈渐渐感到轻松，心情也愉快起来。她从左边翻一个身滚到右边，面对着何克礼，不由地想起丈夫当年对她的温情，又伤感起来。她一生中唯一的安慰，就是有这样一个孝顺的儿子。不然，她的一生真是白过了。她唉声叹气地说：

"唉！我还以为这一生见不到你了。"

"妈！你已经回来了，还讲这些话，有什么意思？"何克礼安慰她说。

"你生下来不满一周岁，你的爹就把你丢下给我，一个人去了。"何克礼妈噙着眼泪说,"我辛辛苦苦把你养到这么大。"

"这些我懂得,不会忘记你的恩情。"何克礼说。

"我如今老了,你长大了,"何克礼妈说,"就是有一件事,我还放不下心。"

"好啦!这些话不要说了。"何克礼听了觉得很难过。

"不是不要讲。"何克礼妈继续说,"如果我明天死了,连一双鞋子都没有人给你做,眼看就要打赤脚。"

"不要讲这些泄气的话。你哪里明天会死。"何克礼阻止她说。

"明天不死,迟早总有一天要死,"何克礼妈说,"我总想在我眼睛闭上以前,给你配上一门亲。"

"如今战争时期,哪里谈得上这些。"

"战争不知打到哪一年,你难道做一辈子光棍?"

"现在局势这样动荡,到哪去找对象?"

"我倒物色了一个,不知你的意思怎样?"何克礼妈试探地说,"这次离开黄桥的时候,严子才的太太找我谈,愿意把他们严家珍许配给你。"

"你说到哪去了,"何克礼不同意地说,"她父亲做伪区长,叔父是还乡团长,那我成了一个什么样的人啦?"

"你不要讲大话,"何克礼妈批评道,"人家严家珍的思想,不见得比你落后。人也不见得比你长得丑。你要找大学生,别人瞧得起你这个小文书吗?"

何克礼被批驳得没有话说了。严家珍虽然有些小姐脾气,她在乡下生活这个时期,一般还能吃苦,思想上也比较进步。从他本人来说,他能和她结婚,当然很理想。不过现在,她在镇上,他在乡下,哪里能结合在一起?

"你怎么不开腔?"何克礼妈问道。

"妈!这种事,现在哪里谈得上,"何克礼老实地说,"她在镇上,我在乡下,你说有什么办法?"

"只要你同意,她愿意到乡下来。"何克礼妈肯定地说。

"真的吗？"何克礼惊喜地问。

"严太太亲口说的，哪还会骗你。"

"等我和严家珍当面谈过再说。"

"她已约好，要你明天上午在严许庄到黄桥去的大路上等她。"

何克礼的思想混乱了。也许严家珍因为思想进步，看到家里那样乱七八糟，精神上很苦闷，想到乡下来找出路。过去，他们曾在中学同过学，那时，她也算得是黄桥中学的校花。能歌善舞。谁都不在她的眼里。如今她年龄一天天大起来，镇上进步的青年都逃出来了，所以她愿意和他结婚。如果她能脱离家庭，到乡下来参加革命，也就没有关系。新四军文工团的女同志，有的还是资本家的女儿，参军以后，同样能吃苦耐劳。严家珍还在乡下生活过很长时期，更不成问题。他愈想愈得劲。他说：

"妈！明天我和家珍见了面以后，再说吧。"

"我看你就不要错过这个好机会。"何克礼妈鼓励他。

这一夜，何克礼完全沉浸在虚无飘渺中了。本来，丁秀芬给他一个任务，要他帮他妈准备控诉大会上的讲话，这一来，完全丢到脑后去了。他首先从最坏的方面想起，他家很穷，她来到他家里，要自己洗衣烧饭，能不能习惯呢？如果她真正爱他，估计不是大问题。他妈还不很老，家务事也还能做。最大的问题，将来有了孩子，靠三块零用钱，顶什么用？这也没关系，公家会给孩子供给。如果革命胜利了，她的家庭问题，倒是很麻烦。不过家珍现在就和家庭脱离关系，人民政府也不会算这笔帐。总之，他给自己提出一个又一个问题，又都一个一个得到圆满解答。最后，他好象小孩睡在摇篮里，摇摇晃晃地睡着了。

第二天清早，何克礼起来，换了一身干净的衣服，把头发梳得整整齐齐，真有点象去相亲。早饭后，他对乡政府的人扯谎，说要到外婆家去，就摇摇摆摆地走了。

他的外婆家是在北面垛庄。为了掩饰人们的耳目，他先向北走了一段路，然后绕到西面高粱地里，向南走了。他想，假如见到严家珍，怎么和她谈呢？先问问她家里的情况，她可能不高兴。还是谈谈她私人的事，问她最近看什么书吧。他虽然没有谈恋爱的经验，但女人的自尊心比男人强，当心不要一见面，就给她一个不好的印象。

很快，他就绕到严许庄南面的十字路口。他看到那里没有一个人影，怀疑自己来得太早。他为了不失约，一个人在十字路口徘徊。

突然，他听高粱地里发出一阵簌簌的响声，心里陡然一惊，准备向后跑；几个持驳壳枪的便衣，冲到他跟前了。他还没有来得及逃走，就被一只粗暴而强硬的手揪住了。

"你姓什么？"一个凶恶的暴徒问。

"你问我干吗？"何克礼强硬地回答。

"你是来相亲的何少爷吧？"另一个暴徒讪笑地说。

何克礼发觉自己上了敌人的圈套，眼前一片昏黑。他不埋怨自己的母亲害了他，认为这是敌人的卑鄙。他想挣扎，可是两只手臂已被绳子缚住，动弹不得了。

他象游魂似的被暴徒押着，带到黄桥镇上。他心里很矛盾：既怕碰上熟人，又希望碰到人给他的姨父张积成带个口信，请他营救。他懊悔不该轻信母亲的话。如今落到这个地步，怎么办呢？如果他万一牺牲了，丢下母亲一个人，她怎么活下去？他陷于绝望的境地，两腿不由自主地在石板道上踉跄地走着。

他被推进一间黑漆漆的屋子里，如同堕入地狱，眼泪象豆粒似的滚出来了。他早知有今日，不如上前线。如今这样不明不白地死了，真是冤枉。

不久，他就被两个还乡团团丁押走了。还乡团设在红十字会里面。这是黄桥唯一的金碧辉煌的庙宇。过去，他常到这里来看人做法事。不知怎地，他跨进大厅，看到横眉怒目的四大金刚，险些栽倒地上了。

严子强敞开着胸衣，手上摇着一把巨大的黑油纸扇，两眼凶恶地瞪住他，喝斥道：

"你是何克礼吗？"

"是。"何克礼面无神色地低着头。

"你在新四军担任什么职务？"

"我没有参加新四军。"

"这小子，很不老实。"严子强在桌上一拍，"把他拿下去揍一顿。"

何克礼两滴眼泪落到鼻尖上。

"年青人，不懂事，慢些！"柳如眉说着从西面的侧门里走出来，"克礼，你还认识我吗？"

何克礼看见是严子才的太太，情不自禁地扑到她跟前，哀求道：

"严太太，我妈说你要我来……"

"你倒很老实。"柳如眉笑了，"你想跟我们家珍攀亲，不带点见面礼，就行吗？"

"严太太，你了解我，实在没有参加新四军。"何克礼申诉道。

"你参加了也没关系，只要你肯回头，这里不会为难你。"柳如眉宽慰他。

何克礼在这种生死关头，听她这么一说，恐惧的情绪开始减少了。他想，严太太前两年在乡下，经常到他家里去，难道今天就这样不认人，也太冷酷了。他怀着一种盲目的希望，等待她搭救。

"那么，你跟我来。"

柳如眉把何克礼带进左面一间小房子里，很温和地说：

"克礼！你妈吃一辈子苦，把你带到这么大。你总不能跟乡下那班泥腿子混一辈子。"

"我没有什么地方可去。"何克礼的脑子昏乱了。

"如今中央军来了，怎么还没有地方可去？"柳如眉劝说道，"打鬼子的时候，我们不是也跟新四军吗？今天，我们不是也回来了。"

"这个……"何克礼没有勇气说下去。

"你想和家珍攀亲，她肯跟你到乡下去吗？"柳如眉带着诱惑的口吻说，"只要你肯投奔中央军，不愁没有路走。"

"严太太，将来新四军回来，怎么得了。"何克礼老实地说。

"你真是糊涂虫，"柳如眉批评道，"新四军有多少人？中央军有多少？如今如皋城都收复了，你倒还在想新四军回来。"

何克礼听她这么一说，觉得有些道理。不过他们用这种卑鄙手段欺骗他，他不心服。共产党从来做事光明正大，不要阴谋，更不欺骗。这样强迫他，他不干。

"你怎么打算？"柳如眉逼着他回答。

"你让我和家珍当面谈谈再说。"何克礼企图蒙混过去。

"不，你要答应跟我们办事，才让你们见面。"

"你要我做什么？"

"跟我们送情报，"柳如眉公开地说，"只要你同意，就可以放你回去。"

"这种事我不能干。"何克礼拒绝。

"你不干，"柳如眉板起面孔说，"你不但不能见到家珍，而且会马上把你丢进监狱里。看你走哪条路？"

"我人在这里，怎么给你送情报？"何克礼想设法脱身。

"这很好。"柳如眉拿出一张白纸，"你写一份投诚书，马上放你回去。"

"这个，我不能写。"何克礼再一次拒绝。

"你不写，回去以后，不认帐，我们到哪里去找你。"柳如眉摊牌了。

"严太太，请你原谅我。"何克礼央求道。

"这不是我原谅你，而是为你妈着想，给你一条正当的出路，"柳如眉说，"这是你妈在这里说好的。如果你执迷不悟，你也休想见到你妈了。"

何克礼哭了。他懂得不是投降，就是死亡。他有什么办法呢？如果他死了，母亲怎么办？而且他刚刚开始生活，就这样死去，多么可怕！

他终于昏昏沉沉地拿起笔写了。……

当他从红十字会走出来，好象一具僵尸，完全失去了知觉。他既辨不出前进的方向，也不知从哪条街出去才好。最后，他想，一回家，人民政府就会把他抓起来，还有什么出路呢？

　　他在街上荡来荡去，终于荡到他姨父张积成的家门口，怀着痛苦而后悔的心情，进去了。

十三

　　第二天清早，丁秀芬起来就接到区队部的通知：上午九点钟召开全区民兵队长紧急会议。她想到昨天晚上没有来得及和何克礼妈谈话，回头马书记问她，怎么交代呢？

　　她匆匆忙忙吃罢早饭，就跑到何克礼家里去了。

　　何克礼早已动身走了，只剩下他妈蹲在门口洗衣服。她因为睡得好，精神很充足，看到早晨的阳光，特别新鲜，心里充满着希望。当她望见丁秀芬迎面走来，立即站起来，说：

　　"秀芬妹妹，到里面去坐坐。"

　　"我是来找你的。"丁秀芬回答。

　　何克礼妈心里有鬼，立即变换口气说：

　　"你昨天走得快，我还有话没有跟你说完。"

　　"那很好。你说吧。"丁秀芬对她望望。

　　"我在黄桥的时候，严子才的女人找我去谈话啦！"何克礼妈表示毫无顾虑地说，"她要把她们家珍，许配给我们克礼。"

　　"你怎里回答呢？"丁秀芬半信半疑地问。

　　"我说，要回来问问克礼再说。"何克礼妈回答。

　　"何克礼怎么表示？"丁秀芬问。

　　"他说他要跟家珍当面谈谈再确定。"

　　"家珍在镇上，他到哪里去找她。"

"严子才的女人说,要家珍到乡下来。"

"你怎里这样糊涂,家珍会听她的话?"

何克礼妈不响了。本来,她并没有想到这一层,只希望攀上这门亲事,这一来,她心里恍恍惚惚,不知如何是好。她说:

"你不说,我倒很相信;仔细想想,恐怕靠不住。"

"严子才已经做了伪区长,你们可不要上敌人的当。"

丁秀芬没有时间和她细磨,说了就走了。她觉得何克礼妈的话,有可信和不可信的两面。从严子才的女人的品德来说,她完全可能利用女人做诱饵,骗何克礼上钩。严家珍哪里会听她这一套。这其中一定有鬼,值得注意。

她怀着紧张、疑虑、复杂的心情上区委去了。

区队部召开民兵队长紧急会议,一定有紧急任务,他们丁王庄既靠敌人的据点很近,又有王老四这种恶霸地主,斗争十分复杂。何克礼妈只说严子才的女人跟她谈过话,绝口不提起王老四,难道王老四就不去找她?这有点很难使人相信。总之,她觉得今天的斗争,跟过去打鬼子不同,艰苦而复杂。

她走出高粱地,渐渐感到身上热起来。她看到别人家地里的玉米,金黄,成熟,联想到自己的庄稼,没有时间去过问,心里有些焦急。可是当前斗争形势这样紧张,她总不能丢了工作去忙自家的农活。要是长春不带花,情况又好一点,现在她等于一个人挑两副担子,实在感到有些吃重。她又往回想,不取得斗争的胜利,即使粮食收到家,也还是保不牢,又去想它干什里呢。

区队部的民兵队长会议快要开始了。各乡的民兵队长都已到齐,只等丁秀芬一个人。人们挤在大厅前面的天井里,吵吵嚷嚷,争论不休。站在人群中间的是县委肖书记。他个子不高,脸孔瘦瘦的,一对眼睛在两撮细长而浓黑的眉毛下不停地在眨动。他手上点着一支香烟,只顾注意别人谈话,等烟火慢慢地烧到手指边,最后把烟头扔在地上。他对于来自基层干部的各种意见,非常感兴趣。他觉得人坐在机关里,就象浮在半空，也怪冷清。当他和基层干部在一起，就感到热气腾腾，浑身都是力量。

丁秀芬跨进大门，看见一群人在熙熙攘攘，就在门槛边停下来。她想寻找马书记，一个熟悉的面孔闪现出来；定睛一看：肖书记向她伸出手来，她一把抓住他的手，兴奋地说：

"肖书记，你怎么跑来了？"

"你说得稀奇，"肖灿明带笑地说，"你又怎么跑来了？"

丁秀芬既没有想到县委派人来参加今天的会议，更没有想到肖书记亲自出席。这大大增强了会议的重要性。这种喜出望外的心情，给她带来极大的鼓舞。她凭经验判断，肖书记到会，一定有重要指示，连忙跑到办公室去找纸头了。

她回到会议室，人已经坐满了。不知是因为她身上挂着手枪，还是因为她是唯一的女队长，所有会场上的目光集中注视她。开始，她并没有留意，一当她去寻找座位，便感到有些尴尬。她为了便于做记录，就在主席台旁边的门槛上坐下了。

果然，会议一开始，马骏就站起来宣布肖书记做报告。

丁秀芬心情非常激动。她懂得肖书记讲话的脾气。开始，他的声音总是很轻，也很慢，好象聊天一样。一到紧要的地方，就激动起来，嗓门也放大了。她拿着一支小小的黑钢笔，一面听一面观察他的表情，琢磨他每一句话的精神。

肖灿明并不象往常的政治动员那样激昂慷慨，一般地谈了谈整个战争的局势，着重说明如皋城的放弃。他说：

"同志们！你们刚才问到，我们为什么一枪不放，就放弃如皋城？现在让我来反问你们，打日本鬼子的时候，最初，我们不是占领了东台、盐城，然后又放弃了吗？这是一个道理。毛主席经常教导我们，不争一城一地的得失，主要是歼灭敌人的有生力量。这也和一个人走路一样，背上背着一个又一个的大包袱，还能走得动吗？城市就象一个大包袱，丢掉一个，我们就减轻一分负担。敌人占领一个，就增加一分负担。这样，敌人虽多，防守的地方也多，打仗的力量就减少；而我们呢？兵力虽少，打仗的力量却就增加。等到把敌人一个一个消灭了，最后所有的城市都是我们的了。整个抗日战争的历史，不就说明这样一个问题吗？"说到这里，他最后补一句："同志们思想上要有准备，说不定，海安镇也要放弃……。"

丁秀芬思想上紧张起来。从道理上讲，她懂得不应死守住城市；但是海安一放弃，哪还有东台、兴化、高邮、宝应这许许多多城市呢？这一来，战争要打到什么时候，才能把这些城市收回来呢？

"同志们！"肖灿明继续说道，"新的任务，又摆在我们面前：敌人为了要向北推进，准备对黄桥地区进行清剿。县委号召你们向丁王乡的民兵学习，动员一切力量，粉碎敌人的阴谋，争取在反清剿斗争中立大功。"

会场上骚动起来。彼此交头接耳，好象敌人就在眼前。丁秀芬听到肖书记表扬他们，一面感到高兴，一面又感到斗争任务的艰巨。他们丁王乡，是黄桥的边缘区，只有他们站住脚，才能保证纵深地区的安全。她不由地联想起反清乡斗争的情景。那时敌人沿着泰州到海安这条运粮河，深沟高垒，把黄桥地区和东海边的主力部队，完全隔绝。主力部队就象一群鱼落在一个大网里。经过艰苦的斗争，终于挣破鱼网，在大海中游来游去。

会场上一阵热烈的掌声，把肖书记的话打断了。丁秀芬抬起头来，肖书记已经离开讲台，立在旁边抽烟了。她拼命想记住肖书记全部讲话的内容，由于她一面听一面想其他问题。只落得记下几个要点。她走近肖书记身边，说：

"我想跟你谈一件事。"

肖灿明看到她身上挂着手枪，特别夸奖地说：

"我们泰兴县，就只有你这一个巾帼英雄，要好好地干呀！"

他们一面谈一面走，很快就转到后面的一株大樟树下，靠着树身站住了。肖灿明对于丁王乡炸毁黄桥敌人的弹药库，非常满意。他说：

"你们的战绩，我们已经上报军区了。"

"那个不用谈了,"丁秀芬说,"现在又出现了新问题。"

"怎么,你们那里又有什么问题?"肖灿明问。

"敌人抓去我们庄上几个妇女,昨天都放回来了,"丁秀芬说,"我们发现这里面有问题。"

"马骏同志说,严子才自己签了字嘛。"

"不是签字不签字的问题,"丁秀芬说,"我发现敌人想挖我们的墙脚。"

"你有什么根据?"肖灿明问。

"我们乡里有个文书的母亲,这次也被抓去了。释放之前,严子才的女人找她去谈过话。"

"你们可以找她谈谈,争取她自己坦白。"

"我早上去和她谈过,她说,严子才的女人要把严家珍许配给她的儿子。"

"这是鬼话。严家珍已经是我们的人,哪会听她这一套。这里面一定有鬼。"肖灿明说着就移动脚步,"我们一起去找马骏同志谈谈,想个对策,揭破敌人这个阴谋。"

他们刚刚离开大树下,向房子里面走,马骏匆匆忙忙跑来了。他紧张地说:

"秀芬!你们怎么搞的?何克礼被敌人抓走了?"

丁秀芬瞠目不知所答。她正在担心这里面出问题,没有想到事情变化得这么快。她简单地复述了和何克礼妈谈话的经过以后,说道:

"你们看,应当怎么办?"

"这和他的妈有关系,"马骏说,"这有两个可能:一个是何克礼受骗。不然,用不着捕他,他自己会跑去的;一个是他已经动摇,假装被捕,给他妈留后路。"

"不管他受骗还是动摇,先把他妈监视起来。"肖灿明果断地说。

"何克礼要是投敌,斗争就更复杂了。"丁秀芬说。

"他如果投敌,派武工队去把他干掉。"肖灿明说。

"不要急。让我们和镇上的人联系以后，再决定。"马骏说，"秀芬同志，你们上次抓来的那个逃兵，暂时让你先带回去。"

"我们怕看不住，才送到区队部来的。"丁秀芬表示有些迟疑。

"已经不需要人看管了。据指导员考查，这个人还可以教育。"马骏说。

"留在区队部教育不更好吗？"丁秀芬仍然不想接收。

"区委要经常流动，让他摸到我们的行动规律，不好。"

丁秀芬立即想到保证领导机关的安全比自己重要。她说：

"好吧。你交给我带回去。"

"你们要加强教育，也要提高警惕。"肖灿明补充说道。

他们刚刚说完，区队长来请他们继续去开会。丁秀芬随即跟上去了。

十四

胡明来又开始走着回头路了。

当指导员和他谈话以后，派他到乡里去帮助训练民兵，给他一个立功补过的机会，他感到非常高兴。他来到这里，既没有打他骂他，也没有开会斗争他，只在炊事班帮忙烧了三天的火，就下到班里了。今天又派他去训练民兵，这是领导上对他的信任。他不应当再辜负上级的希望，决心将功补过，重新做人。可是当他刚刚背上背包，见到来带他的人，又是季排长的爱人，就象掉到冰窖里，浑身感到发冷。不仅丁秀芬知道他犯错误，而且他庄上的民兵都知道他是开小差下来的，这怎么抬得起头来呢？早知道这样，他不如留在班上；现在背包已经背在背上，不走也得走了。

"你愿意到我们那里去工作吗？"丁秀芬征求他的意见。

"服从命令。"胡明来机械地回答。

"你不要有什么顾虑。"丁秀芬鼓励他说，"一个真正的革命战士，应当在什里地方跌倒，就在什里地方站起来。这对你是一场考验。"

"我对不起排长。"胡明来说着把头低下了。

"我们不计较你过去的错误，只看你今后的表现。"丁秀芬说。

"我决心将功补过。"胡明来恳切地回答。

"你有这种决心就很好，"丁秀芬进一步鼓励他说，"你也是穷苦人家出身，革命不胜利，个人又有什里出路？你为了对自己负责，也应当好好地干呀！"

胡明来不作声了。

"你没有意见，就跟我走吧。"

胡明来觉得她说得有理，立即跟着她上路了。但他的脑子里却象搅乱了的一潭污水，所有过去生活中的沉滓又都浮起来。他从临安逃到於潜，曾经在路上碰到一个贩卖耕牛的商人。最初，他想把那个家伙的钱骗过来，后来，听他的口气，是一个和山上土匪有勾结的黑帮，吓得他连夜跑进於潜城里；第二天，就在十九师补上一个名字，成了中央军。他想起最初训练单个动作的时候，全身都被打遍了。有一次，他发觉排长上街嫖女人，无意在别人跟前流露出来。以后，口风流到排长耳朵里，关了他三天禁闭。他来到解放军部队以后，在诉苦大会上，曾经诉到种种苦难，他痛哭流涕。那时，他总还以为师娘对他是好的，没有想到引他走上邪路的正是她。他真有些后悔莫及。

丁秀芬回头看到他无精打采，便提醒他说：

"胡明来，打起精神走快点！不要胡思乱想，再跌跤了。"

胡明来经她这么一指点，精神抖擞起来。他想，过去的事就象一笔糊涂帐，要算也算不清了。他年纪还轻，今年不过二十四岁，前面的路还很长，从头走起，还是大有作为。他抬起头，阳光透过高粱的缝隙，洒在他眼前，感到一阵光明。他的脑子清醒起来。

他来到丁王乡的第一天，暂时住在丁长友家里。他很奇怪：房子并不大，只有三间泥屋，收拾得很干净。可是家里不见一个大人，就只有一个小孩。他好奇地问。

"小同志，你的爸爸妈妈呢？"

"我爸早被蒋匪军抓走了。妈有工作不在家。"丁长友回答说，"你家在哪里？"

"我家在浙江临安。"胡明来回答。

"那你们家里还没有解放？"

"去年六七月里，解放军到过那里。"

"你是参军来的？"

"不，我是解放来的。"

"你怎里跑到国民党军队去了？"

"我本来在一个成衣店里做学徒，被老板赶出来，没有地方走，就跑去当了兵。"

"店老板为什么赶你走？"

胡明来被他问得无话可说，只得扯谎说：

"店老板天天打人。有一天，我和他对吵，就把我赶出来了。"

"我们穷人在旧社会里，总是挨人家的打。如今我们把地主赶走了，就不受气了。"

胡明来经历过两种社会生活，偏偏忘记了过去的痛苦，看不到在解放军的好处，糊里糊涂跑出来。他听到丁长友这么一说，感到非常惭愧。他为了驱除心上不愉快的情绪，改变话题说：

"小同志，你为什么不去参军？"

"我报过两次名，"丁长友回答，"组织上说我是独子，不批准。"

"你参加民兵吗？"胡明来问。

"我从小就是的。"

"你打过鬼子吗？"

"我十五岁就参加打鬼子，你想会没有？"

"那你投弹能投多远？"

"我没有计算过。我去拿个木柄手榴弹来试试看。"

胡明来觉得这个小孩天真可爱。他想起自己在他这样年龄时，却正

215

在帮师傅擦烟斗、倒尿壶，什么事也不懂。而他却象一个大人，懂得很多道理。丁长友把一个木做的假手榴弹送给他，他掂了掂重量，合乎标准，随即拿到外面场地上扔了出去。

丁长友看到他的姿势很好，投得很稳、很准、很远，非常羡慕。丁长友立即把手榴弹拾回来，自己也投了一下，和胡明来一比，差得很远。他说：

"我老投不远，这是什里缘故？"

"这没有什么诀窍，就靠天天练，"胡明来说，"我差不多一个月没有练，不然，投得还要远些。"

"你来教教我。"丁长友诚恳地说。

"没有什么教的，我们一起练就行了。"胡明来说。

共同的生活兴趣，引起了他们感情的交流，很快就亲热起来。他们一面练，一面交谈，愈来愈有劲了。

丁秀芬和王长发就在他们热心比练手榴弹的时刻，来到场地上了。本来，丁秀芬把胡明来当作一个包袱，一看他有说有笑，如同回到自己家里，觉得很有希望。她说：

"胡明来，你过来！我给你介绍一下，这位是王长发同志，我们乡里的党支部书记。"

胡明来不由地立正，向王长发敬了一个礼。

"你年青，又有战斗经验，"王长发拍了拍他的肩膀，说："欢迎你到我们乡里来工作。你还有什里困难？"

"没有。"胡明来说，"我以后由哪里供给？"

"我们民兵是不脱产的，"王长发回答，"你是老战士，还照主力部队供给。你安心工作好了。"

胡明来心定了。他说：

"我的工作怎么办？"

"白天，民兵都忙生产，只有早晚搞训练。"

"那我也去参加生产。"

"你行吗？"

"我小时候，在家里也种地。"

"这很好，"王长发鼓励他说，"这个小同志家里，母亲不在家，正缺人手，你就帮帮他家的忙吧。"

胡明来感到很满意。本来，他以为这里的人，瞧不起他。事实上，大家很重视他，并不因为他犯了错误，表现很冷淡。特别是这位小同志，把他当老大哥一样看待，非常亲热。他还到哪里去寻找更好的地方呢？

午睡起来，他就和丁长友挑着箩筐下地采玉米了。江南人，只在菜园里种几棵玉米，给小孩做零食。当他看到满地金黄的玉米，象手臂那么粗壮，非常高兴。他说：

"小同志，这片地是你家的吗？"

"我家哪有地，"丁长友说，"这是没收地主家的。"

"这些地主呢？"

"都逃走了。"

"这一回，他们不要回来？"

"所以我们要坚决斗争。"

胡明来受到很大的启发。本来，这是最简单的事实，而他在部队里，只知道单纯的打仗，没有把打仗和穷人的利益联在一起。这不是很明显的道理吗？中央军来了，地主就要把土地拿回去，穷人又要过苦日子。他家里的人受苦，就是自己没有土地。他想起丁秀芬上午说的一句话："革命不胜利，个人又有什么出路？"其实，在部队里，指导员经常讲这些话，并没有引起他的注意，此刻，他好象有了新发现：斗争为人民，也是为自己。他觉得自己还不如这位小同志，真有些说不过去。

当他发现斗争的真实意义，对劳动也就特别有兴趣。不到天黑，他配合丁长友就把一亩地里的玉米全部摘完挑回家里。玉米堆在场地上，象一个尖尖的山丘，很惹人喜爱。他们坐在一起，把玉米一个个剥干净，丢进箩筐里，金光闪闪。他兴奋地微笑了。

寡妇嫂嫂顾小妹就在他们工作得起劲的时候回来了。她看到一个陌生的男人和长友坐在场地上剥玉米，感到很诧异。她对胡明来望了望，问道：

"这位同志哪来的？"

丁长友高兴地站起来说：

"妈妈！他是区里派来帮我们搞民兵训练的。"

"这真好呀！"顾小妹也高兴地说，"他帮你把玉米收回来的吗？这真是帮了我们一个大忙。"

胡明来看她还这么年青，很惊异：他的师娘也和她的年龄不相上下。他也站起来，说：

"这谈不到帮忙。吃了饭，我也应当劳动。"

"难得你来帮忙，真好！"顾小妹说，"你就住在我家？"

"他暂时住在我家。"丁长友抢着回答。

"我不在家，你好好招待一下。"顾小妹对丁长友说。

"不要客气。我这等于回到家里了。"胡明来高兴地说。

"这就很好。自家人，也就不要客气。"

顾小妹说着，从家里拿了几件换洗衣服，和他们打了一个招呼，很快又走了。

胡明来看见她走了，又在脑子里浮起他师娘的形象。他摆一摆手，象赶走一只毒蚊子，不去想她，她却拼命挤上来。他对丁长友说：

"小同志，你妈怎么这样忙？回到家里又走了。"

"她在看护一个伤兵，离不开。"丁长友回答。

"你们这里还打埋伏有伤兵吗？"

"不，一个民兵走火，自己打伤的。"

"那为什么要你妈去看护？"

"这是乡政府派她的工作呀。"

胡明来不理解，他们家里没有男人，丢下庄稼不管，一个人在外面忙。他感到有些奇怪：这里的女人，个个都象有工作，和他家乡的女人完全不同。也许这就叫解放区？连妇女也从家里解放出去了。他又联想起他的师娘，两条乌黑的发辫盘在头上，招摇过市，吃了饭什么事也不做，有时还叫他端水洗脸。而他那时候就象她的奴仆，一举一动，听她

支配。回想起来,他那时为什么那样下作。如果再回到那种生活里,怎么有脸见人呢?他不由地警告自己:

"胡明来!你这样年青,为什么不好好做人呢?"

他剥完最后一颗玉米,从地上轻松地站起来了。

十五

丁秀芬面临着严峻的战争考验。

深夜。她接到区队部的紧急通知:敌人准备拂晓来包围丁王庄。她把丁长友和胡明来叫起来,要他们赶快去集合基干队,动员全乡的民兵准备战斗。

各个村庄很快沸腾起来。由于上一次丁王庄的教训,所有男男女女,大大小小都从家里跑出来。各人除了身上穿的衣服,把被子蚊帐卷成背包,有的拎着,有的背在背上,成群结队地向北面高粱地里隐蔽疏散。顿时,只留下寂静的村庄,象一片荒凉的废墟。

丁秀芬首先考虑对胡明来的使用:既要发挥他在战斗中的积极作用,又要防备他出乱子。她决定由周连生、丁长友和胡明来组成一个战斗小组,背上手榴弹,埋伏到严许庄通往黄桥的大路旁边。一发现敌人,就以手榴弹坚决阻击,让全乡的民兵注意敌人行动的方向。

她自己把全部基干队掌握在身边,按照区队部预定的部署,隐蔽在丁王乡西边的高粱地里。一般的民兵就象麻雀一样,三三两两,分散到全乡的大大小小路口边。有的带上鞭炮,有的带上洋铁桶,有的扛上红缨枪,有的举起手拿红旗的稻草人。同时为了自卫,每个民兵的腰上都吊着一颗手榴弹。

整个布置完毕,天还没有亮。蓝净的天空,星星好象疲乏无力,有的晶莹,有的暗淡无光。凉静的月色,斜照着广阔无边的高粱,象湖面一般安宁。蟋蟀和各种虫声,都沉寂了。整个大地如同婴儿躺在摇篮里,静静地睡着了。

丁秀芬在这种稀有的战前的平静中,内心的活动十分紧张。她为了让战士积蓄力量,只派出少数人站岗放哨,其余的人全躺下休息。她自己靠在一个瓜棚旁边,仔细琢磨着天明以后,如何有效地打击敌人。她一遍又一遍地思考游击战的十六字诀:"敌进我退,敌退我追,敌驻我扰,敌疲我打。"她想来想去,在一个"打"字上兜圈子,那么,在什么样的情况下,才看出敌人疲劳可以打呢?这次一定要让敌人尝到一点苦头,懂得黄桥地区的老百姓不是好惹的。以后他们要出来,就得考虑考虑。

她最大的顾虑:一个是何克礼如果领着敌人来,情况就变得很复杂;还有胡明来派到前哨组,是不是可靠呢?……

胡明来已经没有她所担心的那样危险。他领受任务以后,不仅积极,而且很主动。他懂得在前哨阵地上迅速发现敌人,阻击敌人,不让他们一直冲到里面来,就可以打乱敌人的部署。他在路上就对丁长友和周连生说:

"假如敌人不走大路上来,怎么办?"

"你怎么知道他们不走大路上来呢?"丁长友反问道。

"敌人既然是偷袭,他就不会走大路。"胡明来肯定地说。

"你出发之前,怎么不提出来?"周连生吃惊地说。

"我当时没有想到。"胡明来回答。

"我们已经到了这里,自己又不能改变。"丁长友坚持地说。

胡明来认为他们的话有道理。不过从军事观点来看,他估计一定落空。他很矛盾:明知任务完不成,又不能自己做主,以后回到区队部,如果指导员责问他,怎么交代呢?他说:

"小同志,我们阻击的地点,还有民兵吗?"

"我不晓得,要到那里去看。"丁长友回答。

他们以急行军的步伐,很快就赶到严许庄。事实上,他们还没有接近庄头,就看见沿路布满了民兵。胡明来再问道:

"小同志，这一路都有民兵，怎么办？"

"我们应当改换方向，"周连生坚决地说，"到黄桥北关出来的小路上去等。"

"如果到那里落了空，回去怎么说？"丁长友有些迟疑。

"我们听到哪里先打响，就朝哪个方向迎接上去，"胡明来说，"我们至少可以起牵制敌人的作用，不会落空。"

他们三个人经过商量，决定改换方向，转到黄桥北关的小路上去了。他们唯恐错过时机，把敌人放过去了，就从高粱地里，朝着预定的方向，直接冲上前去。

当他们还没有到达预定的伏击地点时，突然望见前面射过来一道强烈的手电光；接着，就听到高粱叶子簌簌响。胡明来立即抓住他们两人的手，轻声地说：

"敌人来了！"

他们伏下来，仔细观察：前面好象有一群野兽在奔跑。胡明来非常兴奋。他立即拔出手榴弹，对他们两人说：

"我们靠拢些。你们准备好！"

他们望着敌人停在高粱田头，好象在寻找前进的道路。顿时，三颗手榴弹对准敌人投过去。猛烈的爆炸声，震动了静静的大地。敌人的队伍混乱了。他们利用高粱丛做掩护，趁着朦胧的夜色，连续投去一颗又一颗手榴弹，打得敌人晕头转向。他们迅速跑到敌人前头去了。

敌人朝着他们扫过来一梭子机枪，他们已经走远了。他们时而在前面阻击，时而溜到敌人后面袭击。好象和敌人捉迷藏一样，弄得敌人团团转。接着，四面八方的枪声、洋铁桶声、鞭炮声，混杂在一起，把敌人紧紧包围起来。空气愈来愈紧张，天色愈来愈明亮了。

严子强带领还乡团偷袭丁王庄的计划破产了。

他由还乡团员带路，领着九十九旅特务营的一个连，以为满有把握取得胜利。不料中途被三个民兵缠住，就迷失在高粱丛中。他们被四面的枪声、厮杀声所包围，如同过街的老鼠，吓得胆战心惊。等到他们从恐怖的青纱帐里爬出来，天已经大亮了。

蒋匪军的连长对于还乡团开始怀疑起来。他们既是夜间行动，又是选择的小路，如果不是还乡团和新四军有勾结，他们怎么会早有准备，而且在中途打埋伏。他对于这次行动完全失去信心了。

敌人进入丁王庄，好象走进深山的古寺里，没有人烟，也没有鸡犬的声音。一个还乡团的痞子，一进庄就去撬门。当他们刚刚把门撬开，迎头撞着门楣上的手榴弹，"轰隆"一声，吓得所有的敌人从庄上纷纷向外奔跑。

严子强面对这种情况，非常恼火。没有抓到敌人，自己人却带花三四个。他请求九十九旅的那位连长，到高粱地里去搜索，对方耸耸鼻子，一摆手就走开了。他再去找何克礼的家，门上挂着一把铁锁，一个人影也不见了。

敌人不敢进屋子，就在庄头上的树底下散开了。有的不等命令，就在地上拾了一些干柴，用砖头把饭盒架起来，开始烧早饭。顿时，庄头上冒起一股股炊烟。

隐蔽在庄子西北角大树上的民兵，对敌人的一举一动，看得清清楚楚。他不仅看到敌人象喝了酒的小鸡，昏昏沉沉，而且有一个不知羞耻的家伙，竟翘起屁股朝着他大便。他迅速地从树上爬下来，穿过高粱地，跑去报告队长了。

丁秀芬从胡明来他们阻击回来，已经掌握敌人的情况。她已派人和区游击队取得联系，准备选择适当地点，狠狠地给敌人一个打击。最初，她估计敌人进到庄上以后，可能跑到高粱地里来搜索，准备用少数人把他们诱到北面的花生地里，给它一个突然袭击。可是敌人进了庄子，没有动静，也就无从下手。

她正在踌躇，树上的瞭望哨跑来报告情况了。

胡明来站在旁边听着。他对于打击这帮敌人，更有了胜利的信心。希望在白天的战斗中，再立一功。他听完哨兵的报告，突然灵机一动，想到一个主意。他说：

"队长，敌人都是缩头乌龟，进了庄子就不会出来。如果要打，就得象钓鱼一样，先拿点东西引引它，等它把头伸出来，我们就揪住狠打。"

他的话刚落音，周连生就眉飞色舞地说：

"我们派几支枪到东边去，一边佯攻，一边后退，诱他们出来追击，然后我们从敌人屁股背后打上去，总要打倒它几个。"

"这办法，对！"丁长友表示同意，"我带几个人去。"

丁秀芬很同意他们的意见。不过为慎重起见，应当取得区游击队的配合；万一袭击不成，让他们掩护撤退。她经过仔细考虑，采纳了他们的意见。

随即，她一面派人去联系区游击队，一面把情况告诉大家。她说：

"敌人象小鸡一样，落到我们的布袋里，不捉它几个，也得打死它一批，不让它们自由自在地跑回去。不过我们不能和它们硬拼。打得赢就打，打不赢就走。……"

她的话还没有说完，就有一个队员站出来，问：

"怎里算打得赢？怎里算打不赢？"

"看菜吃饭嘛，"丁秀芬接着回答，"如果敌人上了我们的圈套，我们就从后面打上去。"

"队长，我们不能进庄子呀！"胡明来又插上来说。

"敌人如果掉过头来对付我们，我们就走！"丁秀芬明确地交代，"如果有人走散了，就到乡政府的庄上去集合。"

全体队员心中有数，一个个精神抖擞，容光焕发。各人都把自己的武器弹药再检查一遍，准备投入战斗。

丁秀芬发现胡明来身上只留下一个手榴弹，这样，不能发挥他的作用，便从旁的队员身上调整了四个手榴弹给他。

胡明来满意地笑了。

丁秀芬得到区游击队同意配合他们行动的回音后，便立即派周连生带了三个队员从北面绕到庄东头去诱惑敌人。她把胡明来叫到身边说：

"你是老战士，注意观察情况变化，好好打击敌人！"

"我明白。"胡明来沉着地回答。

敌人终于落入圈套了。东面庄头上枪一响,敌人丢下手上的饭盒,慌慌张张地拿起枪就朝东边追击上去。枪声愈响愈烈,也愈响愈远。

丁秀芬带着基干队从南边高粱地里迂回上去,迎面碰上还乡团向他们冲来。情况紧张起来。

严子强为了邀功受赏,赤膊上阵。他的一顶铜盆帽立即引起胡明来的注意。他从旁边一个队员手上抢过来一支枪,瞄准那顶铜盆帽一枪,对方连人带帽滚倒在地上了。

接着,区游击队的一挺三八式轻机枪,格格格地叫起来。庄上的敌人抱头鼠窜,乱作一团。有的倒在地上打滚,有的跑到庄子后面躲藏起来。一阵激烈的枪声,震撼了整个大地。

当区游击队的机枪转移火力,向着庄东头射击,丁秀芬发现敌人的主力已经回头,她立即发出命令:

"撤退!"

十六

严子强并没有被打死,只是他的铜盆帽被穿了一个洞,象皮球一样,滚得很远很远了。

他带着满脸尘土从地上爬起来,发现自己周围没有一个人,气得两脚直跳。幸而友军回头,保全了他的性命。

将近中午。他把几个尸体掩埋,收拾残兵,抬着三个伤号,跟在九十九旅一个连的尾巴上,垂头丧气地缩回黄桥。

这是他一生中遭到最大的一次打击。第一次出征,就弄得这样狼狈,以后还能在黄桥坐镇吗?他不埋怨自己无能,只怪九十九旅的连长贪生怕死，不敢搜索敌人，以致被动挨打。特别使他气忿的，是何克礼这个小子，不仅没有来通风报信，连他的人影子都没有看见。害得他带着队伍在高粱地里象瞎子摸鱼一样，怎么能不吃败仗。

他派勤务兵去叫柳如眉，问问她如何把何克礼这小子安排的。事实上，他们没有利用他做内线，而敌人倒在他的队伍里布置了内线。不然，他们的行动这样秘密，民兵怎么会早有准备呢！

勤务兵回来报告：严太太被周特派员请去了。他气得心火直冒。这个臭婊子！老子在前线拼命，她在家里寻欢作乐。她和何克礼这小子在中间究竟捣什么鬼，非要追查出来不可。

严子才听说他吃了败仗，非常焦急。他对于严子强这个人，虽然恨之入骨，但他的武装遭受损失，又和他的地位直接有关。他匆匆忙忙跑来慰问了。

"子强，你怎么这样粗心大意。新四军的游击战术，你不是不懂。……"

"什么游击战不游击战？"严子强躺在床上，很不高兴地说，"不懂你们搞什么鬼！"

"你怎么这样胡说，我搞的什么鬼？"严子才气忿地回答。

"不是你们搞鬼，说有什么内线外线，"严子强说，"哪里会碰这个钉子？"

"你不要血口喷人，"严子才责骂道，"你和如眉这个贱货办的事，栽到我头上，真是岂有此理！"

"好啦，好啦，不要再说啦。"

严子才被他这么一气，掉过头就走了。

严子强被嫉妒所激发起来的怒火，真是直冒三丈。他在无可奈何中，从桌上拿起一只高脚玻璃杯，倒了一大杯白干喝下去，倒在床上了。他觉得柳如眉这个女人，真是水性杨花。她看到周汉辅肩上有一颗五星金章，不管他胖得象条猪，就象苍蝇一样飞了过去。她要是再这样公开丢他们严家的脸，定叫她好看。……

柳如眉实际上已经把他抛在一边了。她觉得严子强是一个地地道道的市侩。既粗暴又庸俗。和他在一起，谈不上任何精神上的享受，想起来，心里就有些作呕，实在没有意思。

周汉辅外貌并不可爱，但他的感情很细腻。他待她温存而有礼貌。他不仅知识广博，生活兴趣也广。他不会唱歌，欣赏音乐的能力却很强。特别是他跳舞的技术，跳得轻松、活泼，而又有风度。她感到非常舒服。

那天下午，周汉辅从后方拿来一个电唱机，几张美国的密纹唱片，特地把她请了去。当他一打开唱机，放上《卡门》这张唱片，就象入了迷，忘其所以然了。她仿佛也象卡尔曼和一个强盗在一起，出入舞场、酒吧间。有时坐着马车在奔跑，经历种种的冒险生活。有时在花间月夜，温情细语。她情不自禁地合着音乐的节拍，轻轻地歌唱起来。

晚上。她毫无顾忌地放开唱片，和周汉辅在房间里跳起舞来。他的身子虽然笨重，由于他动作敏捷，跳得却非常合拍。他俩跳一个来回又一个来回。直到深夜，她才兴致勃勃地跑回家去。

柳如眉真有隔世之感。过去，她曾梦想过歌舞生活；可是无情的现实，就象铁面阎王，把她赶到黄桥这样一个乡镇上，埋没了她的青春。严子才曾一度在感情上给过她某些温暖，而如今已是老朽了。严子强利用她的弱点，玷污她的清白，实在使她反感。而周汉辅不仅满足她物质上的要求，而且丰富了她的精神生活。她没有想到几经挫折，还在这些日子里尝到真正的生活滋味，情不自禁地笑起来了。

她怀着这种兴奋而甜美的心情回到家里。她揭开门帘：严子才拿着他父亲的遗稿，吟咏一首《禽言》：

"行不得也哥哥，不行将奈何？南山有网，北山有罹；无端高飞，不行奈何！……"

柳如眉跑进来，把他的诗稿夺下来，亲切地说道：
"已经很晚了，你怎么还不睡？"

"你怎么不在那里过夜？"严子才放下诗稿，"跑回来干吗？"

"我高兴在那里过夜，又怎样？"柳如眉横着眉毛说，"你管得着我！"

"我当然管不着你。自有人跟你算帐。"

"谁敢跟我算帐？"

"子强今天下乡，一点本钱都输光了。"

"我又没有要他打败仗。"

"他说你跟何克礼这小子勾结，捣他的鬼。"

"嘎！他竟敢这样血口喷人。"

柳如眉本想脱下外衣，准备睡觉；这一来，她又把衣服穿上，气冲冲地跑去跟严子强算帐。她早就想找个机会和他闹翻，没想到他竟找上门来，正碰在她的火口上。她愤怒地冲开房门，大声地说：

"你怎么说我捣你的鬼？你有良心吗？"

严子强刚刚睡醒，满口的酒味。他正怒气未消，又看她这么气势汹汹，真是火上加油，愈烧愈旺。他粗暴地回答：

"你不抱着周胖子睡觉，跑来干吗？"

"我抱不抱他，由我。"柳如眉怒火直上眉梢，"你管得着？"

"我一无财，二无势，哪管得了你这样高贵的夫人。"严子强讽刺地回答。

"你嘴巴放干净些。"柳如眉激昂地说，"你没有我柳如眉，还在吃官司哩！"

"全靠你卖身投靠，我才得救。"严子强反噬一口。

柳如眉气冲冲地走上前去，说：

"谁卖身投靠？你讲讲清楚！"

严子强骨碌一下从床上跳起来，凶狠地说：

"说你卖身投靠！"

柳如眉举起巴掌打过去；严子强挡开她的手，反给她一记耳光；打得她脸颊发红，眼睛发花，倒在地上，嚎啕大哭起来。

严子才听到勤务兵来报告：他们在吵架。便随手抓了一根扁担当作拐

227

杖,急匆匆地跑过来。柳如眉正在地上打滚。他实在忍耐不住,责骂道:

"你这个奴才!竟敢欺侮长辈。"

"她是什么长辈?"严子强愤怒地说,"我们严家的脸已经给她丢尽了。"

柳如眉看到严子才进来,忽地从地上爬起来,逼近严子强,责问道:

"我丢了你严家什么脸?你拿证据来。"

"你自己心里有数。"严子强冷冷地回答。

"你不照照镜子,谁给你从情报处救出来的?新四军武工队走上门,谁给你们圆场?你们要翻脸,我就全端出来。我一心维护你们这个破落家庭,你倒反咬我一口。真是狗咬吕洞宾,不识好人心。你这样忘恩负义,当心没有好下场。"柳如眉理直气壮地给以还击。

严子才完全明白他们争吵的底蕴,为了不要把遮羞布撕破,拉住柳如眉的手,说:

"他今天喝了酒,头脑发昏,不要和他吵了。"

"他喝了什么酒?你看他气势好凶,竟敢动手打人!"

"你再要去外面胡闹,当心老子把你扣了。"严子强强硬地说。

"你把枪拿出来,"柳如眉冲到严子强跟前,"你扣!你扣!"

严子强把她向后一推;柳如眉倒在严子才身上,转过脸,伏在他胸前,一面哭,一面埋怨道:

"你这只死乌龟,看着他欺侮我,不吭声。"

严子才举起手上扁担,做出要打人的姿势;严子强走开了。

"好啦!你不要哭啦。以后再和他算帐。"

严子才一面抚慰她,一面扶着她走出来。这真是活该。他曾经多次劝她不要跟严子强这种光棍混在一起,她死一个不听。如今闹得这样乌烟瘴气,真是有失体统。

柳如眉并不肯就此罢休。严子强竟敢这样欺侮她,非到周汉辅跟前告他一状、煞煞他的威风不可,让他懂得一点利害,才肯向她低头。不然,她以后还能做人吗!

她通夜没有睡好。

严子强从爱到恨，完全走向另一个极端。柳如眉是一个势利的女人。过去她看到严子才做校长有地位，不惜牺牲自己的青春，愿意做他的小老婆。如今她又看到周汉辅有钱、有势、有地位，竟不惜牺牲自己的色相，投到他怀里。他屈居在周汉辅手下，只要周汉辅手指一动，就有头破血流的危险。说不定，有一天，严子强的这条命会葬送在柳如眉手里。

这是一场生与死的斗争。严子强嘴里的一块肉，让别人抢去，不要说心里不甘愿，面子上也过不去。他下定决心，要把她夺回来。他觉得周汉辅这种人，根本不配做什么上司，而是一只禽兽。不把周汉辅除掉，决不能使她回头。

严子强联想到还乡团的损失，依靠周汉辅是恢复不了元气的。只有掉过头投靠情报处的何胡子，还有一点希望。这样一想，为公，为私，周汉辅已经成为他前进道路上的障碍。特别在目前，林琴瑶已经坐在何胡子旁边，通过这条线打进去，一定大有希望。

他把各种利害关系衡量以后，决心找机会把周汉辅干掉。为了不露出破绽，还得利用柳如眉了解周汉辅的生活动向。因此，他应当想办法和她和好，既不要扩大感情上的裂痕，又不要引起她的怀疑，他就可以顺利进行了。最后，他得出一个圆满的结论：不消除前进道路上的障碍，就夺取不到最后的胜利。

他举起自己的两手，拍拍臂膀，觉得很有力量。一头倒下去，他很得计地睡着了。

十七

周汉辅的梦变成了现实。

周汉辅早上醒来，曙光照在窗台上，插在玻璃瓶内的苍兰，好象在向他微笑。他很满意昨晚上的夜生活。严太太优雅的歌声，柔美的跳舞姿态，迷人的微笑和情深意挚的言词，陶醉了他的心。此刻，他仿佛还听到她的歌声象清澈的溪水在潺潺流动。最初，她给他的印象，好象蕴藏在地层下的火山，随时都有可能爆发。昨夜和她一接触，就好象从火山里爆发出来的熔岩，烧得他心神不安。

他非常遗憾，他们的接触毕竟是短暂的。三天以后，他要到南通去听李司令训话，如果能够邀她同行，在荧光灯下，轻歌曼舞，那当别有一番风趣。

他快活地起床了。

柳如眉就在他披上睡衣、预备洗脸的时刻，象一阵风似的闯进他的房间。周汉辅惊喜地望着她。她象一朵被风雨摧残后的鲜花，零落不堪。他说：

"你来得这样早，有什么急事？"

她已经不象一个客人，一屁股就在藤圈椅上坐下来。她满肚子的怨气，就象要破裂的气球，鼓得紧紧的。当她刚要张开口说话，却情不自禁地哭起来了。

周汉辅感到很为难，以为她昨晚上回去太迟，和丈夫吵了架，便安慰她说：

"你有话好说。这样哭，给外边人听到，影响不好。"

柳如眉仰着泪脸，对周汉辅申诉道：

"特派员，请你评评理。世界上究竟有没有这种事？严子强这个混蛋，他昨天出师不利，竟怪到我头上。"

"又不是你在指挥，怎么怪到你头上？"周汉辅奇怪地问。

"他怪我没有把情报弄好。"

"这又是怎么讲的？"

"他说，我上次放回去一个妇女，是有意串通害他。"

"你不是把那个文书抓来了吗？"

"我把人抓来，做好手续，还要我怎样？"

"子强这样蛮不讲理，应当教训他一顿。"

"不。他还有更厉害的。"柳如眉火上加油，"我说要到你这里来告状，和他评理。他说，你敢！我说，就敢！他就举起手打我一记耳光。打得我耳鼓现在还嗡嗡响。"

柳如眉侧起脸，让周汉辅瞧。接着，她说：

"特派员，这件事，你不给我评理，以后连你这里，我也不敢来了。"

"你不要说得这么严重。"周汉辅安慰她说，"我一定叫他向你赔礼道歉。"

柳如眉不响了，凝视着桌上的苍兰，象在重温昨夜的余欢。周汉辅看她脸上的怒气已经消除，便趁机扯谎说：

"昨晚上，你走了以后，我接到上峰电报，三天以后，要去南通开会。如果你有兴致，搭我的便车同去玩玩，怎么样？"

"你不替我评理，我什么地方也不去。"柳如眉撒娇地说。

"给你评了理呢？"周汉辅笑着说。

"天涯海角，我都跟你去。"

"一句话，我回头就把严子强找来。"

柳如眉完全失去理性的控制，象一匹猎马在旷野奔驰。三天以后，她可以上南通去，那又该是多么畅快。她觉得周汉辅真是诚心诚意待她。但她为了不让周汉辅看出她心情的激动，有意地问他：

"我搭你的车，不怕别人说话吗？"

"你这样一个新式人物，难道还受旧礼教束缚？"

周汉辅满意地打发柳如眉走了。他看到她刚才这种放纵不羁的神态，又觉得别有一种美感。严子强这个坏蛋，是不是看到她和他往来，从旁吃醋？这一怀疑，把他生活的乐趣，顿然破坏了。因此，他觉得不要去责备严子强，还是婉言相劝，让他们和好。所谓清官难断家务事，他又何必去多得罪一个人呢？

严子强早就预料柳如眉要在周汉辅跟前拨弄是非。他清早起来，打听到柳如眉出去了，心里就有数。他为了不让周汉辅识破他的阴谋，便

231

借故到特别党部去探探他的口气，以防他先下毒手。他看到周汉辅进了办公室，随后就跟了上去。他在门口喊了一声："报告！"

周汉辅微笑地点了点头，请他进去了。开始只问他昨天清剿的情况，然后安慰他说：

"兵家胜败是常事，不要因为一点小挫折就气馁。"

"这种挫折完全可以避免，"严子强说，"派去的部队，根本不听我们的意见，你说，怎么能配合好。"

"你也不要怪军队，"周汉辅解释道，"国军不惯于夜间行动，特别是对付游击队，缺少经验。"

"还有我们的情报，也很糟糕。"严子强带着一股怨气说。

"听说，你为这件事，得罪了严太太？"周汉辅客气地问。

"主要怪我自己；不过她也有一些责任。"严子强回答说。

"你动手打人，未免有失军人的体统。"周汉辅教训道。

"报告特派员，这是我一时失手，悔不应该。"

"君子之过，如日月之蚀。向她赔个不是就好了。"

"理应如此。"严子强满口答应，"等家嫂心平气和以后，鄙人当负荆请罪。"

"这很好。"周汉辅满意地说，"叔嫂之间，应当重视亲爱敬诚。"

"承特派员如此关怀，万分感激！"

严子强觉得他毫不介意，随即起身告辞了。

周汉辅把严子强送到门口，对他的态度很满意。他认为既满足了严太太的要求，又没得罪严子强，岂不左右逢源，自得其乐。

柳如眉终于又被严子强的甜言蜜语迷惑住了。

她虽然倾心于周汉辅，而子强毕竟是一家人。两个人虽然吵翻了，过一夜，他终于认识自己的错误，来负荆请罪。她哪是真的要打他一记耳光，只要他今后不干涉她行动的自由，她也就不去计较了。特别是她过两天要上南通去，不要过分刺激他，让他宽宽心，也是应该的。因此，第二天晚上，她又来到严子强的房间里。

严子强对她的到来既高兴又嫉妒。他想到她倾心于周胖子，胸中就象烈火般燃烧。但他毕竟要占有她，又不愿意她离开。他从桌上递给她一把羽毛扇，说：

"你还生我的气吗？"

柳如眉对他笑了笑，说：

"如果你不生气，我也就没有气了。"

"你知道我的气从哪里来的？"严子强说，"因为一天没有看见你。"

"照你这样说，我变成了你的囚犯，"柳如眉说，"我完全丧失了个人的自由。"

"你不要说得这么严重，"严子强解释道，"我哪会干涉你的自由。"

"你这是真话，还是假话？"柳如眉问。

"如果是假话，你天天在外面跑，我又没有派人跟着你。"严子强回答说。

"不是你派不派人跟我，"柳如眉说，"要你在心上尊重我的自由。"

"你怎么知道我心上不尊重你的自由？"

"比如，我明天上南通去，你同意吗？"

"假如有机会到南通去玩玩，岂不很好吗？"

"你如果同意，我后天就去。"

"现在四路不通车，你有翅膀飞去。"

"周特派员去开会，他答应我搭他的便车。"

她的话就象一支利箭射在严子强的心上，他不响了。嫉妒的火焰把他的仇恨燃烧起来。他下定决心，就在他们出发途中，截断她的去路。他说：

"你一个女人，搭人家的车，方便吗？"

"你怎么也还是这样满脑子旧思想。"柳如眉批评道。

"只要你不怕人说话，你就去。"

"只要你不说话，我什么都不怕。"

柳如眉象发了疯似的扑到他的胸前，取得他的欢心。严子强就象搂着一具僵尸，毫无感觉地把她应付走了。

三天的时间，真是一瞬即逝。而在柳如眉却觉得特别长。她在黄桥的十年就象一朵香花埋没在野草中，既无色也无香，谁也不把她看在眼里，更谈不到放在心上了。她在无意中碰上周汉辅，他恢复了她的青春。她如果和他在大城市的舞场里，再跳一场舞，就是死了，也不枉度此一生。

　　第三天，一大早，柳如眉就开始整理行装。她把几口箱子都打开，连十几年前做学生时候穿的衣服都翻出来了。本来，她有一件红旗袍，已不适合她的年龄。但是把它和项圈配起来，就特别鲜艳，人也年青了许多。在黄桥，当然穿不出去；在南通那些大地方，却能增添光彩。她把它和乳白色的一件衣服叠在一起。还有那件黑绸旗袍，适宜在晚会上穿。可是在车上，风尘仆仆，穿哪一件都不合适。最后，她找出一条黑绸裙，一件白上衣，一双玄色短袜子，穿起来，很象一个学生。这样，上车下车既方便，人也显得精神些。

　　她的这种独出心裁的装束，很为周汉辅赏识。当她那天拎着手提箱，撑着一把黑色的小洋伞，轻飘飘地走到周公馆，周汉辅几乎不认识她了。他说：

　　"严太太，你这身装束，起码年青十岁。"

　　"我倒不在乎年青，只图上下车方便。"柳如眉笑着回答。

　　"我们就去上车吧。"

　　周汉辅从她手上接过箱子，带着她走了。

　　一辆黑色的小吉普车停在门口，发动机在噗噗地响着。两个勤务兵挤在前座，他们并肩坐在后座。车子一开动，柳如眉感到整个身子在震动。周汉辅说：

　　"这种是美式军用车，颠簸比较厉害。"

　　"不要紧，我没有胃病。"柳如眉不在乎地说。

　　不知是驾驶员不当心，还是有意和她开玩笑，车子开出黄桥镇，路上遇到一个坑凹，驾驶员没刹车，却对着直冲过去。车子顿然暴跳起来，柳如眉被朝上一颠，落下来时，正好倒在周汉辅身上。他顺手紧紧抱住她，一面斥责驾驶员道：

　　"你的眼睛做什么的？不看路上有坑！"

车子逐渐平稳下来。由于风大，速度快，柳如眉的头发和裙子都飘动起来。她坐在车上，忙得不可开交。路两旁的自然景物，象跑马似的飞过去了。

当车子快要开到分界时，远远望见前面一面白旗，在公路上摇晃，好象告示那里有什么危险。驾驶员放慢速度，报告说：

"前面有人摇白旗！"

周汉辅探出头，向前望了望，命令道：

"勤务兵下去，上前看看！"

车子停下来，勤务兵掏出驳壳枪，跑步上去。

突然，从车背后的高粱地里，跳出两个手持短枪的便衣来。他们从车篷的窗孔中，对准周汉辅的后脑，"啪、啪"两枪。周汉辅象喝醉了酒似的倒在柳如眉的身上。鲜血染红了她的白上衣。她"呀"地惊叫一声，昏倒在车上了。

十八

何成俊很快就得到周汉辅遇难的消息了。

他感到很沉痛。他们私人之间，为了某些权力，有时小有争执。但他毕竟是一个不可多得的干才。周汉辅从学生时代起，就一贯忠于党国。他为维护九十九旅的权益，也出过不少的力。正当年富力强，遭此不测，于公于私，都是很大损失。何成俊两手反剪在背后，紧皱着眉头，胡子翘得很高，在房间里踱来踱去。他认为非破案不可。让暴徒这样恣意行凶，这还了得！

他从墙上取下武装带，往身上一挂，带领勤务兵上特别党部察看周汉辅的遗体了。他想起周汉辅生前和他每次的争执，都是以自己退让而告终。就他的为人来说，他心地宽厚，很少得罪人。只是有时显得过于书生气，容易吃亏。他这次出发，很少人知道。如果是共军的游击队伏击，没有人通风报信，哪会有这样巧合？这里面一定有鬼，一定要从内部追查线索，才能找到答案。

周汉辅的遗体象一条刚宰倒的肥猪，摆在他的房间里。从炸裂的脑壳中流出的脑浆，象一条软绵绵的花毛虫。一只苍蝇落在他的眼眉上，爬来爬去。

何成俊用手帕捏住鼻孔，怀着一种憎恶的心情朝里面走去：一个年青的女人伏在桌上哭泣。最初，他还以为是周汉辅的家眷。待他一查问，原来是新任区长严子才的太太。他什么话也没有说，转过头就走了。

他肯定周汉辅就是死在这个女人的手里。这里有两个可能：一是有人和周汉辅争风吃醋，蓄意谋害；一是这个女人就是共军埋伏在黄桥的间谍。只要从这个女人身上找线索，很快就可以破案。

他想到这里，无形中发生一种恐怖的感觉。的确，女人的本性是水，可是要去玩弄它，就会变成火。周汉辅这次就葬送在这个火海里，毁灭了。他由此想到周汉辅介绍给他的那位林女士，恐怕也是这类可怕的人物。特别是黄桥这个地方，是共军的老巢。他们很可能用美人计进行间谍活动。他，作为一个情报处长，也就更不能不提防了。

何成俊回到办公室，立刻传讯严子强。上一次，弹药库被炸，严子强依靠周汉辅说情，轻易放了过去。这个案件，直接牵连到他的亲人，他有什么法子逃脱呢。

严子强虽早已做好思想准备，当情报处的侦缉人员去传他时，突然感到一阵紧张。他以为派出去的狙击手已被捕获。如果把内幕供认出来，那一切都完了。不过他胸有成竹，假装镇静，脸上毫无惧色，跟着侦缉人员走了。

当他跨进何成俊的办公室，望见没有旁人，心里就安定下来。他照平常的规矩，敬了一个礼，毕恭毕敬地站在一边，听候训示。何成俊放下手上的笔，很凶地对他望了望，问道：

"周特派员在分界遇难,你知道吗?"

"报告处长,我没有听说。"严子强镇静地回答。

"你知道他跟什么人一起到南通去?"

"我不清楚。"

何成俊恶意地笑了笑。他接着说:

"你知道,你的嫂子是什么样的人?"

严子强心里平静了。他知道已没有他的问题。他说:

"我离家五六年,对她的情况不甚清楚。"

"周特派员就死在她手里。"何成俊开门见山地说。

"有证据吗?"严子强大胆地问。

"周特派员去南通,和她同行。不是她走漏消息,是谁?"

"这个,我就很难说了。"

"你知道她跟共产党的关系怎样?"

"确切的情形,我不清楚。"严子强想到这是他脱身的关键,"不过从我回来以后,可以提供一点线索,供处长参考。"

"你把线索提供出来,如能破案,就没有你的事。"

"我们进黄桥的第一天,在乡下抓来几个女人,是她请求周特派员放掉的。今天想来,这里面可能有问题。"

何成俊重重地在桌上拍一掌,大发脾气地骂道:

"你这个混蛋,以前为什么不报告?"

"报告处长,周特派员亲笔批示,我不敢不执行。"

"周特派员的批示在哪里?"

"我可以到团部去拿来。"

"马上就去!"

严子强敬了一个礼,走了。

何成俊觉得这件案情不简单。这个女人,肯定是新四军埋伏在黄桥的间谍。既然她胆敢做出这种事,就不只是她一个人,一定还有同党。应当利用她这条线索,把整个间谍网全部破获。

他立即派人去把柳如眉押来审问。

柳如眉已经换掉身上的血衣，穿上那件乳白色旗袍。她哭了一场。不知是哭自己，还是哭周汉辅，总之，她已失去全部的生活兴趣，感到空虚与渺茫。她懂得这件事会牵连到她，但她一点不害怕。她自己险些也送了命，总不能怪到她头上。凭良心来说，不是周汉辅引诱她，她做梦也没有想到要去南通。因此，当情报处的人来带她，她唯恐脸上有泪痕，便从手提箱里取出一面小镜子照了照，把衣服拉拉平整，就跟着走了。

她刚跨进何成俊的办公室，迎面两支象箭似的胡须射到她的眼睛里，她本能地后退了一步。她一手扶住门框，胆怯地向对方一望，把头低下了。

何成俊对柳如眉从上到下打量了一番，觉得她真是一只迷人的狐狸。外貌是这样迷人，内心是那样狠毒。真是可怕！他为了要从她口里得到更多的东西，把桌旁的一把太师椅拉出来，说道：

"你不要害怕，请坐！"

柳如眉看到他的眼睛，一直盯着她的胸脯，象要在她身上发现什么秘密，感到很难为情。最后，她鼓起勇气，把腰一挺，娉娉地走上前去。她说：

"处长叫我来有什么事？"

"你是和周特派员一起上南通去的吗？"

何成俊说着，不怀好意地冷笑了一下。

"他请我搭他的便车同去。"柳如眉如实地回答。

"为什么没有打中你的脑袋，偏偏两枪都打在他头上？"何成俊阴险地问。

"我昏倒在车座上。"柳如眉回答。

"有这样简单吗？"何成俊耸了耸鼻子，"你把实情讲出来，就没有你的事。"

"我自己都险些送了命，"柳如眉说，"这还能怪到我头上吗？"

"你和新四军的关系怎样？"何成俊问。

柳如眉的脸色陡然发白了。难道她还去勾结新四军害他吗？她申辩道：

"我和新四军毫无关系。"

"你不要推脱得这样干净。"何成俊说，"你和新四军没有关系？我问你，谁把还乡团抓来的人放掉的？"

"这个，我请示过周特派员，有他亲笔批示。"柳如眉理直气壮地回答，"你不信，我可以把他的批示拿来。"

"这个，我相信。"何成俊说，"我问你，为什么要释放这些人？"

"我们释放是有条件的，"柳如眉回答，"其中有个女人的儿子，答应给我们送情报。"

"这个人在哪里？"何成俊继续追问。"

"我们把他抓来，叫他写了投诚书，"柳如眉说，"答应给我们送情报，把他放回去了。"

"谁跟他保持经常联系？情报交给谁？"

柳如眉答不上来。她想了想，回答道：

"他的母亲，答应跟我联系。"

"所以啰，"何成俊两手一摊，"你说和新四军没有关系。这不就是关系？"

"何处长，你可不能这样冤枉人呀。"柳如眉紧张起来，"我是要她跟我们送情报。"

"你嘴上当然这样说，可是事实上，我们的人被他们打死了。"

柳如眉听他这样说，真是有冤无处申。她想起周特派员不死，一定会为她说话。现在她去向谁申诉？又去求救什么人呢？她情不自禁地嚎啕大哭起来。

何成俊认为她这种哭，是逃避罪责的手段，毫不为它所动。他完全懂得：哭和笑，是她们这种女人征服男人的武器。周汉辅因为她的笑，送掉了一条命。他不能听她的哭，就轻易让她逃走。他说：

"你哭不能解决问题。积极的办法，就是帮助我们去破案。"

柳如眉已经陷入绝望的深渊。她四顾茫茫，看不到出路在哪里。她怎么办呢？

严子强就在这时拿着周汉辅的批示进来了。他看到柳如眉象一个木头人似的坐在那里，知道她已经牵连在案情里不得脱身。他为了挽救她，也为了保全自己，下决心把责任全部推到严子才身上。他把手上的公文递给何成俊以后，说：

"报告处长，让我和家嫂去谈谈，可以吗？"

"你应当劝她，积极帮助破案。"

何成俊一面说一面点点头，表示同意。

柳如眉跟着严子强走到隔壁会议室，好象一个白痴，站在那里一动不动。严子强拉着她坐下，轻轻地对她说：

"这真是大祸临头，连我也牵连上了。"

柳如眉好象没有听清楚他说什么，只顾自己想着心事。突然，她扑到他身上又哭起来了。

"你哭有什么用？应当积极想办法破案。"

"我的天呀！"柳如眉哭喊着，"这根本和我无关，我到哪里去破案？"

"你当然不会存心害他，"严子强说，"是不是子才把消息走漏出去？"

"他根本没有出门，怎么能冤枉他。"柳如眉不相信。

"你不要太天真，"严子强提醒她，"这种事并不一定要他自己出门。比如家珍这个丫头，我看，就是个不安分的东西。"

柳如眉经他这么一说，对自己发生怀疑了。她这次上南通去，家里人个个都知道。是不是他们串通来害她，这就很难说了。她说：

"没有证据，总不能凭空冤枉人。"

"你如果这样想，我看你永远不得脱身。"严子强恐吓她说。

"这一来，我们就要弄得家破人亡。"柳如眉痛苦地回答。

"你这时候还去顾他们，先为自己打算打算好。"

"我已经落到这个地步，一切由你去吧。"

严子强把她丢下，就去向何成俊汇报。他认为这是一个生死关头。

如果不牺牲别人,就得自己上断头台。他已经干掉周汉辅,打倒了一个敌手。乘此机会,借刀杀人,把严子才去掉。最后,柳如眉孤单单的一个人,不想跟他,也得跟他走了。他对何成俊说:

"经过我和家嫂谈话,问题不出在她本人,出在家兄身上。"

"你有什么根据?"何成俊问。

"家兄对她跟周特派员去南通,非常不满,"严子强说,"家兄曾经做过新四军的参政员,估计和敌人保持秘密联系。这次可能假公济私,出此下策。"

"你这个混蛋!过去,你怎么不报告?"何成俊大发雷霆。

"我早已报告过周特派员,他说没有关系。"严子强昧着良心回答。

何成俊拍着桌子,既表示愤恨,又表示惋惜地说:

"周汉辅这个家伙,真是死有余辜。他见了女人,连自己的命也不要了。"

"家嫂确实无罪。"严子强辩护道。

"不要说了。"何成俊把手一摆,"把严子才一家人,统统逮捕起来!"

十九

严子才真象睡在鼓里,社会上发生了什么事情,他固然弄不清楚,就是柳如眉成天在外面鬼混,究竟搞些什么,也是糊里糊涂。柳如眉上南通去的前夜,曾对他说:"你的身体这样一天比一天不行,我真难受。如果南通能买到人参之类,我想给你带一点,把体质滋补滋补。"严子才并不以为这些话是柳如眉给他吃的定心丸,真正认为这是柳如眉对他的体贴,因而感到十分安慰。

严子才也很矛盾:柳如眉跟周汉辅这种党棍子一起去,当然不会干出好事来,但是他已对她失去控制的能力,要阻止她去,等于一句空话。

不如让她去，还能维持表面的夫妇关系，生活上多少还能得到她的一点照顾。他就象一位大权旁落的君王，明知国事日非，自己却无能为力，只得听其自然了。

他毕竟还有一点自尊心。当他看到柳如眉打扮成一个学生模样、拎着箱子出门时，心里怪不好受。十年前，她正是这种模样投到他的怀里，如今却把他撇在一边，只顾自己享乐了。他感到很痛苦。这种精神上的刺激，影响到他的心脏急剧地跳动。他的旧病复发了。

他躺在床上，好象看到死神在向他招手；不，是他的前妻临近他的身旁。他们的婚姻，虽然是父母之命，但也有过一段和谐的生活。特别是婚后第二年，他因为心脏衰弱，休学在家休养，他们朝夕与共。她识字不多，很听他教诲。有时教她读些唐诗宋词，颇有领悟。有一次，她读到唐朝朱庆馀的一句诗："画眉深浅入时无？"她反过来问他："这些大文人，怎么也这样没出息？"他笑着回答："闺房之乐，人皆有之。"她就扑到他胸前，笑了。以后，他从学校出来，在社会上混事，回来的时间较少，感情渐渐淡漠。直到他把柳如眉带回来，没有想到她自寻短见，成为他一生中的一件憾事。他虽然不信鬼神，可是一想起她，仿佛她就在向他召唤，感觉自己的寿命不长了。

他痛苦的呻吟，终于激发女儿的同情。严家珍看到柳如眉的行为，愈来愈不象话，真是恨之入骨。过去，她不过在家里和严子强胡调，如今她竟跑到社会上鬼混，真不要脸。严家珍不但为她父亲难受，而且连她自己在街上走，也觉得有些抬不起头来。要不是组织上交给她的任务放不下，她早已走掉了。她看到父亲早上没有起来吃早饭，想到他一定旧病复发，便跑到他房间里去，说：

"柳家这种臭货，我看，你把她休掉，拉倒。"

严子才对她望了望，没有作声。她们年青人，哪里懂得老年人的痛苦。如果他把柳如眉休了，在她乐得其所，而他自己的生活，又依靠谁来照顾呢？他答非所问地说：

"家珍，你到灶房去，请大妈给我烧点麦片粥。"

"要不要打两个鸡蛋？"严家珍问道。

"也好。"

他看到女儿仍然对他很关心，也算一点安慰。儿子没等发挥自己的才能，就被日本鬼子杀害，丢下孤儿寡妇。如果他去世得早，严家的世业，也就不堪设想了。他几乎哭出来了。

当严家珍把早饭端进来，看到父亲在揉眼眉，又觉得他有些可怜。他真是自作自受。过去，她的母亲把他象老爷那样侍候，他不满意。柳如眉如今只顾自己享乐，他懂得利害了。她说：

"要不要请医生来看看？"

"我这种病哪里是药物医得好的。"严子才痛苦地说。

"你老是这样拖下去，总不是办法。"严家珍说。

"我已经象一个火烧柴堆，愈烧愈短。"严子才悲观地说，"我所放不下心的，一是你的亲事还未定，二是你侄儿还小。"

"我的事不用你管，"严家珍说，"你还是把柳家管管好。"

"唉！"严子才叹了一声气，"我哪里管得住她。"

"你这是自作自受。"严家珍批评道。

"孩子，不要说了，"严子才悔恨地说，"我害了你母亲，也害了自己。"

严家珍看到他神情沮丧，内心很痛苦，也就不忍心再刺激他了。她说：

"过去的事，你就少去想了，还是顾顾自己的身体。"

突然，林琴瑶慌慌张张跑进来了。她并没有注意严子才有病躺在床上，只顾自己来不及说。她一把抱住严家珍，说道：

"事情不好了！黄桥出了大乱子！"

"怎么回事？"严家珍慌乱地问。

"周特派员在分界被人暗杀了。"林琴瑶紧张地回答。

严子才陡然从床上坐起来，大声问道：

"你继妈呢？"

"她被带到情报处去了。"林琴瑶回答。

严子才眼前一片昏黑，倒在床上。这是大祸临头。柳如眉这贱货没有死，怎么能脱身呢？

随即，几个特务人员，手持短枪，掀开门帘，冲进来，问道：

"你是严子才吗？"

林琴瑶站在旁边，回答：

"我父亲有病，睡在床上。"

"不管有病没病，都得走！"一个特务很凶地说。

"什么事这样急？"林琴瑶问。

特务人员拿出一张拘票，大声说：

"我奉命逮捕你们！"

整个房间如同天崩地裂，所有的桌子、椅子、床铺，都在动摇。……

严子才被抬上一辆黑囚车，人已经昏迷不醒。但他的神志似乎还很清楚。他懂得自己的气数已到，活不久长了。柳如眉罪有应得。女儿和媳妇都是心地纯洁，无辜罹难，真是冤枉。他闭上眼睛，让车子载着在街上昏昏沉沉地过去。他已不知道痛苦，也无所欲求，完全处于临近垂死的状态。

特务人员以为他装死，根本不理睬他。待到从车上把严子才抬下来，他的眼睛已经在翻白，他们才开始着慌起来。何成俊担心他一死，变成一件无头公案，就不好办。他立即派人请军医来抢救，以防发生意外。

不久，一位头发花白的军医，带着一位女护士来了。本来，他的架子就很大，一看到为犯人治病，更是感觉嫌恶。军医拿出听诊器，在严子才胸前听了一听，发现他的心脏跳动，微弱到极点。他摇摇头，放下听诊器，对护士说：

"给他先注射一针强心剂。"

严子才仿佛从深沉的梦中逐渐苏醒过来，眼睛慢慢地睁开了。不知是他已经尝到死的恐怖，还是对于生的留恋，望见旁边站着一个女人，他轻轻地叫了一声：

"如眉，你在哪里？"

立在旁边的护士，以为他在说胡话，吓得连忙走开了。

严子强听到他已经苏醒过来，很快抢上前去问道：

"你认识我吗？"

"你是狼心狗肺的畜生！"

严子才把郁积在胸中的忿怒和憎恨，凝成这句恶话，吐了出来。他的这条命，完全葬送在这个坏蛋手里。要不是他把柳如眉引上邪路，他哪会落到今天这个地步。

"你要从实交代，不然，事情不好办。"严子强带着威胁的口气说。

"我交代什么？"严子才突然脑子清醒起来，"我既没有奸淫掳掠，又没有行凶杀人。"

"你不要说得这样干脆，"严子强进一步逼迫说，"周特派员的死，你能逃脱责任？"

严子才挪动一下身子，想挣扎起来，揍他一记耳光。但终于力不从心，躺下了。他气愤地说：

"你们拿证据来。"

"还要什么证据？"严子强冷冷地说，"你是新四军的参政员，暗中和他们勾结，还能抵赖吗！"

严子才被他这么一逼，一肚子怨气哽在喉头，说不出话。他心里完全明白了，就是这个豺狼勾通官方，有意来陷害他，一切都完了。

严子强已经看出严子才明白他的诡计，如不先下手，让严子才反过来戳穿他的阴谋，就有枪毙的危险。他一不做二不休，决定昧着良心臆造一个口供，让严子才把责任全部承担下来。他说：

"你心情不好，我暂不跟你多说。你自己仔细想想。"

严子才还有什么想头呢？人已经被他们抓来，生杀予夺之权，都操在他们手里，除了死，还能有什么希望？不过就是死，他也得把严子强这个恶棍的阴谋揭穿，死了也甘心。他经过这一番刺激，心脏又急剧地跳动起来。他感到地在摇晃，屋子在旋转，神志又模糊了。

直到黄昏，严子强象小偷一样，轻轻地走近严子才的旁边。他已经闭上眼睛，象是睡着了，又象是断了气。严子强用手在他的眉毛上晃了一晃，看到他的眉毛动了一动，知道他还活着。严子强拿起他的右手，捏住他的大拇指在印泥里戳了一下，然后在供词上打下一个手印。……

严子才无意识地惊动了一下，仿佛看到一个魔影在眼前移动。他想大声疾呼，又象有一只手扗住他的喉咙。他好象沉溺在深水里，喝到最后一口水，浑浑沉沉地陷落下去。

当柳如眉看到严子才的供词，不是他的笔迹，就象发了疯似的跑来了。原来，他们把她禁闭在一间孤零零的屋子里，她并不知道严子才已经被捕；现在完全明白这是蓄意谋害他。她痛苦地哭泣了。

她伏在严子才的身上，看到他已经不省人事，心如刀割。她想起第一次对他哭泣，他是如何同情她，抚慰她，支持她。如今他的这条命，竟葬送在她手上，仿佛整个天都黑下来，地要崩裂了。

不知是她的哭声感动了严子才，还是严子才听到哭声受到震惊，他觉得自己身上很沉重。他的右手无意识地举起来，想要抓什么东西，结果，被柳如眉抓住，哭喊道：

"子才！你不能这样丢下我，就去了！"

严子才毕竟还有一点灵性，睁开眼，望着柳如眉在哭泣。他摸着她的手，低声地说：

"现在哭已经晚了。"

柳如眉听到这句话，好象一支毒箭射在她的心上，全身都象要炸裂。她痛苦地说：

"你没有罪，完全是他们谋害。"

"你懂得这个，我死也甘心了。"

严子才的话刚落音，全身痉挛地抽动，随即，他的脸向旁边一歪，不响了。

柳如眉"哇"地一声，倒在地上了。

黄昏占领了整个房间。屋外树顶上，一只乌鸦凄厉地叫了一声，飞走了。……

二十

太阳还没有落山，民兵基干队已经集合了。

他们都是一些年青的小伙子。各个民兵胸前都斜挂着一条长长的退了色的蓝布子弹带。实际上，子弹没有几排，都用破纸头把空袋填得满满的，好象弹药十分充足的样子。他们由于打垮了还乡团，精神面貌完全不同：不仅有坚持斗争的决心，而且充满着胜利的信心。他们围坐在一株巨大的槐树下，仔细倾听丁秀芬做战斗总结。

丁秀芬并不长于做报告，也不爱讲空话。她把大家的意见归结起来，就只有十二个字：决心要强，方法要活，动作要快。她特别表扬了丁长友、周连生和胡明来三人游击小组，并号召大家向他们学习。最后，她说：

"战斗刚刚开始，万万不可骄傲轻敌。……"

她正说到这里，前面哨位上送来一个女人和一个小孩。她走上前去，小孩扑到她怀里，哭诉道：

"丁阿姨，我妈妈和姑姑都给坏人抓去了。"

丁秀芬看到他是林琴瑶的邦邦，非常诧异。当那个老女人告诉她，严子才全家的人都被捕了，真是晴天霹雳。她立即把队伍解散，带着严家的女工和小孩走了。

丁秀芬得到这一突如其来的消息，又喜又愁。严子才这个傀儡垮了台，当然大快人心；可是严家珍和林琴瑶都牵连进去，这又是一个很大的损失。她不懂得这是什里一回事，急需要弄清楚。

她带着小孩去找王长发。王长发正在和何克礼妈谈话，情况是错综复杂的。王长发从区委得到消息：何克礼并没有投敌，可是他又没有回家。这个人究竟到哪去了？急需从他的母亲这里弄个下落。他说：

"你猜想克礼究竟跑到哪去了？"

"我担心被他们弄死了。"何克礼妈痛苦地说。

"如果弄死了，我们会知道。"王长发说，"肯定没有死。"

"他没有死，又没有投敌，到哪去吃饭？"何克礼妈怀疑地问。

"你镇上还有亲戚吗？"王长发问。

"鬼子到黄桥以后，我就没有到镇上去过。"何克礼妈说，"有一个远房的表姊在镇上，多年没有往来。"

丁秀芬正在他们说着的时候，带着林琴瑶的小孩走到他们跟前了。严家发生的事故，真象一个谜。何克礼妈听了，吓得目瞪口呆。严子才的女人和她谈话的时候，说得那样冠冕堂皇，怎么没有几天，就变成这样一个局面？要是克礼真和家珍攀了亲，不成了一个大麻烦。她怪自己眼光短浅，害了儿子，也害了自己。她到哪去寻找克礼呢？

王长发叫何克礼妈暂时把严家的女工和小孩带到她家去住一晚。随即，他和丁秀芬上区委去了。

他们对于这种局势的变化，真是捉摸不定。严子才做区长，当然是严子强把他扶上去的。他们把严子才搞掉，正是打在严子强的头上。蒋匪军在镇上又依靠谁呢？

丁秀芬无意地在路旁拔了一根牛蒡草，拿在手上摇摇晃晃，一面想着心事。她说：

"你看，是不是敌人内部狗咬狗？"

"如果是狗咬狗，严子强这个坏蛋怎么又没有抓去？"王长发表示怀疑。

"最严重的是严家珍也抓去了。"丁秀芬忧虑地说，"如果她发生问题，黄桥镇上的工作就要受影响。"

"这个，组织上会采取措施。"

"要在敌人里面再安这样一个耳目，就很难找。"

"这是一个大变化。"王长发说，"何克礼，据区委调查，并没有投敌。"

"人到哪去了？"

"我刚才找他妈谈，就是问她这件事。"

"他妈知道他的下落吗？"

"她也摸不清楚。"王长发说，"严子才的事情一发生，对何克礼母子也是一种教育。"

"如果能找到，也有可能弄回来。"丁秀芬说，"比方，胡明来这样的人，他这次在战斗中倒表现很好。"

"问题是现在还不知道他的下落。"

"是不是让何克礼妈上街去打听？"

"这要请示马书记。"

他们来到区委，马骏那里也发现新的情况：敌人有一辆吉普车在分界被伏击。既不是分界的基干队干的，也不是区游击队干的，究竟是怎么一回事，也成了一个谜。当他们把严子才全家被捕的消息讲过之后，马骏立即判断说：

"肯定是敌人内部狗咬狗，而且这两件事一定有联系。"

"照这种形势，严子强还能在黄桥立脚吗？"王长发说。

"要等镇上的消息来，才能进一步分析。"马骏说。

"严家珍发生问题，镇上的工作一定受影响，"丁秀芬说。

"当然要有影响。"马骏说，"我们和她只是单线联系，有问题，也容易处置。"

"如果是敌人内部狗咬狗，严家珍不一定发生问题。"王长发说。

"这就要看她本人，经不经得起考验。"马骏回答。

"我们是不是可以派何克礼的母亲上街去打听一下何克礼的下落？"王长发请示道。

"严子才倒了台，估计大的危险不会有，"马骏说，"不过要对何克礼的母亲把政策交代清楚，让他敢于再回来。"

"这个，我们去做工作。"丁秀芬很有把握地说。

"你们可以叫她跟严家的女工一道去。"马骏说。

"林琴瑶的儿子，你看，我们怎么处置？"丁秀芬问。

"地主阶级，我们是要消灭的。对孩子，我们还应当照顾。"马骏说，"何况林琴瑶也还跟我们做过好事。她在受难的时候，我们也应当记她的情。"

"我们暂时把这个小孩子留下来。"王长发说。

"如果你们发现新的情况，随时来报告。"马骏说。

他们离开区委，天已经黑了。整个大地，表面上非常平静。但是生活在这种战争空气中的人，却在经历着各种各样的变化。他们随时都想弄清楚变化着的情况，可是就象长江里的波浪，一个过去，又一个涌过来，真是应接不暇。丁秀芬所想到的，在这些复杂的情况中，最好能把何克礼这个家伙弄回来。如果长期让他留在外面，总是夜长梦多，迟早会出问题。她说：

"长发，你估计何克礼还能不能弄回来？"

"关键在他母亲，"王长发回答，"何克礼如果没有投敌，证明他是受他母亲的愚弄。"

"这里面，一定是严子才的女人安的圈套。"

"现在严子才一垮台，何克礼的妈也就没有什么想望了。"

"我们应当乘这个机会，好好教育何克礼的妈，让她死了这条心。"

"你回去，好好找她谈谈。"

丁秀芬仔细思考：何克礼这个小资产阶级一定着了女人的迷。他听到严家珍愿意和他结婚，就迷了心窍，信以为真。他不想想自己，象他这样一个人，有哪一点会使得严家珍去爱呢？大概他看到自己的理想破灭，受了骗，又后悔，躲藏起来。如果真是这种情况，只要把他的母亲教育过来，就有可能把他争取回来。王长发说，关键在他的母亲，这话是有道理的。

他们回到乡里，丁秀芬就去找何克礼妈了。

何克礼妈正在和严子才家的女工谈柳如眉的私生活。她听得津津有味。柳如眉是那样一个有知识的女人，表面上是那样一本正经，背地里是这样烂污。一个男人不行，再弄第二个，甚至第三个，怎么这样不顾廉耻。她想想自己，过去在这方面也有失检点，但总还不象柳如眉这样，连自己的叔子也搞上了。早知这样，真不上她的当，现在弄到自己一个儿子不知去向，真有些后悔。要是何克礼从此不回来，她今后依靠谁呢？

一阵叩门声，把她惊醒了。

何克礼妈打开门，看到是丁秀芬，心里一阵欢喜。她现在除了依靠干部，没有一点指望。她刚才向严家的女工打听，没有得到一点音讯。她说：

"秀芬妹妹，我看克礼没有希望了。"

"你怎么能断定？"丁秀芬反问道。

"我刚才问这位大嫂，她说一点不知道。"

"她坐在家里，怎里清楚？"

"那到什么地方去找他？"

"你不是说街上还有一个表姊吗？"

"我和她多年不来往。"

"她在镇上做什里？"

"她的丈夫叫张积成，以前在茂源钱庄做掌柜，如今就不清楚了。"

"你能不能上她家去打听一下克礼的下落？"丁秀芬问。

"除了她那里，实在也没有其他地方去找。"何克礼妈回答。

"你应当想想，象严子才这样的人，敌人一声不要他，就把他全家抓了去，克礼呆在镇上，还能有什里出路？"

"秀芬妹妹，这只怪我老糊涂。"何克礼妈懊悔地说。"严子才的女人说把他们家珍许配克礼，我就信以为真。哪晓得是个圈套。"

"你已经错在前面，不能再错下去。应当想法把克礼找回来。不然，你往后，靠谁？"

"就是这个话。我吃一辈子苦，盼的就是他成人。如今他一走，我只有死路一条。"

"你不要只朝坏的方面去着想嘛。浪子回头金不换。你要朝好的方面去想办法。"

"克礼如果回来，政府会不会再让他工作？"何克礼妈担心地问。

"只要他回来，认真检查错误，政府也不会计较。"丁秀芬说，"事实上，首先是你的错，政府也没有跟你算帐。"

"政府对我宽大，我心里有数，"何克礼妈激动地说，"只恨我自己一时迷了心窍，轻信了严子才女人的话，害了克礼，也害了自己。"

"这些都是过去的事了，再提也没有用，"丁秀芬诚恳地说，"积极的办法，你把何克礼找到，说服他回来。"

"我哪有不希望他回来，"何克礼妈说，"政府这样关心我们，又不计较我们的错，就是铁石心肠，也不能不受感动。"

"你既然懂得这些道理，明天就跟这位大嫂到镇上去一趟，"丁秀芬说，"找到克礼，就把他带回来。"

"这里还有个小孩，怎么办？"何克礼妈问。

"你暂时把他送到马婆嫂家里，明天我再来安排。"

丁秀芬觉得何克礼妈已经懂得除了把儿子找回来，再没有别的出路。事实上，严子才在乡下几年，做一个挂名参政员，还有人尊重他。如今跟敌人，当了几天区长，就到监狱里讨生活。何克礼这小子还能从敌人那里找到出路吗？

丁秀芬从何克礼家出来，觉得和敌人争夺这些小资产阶级，是一场复杂的斗争。真理在我们手上，最后胜利也一定属于我们。

她满怀着信心和希望，迎着黑夜，向前走去。

二十一

何克礼妈对政府的宽大和关怀，十分感激。

她只有一个儿子，政府没有动员他去参军，也没有让他下地劳动。

她的四亩地租给别人，每年还给她一些粮食。就是最困难的年头，也没有叫她饿肚皮。只怪自己一时轻信严子才的女人的花言巧语，把何克礼引上邪路。如今人民政府又这样宽大，让她去把儿子找回来，她还有什么话可说呢。

这一夜，她想得很多。象严子才的女人，那样有知识，在乡下避难这几年，也没有过到什么好日子。如今严子才被捕，万一送了命，她也要象自己这样守寡。不过柳如眉这样的女人，年纪还不大，又长得俏，身边没有儿女牵累，说不定，还能找到比严子才更合适的人。而自己已经年近五十，头发都花白了，除了依靠儿子，别无指望。这样一想，如能打听到克礼的下落，就是天涯海角，也要把他找回来。

第二天，清早。她梳洗打扮，准备到镇上去。她没有什么好衣服，但也穿得干干净净。吃罢早饭，她把严家的小孩送到马婆嫂家里，跟着严家的女工上路了。

她和这个女工过去并不熟悉，一些家常话，昨晚上都讲完了。所以一路上没有多少话可说。只是偶尔问问镇上的军队，守不守纪律，女人家上街有没有危险。随即，各自低着头走自己的路。

何克礼妈走过严许庄，突然觉得有人在背后喊"阿春嫂"，她回头一望，仍然只是和她同行的女工。她十分扫兴。但她的耳边总是听到一阵熟悉的叫阿春嫂的声音。接着，眼前似乎出现了一个头戴白草帽，身穿夏布长衫，拿着一根乌木手杖，高高个儿的花花公子，赶到她的身边，对她说：

"阿春嫂，你也上街吗？"

她恍然一想，这已经是二十多年前的事了。这就是王子美第一次在这条路上和她打招呼。她对他一向是很反感的。王子美又名王老四，是有名的王剥皮，对什么人都很刻薄。所以她望见他，就远远回避。不料这一次，就在这条路上，被他跟上了。他对她说：

"听说，你们要买三角嘴的一亩地？"

"老四哥，我们的嘴巴还糊不上，哪里有钱买地？"她当面否认。

"你又何必瞒我？"王子美和她并肩走着，"春平有信给我，说你们手上还短什么二三十元。"

"那我不清楚，"她含糊地回答，"春平没有跟我说起。"

"那是一块好地。"王子美对她望了望，"如果你们手上真短这么几十元，我们都是自家兄弟，就不用客气。"

"如果春平有求你，我当然没有话说。"她简单地回答。

"那回头再说吧。"

王子美说着就向前走了。

她望着他的背影飘飘然地在前面走着，她觉得他今天说话的态度，并不象她所想象的那样令人生厌。不过他的钱不是好借的。借他的钱买田，回头还得把田卖给他。"河"字不如"可"字，何必多三点水，自我麻烦。

她想起自己的丈夫——何春平，真是一个书呆子。她和他结婚第二年，他就挑起一担旧书箱，到姜埝黄公馆去教私塾了。丢下她一个人，冷冷清清地守在家里。他天天梦想积钱置产业，到现在还不过三亩地，即使把三角嘴一亩地买进来，也不过四亩地。象他这样，不知哪一年，才能不靠教书糊住两张嘴。他为人忠厚，心地单纯，对她一片真情。所以家境虽不富裕，她也没有怨言。只盼望有一天，和他长在一起，不让她长年累月地空守闺房。

那天，她从黄桥镇上回来，人已有些累。她弄好晚饭吃了，什么事也不想做了。王子美带了三十只光洋来叩门，弄得她很窘。一个男人，晚上跑到她家里来，倘若给人看见，怎么说呢？她想起上午他提到借钱的事，也就很客气地说：

"老四哥，今天这样晚，怎么肯出来？"

"我给春平送钱来。"

王老四把包在手帕里的三十只光洋打开来，明晃晃地摊在她面前。她既高兴又愁借不起。她说：

"你这样手宽，我们哪里借得起呢？"

"君子成人之美。"王子美很慷慨地说,"我和春平是要好的兄弟,不算你们的利。不过你不要张扬出去,免得人家来援例。"

"我们要写个借据吗?"

"这不关你的事。春平会有数。"

阿春嫂拿了这笔钱,买进来三角嘴一亩地,她高兴极了。从此,她改变了对王老四的看法。觉得他并不如一般人所说的,见钱如命。至少在他们的关系上,他的手是大方的。因此,她有时也上他家里去走走,关系渐渐密切起来。

就在这年冬天。她因为夜长无事,给春平做一对绣花枕头。当她刚刚把一对鸳鸯的头绣起来时,王老四来串门了。他从她手上把枕头拿过去端详了一番,觉得很有情致,颜色又优美,连连赞不绝口,赞得她不好意思起来。最后,她只得说:

"如果不嫌粗糙,我以后也给你做一对。"

王子美连连向她打躬作揖,表示感激。他说:

"只怕我没有这样的福气享受。"

"你们这些大户人家,不要说这种粗糙的东西,就是更贵重的宝贝,也不稀罕。"她客气地回答。

"你可懂得,礼轻情意重。"王子美挑逗地说,"有钱也并不就能买到。"

"承你这样夸奖,就算是我的一点心意。"她说着笑了笑。

"只怕我领受不起。"王子美高兴地回答。

阿春嫂不知是不耐寂寞,还是已经动了春情,很快就给他赶绣了一对枕头。她不仅在芦苇丛中,绣了一对鸳鸯,而且在蓝色的天空,添上一片上弦月。单纯的图案而富有深厚的情趣。

王子美一看到这对枕头,就看穿她的心思。她是用手、用针、用线表达她对他的深情。他说:

"阿春嫂,我躺在这对枕头上能睡着吗?"

她低下头,很不好意思地笑了。……

突然，背后的女工催她走快点，她恍若从梦中醒来，真有隔世之感。如今她已经是老太婆了。要是她再碰见王老四，他恐怕认都不认她了。不然，她上次给还乡团抓了去，难道他不知道，怎么不出来帮她说一句话呢？这种人就是势利眼。当年，他见她年青，姿色好，就用尽心机来勾引她。以后，她的孩子大了，丈夫死了，人也老了，就当作路人。她回想当年，丈夫长年在外，这个势利鬼也填补过她生活中的空虚。而她却为他担下一个不好的名声。如今算是明日黄花，一切都成为过去了。

阿春嫂怀着这恋旧的心情，匆匆走到黄桥镇。

她和严家的女工一进街就分手了。她和她的表姊不是很合得来。她嫁了一个穷书生，而表姊嫁的是有钱的掌柜，过去，她的表姊常常奚落她，瞧她不起。要不是想找回何克礼这个活冤孽，真不想上她的门。人穷志不穷。如果碰上她一副冷面孔，实在受不了。不过人到屋檐下，不得不低头。

张积成的家是在黄桥大街最热闹的地方。他家的房子在街背后，真是闹中取静。这不是他自己建造的房产，是买人家的旧家业。房子并不大，装潢得很富丽。窗子上装着彩色玻璃。一式的红木家具。虽然有些古旧，但比起她家的几间旧瓦房来，还是一个天上，一个地下。

她跨进张积成家的大门时，表姊手上正拿着一束寿香插在神龛上的香炉里。她一望见阿春嫂进来，迟疑地观望了好一会。待到阿春嫂叫了一声："阿姐！"她才装着一副笑脸迎过来，说：

"阿春！是你啦。什么风把你刮来了？"

"我来打听一下克礼是不是上你家来了。"阿春嫂说。

"难怪哟。我说你无事不登三宝殿嘛。"

她的表姊一面说一面把她迎到上房去。

她们闲叙了一番旧情，知道她姊夫把克礼藏起来了，她的心事才全放下来。她没有想到张积成对她还有这样大的情义，非常感激。最初，她以为自己落得这个穷样子，一双空手来，一定被他们看不起。今天，恰好遇上表姊生日，她的情绪特别好。中午，她适逢其会地吃了一顿丰盛的午餐。

饭后,她躺在表姊床上休息,看到她房间里的陈设,一应俱全,十分羡慕。她想起自己嫁给春平这个穷书生,不到天年,就丢下她去了。她不由地眼泪涌上眼眶,几乎要哭出来了。

张积成就在这时走进房间里来了。他已经是一个老头,但仍然满脸红光。他穿着一件绸褂子,摇着一把白羽毛扇,笑嘻嘻地说:

"阿春,你也知道要儿子了?"

"我也实在被逼到无路可走了。"阿春嫂无可奈何地说。

"你活了这么几十年,怎么这样不通人情世故?"张积成批评道,"怎能把一个儿子送到狼嘴里去。严子强是黄桥有名的恶霸,你还能和他打交道吗!"

"你知道,我被还乡团抓了去,有什么办法?"她痛苦地说。

"你也不应该为了自己,葬送自己的儿子。"张积成的语气非常尖锐。

阿春嫂被他说得抬不起头来。最后,她辩解道:

"严子才的女人,说得很亮堂。……"

"严子才的女人,是什么人?是臭婊子,你也去听她的话?"张积成愈说愈尖刻,"其实,你只要再等两天,商会季会长就可以保你出来。"

"我哪里认识什么季会长。"阿春嫂抱屈地说。

"你不认识,你们庄上老四会替你说话。"

"我晓得老四在哪里?他心上还有没有我这个人。"

"他倒是没有忘记你们,只是你的这位宝贝儿子中毒太深,不听他的话。"

"克礼在哪里?"

"人倒不会少你的,"张积成说,"老四要克礼跟他办事。"

"克礼跟他去,我怎么办?"阿春嫂说。

"黄桥镇这么大,难道容不下你。"张积成说,"乡下几间旧房子,你还没有住厌?"

阿春嫂的思想混乱了。她哪里是舍不得几间旧房子,而是她没有地方可去。如果说镇上能给她一个落脚的地方，她又何必要赖在乡下？她说：

"我只要有个落脚的地方，一切由你们摆布好了。"

"这就对啦！"张积成满意地说，"回头，我就叫老四带克礼一起来。"

阿春嫂没有想到人快要进棺材，又和王老四这个冤鬼搭上关系。这也许是前生的姻缘，她也只好听天由命了。

她怀着茫然的心情，等候王老四和克礼的到来。……

二十二

丁秀芬开始怀疑起来。

已经黄昏，何克礼妈还没有回来，是不是发生了问题？严子才倒了台，严子强等于泥菩萨过河，自身难保，哪会注意到她。她陡然记起季刚妈妈讲过何克礼妈曾经发过一次疯癫。有一次，深更半夜，她把丈夫赶出门外，一个人在房间里披头散发，跳来跳去，又哭又笑。当时，村上人都说她着了魔，请道士做道场，驱魔打鬼，闹得乌烟瘴气。其实，她只是为了丈夫说她和王老四关系暧昧，她就疯狂起来。她的丈夫从此得上肺病，不到三年工夫，就去世了。难道她在镇上又碰上王老四，又变卦了。这么一大把年龄，总不能不顾一点廉耻吧。

丁秀芬知道克礼妈对马婆嫂还能说些知心话，是不是她在临走时，落下什里口风。于是她就去找马婆嫂了解情况。

马婆嫂因为何克礼妈把林琴瑶的小孩拎到她身边，很不高兴。小孩一到她家，整天哭。她感到很麻烦。特别是她吃过还乡团的苦，还要她来照顾他们家的小孩，实在不甘愿。因此，她一见到丁秀芬就发牢骚说：

"不知哪个出的主意，叫阿春家把一个小孩拎到我这里。"

"小孩呢？"丁秀芬问。

"哭够了，已经睡觉了。"马婆嫂不高兴地说，"这种小孩，让他死掉了拉倒。"

"你怎么说这种话？"丁秀芬说。

"我们受他家的罪，难道还不够？还要为他们照顾小孩。"马婆嫂说。

"阿嫂，你不能这样看事情。"丁秀芬劝导她，"他家的大人反动，小孩并没有罪。小孩的母亲，上次陪我到泰兴城去，也算为革命做事。如今她在受难，我们不能过河拆桥啊。"

马婆嫂听她这么一说，又觉得有理。打倒地主，不是把他家里人统统杀掉。她立即转过口气，说：

"阿春家回来没有？"

"没有。"丁秀芬说，"我就是来问你，她临走时有没有露出什里口风？"

"她临走时，满口都是感激政府的话。"马婆嫂说，"你以为她出事了吗？"

"我怕她在街上碰到王老四。"丁秀芬说。

"你这说到哪去了。他们这是什里年代的事。如今阿春家已经是老太婆，王老四还看得上吗？"马婆嫂说。

"你不要只想到那些肮脏事，"丁秀芬说，"如今不是打日本鬼子。她过去跟王老四有关系，现在碰在一起，也可能做坏事。"

"那她还有良心？"马婆嫂不相信。

"你以为反动派还讲良心？"

"阿春家又不算反动派。"

"他们是一根藤上的瓜，"丁秀芬说，"一个阶级的人，就会说一样的话。"

"她嘴里讲得那样好听，心里想得这样坏，她还有好死？"马婆嫂说。

"她哪里会想到那么远。"丁秀芬说，"你不要把她这种女人看得太简单。"

259

"也许她表姊留她住一夜，等到明天再说。"马婆嫂退一步想。

"也只有这样。"

丁秀芬并不因此松懈自己的警惕。对何克礼这个人，丁秀芬过去就看出他有很多弱点，组织上也对他进行过很多教育。现在他既没有投敌，又不回来，这其中定有问题。她愈想愈感可疑，又去找王长发商量了。

王长发正在和胡明来谈话。他刚刚接到通知，区委决定把胡明来送回部队去。从眼前的工作需要，胡明来留在基干队，对丁秀芬有很大帮助；可是组织上要调他回去，他们也不能从本位出发，勉强把他留下来。不过胡明来自从打垮还乡团以后，他不仅工作积极，而且和基干队的队员处得很好，他对这里已经有感情。他一开口对胡明来说：

"组织上来通知，要你回部队去。"

胡明来愣了很久。他并不是怕回部队，而是觉得在这里，刚刚和大家搞熟悉，又要走，有些不舍得。他说：

"我留在这里工作，不是很好吗？"

"我们当然希望你留下来，"王长发劝说道，"你是老战士，回到部队可以起骨干作用。我们应当顾全大局，充实主力部队。"

"丁队长同意我回去吗？"

丁秀芬并不知道他要回去。她走过来，刚好听到这句话，便惊讶地问道：

"谁叫你回部队？"

"区委已经派通讯员来带他。"王长发回答说。

丁秀芬当然没有话说了。她觉得很可惜：胡明来初来时，她曾把他当作一个包袱，现在已经成为她的得力助手，他又要被调走了。她说：

"上级有命令调你，我们也就不好留你了。"

胡明来听队长这么一说，也就不再开口。他懂得在革命队伍里，对工作讨价还价，是不受人欢迎的。他说：

"我什么时候走呢？"

"明天，我们给你开个欢送会，再走。"丁秀芬说。

"不能等明天，"王长发说，"区委的通讯员在等着。"

丁秀芬觉得有些急促。本来她想利用他的回部队，开个欢送会，也是对他的一番鼓励。同时，她还想托他带个信到前方去。现在看来都来不及了。她说：

"胡明来同志，你既然马上要走，我们也来不及开会欢送你了，我也来不及给你带信到前方去了。不过你自己应当吸取教训，到了部队，好好工作。你在这里的表现，大家都认为不错。你要发扬这种精神，争取在今后的战斗中立新功。过去的错误，就算过去了。希望下一次，我们再见面的时候，你是一位战斗英雄。"

胡明来心里很激动。他觉得丁队长是真心爱护他。她不仅不记他的错，而且帮助他站起来。他不应当辜负她的希望。他说：

"我一定听你的话。再见吧！"

"祝你一路顺风。"丁秀芬亲切地和他握手，"看到你们季排长，说我很好。"

胡明来怀着无限依恋的心情走开了。过去，他并不理解什么是战斗的友情。当他经历过这一次生活的波折，看到领导干部这样爱护他，关心他，并对他寄予很大的希望，他开始懂得：他应当朝什么方向走去。

丁秀芬望着他在苍茫的暮色中，向前方走去，觉得他这个青年是有前途的。他确实能在什么地方跌倒，又能在什么地方站起来。从这里，她更清楚地懂得：做人的工作是多么重要啊！

王长发也觉得胡明来这次归队，也许可以成为一个好战士。他说：

"这个青年，算是挽救过来了。"

"不过何克礼这个人，恐怕没有希望了。"丁秀芬说。

"你根据什么判断？"王长发问。

"何克礼妈到现在还没有回来，你想，还靠得住吗？"

"你昨晚和她谈得怎样？"

"她嘴里说得一面光。"丁秀芬说，"我怕她在镇上碰到王老四又变卦了。本来，昨晚上，我想提醒她一句，不要再上坏人的当，应当吸取严子才的女人的教训。后来,我看她象是有觉悟的样子,也就没有点破她这一点。"

王长发本来没有想到这着,经秀芬这样一提醒,觉得是一个问题。何克礼妈虽是一个小土地出租者,剥削不是很严重,但她年青时候,名声却很不好。据说,她家三角嘴的一亩地,就是王老四给她的钱买进来的。如果她在街上碰上王老四,稍为对她耍点手段,也有可能上当。不过吊着的狗,守不住房子。她要是存心向着敌人,迟早要出问题。他说:

"对何克礼妈这种人,我们已经做到仁至义尽。如果她再要变心,迟早是要出问题的。"

"我看,为慎重起见,把长春打埋伏的地方,移动一下。"

"长春的地方,她没有去过。"王长发说,"要紧的是,我劝你搬到基干队去。既便于照顾队伍,又比较安全。"

"我一个女人和男人住在一起,万一传到前方去,影响季刚的情绪,我怎里担这个责任?"丁秀芬表示不同意。

"你还是老封建,"王长发说,"军队里不是有很多女同志?"

"索性人多,倒也没有什么。一个人最讨厌。"

"你就跟我们乡政府几个人在高粱地里打游击。"

"这倒可以。"丁秀芬说,"不过基干队得选个副队长,我不在场的时候,有人照顾队伍。"

"这不忙急,"王长发说,"你先从小妹家里搬出来再说。"

丁秀芬觉得这样也干脆,省得拖泥带水。她和乡政府几个人在一起,有事也好商量,免得跑来跑去。她立即开始行动了。

她刚刚走到小嫂嫂家门口的场地上,突然发现旁边闪过一个可疑的黑影,她立即拔出手枪,喊道:

"你是长友吗?"

"是我!"一个熟悉的声音回答。

"你究竟是谁?"丁秀芬问,"站住,不要动!"

"我是克礼,"对方回答,"我刚刚回来。"

"你站住不要动！"丁秀芬举起手枪。

突然，从背后跑出来两个暴徒，一把抱住她。丁秀芬扣动扳机，"啪"的一声，一颗子弹飞向高空。随即，一条毛巾塞住她的嘴巴，把她拖进高粱地里去了。……

二十三

丁秀芬经受敌人残酷的殴打和折磨以后，被投入一间黑洞洞的屋子里。

这是过去屯积粮食的仓库。四壁没有窗，只有靠南面的屋檐下有几个圆圆的洞孔。有的被稻草塞住，不透风。屋子里空空洞洞，散发出一股牛粪的气味。蚊子成群结队嗡嗡嗡地叫着。这是人间的地狱。

丁秀芬从昏迷中清醒过来，发现自己已经落到敌人的监狱里，精神上受到极大的刺激。她埋怨自己动作太慢，没有早开枪打倒敌人，自己的枪反而落到敌人手里。现在，她只有用自己的生命，和敌人进行斗争。

敌人用卑鄙的手段把她抓来，并不显示他们强大，也不算得是他们胜利。她想到庄上的民兵、游击队、野战部队，迟早有一天要打回来。她即使被敌人杀害，这一笔血债总是要讨回的。而何克礼这个坏蛋，也决不会逃脱人民的惩罚。因此，她的肉体虽然受到损害，但她的斗争意志，仍然象钢铁般坚强。

天已经蒙蒙亮。屋檐下的洞孔里漏进来一线白光。她睁开眼睛，四面张望，仍然是模糊一片。直到四面的墙壁清楚可见，她才发现靠东面墙角里，蜷缩着两个人影。

不知是她们需要听到她的声音，还是丁秀芬盼望看看她们，彼此都向前移动着；她们靠拢在一起了。丁秀芬听到对方说：

263

"你是怎么被他们抓来的？"

她发现坐在身旁的，正是琴瑶和家珍。她好象见到自己的亲人，一把抱住她们，高兴地说：

"想不到我们又在这里会合了。"

她们不是由于痛苦，而是感情的激动，三个人紧紧抱在一起，流着兴奋的热泪。她们是在不同的情况下，落到敌人手里，却被相同的苦难，把她们的心紧紧地联结在一起了。

严家珍看到丁秀芬，就想知道组织上对她什么态度。她说：

"秀芬，你在乡下知道我们被抓进来吗？"

"当天黄昏，你家的女工带着邦邦就逃到乡下了。"丁秀芬回答。

"我们邦邦呢？"林琴瑶抢着问。

"已经安顿在乡下。"丁秀芬回答。

林琴瑶怀着感激的心情，抱住丁秀芬说：

"你真是我的恩人。我正愁这个孩子没有下落。"

"主要是人民政府照顾他，"丁秀芬说，"我到了这里，什么也顾不到了。"

"你怎么也被他们弄进来了？"严家珍又问道。

"我们乡里一个文书叛变投敌了。"丁秀芬回答。

她们看到丁秀芬满身是泥土，衣服也被撕破了，想来是经过一番搏斗，才落到敌人手里。严家珍说：

"你和他们打架了？"

"这班土匪，晚上去把我绑来的。"丁秀芬说，"敌人审问过你们吗？"

"我们没有犯法，"林琴瑶说，"不怕他们审问。"

"我又犯了什里法？"丁秀芬撩起衣服给她们看，"他们把我打得象什里样子？"

"这班土匪，总有一天要死在我们的炮火里。"严家珍骂道。

"你躺下来，好好休息一会。"林琴瑶扶着丁秀芬躺下。

就在这时，门外的铁栓"哗哒"一声，牢门打开了。一个瘦骨嶙峋的老头，拎着一只铝桶，在卫兵的监视下，跨进牢房里，大声喊道：

"滚过来！把早饭拿去。"

严家珍走上前去拿饭桶。老头对她使了一个眼色，说道：

"当心些，不要把饭倒在地上！"

随即，一个小小的纸头，从老头手里落到饭桶旁边。严家珍机警地望了望门口的卫兵，随手拾起纸头，把饭桶拎过去了。

送来的稀饭，都是残汤剩水，一股猪食的味道。她们每人喝了两碗，把肚皮填满，就算吃了一顿早饭。

严家珍把铝桶送回门口，就靠着墙壁坐下了。等到琴瑶闭上眼睛休息，她就顺着墙洞里射进来的一线白光，偷偷地打开纸条，上面只有简短的一句话：

"坚持斗争就是胜利！"

很明显，这是陈静华的笔迹。严家珍感到莫大的鼓舞。组织上不仅知道她已经被捕，而且鼓励她坚持斗争，可见组织上并没有把她忘记。她既没有犯法，又没有什么罪证落到敌人手里，只要她守口如瓶，组织上一定来营救她们。她充满着信心和希望。

严家珍为了不让林琴瑶知道她和组织上有联系，偷偷地把纸条塞给丁秀芬。她说：

"你好好休息，总有一天，我们会出去的。"

丁秀芬接过纸条便躺下了。当她看到纸条上这句话，仿佛是对她说的。严家珍是个娇小姐，又是普通群众，她都能吃这样的苦，勇于坚持斗争。而她是一个共产党员，更应以坚强的行动，鼓励她们斗争到底。

她经过和敌人一夜的斗争，人已经很困倦。在这里又得到她们的帮助和安慰，心境渐渐平静下来。她很快就睡着了。

太阳当顶，屋子里就象一只蒸笼，想睡也睡不着了。她们每个人身上的汗水象雨滴似的淌下来。既没有风，又没有水，好象落在干涸的池沼里的小鱼，心里都干得要冒出火来了。她们无可奈何地把铺在地上的一张破芦席拎起来当风扇，轮流地扇着风，驱散暑热施加给她们的压力。

她们深深懂得：在这种时刻，和自然斗争，也就是和敌人斗争。只有征服生活上的困难，才能战胜敌人政治上的压迫。

丁秀芬虽然浑身都是伤痛，她却若无其事地和她们轮流扇着风，互相鼓励，互相安慰。直到太阳西斜，她才松了一口气，躺下了。

深夜。敌人又把丁秀芬从牢房里拉出去，送进一辆黑漆漆的车子里。她想到敌人可能对她下毒手，好象走上一条康庄大道，心里反而平静下来。前线上，多少战士迎着敌人的炮火，冲锋陷阵，谁去想到个人的生死呢？但是，每个战士都有一个共同的信念：夺取最后胜利。她虽不是在火线上作战，而她的牺牲，也是有着同等的意义。她又顾虑着什么呢？

突然，车子"喀喳"一声，停止了。一只罪恶的黑手，从车子里把她拖出来。丁秀芬由于伤痛，两腿已经站不起来。两个人紧紧把她挟住，拖着她走进一间灯光阴暗的屋子里。

情报处长何成俊摸着两撇八字长须，坐在一张太师椅上，傲慢而阴险地对她说：

"你这位小娘子，终于落到我们手里了。"

"你们卑鄙！"丁秀芬抬起头来说，"战场上打不赢，靠绑票。"

"不管怎么样，"何成俊说，"你是逃不掉了。"

"我不需要逃，"丁秀芬说，"你们有本事，能拿我怎么样！"

"不要这样强硬，"何成俊冷冷地说，"你知道这是什么地方？"

"我知道这里是阎王殿。"丁秀芬强硬地回答。

"这里是阎王殿，也是仙乐宫，"何成俊冷笑着说，"看你朝哪个方向走。"

"我的方向，是社会主义。"丁秀芬明确地回答。

"嘿嘿！你这小娘子，倒也会背教条，"何成俊说，"你懂得什么是社会主义？"

"打倒你们这些剥削鬼！"丁秀芬响亮地回答。

"好！看谁打倒谁。"何成俊在桌上一拍，"来人哪！"

一群暴徒就象豺狼似的拥进来，一个个张牙舞爪地望着丁秀芬。接着，从侧门里探出一个尖尖的脑袋，厚着脸皮，说：

"阿芬，你认识我吗？"

丁秀芬一见他是剥皮老四，恨不得吐他一口唾沫。她咒骂道：

"你是王剥皮，化成灰，我也认识你。"

"你怎么出口伤人。"王子美皱着眉头说。

"你拿刀杀人，我还向你叩头吗？"丁秀芬气忿地回答。

"你不要冤枉人，"王子美狡猾地说，"我哪会拿刀杀你。"

"你不要当面做人，暗地做鬼。"丁秀芬激昂地说，"你的心是黑的，还是白的，我早已看得清清楚楚。"

"王先生，你不必跟她多说，"何成俊说，"她不见棺材不落泪。让她吃点苦头，才懂得利害！"接着，他大声喊道："把她拿下去！"

立在旁边的一群豺狼，把丁秀芬推到后面的一间屋子里。他们把她吊打，上老虎凳，一直折磨到她死过去了。然后又在她头上泼一盆冷水，让她慢慢苏醒过来。两个暴徒挟着她在屋子里来回奔跑；丁秀芬咬紧牙关，一声不响，她终于昏倒在地上，失去了知觉。

她从刑场上被送回到牢房里，仍然昏迷不醒。她模糊地觉得身边好象有激烈的炮声，又象是一阵啜泣的声音。她心里非常明亮，仿佛她是朝着自己应该走的方向去了。

严家珍和林琴瑶看着丁秀芬生命危险，联想到她们自己的身世，抱着她痛苦地哭泣了。她们处在这黑沉沉的深夜里，如果丁秀芬倒下去，又有谁来听取她们的心声呢！

黎明终于给她们带来希望。丁秀芬复活了。她开始感到腰部疼痛，两腿麻木。她听到家珍和琴瑶的哭声，既感觉伤心，又感到温暖。她安慰她们说：

"你们不要哭。在敌人面前流泪，就表明自己软弱。"

"阿芬，你一走，我们就象失去了灵魂。"严家珍抱住她说。

"不。你们要独立坚持斗争。"丁秀芬鼓励她们。

"这班土匪，怎么把你残害得这个样子。"林琴瑶咒骂道，"真是些没有心肝的野兽。"

"我们宁愿站着死，不能跪着生。"丁秀芬说，"斗争到底，胜利就属于我们。"

"天已经明了。"严家珍扶着丁秀芬，"你坐起来吧！"

屋檐下的洞口里射进一线曙光，驱散屋子里的黑暗。她们每个人的心上也明朗起来。……

第三部

一

　　松柏在风雪的摧残中成长；革命的战士经受炮火的锻炼，变得更为坚强。

　　季刚又站起来了！他的伤口恢复得很快，而他归队的心情也愈来愈迫切。他好象过去在家里种田，离开了土地就觉得无事可做，闷得发慌。象他现在这样呆在后方医院，游手好闲，渐渐感到生活空虚起来。

　　八月的傍晚，海边的景色十分壮丽。碧绿的草原，和海水连成一片，在晚风中滚滚翻腾。海鸥成群结队地在半空翱翔，如同机群凌空盘旋。伤病员战士迎着灿烂的晚霞，纷纷出现在草原上。

　　后方医院的帐篷，和海边的三角形的茅棚，交叉地连成一片，如同塞外的牧民群集在草原上，一片热闹景象。

　　季刚立在一株孤独的树荫下，望见一匹白脖项的黑马，象一支箭似的飞奔过来，他本能地想到一定有什里紧急的情况；不然，为什么这么紧张呢？

　　他迎上前去。一个挎着卡宾枪的通讯员从马上跳下来，一手挥掉额角上的汗珠，急忙地问道：

　　"同志！你们院部在哪里？"

　　"前方情况怎么样？"季刚答非所问地说。

　　"没有什么情况，"通讯员说，"我来通知你们赶快转移地方。"

　　季刚指点他院部的方向，不作声了。但是凭他的经验判断，没有情况，后方医院不会移动。很明显，部队要移动了。他决心不再跟着后方医院转移，要上前方去。可惜没有问问他老虎团的驻地，不然，自己就可以走了。

不久，吴金贵抱着没有取下石膏的左膀，神色匆匆地跑来问道：

"排长！你可知道，海安镇已经放弃了！"

"谁说的？"季刚反问道。

"'坚决'部队一个通讯员说的。"吴金贵回答。

"他人呢？"

"他来送东西给他们的伤员，已经走了。"

季刚联想到后方医院要移动，估计这消息有七八分可靠。他感受很大刺激。海安镇，无论在政治、军事、甚至在经济方面，可算得是苏中根据地的心脏。南往如皋，北达东台，西通姜埝、泰州，东起李堡。这里一放弃，一、二、三、四军分区，全被分割开来。不仅影响大部队机动回旋，也影响各分区坚持斗争。而他们黄桥，就完全变成敌人的后方了。

他唯恐吴金贵到处乱讲，造成人心浮动，便警告他说：

"上级没有正式宣布，你不要去小广播。"

"这样一来，你们黄桥就完全变成敌人的世界。"吴金贵脱口而出。

"谁对你这样讲？"季刚责问道，"敌人占领几个镇市，还能占领人民的心？"

吴金贵没有作声。去年，部队从江南撤到江北来，他的家乡就遭受很大的灾难。他天天向往打回江南去，如今海安一放弃，他的希望愈来愈遥远了。

"后方医院可能要转移，"季刚说，"你打算怎么样？"

"我不准备再跟医院走了。"吴金贵坚决地回答。

"你的石膏还没有取下来，医生能同意吗？"季刚说。

"我不管这些，我要回部队去。"吴金贵回答。

他们正说着，从前方派来的骑兵、担架队、小车，象一支移民的队伍，浩浩荡荡奔赴草原上来了。平静的海边，顿然呼啸起来。各个医疗队，开始清理伤员。轻伤员准备归队，重伤员随院转移。一种紧张而热烈的空气，弥漫着整个草原。

季刚决定回前方，集合全连的轻伤员，待命出发。他懂得这些老战士经过战斗考验，是连队的骨干。多一个人归队，就多一分力量。独有吴金贵，他不同意他归队，坚持要医生签字。

教导员叶诚就在他们争执的时刻来到了。这不仅鼓舞了伤员们的情绪，也给留院的重伤员带来很大的安慰。他挨个地检查、慰问全营的伤员，分发前方战士写来的慰问信和带来的少量慰劳品。他看到个个情绪饱满，斗志昂扬，他非常高兴。

"报告教导员，我要回团部卫生队去休养。"吴金贵坚持他的要求。

叶诚懂得他的犟脾气，点点头，表示同意了。

太阳向地平线沉落，暮霭从海面升起。草原上渐渐呈现出暗灰色，稀疏的树木沉默了。帐篷已经撤除，大地显得空旷。只留下一爿爿的草房，稀稀落落地散布在海边，倾听海水在呼啸。

后方医院的队伍象一条巨龙，在暮色苍茫中向北移动了。留在草原上准备归队的战士，怀着无限依恋的心情，望着移动的队伍渐渐地走远了。

季刚的心已经飞向前方。他懂得在每次战争转折的关头，战士的思想总有一阵波动。特别是当前，连队的新解放战士增多，不了解我们部队作战的规律，更容易引起思想上的混乱。这时，只有干部和党团员站出来，引导大家向着正确的方向前进。

他们离开海边来到一个小小的村庄宿营。各人找了一块门板，睡在树底下。不知是医院的生活太沉闷，还是海边上的景色太单调，望着满天闪闪发光的星斗，各人的心显得特别活跃起来。

季刚思想上还挂着海安这一个疙瘩没有解开。他和教导员睡在一张油布上，用凤尾草做枕头，很舒适地躺着。他说：

"教导员，海安已经放弃，可有这回事？"

"你认为应当死守？"叶诚反问道。

"我不是说要死守，"季刚解释道，"这一来，我们不是很被动吗？"

"如果要说被动，"叶诚说，"这次整个战争，我们就处于被动的地位。敌人打来了，不打不行。关键就在我们如何在被动中寻找主动。你看，泰兴、宣家堡、鬼头街，我们不是都取得了胜利。你守住海安，把兵力陷在里面，反而找不到消灭敌人的机会。相反，敌人天天用飞机炸、大炮轰，不是更增加自己的伤亡吗？"

季刚对这种话不知听过多少遍，而且在毛主席的著作中，也不知道看过多少遍，可是一遇到实际问题，又含糊了。他记起去年夏天放弃天目山的时候，他的思想上也曾一度想不通。后来，我们把部队收缩集中在孝丰城下和敌人决战，一下歼灭敌人十四个团，立即把整个战局改变了。

叶诚听他不作声，以为他在想别的心事，连忙向他解释道：

"毛主席教导我们，不在一城一地的得失，主要是消灭敌人的有生力量。你不是不懂，怎么对放弃海安，又发生怀疑呢？"

"道理我懂得，碰到实际问题，又糊涂了。"季刚回答。

"你把实际问题，提高到理论上去看，不就清楚了。"

"我还没有学会这个本领呀！"

"战争就是一个实际的课堂，只有在用中学，才能学到手。"

"你的意思，我懂了。"季刚清楚地回答。

他们经过一阵休息，不到天明就上路了。他们都是归心似箭，谁都不肯在路上耽搁。结果，太阳还没有落山，他们就在富安镇的东面赶上队伍了。

季刚一进入营地，就感觉到部队发生了很大的变化：许多穿灰色军装的战士，在各个村庄上跑来跑去。最初，他还以为是八路军，经过一打听，是从淮北调来补充部队的新战士。他非常兴奋。增加这样一批新生力量，不仅数量上扩大了，而且质量上也将发生显著变化。他的胜利信心也就更加坚定起来。

他正向着连部走去，迎面碰上开小差的胡明来。他大为吃惊："他怎么又抓回来了？"他说：

"胡明来！你什么时候回来的？"

胡明来陡然碰上排长，悔恨和痛苦，一齐涌上心头，不由地发呆了。他有千言万语，不知从哪里说起。他象傻子似的望着季刚，一言不发。

273

"胡明来！我叫你，怎么不搭腔？"季刚说。

胡明来想起临别时丁队长的话，不由地流下眼泪。

"我又没有责骂你，流泪干吗？"季刚安慰他。

胡明来本想把丁秀芬被捕的事瞒着排长；可是由于感情控制不住，第一句就说：

"排长！你爱人被敌人抓去了！"

季刚就象无意中触着红火，神经上陡然一惊，身子朝后一退。他奇异地问道：

"你怎么知道她被捕了？"

胡明来立即冷静下来。他把如何碰上担架队，以及参加反清剿斗争的经过和丁秀芬被捕的情形，详细讲了一遍。最后，他说：

"坏就坏在乡里的文书叛变，晚上领着敌人来绑架。"

季刚听他叙述事情的经过，一点不象扯谎。他感到问题很严重。长春负伤，秀芬被捕，乡里又出了叛徒，整个工作将受到重大影响。但他抑制着激动的感情，不让胡明来看出他的心事，他说：

"这件事，你向指导员讲过吗？"

"没有。"胡明来说，"我本不想报告你。"

"这没有什么，"季刚说，"你应当吸取教训，继续好好地干。"

胡明来感到一阵轻松，不作声了。

季刚回到连部，排里的战士都跑来了。有些新战士并不认识排长，但为他的英雄事迹所感染，都希望很快见到他。季刚被战士们热情地包围着，真象回到家里一样，感到无限的温暖。他高兴地说：

"我们现在人多，力量大，大家好好地干呀！"

"排长，你可知道，胡明来没有逃掉啦！"刘得胜得意地说。

"你不要用老眼光看人，"季刚提醒他说，"胡明来在地方上立了新功。"

刘得胜并不知道排长已经了解了胡明来的情况，觉得排长的话很奇怪。他说：

"胡明来是不是比我多跑了几天路？"

"你没有调查就没有发言权。"

季刚说着就把背包扛在肩上，准备走了。连长周新民跑上来，挽留他说：

"你已经回来了，何必这样急于下班，休息两天再说。"

"不，我离开部队这样久，变成一个新兵了。"

季刚的话还没有落音，战士们就从他手上把背包夺过去，前呼后拥地推着他向前走去。他和战士的心联结在一起，在热烈的气氛中，一同向前走了。

二

胡明来和排长会见以后，心上好象落下一块石头，安定多了。

那天晚上，团部举行迎新晚会。他穿上一身新的草绿色军装，蓝帆布球鞋，理了发，打扮得焕然一新。他明知自己不是新战士，也不是欢迎的对象，但他的思想深处，决心做一个新人。

团部筹备的这个晚会，是十分隆重的。

会场布置在一片盐碱地的广场上。东面是一排防风的柳树林，西面一片绿油油的花生地。一座高大的舞台，背着树林，巍然矗立。舞台上垂直地挂着一幅幅蓝色的幕布，被晚风吹得哗哗作响。舞台的正中，毛主席的巨幅画像，庄严而慈祥。横挂在舞台前面的长条红布上，贴着"欢迎新战士晚会"的标语。红布的两端，吊着两盏大汽灯。浅绿色的灯光，映照着蓝色的幕布，远远望去，如同皎月从蔚蓝的天边升起，幽静而明净。

部队早已集合到舞台前面。以营为单位，挨次地排成纵队，构成一个长方形，整齐地坐在地上。步枪一律靠在右肩上。插在枪尖上的刺刀，

275

亮光闪闪。所有的目光，集中注视着舞台上毛主席的画像，好象都在倾听他老人家的教诲一样，气氛宁静而深沉。

不久，从东北角传来一阵雄壮而有力的歌声，部队开始活跃起来。歌声此起彼落，有节奏地运行着。整个旷野沉浸在欢乐的气氛中，每一个战士的心都激动起来。

四周的老百姓虽然没有被邀请，但他们听到歌声，就象潮水般从四面八方涌过来，站在部队背后，顿时形成一座厚厚的人墙，成为部队的坚强的屏障。

胡明来坐在第一连行列中最前面的一排。过去，他经常参加这样的晚会，今天却有一种特殊的感受。他好象一个流浪儿，经过一度飘泊的生活，再回到家庭里，看到一种兴盛的景象，既高兴又惭愧，不知自己应当如何是好。

突然，舞台上站出一个人，向左右一挥手，台下的歌声停止了。他大声一呼：

"全场起立！"

战士们应着口令的声音，如同一个人似的"哗啦"一响，全都站起来了。

政治委员陈俊杰沉着而冷静地出现在舞台的前边，喊道：

"向牺牲的同志默哀三分钟！"

全场的队伍在庄严肃穆的气氛中，一个个把头低下。灯光骤然变得阴暗。站在部队后面的老百姓，也都被一种沉痛的氛围所感染，沉默了。

胡明来并不想到死者，却想着遇难的丁秀芬。他耳边还在响着她临别时对他说话的声音："下次再见面的时候，希望你是一个战斗英雄。"他是不是还能见到她呢？要是她牺牲了，这真是无法弥补的损失。象一盆冷水泼在他身上，他浑身感到冰凉了。

"默哀毕！"

全场的队伍立即抬起头来。胡明来两眼仰望着台上毛主席的画像，一股坚强的信念，从内心深处迸发出来：要为死难的烈士报仇！

"同志们！"陈政委在台上说话了。"无数的先烈，已经为我们开辟了前进的道路。在泰兴城、宣家堡、鬼头街、邵伯、海安，取得了一次又一次胜利，大量歼灭了敌人的有生力量，壮大了我们自己的队伍，鼓舞了广大群众的胜利信心。现在全国人民都在望着我们。我们要踏着先烈们的血迹，从胜利走向胜利！"

全场响起热烈的掌声，激动了每一个战士的心。

胡明来想起毛主席的话，"我们为人民而死，就是死得其所。"如果没有象李成德这样的战士奋勇牺牲，泰兴城怎么拿得下来呢？他很惭愧没有贡献出自己的力量。他要争取在下一次战斗中，立下战功。他抬起头，又听到陈政委说：

"新同志来到我们部队，就给我们增加了新的血液。应当发扬团结友爱的光荣传统，互助互学，把我们的部队锻炼成为铁人一般坚强。"

全场又一阵热烈的掌声，鼓起了每一个战士的斗争勇气。

胡明来想到自己和刘得胜的关系不好，如今他已提升为副班长，今后应当接受他的指挥，主动和他搞好关系。接着，他又听到陈政委说：

"新的战斗任务，又摆在我们面前；新的胜利，又依靠我们去夺取。你们看！我们放弃海安，敌人又疯狂起来。从姜埝、曲塘、海安到李堡，摆出一条长蛇阵，准备挨打。我们要争取打一次更大的胜仗，作为我们新同志上升主力部队的第一个献礼！"

"向老同志学习，争取新的胜利！"
"打一个更大的胜仗，欢迎新同志！"

全场爆发出狂风暴雨般的口号声，震动了整个大地。站在部队背后的老百姓以雷鸣般的掌声，欢迎新同志。

胡明来被热烈的口号声和掌声所激动，流露出欢乐的微笑。

紧接着首长讲话后面，舞台上开始表演歌剧《白毛女》。舞台下顿然肃静起来。

隆冬的夜晚，大雪纷飞。一间破漏的茅屋里，父女俩过着凄苦的生活。低沉的音调，吸引着整个广场上的目光，注视着舞台上的悲惨景象。

　　胡明来看到杨白劳被地主逼迫倒在雪地上，不由地回想起自己的种种遭遇，痛苦地低下了头。过去，他被师傅打骂，心里虽有怨恨，但不懂得反抗。相反，他为师娘的甜言蜜语所迷诱，最后被赶出店门，弄得一无所有。这就是那个黑暗的旧社会。

　　他看到白毛仙姑躲在洞里，冒着风雪去偷庙里的供果，心里感到十分悲痛。他想起自己从临安逃到於潜城的路上，沿途求乞的情景，不由地流下同情的眼泪。

　　音乐的调子，渐渐高昂起来。白毛仙姑剥除了神的外衣，回到人的世界。白毛仙姑唱着：

"旧社会把人逼成鬼，新社会把鬼变成人。"

　　胡明来抬起头，做了一下深呼吸，精神上振奋起来。他恍然看到自己也走过了两个社会。在成衣店里，在国民党军队里，他是奴隶；在解放区和革命部队里，他是主人。过去，他分不清这两种生活之间的界限，糊糊涂涂地过日子。从白毛仙姑的生活变化，对照自己，就象一条鸿沟，划分得清清楚楚。别人以前称他为解放战士，他认为这是俘虏兵的别名，感觉很不光彩。今天回想起来，挣断旧社会束缚自己的枷锁，跑到了新社会，这种精神上和肉体上的解放，不是很一目了然吗！

　　他的思想随着剧情的变化和发展，渐渐看清楚自己的前途了。

　　这一夜，胡明来没有好睡。开始，他想起自己小时候，有一次跟着母亲在地主田里拾禾穗。他们辛辛苦苦一根一根从地上拾起来，忙了大半天，才拾到一篾箩。地主跑来，诬赖他们是偷来的，抢去他们的禾穗，还踏破他们的篾箩。母亲和地主评理，地主对准母亲肚皮猛踢一脚，她倒下了。自己伏在母亲身旁哭泣，白白流尽了自己的眼泪。回想当时的处境，他和喜儿又有什么两样呢？他不由地流着眼泪了。

接着，他又想起丁秀芬。她待人那样诚恳，在战场上又那样沉着、勇敢。现在她活着还是牺牲了？他实在忘不了她。还有那天送他回来的小交通，最多也不过十四五岁。当他唯恐他领错路时，问他：

"小同志，你不会弄错方向吧？"

"你放心。我不会把你带到敌人那里去。"

他的态度沉着而又坚定。直到他们走到胡家集附近的渡口边，小交通蹲在柳树下，用手捂住嘴，做了两声小牛叫，河对面回答一声母牛叫。随即，一条小渡船伴着哗哗的水声，由北岸向南岸划过来。小交通对他说：

"解放军叔叔，过了河就是我们的世界。"

胡明来深深地为他的话所感动。以他那样小的年龄，完全懂得自己所肩负的责任。而他作为一个解放军战士，还能落在他的后面吗？

第二天，他一早起来，就主动打扫环境卫生。不仅挑走了场地上的垃圾，而且拔掉了杂草，仿佛准备长住在这里一样，干得十分起劲。

刘得胜立即注意到胡明来这种不寻常的动作。他听排长说他在地方上表现不错，看来，确实有进步。他就跑去和胡明来一起拔草，一面说：

"听说你在地方上立了新功。"

"我犯了错误，哪还有什么功？"胡明来谦逊地回答。

"犯错误是一回事，立新功又是一回事，"刘得胜说，"功过不能抵销。"

"不，我确实没有什么功，"胡明来坚持地说，"我只有一个新的体会：以前人家说我们是解放战士，我总觉得不光彩。我在地方上，看到许多民兵、小孩、妇女，他们都懂得自己的斗争，为自己也是为大家，个个斗志昂扬。我和他们一比，就觉得自己太不行了。象我这样的人，过去在旧社会里，也和昨晚上演戏里面的那个喜儿一样，受人家的打骂。我们到革命队伍里来，才算得到了解放。"

"你既然懂得这个道理，为什么还离开队伍？"刘得胜说。

"我不是对你说过，到了地方以后，才懂得嘛。"胡明来说。

"你在诉苦运动中，不是诉过自己的苦吗？"

"我那时只想到自己有这些苦，不懂得这些苦从哪来的。"

"指导员不是经常讲，是受地主的压迫。"

"指导员讲归讲，自己没有深切体会，还是等于零。"

"那你这一次收获可不小。"

"不过我付的代价太大，"胡明来深为感慨地说，"要不是碰上排长的爱人，我不知滑到什么地方去了。"

"你已经回来了，就是很大的胜利。"刘得胜鼓励他说。

"我究竟比不上你，在紧急关头能站稳立场。"

"吃一堑长一智。我们的日子还长着呢。"

"希望你今后对我多多帮助。"

"我们是同志，应当互相帮助。"

他们拔完了草，两个人并肩地站起来。他们仿佛第一次看到彼此的心，愉快地微笑了。

三

季刚回到排上，立即投入紧张的练兵运动中了。

他看到所有的新战士，个个年青而富有朝气，生龙活虎，十分可爱。他不仅在生活上和他们打成一片，在感情上也很快和他们融洽在一起了。

他感受最深的，就是第二天全连的诉苦大会。

会场很简陋。一所后墙已经倒塌的破庙，打扫得比较干净。斑驳的土墙上，贴着红红绿绿的标语："牢记阶级仇！""奋勇杀敌人！"

战士们围成一个凹字形，坐在神龛前面的空地上。不知是大家昨晚上看过《白毛女》，还是各人心上都有一笔血泪帐，个个情绪低沉。平常那种喜笑颜开的神情，完全被愁容笼罩了。

季刚坐在战士中间，也为这种愁苦的气氛所包围，感到十分沉闷。过去，他参加过多次解放战士的诉苦会，每次都激起他内心的痛苦。每当他想起幼年时候的苦难，就抑制不住自己的眼泪。今天，他想克制自己，注意观察各个战士的内心活动。

指导员陈小昆已经善于掌握群众的思想情绪，他用低沉的声调，把战士们引入苦大仇深的回忆中，一个个把头低下了。接着，他宣布请新战士马继成第一个诉苦。大家全都抬起头来。

马继成是一个脸孔俊秀、个子瘦小的青年。他怀着沉痛的心情，茫然地对大家望着，喉咙哽咽了。

他究竟有什么苦呢？

"我的爹，七年前，死在我们乡里的恶霸万金才手里。"马继成开始说，"那时，我刚满十二岁，我妈妈手上还抱着一个小妹妹。我没有了父亲，依靠谁呢？我伏在母亲怀里哭泣。妈妈替我揩干眼泪，说：'孩子，哭，不能把你爹哭活，要站起来斗争，才能找到自己的出路。'"

他的母亲并没有因为丈夫的死而吓倒，相反，却变得更加坚强。日本鬼子占领淮北的宿迁城，经常下乡扫荡。他的母亲为了麻痹敌人，很少出门，只在家里做些家务劳动。晚上，他的家里就变成游击队的联络站。马继成继续诉说道：

"一九四二年春天，日本鬼子大扫荡，进行移民、并村，建炮楼、盖碉堡，妄想割断游击队和老百姓的联系。我们家里晚上的灯仍然是亮的。游击队仍然从我们家里得到最可靠的消息，一次又一次粉碎了敌人的扫荡。……

"我的妈就在最后一次反扫荡中，被敌人绑去。她被吊在屋梁上毒打，灌辣椒水、上雷公尖、割去后脚跟，都没有使她屈服。最后，把她押出去枪毙时，仍然神色不变。她站在刑场上，从容地整理了自己的头发，大声地说：'你们枪毙我吧！我什么也不知道。'一霎时，枪声响了，妈妈直挺挺地倒在地上，脸色还是那样坚强、刚毅。"

"我没有爹，又失去了妈，只得带着妹妹去找游击队。如今抗战已经胜利了，而我却永远见不到我的妈。……"

马继成的声音嘶哑了。

"我们要为马继成的父母报仇！"

一阵激烈的口号声，打破了沉闷的气氛。战士们胸中燃烧起仇恨的火焰，一个个举起手中的枪，发誓要为死难的烈士报仇。

季刚联想到秀芬的命运，也可能象马继成的母亲一样，在敌人的监狱里死去。他的鼻孔发酸，几乎要流出眼泪来。但他立即记起陈政委的话："你是革命军人，要用枪口对敌人说话，才有力量。"他的精神又振作起来。

诉苦会继续下去。每一个诉苦的战士，苦水和马继成一样多，冤仇也一样的深。这种血海深仇，激发起每个人的痛苦，如同毒蛇吞噬每个人的心，都低低地啜泣了。

季刚用手帕擦干自己的眼泪，站起来说：

"同志们！抬起头来。我们要化悲痛为力量，把仇恨集中在枪口上，为我们的阶级弟兄和姊妹们报仇！"

"血债定要用血来还！"

"打倒人民公敌蒋介石！"

全场的战士怒吼起来。会议在一片充满战斗激情的口号声中结束了。

季刚望着战士们离开会场，心里还久久不能平静。他仿佛从恐怖的阎王殿里走出来，触目都是淋淋的鲜血。推翻旧社会，建立自己的天堂，这是我们每个战士神圣的责任。

指导员看到他站在那里不动，走近他跟前说：

"一排长，听说你的爱人正在受难？"

季刚顿然清醒过来，回答道：

"受难的不止是她一个人。"

"不过这种事情，挨到自己身上，谁都会受刺激，"陈小昆安慰他说，"最要紧的是用理智克制感情。正象你刚才所说的，要化悲痛为力量，把战备工作做好。"

"指导员,你放心!我不会因为个人的事,松懈自己的斗志。"季刚坚定地回答。

"这个,我完全相信。"陈小昆说,"今天的诉苦大会,已经把战士们的战斗热情激发起来,要把它组织起来变为实际的行动,才有力量。"

季刚完全明白指导员的意思。战斗前的思想准备,当然是第一位。但是物质和技术的准备也不可缺少。只有激发战士的革命热情,做好各项战备工作,才能保证战斗的胜利。他说:

"我们下午就要举行村落战斗演习。"

"要充分发挥老战士的骨干作用。"

陈指导员说着走了。

季刚立刻想到:新战士有高度的阶级觉悟,如果在技术上把他们武装起来,就成为无敌的力量。他懂得处在指挥地位上,自己应当负起什么责任了。

太阳象火盆顶在头上,树叶都烤枯了。黄牛在泥坑里打滚,嘴里不住地流着白沫。没有风,树叶静止着。野外的空气,如同煮沸了的开水,烫得人的皮肤发烧。

战士们戴着防空伪装,顶着火热的太阳,气昂昂地奔赴演习场。他们仿佛面临着战场,每个人都具有高度的敌情观念:紧张而严肃。

季刚领着全排战士在前面走着,他的心事全部集中在战斗指挥上。他有野战经验,也有攻坚战的经验,独有平原的村落战斗,这是第一次演习,所以他有些紧张。

他到达演习场,看到攻击的阵地是由三个村落构成的等边三角形,火力互相可以支援。阵地前沿,一片开阔地。使他不知从何入手向敌人发起攻击。

班长李进第一个发生疑问:

"排长,这里既没有地形地物可以利用,又没河沟可以隐蔽,光敞敞的开阔地,从哪里打上去?"

"这种地形,需要大家动脑筋,"季刚说,"光凭猛打猛冲是不行的。"

"排长，"一个新战士插上来说，"离敌人这么近，一个跑步就上去了。"

"这不是做游戏，"季刚解释道，"你要想到那里面是真正的敌人。"

"排长！"胡明来站出来说，"这种开阔的平原，地形当然不好；可是敌人缩在里面不敢出来，也有利于攻击。"

"你说，利在哪里？"季刚问。

"如果有时间，我们可以坑道作业。"

"如果时间不允许呢？"

"我们可以滚进爬行。"

季刚仔细一想，觉得胡明来的话，很有道理。滚进爬行，既可缩小目标，又有利于后面的火力掩护。他说：

"胡明来的意见，很对。我们马上来试试看。"

"我来试！"新战士马继成自告奋勇地说。

"一班长带胡明来、马继成先演习给大家看。"季刚说。

事实并不如想象的那么容易。他们带着全副武装在地上打滚，不是手榴弹梗着腰，翻不过身，就是枪转不过来。特别是马继成初次上演习场，没有打上十个滚，眼睛已经发花，看不清前进的方向了。

胡明来毕竟有办法。他在地上滚了一阵，又象虾蟆一样伏在地上，慢慢向前爬去。当他一听到敌人的机枪开火，又伏下去滚进。这样，一边滚，一边爬，既保持了速度，又不致迷失方向。

季刚立即采取了胡明来的经验，亲自带领第一班全体战士进行演习。个体行动毕竟比集体行动容易。结果，有的快，有的慢，有的滚错了方向。一个班，七零八落，不成队形，更谈不上掌握部队了。

指导员陈小昆在防御阵地上，望着他们在地上滚来滚去，始终在原地不动，便跑来查问道：

"你们怎么象乌龟出洞一样，老爬不出去。"

"我们正在练习滚进爬行。"季刚回答。

"距离敌人这么远，什么时候能滚到？"陈小昆说，"不要怕伤亡就丢掉猛打猛冲的战斗传统。应当有勇往直前的精神，压倒敌人。不要枪还没有打响,自己把自己吓倒了。"

季刚猛然醒悟过来。革命的战术动作,应当建立在勇敢的基础上。如果怕字当头,那还能消灭敌人吗!泰兴城那样复杂的地形,不同样打上去了。应当先有消灭敌人的决心,再去讲究战术。如果只注意减少伤亡,老在战术动作上兜圈子,那就什么事也办不成了。他对指导员说:

"你的意思,我懂得。我们马上发起攻击。"

季刚为了不损害大家的战斗热情,仍然赞扬滚进爬行是一个好的战斗动作。由于他有了明确的战术思想,指挥的方法也就灵活了。

他立即调整部署。他先组织全排的火力牵制敌人,再选准敌人火力薄弱的一点作为攻击的方向。开始,各个跃进,冲到敌人机枪的有效射程内,滚进爬行,靠近敌人。等爬到短兵火力的距离时,就以手榴弹摧毁敌人的火力点,然后举起刺刀冲上前去,把敌人打垮了。

演习在胜利的欢呼声中结束了。

季刚不仅在战斗动作上获得了成功,而且在思想上也获得很多有益的经验。他清楚地懂得:勇敢,是他们老虎团优良的战斗传统。平原作战和山地作战,只有地形上的差别,消灭敌人的目的,是完全相同的。他记起毛主席的教导:"下定决心,不怕牺牲,排除万难,去争取胜利。"只有在这种精神指导下改进战术,讲究战斗动作,才能把部队的作战能力提高到一个新的水平。

他象是一个新的发现,高兴得笑起来了。

四

黄昏,一个跨着灰色猎马的通讯员,象赛跑似的向老虎团团部飞奔过去。战士们望着骑兵通讯员这样紧张,把大家都惊动起来。

团长饶勇正趴在梯子上帮老百姓修理瓜棚；突然，通讯员在背后大喊一声："报告！"他立即从梯子上跳下来，问道：

"有什么紧急情况？"

"首长请你和陈政委去接受任务。"通讯员回答。

饶勇心里已经有数了。敌人占领海安以后，东起李堡，西到泰州，摆开一条长蛇阵，妄图在正面阻止我军向南行动；同时集中兵力从西边向高邮、邵伯进攻，企图沿着运河堤北上，直逼淮安、淮阴，形成一个大迂回，截断我军的后路。其实，敌人的这种鬼计，只要稍为有点军事知识的人，就看得清清楚楚。而蒋介石玩的这套把戏，连普通的战士也早已明白了。

饶勇断定：我们要开始反击了！

他很快就和政治委员陈俊杰骑马到师部去了。平常，他们两个人很难得走在一路。饶勇骑上马就要飞跑，而陈俊杰却爱坐在马上思考问题。一个要快，一个要慢，只好分道扬镳，各走各的。今天，他们有共同的任务，只好彼此迁就，走一段，跑一段，有节奏地前进。

他们跑完第一段路，暮色开始从树顶上降落下来，大地一片苍茫。马蹄很自然地迟缓起来。彼此靠得很近。饶勇别有兴致地说：

"老陈，你估计军区首长这次会不会再叫我们啃硬骨头？"

"战争这个东西，有时很难想到。"陈俊杰冷静地说，"比如上一次的分界战斗，本来，首长只叫我们阻击敌人，弄到后来，变成一场恶战。"

"这一回可不同，"饶勇说，"我们处在主动地位。"

"这也很难说，"陈俊杰回答，"我们思想上还是准备啃硬骨头好。"

"我们领导思想上当然不应当存侥幸心理，"饶勇解释道，"不过就目前部队的实际情况，最好有个锻炼机会。"

"军区首长会考虑的。"陈俊杰回答。

他们在苍茫的暮色中，急速地向前走去。草地上的大路，平坦而又显明。两匹骏马，仿佛懂得主人有紧急任务，蹄子不停地笃笃笃地走着，很快就到了目的地。

他们到达师部，各团的干部都以笑脸迎接他们。虽然彼此还没有交换意见，但从各人脸上的表情，却看到充满着胜利的信心。

王师长拉开遮掩地图的帷幕，插在地图上沿运粮河一线的黄色三角小旗，就象在风雨飘摇中，隐隐地摇动起来。我们所处的地位，和东南角李堡镇上的敌人遥遥相对。所有的目光都集中地望着李堡，仿佛那里是一条肥猪，拿下来就可以饱吃一顿。接着，王师长说：

"你们的眼睛，不要只望着李堡，那里没有我们的份。"

一种失望的神色，流露在各个人的脸上。

王师长拿起指挥棒，指着海安到李堡中间的西场说：

"还有肥的在这里。"

事实上，那是一个空白点。据谣传，西场驻有敌人一个营，而饶勇得到的确实情报，证实谣传完全是假的。他说：

"那里连敌人的一个影子也看不见。"

"我们不好下命令，叫敌人送上门来。"王师长半开玩笑地说。

站在旁边的干部，都领会了王师长的意思，大家都高兴地笑了。这已经成为蒋介石的用兵规律：

"只要我们攻击李堡，海安的敌人一定来增援。围城打援，是我们的拿手好戏。敌人不知吃过多少苦头。但它们就象一个赌徒，不知下过多少次这样的赌注；可是一次输光了，并不罢手，下一次再来。而这一次，我们又以西场作为陷阱，准备收拾敌人。"

所有的目光又都转移到西场的方向了。

饶勇对于打援特别感兴趣。这并不是怕啃硬骨头，而是他的猛虎下山的老作风，在这广阔的平原上正好大显身手。他兴奋得象小孩一样手舞足蹈起来。

"你们可不要轻敌，"主师长警告说，"我们有成功的经验，敌人也有失败的教训。他们此次不来则已；一来，可能一个旅，我们必须准备打一场硬仗。"

"他来多少，我们收多少。"饶勇充满着信心地说。

"你要记住毛主席的教导：在具体的战斗上，要重视敌人。"王师长再一次警告说。

"和国民党军队打交道，我们不是第一次，"饶勇自负地说，"首长放心好了。"

王师长用指挥棒在地图上划了一个大圆圈，说道：

"任务就是打援。时间，是明天晚上进入阵地。地形，各团负责同志去看过以后，再做具体部署。"

"这样，我们马上可以走了，"饶勇说，"首长还有别的指示吗？"

"别的没有什么，"王师长严肃地说，"不过你的脑子里不要存有贪便宜的思想。"

"有一点也不碍事，你放心好了。"

饶勇说着高兴地走了。他是胆大心细的人。他勇敢地接受了任务；一想到时间紧迫，又觉得各种实际工作，就象万花缭乱，急待整理了。

天已经很黑。道路虽然看得很清楚，可是跑马却不行了。饶勇最不喜欢骑在马上晃来晃去，干脆牵着马步行了。陈俊杰安稳地跨在马上，随后跟着，步调非常合拍。他说：

"老饶，王师长提醒我们不要轻敌，可值得注意。"

"我不这样想，"饶勇坚持地说，"在战场上，如果把敌人看作老虎，自己就成了绵羊；只有把敌人看作绵羊，自己就成为老虎。这就是我们老虎团的战斗风格。"

"毛主席不是教导我们，战略上要藐视敌人，战术上要重视敌人吗？"

"我领会毛主席的意思，不是在精神上，而是在具体组织工作和战术手段的使用上，不可粗心大意。如果在精神上缺乏胜利信心，哪还打什么仗呢！"

陈俊杰觉得他的解释有道理。特别目前部队新战士多，不树立必胜的信心，一旦碰到敌人的飞机大炮，就会发生问题。他说：

"我们还需要在部队中进行深入的战斗动员。"

"这就是你的任务了。"饶勇带笑地回答，急速地向前走了。

当天夜里，饶勇就和参谋长高崇明带领营连干部到预定的伏击地点去察看地形了。

没有月亮。天空密布着繁星。稀疏的树林旁边有一条杂草丛生的公路，沿着一条小河由西向东延伸过去。公路北面，是一片刚刚收割的稻田。一个一个的禾堆，在灰茫茫的夜色中，象埋伏着的无数神兵，准备迎接敌人。夜风吹动高高的白杨树，沙沙的响声带来一种凉爽的感觉。

饶勇对于眼前的地形很感兴趣。敌人由西向东沿公路前进，我们从北面出击，正好把敌人压到河边。如果敌人不投降，就只有跳河自尽了。他对身边的高参谋长说：

"这真是天时，地利，人和。"

"敌人背水作战，有时也可能增强抵抗的决心。"高参谋长说。

"这就需要拿出我们老一套的本领。"饶勇说，"一个猛虎下山，不让敌人有抵抗的余地。"

"目前新战士多，还需要鼓一把劲。"

"战士看干部，干部看领导，主要我们指挥的决心。"

他们对周围的地形，全面察看以后，渐渐形成一个完整的战斗概念：白刃战是消灭敌人最有效的方法。他们选择在树林的一片高地上，把干部集合在自己的周围，开始议论起来：

"看菜吃饭，"饶勇诙谐地说，"参谋长，明天这桌酒席，你看怎么吃法？"

"不，"高参谋长说，"还是先听听大家的意见。"

"菜还没有端出来，叫我们从哪里动筷子？"一营营长王忠插上来说。

"这一次，我们准备敌人送上门来的是一条肥猪，"饶勇假设地说，"以一个旅作为攻击的对手，大家看怎么把它吃掉？"

"一口怎么能吞下一条肥猪，只有把它宰割开来，分片包干。"王忠回答。

"头尾让给兄弟团队，我们弄个腰身好了。"二营营长轻松地说。

"我们不要贪心太大，两头多留些，也就不会胀肚皮。"三营营长开玩笑地说。

高参谋长听大家说话的口气，只想到如何宰割敌人，谁也不考虑万一出现了不利的情况怎么办。作为一种胜利的信心，当然值得鼓励；可是从指挥的角度去考虑，就不能这样简单。他提醒大家说：

"大家抱定决心把敌人吃掉，这是好的。不过应当考虑到这样一种情况：假若敌人用飞机来掩护，怎么对付？"

"这只有靠五十米硬工夫，"王忠信心百倍地说，"靠近敌人，飞机只好在天空看热闹。"

饶勇觉得这些具体的战术手段，应该等作战方案确定以后再去考虑，当前主要是确立干部的胜利信心。只要干部有了决心，就会积极想办法克服各种困难。他说：

"战术手段，回去再研究。不过有一点，大家思想上要明确：这是我们对敌人举行反击的第一个战斗，这一着棋下好了，下一步，我们就可以长驱直入，打到南通去。"

"打到南通去！"这是多么响亮而又诱人的口号。最初，大家所想到的只是眼前的敌人。经饶团长这么一提醒，各个人的眼睛仿佛格外明亮起来，看得更阔更远了。大家异口同声地说：

"首长放心！敌人来多少，我们收多少。"

饶勇听到这句话，很满意。他所要求的，就是所有的干部都象他一样，如果精神上具有一往直前的气概，任何敌人，都不在话下。他说：

"大家既然下了决心，再去看看地形，我们就可以走了。"

他们一跃而起，兴奋地向前走去。

第二天傍晚，部队开始集合出发了。

当各营的队伍走出驻地的村庄，从西北的大路上一队骡马牵引着四门美式山炮，耀武扬威地开过来了。所有的战士顿然哄动起来。这是他们战斗生活史上的一个转折点。从梭镖、大刀、老套筒，到获得轻机枪，已经走过一条漫长的斗争道路。抗日战争中，他们在江南缴到日本鬼子一门九二步兵炮，这是战史上的一个飞跃。今天有美式山炮配合，真是如虎添翼，还有什么敌人抵挡得住呢！

战士们早已把阶级仇恨集中到枪口上,决心夺取新的胜利。他们按照预定的时间进入阵地。各人就地挖掘散兵坑,很快就安定下来。老战士已经摸到国民党军队的行动规律,晚上不敢出动,早已靠着土壁打瞌睡。新战士第一次参加这种大规模战斗,唯恐错过机会,眼睛睁得大大的,哪里肯睡觉呢。

下半夜,李堡的战斗开始了!远远传来的炮声和枪声,就象从万丈高崖上倾泻下来的瀑布,隆隆地轰响着。重炮象在山谷里滚动的铁桶,响个不停。老战士仿佛没有听见,而新战士却紧张得浑身的热血在沸腾。

果然,直到第二天,太阳已经爬上树顶,阵地上仍然冷冷静静。新战士开始急躁起来,以为白等了一场。老战士已经得到充分休息,一个个抖擞精神,准备迎接敌人。

饶勇最熟悉战士的心理。他唯恐战士们性情急躁,产生疏忽,立即在阵地上出现了。他每走过一个连队,就提醒大家说:

"上起刺刀,准备战斗!"

当他走过一营的阵地,看到胡明来时,脑子里恍然一想:"他不是开小差了吗?"接着,他带一种怀疑的口气问道:

"好象有人说你掉队了?"

胡明来满脸通红,恳切地回答:

"报告首长!我决心立功补过。"

"这很好!今天就是好机会。"

胡明来向团长敬了一个礼,表示自己的决心。

饶勇看到每个战士都是斗志昂扬,都对他投以信任的目光,便高兴地问道:

"同志们准备好了没有?"

"准备好了!"众口同声回答。

就在这时,侦察员跑来报告:"敌人已进入我伏击圈了。"这消息,如同一股电流,很快通到各个连队,激动了每一个战士的心。所有的目光如同鹰隼注视着正前方的公路上。各人都紧握着枪杆,刺刀在枪尖上闪闪发亮。

不久，一阵摩托车的响声，使阵地上的空气紧张起来。接着，公路上尘土飞扬，如同烟雾般弥漫了半空。敌人唯恐遭遇伏击，沿途向公路北面扫射，慢慢前进。

埋伏在坑道里的战士，严格遵守命令，没有看到出击的信号，谁都不发出一点响声。直到敌人的先头部队进入前面友邻部队的火力圈内，空中升起三个蓝色的信号弹；接着，全线的炮弹和轻重机枪子弹，如同湖水般冲击着敌人。战士以猛虎下山的姿态，向着敌人猛扑过去。一阵手榴弹爆炸以后，一个个端着枪直刺向敌人。敌人象一群鸭子一样混乱了，有的跳下河去，有的倒在地上，有的双手把枪高高举起。不到三十分钟，一场激烈的战斗结束了。

饶勇跟着部队冲锋，跑在最前线。当他看到成群的俘虏和自己的部队混杂在一起，立即下命令迅速疏散。他站在公路上，一手挥着驳壳枪，不住地喊：

"赶快把俘虏押走，赶快把俘虏押走！"

四架红头飞机，立即在上空出现了。

地面上响起一阵排枪，对空射击。敌机在高空盘旋了一阵，随即飞走了。

战士们拍手大笑，庆祝战斗的胜利。

五

李堡镇歼灭敌人一个旅，西场歼灭了敌人两个团的增援部队。蒋介石摆出从泰州到李堡这条长蛇阵，就象纸条一样被我们撕破了。

第二天，我军又乘胜以钳形攻势向南挺进：一路由李堡南下，矛头直指如皋东面的丁埝；一路由立法桥渡河，从海安南面穿过公路，插到如皋西面；象一把老虎钳紧紧把如皋城夹住。在敌人的大包围中，我们又把如皋城的敌人包围起来。

季刚踏上海安南面的公路，感到特别兴奋。他从后方医院回来，仿佛离开自己的家非常遥远；没有想到几天的光景，部队又进入黄桥地区了。这不是一般的军事行动，而是标志着敌我力量的变化。突然，他脑子里浮现出一个念头：如果收复黄桥，希望能看到秀芬。随即，他的手在额前一甩，象赶走一只苍蝇，觉得这种私心杂念和当前的战斗任务很不相称。他不让别人督促，自觉地拔步向前走了。

他们经过一天一夜的急行军，又到了如皋西面的季家庄。季刚对这个村庄已经没有一点印象了，经刘得胜提醒，他才记起这就是上一次前方野战医院的所在地；他不由地想起那天黄昏和秀芬分别的情景。他拼命想把她忘却，而实际的生活又偏偏引起他的回忆。他很不愉快。

那天晚上，季刚睡到半夜，感到口枯唇焦，头有些隐隐作痛。他用手摸了摸自己的前额，觉得有些烫手，因而焦急起来。他想，战斗任务这样紧迫，可不要病倒了。他唯恐被战士发觉，躺在床上一声不响。可是他口渴得要命，勉强爬起来，摸到自己的军用水壶；里面没有一滴水了。他再向灶房里摸去。无意中一脚碰着一条矮凳，慌乱地绊倒在地上了。

一班班长李进被惊醒了。他骨碌地从地铺上爬起来，看到一个人倒在门槛边，立即跑过去问道：

"谁呀？"

"我想去喝水，被凳子绊倒了。"季刚回答。

李进发现是排长，一把抓住他的手，把他扶起来。他发觉排长的手象火一样烫人，便惊讶地说：

"排长！你恐怕有毛病？"

"你去睡吧，我去喝口水，就会没事了。"季刚轻声地回答。

李进完全懂得排长的脾气：他最不喜欢人家说他有病，更不喜欢在别人跟前张扬。他把排长扶回床上，就把自己的水壶拿来。季刚唯恐自己的病有传染性，再叫他拿个碗倒一碗，喝完就倒下睡觉了。

李进感到在这种紧急关头，部队连续作战，如果排长病倒，非常不利。第二天一大早，他就跑到卫生队把医生找来了。

医生江一琼并不知道季刚这么快就归队了。她不仅为他的英雄行为所感动，而且对他征服疾病的毅力也很敬佩。因此，她脸没有洗，只简单地把头发拢拢好，就背着药箱跑来了。

季刚睁开眼，看到医生站在旁边，觉得李进有些小题大做，很不高兴。他想，如果被指导员晓得，又会节外生枝，惹出麻烦来。他假装若无其事地说：

"江医生，你怎么一大早跑到这里来了？"

"你不是生病吗？"江一琼放下肩上的药箱说。

"谁对你说我生病啦？"季刚从床上坐起来。

"有病没有病，让我给你量量温度就知道。"

江一琼用酒精擦干净温度计，然后放到季刚的嘴里。

他含着温度计，没有话说了。但他想起她和秀芬在一起帮他包扎伤口的情景，仿佛就在眼前，不由地垂下头了。

江一琼静静地立在旁边，望着他的神色：分明体力没有完全复元，又投入紧张的战斗和急行军，哪会不生病呢？她把温度计取出来看：水银柱升到摄氏39度。她说：

"温度这样高，你还说没有病。"

"发一点烧，这算不了什么病。"季刚回答。

"我劝你最好到卫生队去住几天。"江一琼说。

"你看这是什里时候，我怎能离开队伍。"季刚表示不同意。

"照你这么说，你不回来，部队就不行动了。"

"我正因为不愿离开部队，才赶回来的。"

"那么，好吧。我给你打一针，看退烧的情况再说。"

江一琼把针头消毒过后，就开始给他注射。

"你这一针打下去，回头就没有事了。"季刚自信地说。

江一琼注射完毕，把针头抽出来，用药棉按住针口，一边开玩笑地说："要是你爱人在这里，恐怕就不由你这样任性了。"

"你不要再提她。"季刚说，"最近，她被敌人抓去了。"

"真有这回事吗？"江一琼吃惊地问。

"我们排里有个战士才从黄桥回来，亲口对我说的。"季刚回答。

"是不是开小差抓回来的那个俘虏兵讲的。"江一琼脱口而出。

"这是一个好战士。他是自动回来的。"季刚回答。

"他的话，你不要轻信，"江一琼安慰他说，"你还是好好注意自己的身体。"

"这个你放心，"季刚说，"不会对我有影响。"

"话是这么说。象她那样的女同志，就是我和她初相识，听到这种消息也不好受，何况你呢？"

"革命斗争中，碰到这种事，并不稀奇。"

"好吧，我留点药片在这里。中午我再来看你。"

季刚望着江一琼出去，懊悔不该向她谈起秀芬的消息。这对她没有什么好处，对秀芬也没有什么意义。不过象她这样一位"上海小姐"，来部队不过半年多的时光，就能跟着部队急行军，而且一大早又来给他看病，不禁使他钦佩。他感到革命队伍真象一个熔炉，什么人到了这里，都会锻炼成钢铁战士。他想，自己不刻苦锻炼，说不定要落后了。他完全忘记自己在发烧，仰躺在床上，想望遥远的将来。

中午，江一琼还没有来看病，季刚又接受了新的战斗任务了。

他并不十分高兴。让兄弟部队去攻击如皋南面的白蒲镇，派他们担任阻击如皋来援的敌人。他并不是怕啃硬骨头，而是认为敌人在西场刚刚吃过苦头，不会再来送死。这样，他们的任务不过是跑跑龙套、走走过场罢了。

江一琼就在他情绪不正常的时刻，背着药箱来了。她看到季刚很安静地躺在床上，高兴地叫道：

"一排长！你好些了吗？"

295

季刚立即从床上坐起来，客气地说：

"没有什么，麻烦你又跑一趟。"

"这是我的工作。"江一琼一面拿出温度计一面说，"今天晚上，你可不能参加战斗。"

"这是谁对你讲的？"季刚惊奇地问。

"你是病人，我是医生，"江一琼笑着说，"我就有权力讲这个话。"

"不，这不是开玩笑的事，"季刚严肃地说，"你要懂得，我们排上新战士这样多，我这样一点小毛病就不参加战斗，你想，会产生什么影响？"

"你又不是装病，哪会产生坏影响。"江一琼坚持地说。

"那我请问你：轻伤不下火线，重伤不哭，这是我们革命部队的光荣传统。我这一点小毛病，算什么？"

江一琼被他这么一说，感到无话回答。不过从她的责任上来说，是不应当让一个病人去参加战斗。她说：

"好吧！你继续服药，回头我去请示首长。"

季刚听她这么一说，发急了。他最怕的就是首长知道他有病。如果政委一知道，非强迫他上卫生队不可。那就会误大事。他央求道：

"江医生，请你千万不要去报告首长。"

"我的话，你不听嘛。"江一琼严正地说。

"你也要为我想想，"季刚恳切地说，"我是一个干部，如果连一点小毛病都不能克服，在紧要关头上怎么去说服战士？"

江一琼觉得他的话很有道理。她只为他一个人着想，没有想到他是干部，这样会产生不良影响。于是说：

"你好好休息吧。出发之前，我再来看你。"

"你不必再来了。"

季刚对她这种负责的精神深为感激。不过她不懂得在这种重要的时刻，过多地考虑个人的健康，会在政治上造成不好的影响。他想到她参军不久，也就原谅她了。

他服了药，就遵照她的嘱咐，安静地躺着休息。但他是一个闲不住的人。他感到身上比较轻松，稍微躺了一会，又爬起来去检查战士的武器。他只要看到哪一支机枪上稍微有点灰尘，就把战士叫来，看着他擦干净。直到把所有的武器弹药都检查过，他再躺下去休息。

黄昏。全团的人马又在庄子前面的广场上集合了。经过一天的休息，战士们个个雄赳赳，气昂昂，象生龙活虎地排列起来。团部炮兵连的骡马，驮着四门化学迫击炮，站在队伍的后面，更加助长了部队的威风。

季刚看到部队这种浩大的声势，非常兴奋。他觉得自己在战斗的征途上，就象一个登山运动员，每夺取一次胜利，就等于登上一座新的高峰。此刻，他们向着胜利的征途出发了。

当陈政委站在台阶上开始向部队讲话，季刚立在队伍中望着江一琼也站在台阶上四处张望。他为了不让她发现，有意躲在战士背后。但他心里却为她的负责精神所感动：要以积极的战斗动作，争取新的胜利，回答她的好意。

部队开始行动了！象一条巨龙在暮色中汹涌前进。战士们怀着明确的战斗目标，抱着必胜的信心，一个跟一个，急速地向前走去。好象一部完整的机器，有节奏地运动，紧张而和谐。

季刚和大家一同，集中精力向前迈进，江一琼背着药箱从旁边抢上前来，低声地问道：

"一排长，你还发烧吗？"

"谢谢你。不发烧了。"季刚一面走一面回答。

"要不要派个卫生员跟你去？"

"不要！不要！"

季刚正说着，部队已踏上通榆公路，开始跑步了。公路两旁的柳树，象一排一排的队伍，朝后移动。战士的刺刀鞘撞击着水壶，沙沙地响着。空气紧张而热烈。

经过一阵激烈的跑步前进，队伍突然停止了。这是一段没有树林的空地，公路离地面很高，路基两面很陡峭。部队开始在南北两头构筑阵地。

季刚的任务是向北阻击敌人。他们的工事还没有挖好，丁埝和白蒲的枪声就打响了。敌人据点里的照明柴，燃起熊熊的火光。他们在十里路以外，望着火焰向上直冒。

季刚唯恐敌人用坦克冲锋，连忙派出一组狙击手，在阵地前面截击敌人。他自己带领着新战士准备迎击敌人。

丁埝和白蒲的炮声愈响愈激烈，而他们阻击阵地上却显得冷冷清清。战士们希望又象西场一样发一笔洋财，可是久久没有动静，又开始焦急起来。

季刚开始很沉着。他一面交代各班班长切实注意掌握队伍，一面又不停地在阵地巡逻。当他听到白蒲的战场上，已经有手榴弹响声了，开始发急起来。凭他的经验判断，那里已进入短兵相接的战斗，战斗很快就要结束了。如皋方面这时候还没有动静，他估计希望就要落空了。

就在这时，团部传来命令，要他们向南警戒。季刚估计白蒲的敌人要突围，立即把主力向南移动，迎着由南向北的枪声，红色曳光弹象千百颗流星在半空飞舞。

不久，一队黑幢幢的人影，沿公路向北猛冲过来，我们的机枪开火了。季刚举起驳壳枪，大声喊道：

"同志们，跟我来！"

战士们象老鹰抓鸡似的猛扑上去；一场白刃战开始了。

六

如皋城被我军重重包围，黄桥的敌人开始恐慌起来。

情报处长何成俊在深夜两点半钟得到消息：丁埝、白蒲、林梓的守军全部被共军消灭。他感到形势十分严重。当友军占领海安以后，战情通报，分明说敌军的主力已被击溃。怎么没有几天，李堡又失守了。现在如皋又被围，黄桥也就首当其冲了。

他感到整个战局象一个谜。从双方的力量对比来看，不要说国军的装备占优势，就是在数量上也足以压倒对方。依照他手头所掌握的情报资料，共军在苏中地区的所谓正规部队，也只不过是十二个团；而且其中大部分是日军投降以后改编的地方部队，真正在江南和国军交过手的，不到半数。可是国军现已投入这个地区的兵力，整整十六个旅。以实际兵力计算，是四比一。所谓寡不敌众，怎么变成以少胜多？他实在迷惑不解。

他想到黄桥万一遭到攻击，形势就更加不妙了。但他又往回想，他们九十九旅，是久经锻炼的劲旅，又处在中心地区，即使不能驱逐共军，至少可以固守待援。摆在他眼前的任务，绥靖内部，巩固城防，是第一要着。而他最近却忙于筹措慰劳捐，把地方的侦缉工作完全丢在了一边。堡垒最容易从内部攻破，周汉辅就是这样把命送掉的。他应当引为教训。

何成俊这一夜没有好睡。

第二天一大早，司令部来电话，旅长叫他去。何成俊估计情况紧急，开始慌乱起来。他懊悔昨晚上没有主动向旅座报告如皋方面的情况、请示对策。如果旅座查问起黄桥地区的绥靖工作，他实在无辞以对。现在他唯一补救的办法，是把筹措慰劳捐的数字夸大一点，希望能搪塞过去。

果然，九十九旅旅长刘泽恩并没超出何成俊的预料，他正在为黄桥的守备工作着急。他虽然是武人出身，可是凭他过去在湘赣边剿共的经验，对付共军，光靠军事进剿，往往事倍功半。必须附以绥靖工作，争取民心。竭泽而渔，方能取得实效。黄桥是共军的老巢，地方居民，中毒尤深。周汉辅一来，即以身殉职，就是一个明证。在目前情势下，尤其不能放松这一着。

他得到丁垛、白蒲、林梓失守的消息，估计共军下一步，可能以黄桥作为攻击对象。虽然如皋城很突出，毕竟那是一个大城市。不要说共军还没有这种攻城的装备，就是在战术上，共军也常常先取小的，后取大的。正因如此，黄桥就是一个显明的攻击目标。

他想到这里，非常得意。他已经多年没有和共军交手。来到苏北的友军，先后已有三四个旅受到损失。他定要在这次做出一个奇迹，让共军来碰个大钉子。凭他九十九旅的装备和训练，守一个黄桥，真不在话下。而且东有如皋，西有泰兴，南有靖江，北有姜堰做依托。先把共军全部吸引到黄桥，然后来一个反包围，逼迫共军在黄桥郊外决战，给他一网打尽。他，刘某人在苏北战场上也就不无一点小功。他不由地得意地笑了。

刘泽恩是一个非常自负的人。他仅仅在长沙兑泽中学读过两年书。以后，又考取黄埔军校长沙分校。毕业后，凭着他哥哥在何键手下做秘书，被介绍到刘建绪的部队里做一个准尉见习排长。从那时起，他身经百战，挣到今天这个地位。抗战期间，他由湖南调到上饶，养精蓄锐，没有机会显显身手。这一次，他可有用武之地了。

他一面回想往事，一面拿着一把老头牌的刮胡刀，对着镜子，涂着满嘴的白沫，仔细修整他那象猿猴的面颊。

何成俊就在他鼓着腮帮刮胡子的时刻，在门外喊了一声："报告！"可是久久没有听到回音。他手捏着军帽，恭恭正正地立在门外。

刘泽恩很从容地刮完脸，擦干净嘴唇，发出一阵沙哑的声音：

"进来！"

何成俊掀起门帘，跨进门槛，两手垂直地贴着裤缝，行了一个欠身礼，听候训示。

"这些日子，你忙得么子？"刘泽恩朝他上下望了望，然后轻声地说，"稍息！"

"报告旅座，"何成俊左脚向外一伸，"还在忙慰劳捐。"

"怎么这些天，还不见结束？"刘泽恩瞪着眼问。

"我想弄一个整数。"何成俊回答。

"已经筹集多少？"刘泽恩问。

"集积了八万，"何成俊说，"我想凑齐十万。"

"有这个数就可以了。"刘泽恩似乎表示满意。

"十万满有把握。"何成俊回答。

"你知道前线的战情怎样？"

"报告旅座，丁埝、白蒲、林梓，都已失守。"

"共军下一步棋,可能怎样走?"

"共军进攻如皋城,估计还没有这样大胆。"何成俊迟疑了一会说,"我们黄桥应有所提防。"

"你认为黄桥的守备条件如何?"刘泽恩故意地问。

"旅座镇守在此,还有什么可虑之处。"何成俊奉承地回答。

"这不是我一人就能解决的问题,还有各方面的条件如何?"

"既得地利,又得人和,不成问题。"何成俊一面吹捧,一面得意地说,"黄桥不象李堡那样偏于一隅,救援无及,致遭敌手。"

"地形还不是决定条件。"刘泽恩卖弄地说。

"旅座平日训练部队严格,正是大显身手的机会。"

"不过地方上的绥靖工作,也很重要。"

"旅座所见甚是,"何成俊附和地说,"汉辅出事后,我已从各方面加强了侦缉工作。"

"已注意到这点,很好。"刘泽恩满意地说,"迅速把慰劳捐收集起来,以防情况发生变化。"

"是。"何成俊点点头,"遵示照办。"

"那么,你去吧!"

何成俊如释重负,行了一个欠身礼,立即向后转去。他很满意自己对旅座垂问的回答,颇得旅座的赏识。下一步,他就得把季盛然抓紧;不要因为局势的变化,眼看快要到手的钱,被一阵妖风吹了。

他跑回办公室,立即派人去把季盛然请来。

季盛然并不知道整个局势的变化,还在一心做着夺取行政权力的梦。

他对严子强利用党部的势力,一到黄桥就把区长职务抢了去,一直耿耿于心。如今严子才去世,严子强又失去了靠山,黄桥的天下,应该是他季氏门下的了。

他现在具备两个有利条件:一是军队要依靠他弄钱。羊毛出在羊身上。他只要一转手,就可以取得何胡子的欢心。等到他把款凑齐,就可以向何胡子提条件了。一是王老四这个光棍,看到严子强大势已去,又想投靠他的门下。他把王老四抬出来做傀儡,背后由他牵线,既可以压制严子强,又可以利用王老四替他跑腿。

他凭几十年做人处世的经验判断,名、利、权三者,最要紧的是利。但为了利又不得不要权;至于名,在如今的乱世中,最好看得淡薄一点。多年来,他在黄桥利用商会这块破招牌,控制了整个镇上的经济命脉,谁都得朝拜他这个财神。区长的职务可以让王老四来承担,万一以后政局有什么变化,他光棍一条,拍拍屁股,可以溜走。而他不仅有家室,还有产业,便不这样简单。新四军只没收了他乡下的田地,镇上的产业,原封未动。如果他不留一条后路,万一中央军一走,不但倾家荡产,还将有生命危险。而王老四能取得严子才的地位,他做梦也不会想到。这样,王老四对他一定感恩不尽。而他就可以象牵猴子一样牵着他走了。

正当他醉心于自己的宏伟计划时,何成俊的卫兵拿着名片来请他了。他当然心里有数,便立即穿起夏布长衫,眉开眼笑地走了。

何成俊急于完成任务向上交差,对季盛然礼如上宾。当他一进门,就叫勤务兵倒茶拿烟,忙个不迭。

"季会长,天气热,你把长衫脱脱。"何成俊客气地说。

"不用,不用,"季盛然回答,"有扇子就可以了。"

"府上房子宽敞,可能凉爽些,"何成俊说,"这里就不行。"

"这种西式建筑,讲究经济,"季盛然应付道,"要说舒畅,还是那种老式房子好。嘿,嘿。这是我这种落伍人的眼光。"

"哪里,哪里,"何成俊笑着回答,"西方人只讲经济实用,不重视舒适。我到过上海国际饭店,那里的房间就象鸽子笼。"

"不过办事业的人,一向以经济第一。"季盛然说。

"提起经济,慰劳款的募集,不知进展如何?"何成俊乘机询问,"这件事,劳季会长奔跑,实在也太久了。"

"兄弟年老昏聩,办事拖沓,很对不起,"季盛然抱歉地回答,"再过一二天就可以凑齐了。"

"刘旅长已在催促,能不能快点?"

"是不是把凑好的数目先送上来。"

"不，不，还是一个整数好。"

"再缓期两天，何处长以为如何？"

"两天可以。"何成俊满口答应，"不过还有一件事，还得请教季会长……"

"何处长太客气了，"季盛然谦虚地说，"兄弟是一个生意人，才疏学浅，哪里敢当请教二字。"

"不，我说的是实话。"何成俊说，"目前地方上行政无人，最好请季会长出来主持。"

"兄弟年老力衰，实不堪胜此重任。"季盛然以退为进地说，"何处长不怪兄弟冒昧，我倒愿意推荐一个人。"

"这很好。"何成俊回答。

"此人资望比起严子才来，稍逊一筹，办事能力倒很精明。"季盛然吹嘘地说，"还乡团有个王子美，不知何处长可见过面？"

何成俊脸上有些难色，迟疑了一会，回答道：

"季会长说的就是那位王老四吗？"

"正是，正是。"季盛然见势不妙，乘机进言，"当然，黄桥的事，单靠子美一个人承担，那是才德都不够。不过处此战争时期，还是他们这种壮年人中用。象我们这种老朽，只能在旁边助助威。"

何成俊一眼看穿他的心事，回答说：

"那么，请季会长任正职，王老四做副手怎样？"

"兄弟实在力不从心，"季盛然恳切地说，"为慎重起见，让王子美代行一个时期，看看他的办事能力再定，如何？"

何成俊为了拉拢季盛然，敷衍地回答：

"这倒可以考虑。"

季盛然见目的已达到，便起身告辞说：

"兄弟不敢再打扰处长了。"

"慰劳捐的事，有劳季翁奔走。"何成俊也立起来了。

"两天之内,一定送到,请处长放心!"

季盛然打一躬,走出门外连忙说:

"处长留步,处长留步。"

何成俊站在栏杆边,望着季盛然走下楼,心里想:"这个家伙,真是一只老狐狸。"

七

季盛然就象在商场上赢得胜利一样,很满意自己克敌致胜的手腕,兴高采烈地往家里走了。

他已经是一个年近六十岁的人。回想自己的一生,如同一个登山的旅人,越过许多险阻,终于一步一步上升,快要到达山顶。当他在镇江商业学校毕业以后,曾经打算去上海进立信会计学校。后来,受他父亲的启发,与其将来跟别人去记帐,不如利用家里几百亩的地租,在黄桥镇上开爿米行。最初,他并不了解商业行情,贩运粮食究竟是否有利可图,只因为有父亲的产业做靠山,也就雄心勃勃地大干起来。后来,又利用水上交通,和无锡、苏州的大米行搭上关系,生意日渐兴隆。从此,他又开设一家油坊,一爿布店,渐渐据有了雄厚的资本,控制了黄桥市场。抗日战争期间,他带了一批资金离开黄桥,又在泰州开设一家米行,生意的范围更加扩大了。他的资金已经不靠农村的几百亩土地,完全依靠钱庄的存款,就足以周转了。后来,新四军在乡下没收了他的全部土地,只保存了他在镇上的商号,他也就很满意了。

国军此次进驻黄桥,他又有机会和军界拉上关系,如果把行政权抓到手,整个天下就归他独占了。

他怀着得意的心情回到家里,脱下长衫,往竹躺椅上倒下去,他感到舒适而有些吃力，大声喊道：

"倒茶来！"

他的三姨太太金玉梅，把他看作摇钱树，又把他当老爷一般侍奉。因此，听到他的声音，她就马上端着茶盘进来了。同时茶盘里还搁着一封完整的信，一起送到季盛然跟前说：

"刚才有一位不认识的女人，送来一封信。"

季盛然看她说话的神态，似乎含有几分醋意，对她笑了笑。他没有喝茶，先扯信看。他一面看一面感到纸上的字，每一个字都象铜锣那么大在他眼前展开：

盛然先生：

我军昨夜攻克丁埝、白蒲、林梓，想有所闻。回师黄桥，指日可待。丁秀芬君，身陷囹圄，生命垂危。望先生顾全大局，设法营救。如得安全脱险，他日当答谢厚意。否则，于先生亦将不利。望慎择焉！即颂时绥！

知名不具

这封无名无姓的信，就象一个铁拳把他打倒了。他象坐在一条海船上，突然一阵巨浪迎头向他扑来，眼看要遭没顶之灾，不知如何是好。仿佛一切希望，全将化为泡影。他把信揉成一团，紧紧捏在手里，一面寻思："应当怎么办？"

他毕竟是一只老狐狸。经过一阵惶惑，他开始冷静下来，因为他和新四军并没有结下血海深仇，去年冬天，商会还捐过一百匹寒衣布。此次国军进驻黄桥，迫于不得已，筹募十万元慰劳捐，也是权宜之计。所可惜的，如果新四军回师黄桥，这笔巨款等于石沉大海。随即，他想到何成俊所以向他催促，很显然是和局势紧张有关。

他已答应两天之内如数送去，改口是不行的。他为了立于不败之地，还是两面开弓：一面赶紧筹款，一面设法把丁王庄这个毛丫头拿来作为

政治资本,以便将来抵挡新四军。这样,他两面不得罪,不管谁胜谁负,也就没有他姓季的事了。他从躺椅上坐起来,喊道:

"拿火柴来!"

三姨太太金玉梅连香烟一起送去,说:

"什么人来的信?"

"这种事,跟你们妇道人家无关,不必过问。"

季盛然擦燃火柴,把信烧了。

金玉梅看他的神色有些不对,怀疑他老不正经,又在外面寻花问柳,惹出是非来了。她说:

"你这么大年纪,不要再跟那些不三不四的女人拉扯。"

季盛然又好气又好笑,他觉得女人真是脑筋简单,只想到情场纠葛,不懂得社会有多么复杂。他为了不让她懂得事态的严重,便开玩笑地说:

"你怀疑我又有什么外遇,那你得问问自己。"

"我有什么地方不好?"金玉梅生气地回答。

"你既然很好,你想我还去找谁?"

季盛然假意地笑了。

"你这种老不正经,没有人信你。"

金玉梅撒娇地走了。

季盛然很满意于他这种家庭之乐,他希望晚年还能得个小的,在房间里走走,倒很有趣。两个大儿子,守成可以,创业却很难有望。不过世道艰难,要创业也不容易。

他穿上长衫就去找王老四了。

王子美回到黄桥,一直屈居严子强手下,很不得志。党部方面的路,过去被严子强堵塞,他根本插不进脚。如今周汉辅一死,连严子强的地位也摇摇欲坠了。可是司令部方面,又被季胡子抢了先着。而且他又没有季胡子的资本,想挤进去,也不是那么容易。因此,他要摆脱眼前的困境,一是把严子强赶走,由他取而代之;一是利用季胡子的门径,和何成俊搭上关系。下一步,他就可以攫取还乡团长的地位了。

他想到自己这几年，很不走运。当年，他在镇江那个有名的教会学校——广雅读书的时候，曾经做过出国留学的好梦。没有想到他父亲不争气，抽上了鸦片，眼看家业败落，不得不弃学回家，主持家政。幸亏他回得早，没有倾家荡产，而且日渐复兴起来。

家务虽然毁了他的壮志，但他却过了半生的花花公子生活。阿春嫂曾经为了三十块光洋，委身于他。其他得意之事，那就更不要计算了。没有料到共军一到黄桥，不仅把他赶出家门，而且连田产都被没收光了。他此次回来，目的在于再次把土地夺回来，还准备来一个反攻倒算，把家业重新恢复起来。

目前，他借居张积成的会客室摆了一张床，作为临时公寓。何克礼的妈，暂时充当了他的女仆，照顾他的日常生活。这样，他整天在外面奔走，也就没有顾虑了。

王子美正躺在床上回想往事，季盛然闯了进来。

房间虽然很小，收拾得却颇为整洁。一张红木的书桌上放着一盆茉莉花，满房间里的香味。季盛然闻着香味，恭维道：

"你这里倒很幽雅，很象个寓公。"

"哪里，哪里。"王老四把季盛然迎到座位上，一面喊道，"何妈，倒茶来！"

"你倒不错，还雇了女工。"季盛然用一种羡慕的口气说。

"哪里谈得上雇人。"王老四不好意思地回答，"乡下逃难来的一个女人，没有地方去，临时在这里帮帮忙。"

"我看，你可以把家眷接回来了。"季盛然认真地说。

"我自己还悬在半空，再把家眷接来，怎么办？"王老四坦率地回答。

"做了官，就不怕没有人抬轿，"季盛然笑着说，"我看你可取严子才而代之。"

王老四并没有弄清楚他说话的含意，还以为他和他开玩笑。他说：

"季翁倒很风雅，还有兴致，不妨自己取而代之。"

"老弟，你可不要误会，"季盛然走近王老四跟前，拍拍他的肩膀说，

"不是叫你去霸占严子才的女人,我是说,你可以去接替严子才的差事。"

"季翁真会开玩笑,小弟哪有这种才德。"王老四谦逊地说。

"你这就不必谦虚,"季盛然一本正经地说,"今天何处长邀兄弟去商谈政务,我已向何处长推荐了阁下。"

"小弟人微年青,哪里担得起这样重任。"

"兄弟看得起你,才向何处长进言。"

"自然,自然。"王老四喜不自胜地说,"小弟实在感激不尽。"

"黄桥的事总得我们黄桥人来办。"季盛然说,"不过兄弟有言在先,你一上台,遇事得和商会通个气。"

"那还要说得。"王老四完全明白他的心事,"只要季翁开个口,小弟敢不从命。"

"不过眼前还有一支暗箭,应当提防,"季盛然提醒他说,"武装还在严子强手上。"

王老四已经看到季盛然要把他推上台,目的在于乘机把严子强搞掉。他跑到门口,张望了一下,回头对季盛然说:

"我得到一个密报:周特派员是严子强暗害的。"

"真有此事吗?"季盛然惊喜地问,"你从哪里得来的消息?"

"严子强手下的一个人偷漏给我的。"王老四回答。

"这就很好。"季盛然说,"既然这样,一不做,二不休,干脆把还乡团的武装拿过来。"

"你估计有把握吗?"

"就看你的证据确凿不确凿。"

"这个我有把握。"

"那就很好。"季盛然转过话题说,"你上次抓来丁王庄的一个女人关在哪里?"

"她最近在拘留所里生病。"王老四回答。

"你要设法给她医治,将来在她身上可以做一笔大交易。"季盛然说。

"共军愿意拿钱来赎吗?"王老四问。

"比钱还贵重的东西，"季盛然说，"你不要泄漏出去。"

王老四估计可能是拿武器来交换。如果做到这一步，他就可以既有实力，又有地位，严子强又去掉了，黄桥的天下，也就由他独占了。他说："季翁的话，我立即照办。"

季盛然发现了严子强的秘密，真是喜出望外。他得意洋洋地和王老四告别了。

八

王子美送走季盛然就有些飘飘然起来。

他象一条蚯蚓，老是在地底下钻来钻去，没有出头的日子。这次，借季胡子的手，把他提携出来，也就大有作为了。

"你可取严子才而代之。"

王子美对季盛然这句话感到别有兴趣。目前，他偏居在这样一个小地方，不要说多来一个客人就没有地方立脚，就连自己要多回旋两步，也感到局促。如果身任区长，就非得自立门户不可。不然，也太不象话了。因此，他第一件想到的，就是向严子才的女人租借几间房子。不过他懂得严子强就是为了她向周汉辅下毒手，然后嫁祸于严子才。一箭双雕。他自己逍遥法外。他如果不把严子强搞掉，是踏不进她家的门。严子强一倒，柳如眉才算是真正的孤家寡人了。到了他接任区长的时候，想她也不会拒绝他了。象她这样的年龄，虽然不一定看得起他王子美，可是她一个人空守闺房，最后，总有办法把她弄进圈套。他愈想愈出神了，不由地感到自己象一位了不起的英雄。

正当他得意忘形的时刻，何克礼妈神色仓皇地跑进来说：

"阿四，不好了。新四军回来了。"

309

"你不要瞎造谣言,"王老四怒气冲冲地说,"季会长刚才在这里没有一点事,你从哪里得来的妖风?"

"你不相信,自己出去打听打听,"何克礼妈说,"街上人心惶惶,有的人家已准备下乡了。"

"怎么样,你也想下乡?"王子美瞪着眼反问。他正是兴致勃勃的时候,哪里听得进这种不吉利的话呢?不过他回头仔细一想,季胡子临走时对他说,在姓丁的身上可以做一笔大交易。是不是他已听到什么风声,准备为自己留后路。他想,为慎重起见,不妨到还乡团去打听看看。他立即穿起长衫,戴上草帽,拿着自由棍,出去了。

他经过黄桥大街,市面上和平常一般安静,看不出任何一点变动。他觉得妇道人家,听到风就是雨,真是没有出息。黄桥驻有这样重兵,新四军跑来送死?他大摇大摆地向前走了。

事实并不如他所想象的这样平静。

严子强已经得到消息:丁埝、白蒲、林梓,已经失守。他虽不相信新四军马上会攻如皋城,但是以前所说共军的主力已被击溃,事实证明是不可靠了。

他首先感到威胁的,是乡下的游击队又将蠢蠢欲动起来。军方给他的压力也将愈来愈大。以他目前这点实力,不要说下乡清剿,就连自卫的能力也发生问题了。

王子美正在他愁闷的时刻,拎着自由棍跨进严子强的门槛,说:

"子强兄,你听到什么新消息吗?"

严子强表现很不耐烦,冷淡地回答:

"你要听好的,还是听坏的?"

"好的坏的都要听。"王子美说。

"丁埝、白蒲、林梓,昨晚上都被新四军攻占了。"

"真有这回事吗?"

"不相信,你到情报处去打听。"

"刚才我碰到季盛然,他根本不晓得有这回事。"

"他抱小老婆抱昏了头，还问这些事。"

王子美被这一突如其来的消息，弄得有些不知所措。不过黄桥驻有这样重兵，料想共军没有这样胆量。他说：

"子强兄，你看黄桥会有危险吗？"

"黄桥镇上，当然不会有问题，"严子强肯定地说，"不过这样一来，乡下的游击队又可能猖獗起来。"

"你这种看法，很有见地，"王子美聊以自慰地说，"还乡团的补充问题，活动得怎样？"

"有了季盛然这条拦路狗，我们也就很难踏进何胡子的门槛。"严子强悲观地说。

王子美听他这么一说，心里便觉乐滋滋的。他为了掩饰自己的诡计，和严子强敷衍了一阵，就从红十字会走出来了。

他走过严子才的家门口，不由地想起把刚才听来的消息，给柳如眉报个信，一面表示对她的关心，一面炫耀他消息灵通。随即，他摘下头上的草帽，跑到严子才家去了。

宽阔的庭院，显得十分冷静。往常，廊檐下的鸽子，一见人进去就发出一阵咕咕声；台阶上的花香，迎风扑鼻。所有这些，仿佛随着严子才的死去，无声也无臭。如同一座深山古刹。

柳如眉虽然不信神，但她发觉严子强是杀害严子才的刽子手，她感到万事皆空。她慑于严子强的淫威，又不敢告发他。她感到生活空虚和寂寞。她为了驱走白日的无聊，不知从哪里弄来一部《金刚经》，象尼姑一样坐在房间里念着。她不祈祷，也不拜忏，只是毫无目的地念着。她每念一段，就觉得心里轻松一阵。当她念得恍若离开尘世、忘其所以的时刻，王子美掀开门帘进来了。

"阿四，今天什么风把你刮来了？"柳如眉阖上手里的《金刚经》立起来。

"怎么？你还在用功读书？"王子美恭维地说，"我一天到晚忙忙碌碌，好久没有过来请安了。"

"贵人多事,哪还记得起我们。"柳如眉讽刺地回答。

"大嫂子要责骂就责骂,何必说这些难听的话。"王子美装出可怜相地说。

"你不来骂我,已经很好了。"柳如眉冷冷地回答。

"你不要讲这些话了,"王子美说,"子强有没有告诉你,新四军昨晚上攻占了丁埝、白蒲、林梓,如皋城也已经被包围了。"

"我跟他河水不犯井水,他哪会把这些军事机密告诉我。"柳如眉很不愉快地说。

王子美听她这样说,感到很诧异:他们之间的暧昧关系,已经是公开的秘密,怎么她突然说出这种话?难道她和严子强已经闹翻了。他为了探听其中的底细,有意挑拨地说:

"子强不是一向很孝敬嫂子吗?怎么这种事会对你守秘密。"

"你在哪里看见他孝敬我?"柳如眉很不高兴地说。

王子美知道其中有蹊跷,便嬉皮笑脸地说:

"他不孝敬你,我来孝敬你。看嫂子有什么需要小弟跑腿的事,我立即照办。"

"别的我什么事也没有,"柳如眉说,"我们还有一个丫头和媳妇关在情报处,她们没有什么罪,请你看在子才的情面上,想办法把她们弄出来。"

她的这一委托,正适合他的心意。他正愁没有机会和她接近;她既然把这种大事托给他,真是难得的机会。他说:

"不要说看子才兄的情面,大嫂子这样信托我,我也义不容辞。"

"你帮我办好这件事,"柳如眉恳切地说,"子才在九泉之下,也会感激你。"

"你不必说这些话,这是做弟兄应分的事。"王子美满口应承。这不仅因为他别有企图,而且利用这件事,更可以增加严子强一条罪状。他怀着得意的心情,向柳如眉告辞了。

他一面想着怎样讨好柳如眉,一面怀疑季盛然在背地搞什么鬼。他对季胡子在这种时候推他出来做黄桥区长，是不是有意拿他做傀儡？不过，他断绝季胡子这条路，也就再没有其他门径。他迈开双脚又去拜访季胡子了。

季盛然已经把消息报告何成俊回来了。他感到非常得意。严子强一打倒，王老四除了依靠他，别无它路可走。这样，黄桥的天下就由他独占了。

王子美就在他这种得意的心情下，走进季家的客厅里。他向四壁打量了一下，室内的陈设，一切如常，毫无变动。他想，季胡子这样大的家业，一点都不惊慌，他，赤身一条，何必庸人自扰呢。

"子美，你立下这一大功，"季盛然从内房走出来说，"马上可以准备就任了。"

"季翁可听到外面的风声，"王子美好象没有听到他的话一样，"外边传说新四军已经包围了如皋城。"

"谁造的谣言？"季盛然板着面孔问道。

"刚才，我听严子强说，新四军昨晚已攻占了丁埝、白蒲、林梓，可有这回事？"王子美回答。

"这个，何处长刚才也和我谈起，"季盛然假装镇定地说，"这是诱敌深入，然后聚而歼之。不然，黄桥驻这样重兵，不是吃了饭没有事干吗？你怎么聪明一世，糊涂一时。"

王子美觉得他说得有理。他实在是空担心事。他说：

"那么，下一步棋，我们怎么走呢？"

"这就要看你的了。"季盛然回答。

"你是指挥官，我当然听你的。"王子美坦率地说。

"指挥官是何处长，我们都得听他的，"季盛然说，"一不做二不休，不把严子强这个祸害除掉，你想要在黄桥站稳脚跟，不见得那么容易。"

"你见到何处长，有没有提起严子强的事？"王子美问。

"他说要找你当面细谈，"季盛然说，"打蛇不死反为仇。你可不能心软，一定要拿出真凭实据，置他于死地。"

"季翁为我撑腰，我自然挺着向前冲。"王子美坚决地回答。

"那么，你赶快回去，说不定，何处长派人去找你了。"

王子美听他这么一说，立即掉过头走了。他好象一条猎狗，已经看到一只野物马上落到自己的嘴里，满心欢喜。他不仅夺得区长的地位，而且严子强一倒，还乡团的武装也就会落到他的手上。当他有了实力在手，也就可以和季胡子分庭对抗，不由他牵着鼻子走了。

他走过黄桥大街，觉得整个黄桥的财物，立即可以由他支配了。"你可取严子才而代之。"季盛然的这句话，又在他耳边鸣响起来。当他掌握了权力，象柳如眉这样的女人，巧取不成，豪夺也得拿过来。何况她对他还有重托呢。他不由地暗自微笑了。

他回到自己的屋子里，不仅觉得陈设简陋，而且认为寄人篱下，实在是一种侮辱。有朝一日，他坐在严子才的客厅里款待宾客，黄桥人对他就得另眼相看了。

何克礼妈就在这时不知趣地跑进来问道。

"阿四，你打听的结果怎么样？"

"你不要在这里噜噜苏苏。"王子美不耐烦地说，"哪来的什么新四军？活见鬼！"

何克礼妈碰了一鼻子灰，嘀咕道：

"你不要把我不当人，我是一番好意。"

王子美正想再教训她一顿，何成俊派人来请他了。这是他今后事业成败的关键时刻，便立即戴上草帽走了。

九

丁秀芬经过敌人一个多月来的摧残，终于病倒了。

她自己也不知道是什么病。每天早上醒来，头脑稍为清醒；一到中午,就有些发烧。人昏昏沉沉。东西吃不下,体力也天天减弱下来。不过她的意志并没有丝毫动摇。她懂得人总是要死的。她常常想到毛主席的一句话:"我们为人民而死,就是死得其所。"因此,生活中的各种苦难,都被她征服过来。她仿佛一支将要点完的烛光,愈到最后愈显得强烈,照得黑暗的眼前,充满着光明。

陪她一起受罪的严家珍和林琴瑶却陷于无望的痛苦的心境中。敌人把她们抓来,关了一个多月不闻不问,好象把她们忘记了。她们分明无故受难,但又不放她们出去。严家珍还有自己的希望:组织上会想办法营救她。不过她每天期待着,老是没有音讯,也开始失望起来。林琴瑶十分悲观。她早知如此,象她丈夫一样死了,也省得受这种活罪。不过人是矛盾的;她一面希望早死,一面又在生活中挣扎。好象一个落在大海里的人,愈看到要沉下去,就愈拼命向岸上浮游。

她们三个人生活在这个狭窄而苦难的牢笼里,彼此的经历不完全相同,但遭受敌人的压迫、精神上的苦难却是相同的。仿佛三条小鱼陷在一条干沟里,在火辣辣的太阳下,彼此用口沫互相湿润、互相支持。

当从南面墙洞口射进来的阳光,象一面小小的圆镜从地上慢慢地爬到墙上,她们才知道太阳已经西斜,一天又将过去了。这种无休止的时日,就象一串数不完的念珠,在她们眼前来来去去。特别是黄昏一开始,蚊子嗡嗡地向她们进攻,真象大难临头。每天晚上,她们总是轮流赶蚊子,轮流睡觉。白天是流不尽的汗水,又听不到一点亲人的声音。偶尔听到屋外一阵隆隆的独轮车声,她们才意识到自己还活在这地狱的人间。

丁秀芬每到傍晚,头脑就开始沉重起来。幸而送饭的老头每天给她们带一铝桶水。她一面喝,一面用身上撕下来的衣袖,用水浸湿敷在额头上,保持脑子的清醒。她认识到坚持和疾病斗争,就是和敌人斗争。敌人通过生活的折磨达到征服她的意志,而她战胜了疾病,也就等于战胜了敌人。

严家珍看着丁秀芬一天天消瘦下来,又得不到外面的讯息,为自己忧愁，也为她忧愁。她说：

"阿芬，我们想个办法，请看守兵帮你找个医生来。"

"你以为他们还把我们当人吗？"丁秀芬不以为然地回答。

"长期这样拖下去，也不是办法。"严家珍说。

"唯一的办法，就是拖到底。丁秀芬坚定地回答。

"我们这种日子，哪有底呢？"严家珍说。

"怎么没有底？"丁秀芬说，"出去就是底。"

"如今一点讯息都没有，知道什么时候能出去？"严家珍怀疑地说。

"象这样拖下去，恐怕我们只有抬着出去了。"林琴瑶悲观地回答。

"抬着出去，也是出去！"丁秀芬激昂地说，"敌人没有从我们身上捞到什里东西，就是我们的胜利！"

她的话当然说得有理。不过现实生活的苦难，就象把她们放在油锅里煎熬，眼看生命一天天缩短了。

严家珍背着丁秀芬流下痛苦的眼泪。

她正揩着眼泪，突然牢房门"哗哒"一声打开了。接着，门外一个人手上拿着一张纸条，喊道：

"严家珍，林琴瑶，出来！"

最初，她还以为听错了；待到问清楚确实是叫她们时，心里忐忑地跳动起来。当她们走到门口，看守说：

"你们里面还有什么东西，统统拿出来！"

严家珍明白：她们被释放了。本来，她们除了身上又脏又破的衣裤，什么东西也没有；她想到丢下丁秀芬一个人，跑回去抱着她哭了。

"阿芬！我们要出去。"严家珍流着泪说。

"你们出去，不是很好吗，还哭什里？"丁秀芬兴奋地站起来。

"丢下你一个人，怎么办？"严家珍痛苦地说。

"你放心，我一个人也一样地坚持斗争。"丁秀芬回答。

门口的看守兵听到她们在里面讲话，大声喝斥道：

"你们在里面讲什么？快快滚出来！"

"阿芬！你自己保重。"

严家珍带着满脸的泪痕和丁秀芬告别了。

丁秀芬望着她和林琴瑶并肩地走出去了，感到很高兴。她们两个人经过这一个月来的生活折磨，这对她们是最实际的锻炼和教育。她们应该看得更清楚：什么是她们应走的道路。同时，她们一出去，组织上立即会了解她的情况，她的斗争也就不是孤立的了。

当天黑以后，蚊子成群结队地向她袭击，使她开始感到一个人独立作战的困难。这时，她深切地感到，人在困苦的日子里，是多么需要亲人的慰藉呀！不过她立刻提醒自己，正是孤军作战的时候，特别需要提高警惕。敌人往往利用个人的弱点，乘机突然袭击。如果不小心提防，站稳脚跟，很容易被征服。这样一来，她的脑子格外清醒起来。

这一夜，她终于没有好睡。蚊子象一群恶魔，不停地用针刺从黑暗中戳过来。她想起和严家珍、林琴瑶在一起的时候，不仅精神上可以互相慰藉，而且生活上也可以互相照顾。如今她象一个人在茫茫的大海中游泳，看不到尽头。她靠着墙壁，一面挥着破衣袖赶蚊子，一面睁着眼睛期待天明。

已经是深夜。她突然听到门外有人叫喊，顿时紧张起来。她仿佛预感到苦难的生活快要结束，便挺着身子，冲破黑暗，向门口走去。她刚跨出门槛，两只凶恶的黑手便挟着她，推上一辆黑黢黢的车子里。她想到光荣就义的壮丽的情景，很想大声歌唱。可是浓重的夜色笼罩着大地，万物好象已经绝灭，任何声音都没有了。她平静地靠在车子上，好象正在行进的旅人，朝着自己的目的地向前走去。

车子"喀嚓"一响，骤然停止了。丁秀芬从车上被拉下来，她理了理头发，被带进一间苍白色的屋子里。她被一盏强烈的汽灯所刺激，眼睛有些昏花。随即，一个面孔有些象江医生的护士站到她跟前，她以为自己在做梦：这是后方医院吗？

一个戴金丝边眼镜的老医生，胸前挂着听诊器，用手招呼她坐下。丁秀芬突然怀疑起来：他们准备搞什里鬼呢？

"你姓什么？"医生从上到下打量着她说。

"我姓丁。"丁秀芬机械地回答。

"年纪轻轻，怎么不走正路。"医生紧皱着眉头。

"医生，我一个老百姓，什里地方也没有去。"丁秀芬装傻地回答。

"那怎么把你关起来？"

"我哪里晓得。"

医生拿着听诊器，先听听她的胸腔，再叫她转过身，又敲敲她的脊梁，然后叫她在靠墙的一张小床上躺下。医生检查完她的腹部以后，对护士说：

"小姐，给她抽一CC血，去化验。"

丁秀芬听到要抽血，心里很紧张。她倒不是怕痛，而是担心他们耍什里阴谋。她仔细注意护士擦干净针头，才把手膀伸过去。她望着自己的鲜血向针筒里流去，咬咬牙，闭上眼睛了。

医生检查完毕，嘱咐护士给她打针，她拒绝道：

"我不要打针。"

"你怎么这样不识好歹，"护士生气道，"给你治病，又不是伤害你。"

"我很感谢你的好意，"丁秀芬说，"我住在那样的黑房子里，蚊子成堆，吃的象猪食，打针也等于白费。"

"你住什么地方，不关我的事，"护士不高兴地说，"我是医生，只管看病。"

丁秀芬不再和她争执。她横下一条心，把手伸出去，让护士注射了。当她回过头来，一个瘦长的人影闪现在她眼前。接着，一副狰狞的嘴脸向她说：

"阿芬，你现在应当懂得我的好意。"

丁秀芬发觉站在她面前的是王老四，恨不得揍他一记耳光。这个披着羊皮的狼，装出一副慈善的面孔又来向她进攻，她说：

"你的好意，我完全懂得。你们用皮鞭和老虎凳没有征服我，又想用软刀子来暗害我，是不是？"

"你不要这样没良心，"王老四厚着脸皮说，"我听说你在牢房里生病，才想办法把你弄来这里医治。"

"你既然有这样好意，还把我关着干吗？"丁秀芬责问道。

"放你出去，我没有这样的权力。"王老四诡辩道。

"把我抓进来，又是什里人的权力？"丁秀芬再责问道。

"你抓来，和我无关，"王老四奸猾地说，"我是看在你丈夫的情面上，关心你的健康。"

"我死在牢房里，也不用你关心。"丁秀芬气忿地回答。

"你年纪还轻，何必出口就是死，"王老四说，"其实，你签个字，表示不干新四军，就可以出去。"

"我是什里新四军？你瞎了眼睛！"丁秀芬咒骂道，"我穿了军装，还是戴了军帽？"

"你不是新四军，共产党总赖不掉。"

"我额角上写了共产党三个字？"

她的话刚落音，门外的汽车噜噜地响了。随即，两个看守兵又把她押走了。

她在车上，感到一种胜利的愉快。她看穿了敌人用硬的一套没有征服她，又来软的一套。她利用这个机会，进一步把王老四的嘴脸撕破了。

她回到牢房里，不知是由于疲劳过度，还是打了针的原故，靠着墙壁，立即有些迷迷糊糊，慢慢地睡着了。

十

严家珍从牢房里走出来，眼前充满着希望。

她唯恐敌人再把她抓回去，拐了两个弯，就在一条小巷里消失了。

黄昏占领了黄桥。灰黑色的屋顶,暗淡,阴沉。街上来往的行人,都是冷眼相看,谁也不跟谁打招呼。有的店铺已经点上油灯,显得阴森可怕。她仿佛走进一个荒凉而陌生的世界。

"这是黄桥吗?"

她不由地暗暗问自己。但那些铺得平整的石板路,使她想起往日的情景,有一种隔世之感。她急急忙忙向家门口走去。

严家的大门已经闭上了。门外既没有站岗的哨兵,也没有人进出。她推开门走进去,听不到一点声音,只见神龛上点着一盏凄凉的油灯,照着她父亲的遗像。悲哀袭击着她的心胸。她茫然地跑进自己的房间里,倒在床上,痛苦地哭泣起来了。

过去,她对父亲怀着一种不满的情绪;现在想到他已离开人世,她和这个家庭最薄弱的一点联系也中断了,不免感到无限的空虚和寂寞。

柳如眉看到她们归来,感到一阵宽慰。她仿佛陷落在深深的古井里,听到人的脚步声,燃烧起生的希望。她明知自己对不起她们,但她仍然跑进严家珍的房间里,安慰她道:

"家珍,已经回来了,就不要哭了。"

严家珍听到她的声音,悲哀化为愤怒,真想对她脸上吐一口唾沫。但她终于被悲痛所压倒,没有抬起头来。

柳如眉早已良心发现,自知对不起她的父亲。但是她和林琴瑶过去和新四军的往来,从没有在严子强跟前泄漏过。这其中,虽然也牵涉她自己的一些利害关系,但归根到底,还是为了照顾严家的后代。她说:

"家珍,你不要一心恨我;这次把你们放出来,也还是我在张罗。"

"没有你,我们还不会被抓进去!"严家珍从床上坐起来,气忿地回答。

"害你们的,是你家出了一个好叔父,"柳如眉说,"你父亲就白白葬送在他的手里。"

"没有你在中间拨弄,我父亲哪会落到这种下场。"严家珍义愤地责骂道。

"我有冤无处伸,有理说不清,"柳如眉痛苦地说,"如今严子强已被情报处逮捕起来，他也算得到报应。"

"我父亲和他无冤无仇，严子强为什么要害死他？"严家珍进一步责问道。

"严子强暗杀了周特派员，诬陷你父亲勾结新四军，"柳如眉说，"如今真相大白，大祸临到他头上。不然，你们也象掉进黄河里，一生洗不清。"

严家珍并不理解她和周特派员之间的肮脏关系，才惹出这场大祸。只听到严子强已被逮捕，觉得大快人心。同时觉得柳如眉也受到应有的惩罚了。

"我去给你烧点水洗洗身。"柳如眉讨好地说一声，出去了。

严家珍想到这个社会真可怕：自己的亲兄弟，可以陷害哥哥。这和豺狼又有什么两样呢？她再也不能在这个罪恶的家庭逗留了。

晚上，她跑去和林琴瑶商量，决心逃出黄桥到乡下去。但她为了保密起见，拐弯抹角地说：

"阿琴，你打算今后怎么办？"

"我有什么办法，"林琴瑶说，"明天找张妈去把邦邦带回来再说。"

"你还打算在这个家里呆下去吗？"严家珍问。

"我不在这里呆下去，你叫我到哪去？"

"这个人吃人的世界，怎么能呆下去？"

"你要懂得，你年青，还有一个表哥在新四军，有奔头。我人虽还不老，但要从头到尾改变自己的生活习惯，已没有这种勇气了。象现在这样，我留在镇上，也许还能做点什么有益的事。如果跑到新四军去，将来吃不起那种苦，再逃回来，既玷污了自己的名声，也给别人不好的影响。我倒不如守在家里，把邦邦抚养大，也让你们严家后继有人。"

严家珍听她这么一说，感到很失望。她在牢房里受那样的折磨，还没有接受教训，仍然是满脑子家庭、孩子，这还有什么说头呢？她为了不伤害彼此的感情，既不劝她，也不责备她，只是说：

"你到哪去找邦邦呢？"

"张妈送到乡下去,自然会知道地方。"林琴瑶回答。

"人家不放他回来,怎么办?"严家珍说。

"你真太天真,"林琴瑶说,"象我们这样人家的小孩,乡下人带着,真是一种负担,哪会不放他回来。"

严家珍觉得无话可说了。她没有想到她们之间距离愈来愈远了。

"我决心不在这个家里呆下去了。"

"我也不想留你。"林琴瑶表示同情地说,"不过新四军开走了,你到哪去找呢?"

"地方这么大,到处有路,难道找不到?"严家珍坚决地回答。

"你可要当心,不要再落在坏人手里。"林琴瑶提醒她。

"张妈到乡下还能把邦邦寄托掉,我还怕找不到区政府吗?"

"不过你出去了,不要忘记家里还有我这样一个人。"

严家珍一想到她们就要分手,顿然想起她们在牢房里一同受难的情景,不禁悲从中来,紧紧抱住她哭泣了。

深夜,她把自己换洗的衣服清理好,准备第二天一大早就逃出黄桥。可是当她想起丁秀芬还在受难,她不去找组织营救她,一个人就这样匆匆忙忙走了,这不是太对不起丁秀芬了吗?而她又是马书记叫留下的,以后怎么交代呢?

这一来,她又留下来了。

第二天一大早,她又从厨房里拎一只菜篮,到河下街找陈静华去了。她经过大街,处处碰到一些戴船形小帽的列兵。仿佛他们都在用一种侦察的眼光看着她。一种紧张而恐怖的气氛,使她胆颤心惊。

河下街冷冷清清,河里什么船也没有,连平日装大粪的船也看不见了。她到哪去找陈静华呢?她在河边上来回走了两趟,突然发现街檐下有个干瘪的青年,头上戴着一顶退了色的旧草帽,帽檐低垂着,好象唯恐怕人看见他的脸孔似的,行动鬼祟,非常令人可疑。

严家珍警惕地对他望了一眼,掉过头往回走,她担心碰上敌人的暗探,当她刚刚走上拱桥,就听到后边有人叫她:

"家珍，你不要走，我和你谈谈。"

她听声音，仿佛很耳熟，便停住脚，回头一看，正是戴那项旧草帽的人向她走来。她和他素不相识，竟对她这样无礼。她气愤地说：

"你是什么人？跟我谈什么？"

"我是何克礼。你不认识我吗？"

何克礼跑到她前面，拦住她的去路。

严家珍两脚抖战起来。她知道秀芬就是他带人去抓的，如今又盯着她了。她不知如何是好。为了不显出自己的惊慌，便和他敷衍道：

"你怎么瘦成这样？我实在认不出来了。"

"你知道我怎么到镇上来的吗？"何克礼说。

"你跑到镇上来，我怎么知道？"严家珍冷冷地回答。

"我是为了你才到镇上来的。"何克礼说。

"你不要胡扯，"严家珍带气地说，"我跟你一不沾亲，二不结故，谁叫你跑来？"

"你继妈对我妈说，你约我到严许庄见面。"

"那你去找我继妈，对我说干吗！"

"你不要推脱得一干二净，我正在等着你。"

"你等着我怎么样？又想把我……"

严家珍本想说"把我抓起来"，话到口边上，又停下来。她瞪了他一眼，掉过头就气冲冲地走了。她觉得真晦气，一出门就碰上这个无赖。三十六着，走为上着。如果再迟疑，说不定这个小子，又会对她起歹心。到那时，后悔也来不及了。

本来，她想留一天，找找陈静华，现在是半天也很危险。她急急忙忙往回跑了。当她走到家门口，一个面目黧黑的女人，穿得破破烂烂，一手挽着一只破篮子，里面搁着破碗，一手挽着一个小女孩，突然走近她身边，说：

"小姐，我们等你好久啦！"

严家珍听她的声音很熟悉，定睛一看，两只炯炯有神的眼睛，使她

323

认出是陈静华。她向四周一望，没有人，立即把她引到后面的花房里。她轻轻地说：

"我到河下街去找你啦！"

"你要赶快离开，不然，何克礼这个坏蛋会来找你。"

"刚才，我在河下街已经碰上他啦。"

"那更是要当心，不能多停留。"

"你可知道，秀芬在牢房里生病，怎么办？"

"我们已经知道，正在想办法。"

"不过要快点，不然，可能有危险。"

"这个由我们负责，你赶快打定主意，走吧。"

"我走到哪去呢？"严家珍紧张地问。

"向北走，到周家庄去。那里一定有人等着你。"陈静华肯定地回答。

"那么，你呢？"严家珍问。

陈静华用手上的一根竹棍，敲敲地说：

"我有这根打狗棍，到处可以去。"

"这我马上就准备走了。"

严家珍把她们送出花房，站在后面望着她们的破烂的衣衫，却包藏着两颗坚定的心，深深地被感动了。

当天下午，她就拎着一个布包，悄悄地离开黄桥，和她这个罪恶的家庭诀别了。

十一

骄傲自负的刘泽恩接到指挥部李司令官命令他增援如皋城的电报，开始发生动摇了。

他的决心和信心，是建立在固守待援的基点上；现在完全颠倒过来，叫他去增援别人，认定形势非常严重。他清楚地懂得，围城打援是共军作战的惯技。李堡、西场的教训已经在先，他怎么能重蹈这个覆辙呢。从黄桥到如皋，以急行军的速度，也得一天的路程。在途中一碰上敌人，完全失去依托，有陷于孤军作战的危险。

他很不明白李司令官的作战部署。如皋城里已有两个旅，以共军的装备，怎么会去攻这样大的城市。即使遭到攻击，如皋城里有两个旅的兵力，足以固守，哪用得着他们九十九旅去增援？

他想来想去，认为这种作战部署不仅是欠周到，而且是极大的错误。但是军人以服从为天职，他怎么能违抗上峰的命令呢。经过再三考虑，他决定改变平常的行军规律，提早在半夜出发，避免在途中和敌人遭遇。

他为了出敌不意，就准备采取夜行军的动作。准备在第二天中午赶到如皋城。只要部队通过分界、加利镇，就靠近如皋城不远了。

黄桥，是他的立脚点，也是他们九十九旅的后方。他不能倾巢而出，决定留下特务营据守。为慎重起见，他派情报处长何成俊监督特务营长的行动。目前敌人的主要目标既然是如皋城，对付乡下几个零星的游击队，特务营绝对有把握。这样，前后兼顾，也就万无一失了。

刘泽恩一向把何成俊视为自己的亲信。在这种重要关头，必须对他面授机宜，赋予最高权力，才有利于军事行动。

事先，何成俊并没有估计到旅座会委托他以这样的重任；但当他得到这一指示后，又喜又愁。从任务的重要性来说，这当然表示上司对他的信任和重用；可是以一个营的兵力接替一个旅的防务，真使他胆战心惊。古人说得对，士为知己者死。既然旅座赋他以这样的最高权力，所以满口承诺说：

"只要成俊不死，黄桥决不会让给别人。"

"你有这种决心，很好，"刘泽恩十分嘉许地说，"不过有勇，还得有谋。"

"我看，最好把闲杂人员都送到泰州留守处，其他武装人员一律编队，待命参战，不知旅座以为如何？"何成俊胸有成竹地回答。

"这个办法，可行。"刘泽恩表示同意，"慰劳捐的款，筹集得怎样？"

"马上全部送到。"何成俊又请示道，"旅座如何处置？"

"连夜派专人解往后方，"刘泽恩回答，"严子强的案件如何办理？"

"严子强还扣押在那里，"何成俊说，"我正派人展开侦缉工作，务求把他的爪牙一网打尽。"

"除恶务尽。"刘泽恩严厉地说，"象严子强这样的地头蛇，事先没有觉察，也是我们的失职。"

"这是周汉辅咎由自取，"何成俊推脱地说，"严子强完全由他包庇起用的。"

"这是我们的教训，"刘泽恩说，"应以此为诫，你去吧。"

何成俊最后算是碰了一个不小的钉子，向后转了。

其实，刘泽恩最后的一句话，与其说是责备何成俊，也带有自责之意。过去，何成俊和周汉辅之间闹磨擦，他并不是不知道，他是想利用他们的矛盾，让他们互相牵制，便于他牢牢地把他们抓在手上。不料这一来，便被严子强这个坏蛋钻了空子。如今周汉辅被害，他就不得不全靠何成俊这一把手了。

他把后方的防务委托给何成俊以后，就亲自对各团交代任务。本来，他们一个旅是三个团。他很习惯于这种三三制。不仅在战场上，既有突击力量，又有机动部队，便于使用，而且在行军中，有前卫、后卫还有本队，也好掌握。可是经过整编，把三个团编成两个团，战斗部队是比以前充实，使用起来，就很不方便。不谈别的，单就旅部的指挥位置，就不好摆布。如果随前卫团走，前面发生情况，旅部就处在突击队地位，非常被动。同样，随后卫团走，也可能发生类似情况。总之，象现在这样，前后都不灵便。不过生米已煮成熟饭，也只得就事论事了。他考虑这次行军，前卫发生情况的可能性大，决定旅指挥所跟后卫团行进。

主观的设想，并不完全符合实际行动。

刘泽恩命令部队深夜一点钟出发，这是他们九十九旅空前没有的军事行动。他的主观愿望，就在于出敌不意；可是他把夜行军想得太简单了。由于部队平时没有这种训练，不仅动作迟缓，连最低的静肃也做不到。士兵喊的喊，叫的叫，有的打着手电筒，有的举着火把，闹得整个黄桥镇就象失了火一样，喊声震天，人心浮动。

他一向要求部队迅速、静肃，这是行军的起码要领。当他看到这种拖拉的样子，很不愉快。同时使他联想到，要适应夜间行动，非得在平时加强训练不可。这样，他要求一点钟出发，实际上，先头部队出动时，已经是三点钟了。依照他平时的脾气，真要大发雷霆。但他最忌讳出发之前讲不吉利的话，所以捺住性子，忍耐了。

初秋的早晨，苏北平原幽静而凉爽。疏星和淡月，显得软弱无力。无边的高粱，象海一般深，紧紧地把敌军围住。仿佛随时都有卷入惊涛骇浪之中的危险。一种紧张的空气，压得敌军每个士兵都喘不过气来。

刘泽恩在一般情况下，照例是乘车先走；今天，他为慎重起见，随着部队行军。他跨在一匹高大的洋马上，高瞻远瞩，自鸣得意，他感到自己好象和广阔的平原一般宽宏而雄伟。

当他将要走近分界时，已经天明。不知他是欣赏早晨的美景，还是感到疲乏，命令部队原地休息。他因为不习惯于夜间就餐，特地叫勤务兵带上腊肠、面包、水果，还有方糖，作为早餐。可是当他刚刚把绿色帆布椅子打开，准备进餐时，从后卫传来紧急报告：

"后面发现有情况。"

刘泽恩眉头一耸，把面包捏在手上，立起来。他好象一只受惊的野鹿，倾听四周的动静，一面默想道：

"后面哪来的情况？"

他正在踌躇，一个骑兵通讯员跳下马来，大声喊：

"报告司令官！敌人有一营兵力，沿公路追上来了。"

这真是晴天霹雳！他手上的面包落在地上，随即对旁边的一位参谋说：

"立即跑步上去，迅速把情况查明，报来！"

他很奇怪：敌人如果有计划伏击，怎么会从后面追上来，而不拦阻先头部队？难道敌人前后都有伏兵，准备把他们包围起来。这么一想，他紧张起来，立即命令先头部队向后收缩。他决心以分界为阵地，把两个团靠拢，准备战斗。

天色渐渐明亮起来。村庄和树林，清晰可见。一条由北向南的小河，把分界隔成东西两部分。东面有一条横街，西面有几株大树，遮盖着三座瓦房。四周全是高粱地。他们如同处在一个孤岛上，四顾茫茫，看不到边际。

刘泽恩感到局势的发展，正如他所料，现在已经堕入共军的圈套，后退固然不行，前进更有危险。唯一的方针是：固守待援。利用分界这个阵地，和共军决一雌雄。他把前卫团布置在东头，自己指挥后卫团在西头构筑工事，准备迎接战斗。

他的命令刚刚下达，西面的枪声就激烈地响起来。接着，一发重追击炮弹落到分界庄头上，爆炸了。他慌乱起来。但为了稳定军心，他从勤务兵身上把望远镜拿过来，故作镇静地迎着枪声向前走去。当他刚刚走出庄头，部队正沿着公路象潮水般溃退下来。他气得颈脖紫涨，命令勤务兵：

"对准那批混蛋开枪！"

他说着，举起手上的望远镜朝前一望：敌人有一个营的兵力正在向北迂回，对他们采取包围的姿态。他判断：第一线的敌人，已经展开一个团。纵深的情况，还不清楚。他立即命令东面的部队，严密警戒。如果东面再出现这种情况，情势就不妙了。

他立即命令参谋长亲自上前督战，把溃退下来的队伍组织起来，就地抵抗。可是在强大的火力追击下，有的从他身边跑过去，直接冲到庄上去了。他简直不相信这是他经过严格训练的士兵，而是一群乌合之众。他随即命令炮兵一面轰击追击的共军，一面拦阻自己乱跑的队伍，以求把阵脚压住，以免全线崩溃。

当他们的山炮开始作远距离射击时，从北面迂回过来的敌人就向后收缩了。分界庄上的混乱局面，开始稳定下来。

刘泽恩浑身浸在汗水里。他最担心的是在野外和敌人决战,今天偏偏发生这种情况。他为了不重蹈西场的覆辙,立即调整部署,构筑防御阵地。同时架起报话机,和如皋城里联系。

当他和如皋师部通话以后,简直把他气昏了。师部不仅不相信他们在分界被围,而且命令他们立即兼程前进。古人说得对:将在外,君命有所不受。他为自求生计,这一回,不再盲目服从了。他一面向南通李司令官发电报求援,一面督促部队挖掘工事,准备应战。

他赢得了一个喘息的机会,把部队调整,建立起第一套防御工事,不象头一阵那样混乱,渐渐有了信心了。

十二

事实上,这是一场偶然的遭遇战。

饶勇的任务,既不是攻击黄桥,也不是伏击敌人增援如皋城的部队,而是为了配合守备高邮、邵伯的兄弟部队,奉命向泰州城下挺进。他们准备在敌人的后方,发起一个突然的进攻,牵制敌人,粉碎敌人攻击邵伯的阴谋。

老虎团经过一夜的急行军,到达黄桥东南的张家庄,天已经亮了。各个部队按照预定的部署,纷纷进入宿营地。他们唯恐惊骇老百姓,战士们都坐在村子的场地上,等候老乡们起床。

饶勇在这种时刻,照例是先看地形,后进宿营地。一方面部队很疲劳,同时靠敌人据点不到两公里,一旦发生情况,就非常麻烦。他拿着地图和参谋人员沿着通向黄桥的大道走去。

当他们刚刚走到公路附近的一个小村庄的木桥边,迎面一个背土枪的民兵,急速地向他们跑来报告:公路上有敌人向东运动。

饶勇立即率领随行人员进入村庄。他一面派人到公路上去侦察,一面派人通知部队准备战斗。他很奇怪:敌人如果发现我们向西来,他们怎么又向东去?接着,他判断:可能是敌人的运输部队。如果是这样,就不应轻易放它过去。

果然,侦察员回来报告:有一个排的敌人,正在向东前进。

饶勇一心想把敌人吞掉,没有作全面考虑,立即命令作战参谋带领团部特务连沿公路跑步上去。同时考虑靠黄桥很近,准备打击敌人出来增援的部队。他随即向一营的驻地走去。

很快,公路上的枪打响了!开始,只是几声单响,象大年夜里放鞭炮一样,并不激烈。待到双方的机枪开火,空气开始紧张起来。接着,是我们的六〇炮响了,枪声愈来愈密集起来。

饶勇根据枪声判断:敌人绝非一个排的兵力。他唯恐特务连孤军深入,会遭受意外损失,立即命令警卫员跑步去叫一营增援上去。

一营营长王忠听到公路上的枪声很激烈,已经整装待发。当他一得到增援的命令,便从胸前拔出驳壳枪,向着队伍在空中一挥,大声喊道:

"同志们!跑步跟我来!"

他率领全营的队伍蜂拥地向公路上跑去。他们就象一群战马,听到枪声打得很激烈,一个个眼睛都红了。他们唯恐敌人逃走,扑个空,都争先恐后地飞奔前进。

饶勇看到一营的队伍已经跑步上去,开始心定了。他为慎重起见,一面派通讯员传命令,叫三营加强对黄桥方向的警戒,一面调二营上来跟着他前进。

他刚刚走到公路上,侦察员跑回来向他报告:

"前面发现有一个营的敌人。"

"不管敌人一个营,还是一个团,你跑步到一营去,"饶勇命令道,"叫一营营长抓一个俘虏来!"

侦察员说了一声:"是!"立即跑步上前去了。

饶勇对于当前的情况,开始怀疑起来。如果是少数敌人,碰上特务连的猛打猛冲作风,不是逃走,就是投降,哪里还敢这样抵抗?如果是一个营,那它跑出来送死。他为了确实弄清楚敌人的情况,亲自率领二营从公路以北,迂回到敌人的侧翼,配合一营的正面攻击,把敌人包围起来。

情势正如他所料想的那样;当我们侧翼的部队,一开始对分界的敌人形成包围,敌人的一阵排炮就向公路上发射过去,大地震颤起来。饶勇明确地判断:敌人至少是一个加强团;不然,哪来的山炮呢?在这种情况下,以我们一个团的力量,要把敌人吃掉是困难的。同时也违背以多胜少的战术原则。何况敌人已经占领阵地,更不应轻易冒险。但也不能让敌人轻易逃走,必须积极采取进攻姿态,迷惑敌人,钳制敌人。

他立即把三营调到一营和二营之间,对敌人形成一个弧形的包围圈。一面保持和敌人接触,一面架起电台向上级报告,再决定方针。

太阳已经升到半空,空气由紧张渐渐变得灼热。敌我对峙,形成一种僵局。敌人沿着分界的村庄,构成一个弧形阵地,他们把全部高粱、玉米一起砍倒,一条蜿蜒曲折的散兵壕,全部暴露在我们的火力前面。战士们望着这种形势,非常急躁。他们并不懂得上级的意图,也不了解全面情况,只看到敌人的战壕愈挖愈深,对攻击显然不利。每个人心里都在疑问:为什么还不发起总攻呢?

王师长就在战士们焦急的等待中来到老虎团的指挥所了。他看到阵地上非常平静,还以为敌人逃走了。他一见到饶勇就问道:

"敌人究竟有多少兵力?"

"我们正面,估计有一个团。"饶勇回答。

"分界河东呢?"王师长再问。

"那边不清楚。"

"立即派个排,从北面绕过去,用火力侦察。"

王师长一边发命令,一边拿起望远镜,爬到一株大槐树上,对分界进行直接观察:庄上的敌人就象被大水冲积在一起的一群蚂蚁,拥挤而混乱。还有骡马乱跳乱蹦。显然不是一个团的兵力。他对饶勇说:

"不要让敌人喘息,立即向分界庄上开炮。"

阵地上经过短暂的平静,随着一阵炮击,分界庄上混乱起来。敌人并不知道这是大战前的一个插曲,还以为是总攻击的前奏。他们象一群无头苍蝇,所有的轻重机枪、迫击炮、山炮,一齐开火了。接着,河东岸的枪声也打响了。顿时,整个分界变成一片火海。敌人的兵力全部暴露出来了。

王师长听着敌人的炮声和枪声,得意地笑了。他说:

"你听听敌人有多少?"

"我没有想到半夜里杀出来一个李逵,老粗。"饶勇笑着回答。

"你们的任务是监视敌人,"王师长说,"如果跑掉了,就得准备打屁股。"

"首长放心,"饶勇说,"我们吞不下,咬住他准有把握。"

"我们现在先看看地形,到晚上再来收拾他们。"

饶勇立即在王师长前面走了。他们钻进高粱丛中,隐蔽地接近敌人的前沿阵地。蹲在战壕里的敌人,大概受了刚才一阵炮击的虚惊,都不敢露出头来。只是偶然露出一顶两顶绿色的钢盔。王师长为了给敌人开开玩笑,随手从通讯员手上接过一支步枪,对准一顶钢盔,"啪"地一枪,把它打翻在地,人不见了。

"叫战士瞄准敌人,不停地放冷枪。"王师长说着从阵地上下来。他估计敌人准备固守待援,需要报告军区首长,通盘筹划,决心和敌人打一场大仗。我们最欢迎的是在野外和敌人会战,今天敌人送上门来,还到哪里去找这样的好机会呢?

不久,三架死灰色的敌机在空中发出一阵嗡嗡的哀鸣。他们不知是青纱帐太深,发现不到地上的目标,还是由于我们已经逼近敌人,分不清敌我界限,老是在分界的上空盘旋。

当敌机向下俯冲,向高粱地里盲目扫射时,我军所有的轻机枪、步枪一齐对空射击,打得敌机狼狈而逃。战士们拍手叫好。随即,阵地上又平静下来。

王师长交代饶勇充分做好准备，决心夜间歼灭敌人。然后带领随行人员走了。

饶勇没有想到在无意中揪住一股大敌人，真是喜出望外。不过看看太阳，还没有当顶，守到天黑，还有一段很长的时间。他想，正好利用这个空隙，积极做好战前的准备工作，便于夜间攻击。他把政治委员和参谋长召集在一起，开始拟定作战方案了。

他们隐蔽在一个矮小的瓜棚后面。东南上有一个很高的草垛，四周是稠密的高粱和玉米。警卫员不知从哪里搬来一张小方桌和几条矮凳，他们就坐下来开始议论了。

他们对于分界庄上的地形，不要说庄上有几所房子，就连每所房子有几间房间，都清清楚楚。前一次，他们在这里阻击敌人；今天，又轮着他们向敌人进攻。因此，村庄上所有可以作为防御的地形地物，全都在他们的计算之内。

"你们可记得？"饶勇说，"上一次，敌人为了夺取庄西头的那个独立瓦房，付出过不小的代价。"

"今天，我们要消灭敌人，也还得先攻占那所瓦房，"高参谋长说，"只有从那里攻击，才能打入敌人的纵深。"

"不过敌人经过一天的准备，一定注意到这个阵地。"陈政委插上来说。

"我们应当拿出攻泰兴城的精神，对付这股敌人，饶勇说，"不管敌人怎样充分准备，一天的时间，不可能做出象泰兴那样坚固的工事。何况这里既没有城墙，又没有城河。"

"现在时间已经不早，"高参谋长说，"如果确定那座瓦房作为主攻方向，必须立即派部队进行坑道作业。"

"陈政委的意见怎么样？"饶勇说。

"原则上，我们下定决心，消灭这股敌人，"陈俊杰说，"从哪里下手，你们决定。"

"那么，这样好吧，"饶勇肯定地说，"派特务连担任坑道作业，把一营一连换下来休息。"

他们正在议论，报务员跑来报告：他们从敌人的报话机里听到，如皋城准备派一个旅来增援分界的敌人。饶勇唯恐敌人逃跑，立即跑到三营阵地上，指挥部队发起佯攻，以便拖住敌人。

整个阵地上又象江海翻腾，开始了激烈的战斗。

十三

将近黄昏，如黄公路上已经组成了两大战场：一是从如皋城里出来援救分界敌人的一个旅，进到加利镇，被我友邻部队包围起来；一是分界阵地上，我军以六个团的兵力，完全把敌人封锁住了。

一场歼敌竞赛，很快就要在两个阵地上展开。

这消息传到老虎团的战士中间，就象火红的铁水，沸腾起来。最初，他们只看到敌人的工事愈挖愈深，不免有些急躁；当他们明白了上级的意图，一个个摩拳擦掌，争取建立新的战功。

黄昏降落在分界的阵地上，敌人开始恐惧起来。他们既看不到援兵，又面临着漫长而无边的黑夜。广阔而稠密的青纱帐里，处处都是他们的敌手。好象一片汪洋大海，把他们包围在一个孤岛上。哪里是他们的出路呢？恐怖的阴影笼罩着敌军每一个士兵的心。

战壕象墓穴似的张开着；敌人蹲在那里等待灭亡。寂静掩盖着战前的紧张气氛，只见沉默的高粱在苍茫的暮色中，轻轻摇动。

一连连长周新民接受了突击任务以后，精神上非常振奋。他好象竞赛场上的运动员，临到自己快要出场，充满着胜利的信心和决心。他们第一连，是全团的一面战斗红旗。从红军时代传到他手上，一直保持着常胜的光荣。今天，他又将以新的胜利，写上新的篇章。他兴奋得跳跃起来。

他们的任务，是夺取分界庄头的独立瓦房，为全团插入敌人的纵深，开辟前进的道路。他完全懂得：光荣的任务常常是和艰苦的战斗成正比例。因此，他不存任何侥幸心理，决心以顽强的战斗去完成团首长交给他的这一光荣的任务。

　　当他把全连的班排干部召集在一起，交代具体任务的时候，政治委员陈俊杰来到他们跟前了。他完全相信一连有决心完成他们所承担的任务，但为了使每个干部更明白自己的政治责任，提醒大家说：

　　"你们的任务，不仅关系到全团的胜利，也关系到改变整个苏中战局。应当下定决心，排除万难，争取胜利。"

　　"我们懂得当面的敌人是狡猾的，"周新民说，"我们正要来研究战术手段。"

　　"我估计你们打上去是有把握的，"陈俊杰说，"重要的，是防止敌人反击。"

　　"我们拿到手的阵地，他们就别想夺回去！"季刚坚定地说。

　　"今天的任务，是进攻，不是防御，"周新民说，"我们不但要顽强，更重要是勇猛。"

　　"既要猛勇，又要顽强，"陈俊杰补充道，"两者俱备，才能克敌制胜。"

　　"首长放心，"周新民说，"我们懂得自己承担的责任。"

　　"我完全相信，"陈俊杰肯定地回答，"祝你们成功！"

　　他们懂得陈政委是来给他们打气的，个个更加信心百倍，斗志昂扬。他们知道特务连已经从地底下挖了一条坑道，通向他们攻击的目标；只要爆破成功，夺取这个阵地，是完全有把握。周新民说：

　　"一排长，你们的炸药包，准备得怎样？"

　　"我检查过，象铁锤一样坚实，"季刚回答，"这个任务，我们已经包下来了，尽管放心。"

　　"全连的希望，全都寄托在爆破手的马到成功。"周新民说。

　　"我们不会辜负大家的希望。"一班长李进回答。

　　"那么，就把队伍带进战壕里休息，待命行动。"

周新民把任务交代以后,就按照惯例抽出几个干部带上担架,作为预备力量。他和指导员也作了前后的分工,保证全连战斗到最后胜利。

敌我双方都在忙于战前的准备,阵地上出现一种稀有的平静。整个分界漆黑一团,看不见一点灯光,也听不到一点声音,仿佛是一座荒无人烟的山丘。偶尔听到一两声马叫,才想到敌人还在作垂死前的挣扎。

战士们伏在战壕里,如同猫儿守住老鼠的洞口一样,久久听不到动静,又开始急躁起来。突然,从遥远的天空传来一阵激烈的炮声,知道兄弟部队已经向加利镇的敌人发起了攻击;唯恐自己落后,更显得紧张。他们一个个注视着天空,心里不住地问:怎么还看不到攻击的信号弹呢?

终于,"啪!""啪!""啪!"连发三响,打破阵地上的沉寂。三发红色信号弹,象三支透明的灯光升上高空,照得战士们眼明心亮,一起动作起来。

阵地上的枪声和炮声,就象冲决了堤坝的洪水,哗哗哗地轰响着一红色曳光弹划破夜的黑暗,象无数支火箭在半空飞舞。子弹在空中碰撞,迸裂出朵朵火花,如同陨星般不住地向下坠落。

一场激烈的战斗又开始了!

周新民是一个久经战斗锻炼的老战士。枪声愈激烈,他显得愈镇定。他站在突击排的行列里,沉着地指挥爆破手分两路前进:一个从坑道上面直向前面的独立瓦房冲去;一个从坑道里摸到敌人的脚底下,准备炸它个人仰马翻。战士们一个个伏在坑道里,待命冲锋。

随着密集的枪声和炮声,两个炸药包象地雷般爆炸了。硝烟弥漫,大地震颤。战士们冒着浓黑的烟雾,猛勇地冲杀上去。爆破手从爆破口向屋子里再扔去一个手榴弹,随即冲进去了。

敌人被炸得血肉模糊,一声也不响了。有的从前门溃退出去,又被迎面的一挺重机枪拦阻,一个个被打倒在外面的开阔地上。

这是一个恶毒的火力点。不但打倒了它们自己的败兵,也封锁住我们前进的道路。挤在瓦房里的战士,就象坐在火坑上,怎么也按捺不住,急得双脚直跳。

周新民发现前进受到敌人的火力阻击,立即命令一排长在墙上开洞,用机枪摧毁敌人的火力点,扫除前进道路上的障碍。接着,敌人的火力集中封锁我们占领了的瓦房,使我们一步也跨不出去。

周新民听到敌人的机枪象暴雨般射过来,他打了一个墙洞,趴到旁边仔细观察:敌人在公路南面,挖了一套防御阵地,封锁住分界的村庄。假如我们从前门冲出去,恰好落在敌人的火网里,正中敌人的奸计。他想,应当先集中炮火摧毁敌人的火力点,才有利于消灭分界庄上的敌人。

当他正在琢磨向领导上建议,营长王忠上来了。营长看到部队占领阵地很久,还迟迟不进,心里急得火冒。他说:

"你们怎么象乌龟进了洞,爬不出去。"

"营长,你来看,"周新民把王忠拉到洞口边,"敌人在纵深还做了一套防线。"

王忠挤过去,仔细观察:敌人工事里发出来的枪弹,象暴雨般响个不停。很明显,不摧毁敌人设置在公路南面的障碍,就很难解决庄上的敌人。他说:

"你们挤在这里的人太多,疏散一部分出去,留一排在这里坚守。"

"你看,我们怎么打上去?"周新民问。

"等等。一定要从南面绕到敌人的背后去,"王忠说,"把敌人包围起来,才能干净消灭它。"

"那么,我们怎么办?"周新民请示道。

"你们立即准备,防止敌人反击。"

王忠说着就抽身出去了。

周新民听营长这么说,随即把队伍疏散出去一部分。他亲自率领一排,决心坚守这个已经夺得的阵地。他懂得敌人不肯放手,一定要来争夺。他要在反击中,打得敌人片甲不还。

果然,敌人在密集的火力掩护下,开始反击了。他们懂得失去独立瓦房,就象一把刀子插在喉咙上,是致命的威胁。随即,一班敌人象狗一样从前面开阔地上爬过来。最初,只看到几个阴影,以后渐渐增多起来。

季刚对反击敌人是有经验的。他一点不为敌人的气势汹汹所吓倒。当敌人爬到离阵地三十米的前面，他喊一声："放！"机枪和手榴弹一齐打出去，打得敌人抱头鼠窜；有的倒在地上哇哇大叫。

正当他们击退敌人第一次反攻，营长又上来了。大家以为马上要出击，不料却带来一个失望的消息：由于兄弟部队没有准备好，延缓总攻的时间，并对一连连长说：

"你们要坚守这个阵地。"

周新民懂得这个任务的艰巨；但他为了顾全整体，什么话也没有说，只是对营长建议道：

"请告诉我们指导员，动员二排三排送些器材来。"

"这个我已经布置，"王忠说，"最要紧的，防止敌人在拂晓的时候进行偷袭。"

"我们开始建立防御工事。"周新民说。

"天快亮了，动作要迅速！"王忠说着又下去了。

周新民命令季刚监视敌人，他自己带领预备队立即挖掘防空防炮的工事。他估计敌人晚上不敢再来，一到白天，这个阵地可能就是敌人炮击的目标。因此，他带着战士从墙脚下挖洞，在墙外面建立隐蔽所。这样，即使房顶被炸塌，也威胁不到他们的安全。

果然不出他所料，天刚亮，敌人就集中炮火对准他们的瓦房，妄想以火力摧毁这个阵地。一发重迫击炮弹落在屋顶的正中，屋顶倒塌下来，墙壁在摇晃。

周新民懂得敌人炮击过后，就要发起冲锋，抢夺这个阵地。他和一排长各人掌握一挺轻机枪，一听到炮声停止，就从地下的防炮洞里钻出来，守住阵地。

敌人看到阵地上没有枪声，以为全被他们的炮火摧毁了，便挺着腰杆，大摇大摆地走过来。当他们刚走到开阔地正中，一排机枪扫射过去，敌人死的死，跑的跑，连一根稻草也没有捞到。

敌人眼看一次又一次的反击都被打垮下去，真是狗急跳墙，便用反坦克炮对准独立瓦房平射。瓦房墙壁倒塌下来，工事被压坏了，一挺机枪也被压歪了。

周新民从工事里爬出来，敌人一下子就冲到大门口。他拔出驳壳枪向敌人扫了一匣子弹。一个敌人扑过来，伸手夺他的枪，被胡明来用枪托打倒在地上。接着另一个又冲上来了。他们迎上去把敌兵抓住。一发炮弹正落在旁边，三个人一起倒下去。

周新民和胡明来英勇牺牲了！

十四

季刚看到连长在自己身旁倒下去，什么话也没有说，默默地把连长手上的枪接过去。

这是一支战斗的枪，胜利的枪，有着光荣传统的枪。他追随这支枪，转战大江南北，已经整整四年。他在这支枪的指引下，得到锻炼，逐渐成长起来。他要举起这支枪，继续战斗下去。他不住地对自己说：不要悲痛，勇敢地站在战斗的前线。他要从胜利走向胜利。

刘得胜和季排长战斗在一起。他不仅看到连长牺牲，非常难过，而且对胡明来的死，也深感悲痛。他们之间有误解，也有真正的友情。他在这时候，不肯说出一句丧气的话，只是把仇恨集中在枪口上，紧紧地盯着敌人。

他看到前面开阔地上，横七竖八地躺着敌人，有的已经不能动弹，有的还在挣扎。他想给那些还没有断气的敌人，每人再补上一枪，又可惜子弹。只得让它们在地上辗转呻吟。

季刚面对眼前的形势，估计敌人决不会自动缴枪的，还有艰苦的战斗。他对刘得胜说：

"你在这里监视敌人,我去修复工事。"

随即,他带领战士打扫阵地,把自己的伤员送下去,再把敌人的一个尸体,象赖皮狗一样扔出去。被打坏的工事,一个个修复起来,加深加厚,准备白天迎接更艰苦的战斗。

炊事员就在他们艰苦奋战的时刻一个人背着七八个水壶,拎着一篮面饼,从坑道里爬进来了。他把水壶送到每个战士手上,大声说:

"同志们!你们辛苦了。今天给你们摊的甜面饼,赶快来吃啦。"

季刚对大家望望,好象谁都不感到饥饿。不知是因为连长牺牲,每个人心里难受,还是通夜没有睡觉,嘴里觉得没有味道,谁都对炊事员的话不感兴趣。但他懂得旺盛的士气,是需要坚强的体力支持的,于是把面饼分到每个战士手上,说:

"大家要当作任务吃下去,准备继续战斗!"

战士们把排长的话当作命令执行,轮流担任警戒,吃早餐。他们都懂得白天的战斗要比晚上更艰苦,决不能把用生命换来的阵地让敌人夺回去,一定要战斗到最后胜利。

新战士马继成经过三次大战斗,已经算老战士了。他一面吃饼,一面想着战斗。当他啃完第一个饼时,突然象有所发现似的,感到格外兴奋。他想,一个饼从任何一角吃过去,都可以吃掉,为什么对着面前的敌人,一定要从正面打上去,为什么不可以改换一个方向呢?他跑到排长跟前说:

"我真不懂,为什么一定要从这里打上去?"

"这是上级的战斗部署。"季刚简单地回答。

"为什么我们不改换一个方向?"马继成问。

"打仗不能投机取巧,"刘得胜从旁插上来说,"遇到障碍就掉头,还能消灭敌人吗?"

"只要能消灭敌人,我看哪里好打,就从哪里下手,"马继成坚持地说,"这不算投机取巧。"

"你说哪里好打?"刘得胜象抬杠似的问。

"哪里好打，我说不出，"马继成说，"象我们这个地方，从正面打上去，我看就有困难。"

"小同志，你这种想法，是不对的，"季刚批评道，"我们这个团的特点，攻能攻得上，守能守得住。对自己的任务，从来不向上级讨价还价。"

"我并不是怕困难，"马继成解释道，"比如啃一个饼，从哪一面啃起，最后总是把它吃掉，为什么一定要从这里啃起？"

"打仗如果象吃饼这样容易，那我们还算什么老虎团？"得胜觉得他太幼稚，笑了笑，走开了。

"你要懂得，我们是一个战斗排，不能自由选择攻击方向，"季刚解释道，"我们只能坚决完成上级规定的任务。"

马继成不作声了。他承认排长的话有理；但他思想上不通。照他的想法，守在这里，凭空挨炮火，不合算，应当改换一个方向。

刘得胜观察敌人的阵地上，又在调动队伍，估计又有新的动作。他把轻机枪对准，等敌人冲上来，叫它一个也回不去，永远在草地上晒太阳。

实际上，独立瓦房里已经变成一片空地，所有的战士都隐蔽在墙外边的地道里。敌人的迫击炮弹象冰雹似的落下来，炸得房子里烟雾腾腾，瓦砾和弹片向四面飞迸。紧接着炮击之后，敌人又一批批冲上来。当他们冲到阵地前沿，战士们从坑道里跑出来，用冲锋枪一扫，敌人一批批倒下去，有的连滚带爬地向后逃走了。

敌人经过密集的炮火轰击，一次又一次地组织反攻，始终没有把独立瓦房这个阵地夺回去。同时看不到救援的部队靠拢它们，就象一群掉进油桶里的活老鼠，眼望着要被淹死，愈来愈没有信心了。

季刚从不断反击敌人的胜利中，得到了一条经验：坚守这样的阵地，不在人多，而在战士的英勇顽强。事实上，他的这个排，经过一天一夜的艰苦奋战，只有一个班的人数；但他对胜利完成自己的任务，仍然充满着信心。

指导员陈小昆就在他们打退敌人最后一次反攻的时候上来了。他带着团首长的命令，向战士们宣布：

"命令季刚代理一连连长；并记一排集体一等功。"

这是上级对他们最大的信任，也是对他们最大的鼓舞和鞭策。战士们一个个眉开眼笑，准备迎接最后胜利。

陈指导员对他们既善于利用坑道隐蔽自己，保存有生力量，又能及时地坚决地一次一次打退敌人的反扑，坚守阵地，感到十分满意。他说：

"你们这次打得很出色。团首长已经向全团表扬你们。"

"这是我们应尽的责任。"季刚代表战士们回答。

"报告你们一个好消息，"陈小昆接着说，"加利镇的敌人，已经被兄弟部队解决一半了。"

大家拍手叫好！战士们都懂得，消灭了敌人的增援部队，当面的敌人就成了瓮中之鳖，一个也跑不掉了。季刚大声说道：

"同志们！我们要和兄弟部队比赛，坚守阵地，保证夺取最后胜利。"

"保证夺取最后胜利！"战士们一致兴奋地应答。

他们正说着，营长和饶团长也上来了。季刚很紧张。他立即把首长引到自己的掩蔽部里，并通知每个战士注意警戒，严密监视敌人。

饶勇拿着望远镜走进掩蔽部里，看到工事修在房子的墙脚下，既隐蔽，又坚实，不由地联想到泰兴城墙下的地堡。他开玩笑地说：

"你们这是从敌人那里学来的。"

"我们为了隐蔽，避开敌人的炮火。"季刚认真地回答。

"你们做得对。"饶勇说，"你来讲讲敌人的火力阵地。"

季刚靠近团长，伏在掩蔽部的瞭望孔跟前，把敌人的三套防线，一一指点给团长，并指着东南角上的一株大树说：

"那里就是敌人的一个炮兵阵地。"

饶勇冷静而仔细地把敌人的阵地通盘观察了一遍，渐渐形成一个概念：好象一盘棋，布得很周密，但没有重点。只要突破一个缺口，就全都混乱。他把一营营长叫到跟前说：

"王忠，你去把一挺重机枪搬来。"

"压制敌人的火力吗？"王忠问。

"把敌人的火力吸引过来，"饶勇说，"你带两个连从敌人的背后迂回过去。"

"那里有条河，"王忠说，"我们上次就是凭靠那条河挡住敌人从南面的进攻。"

"正是这样，我们威胁到敌人的指挥阵地，才有利于正面出击。"饶勇指示道。

"这要晚上攻击，才行。"王忠说。

"敌人估计我们一定在晚上行动，"饶勇说，"今天出敌不意，就能致它死命。"

"这我们就要动作快。"王忠说。

"一排长，你们一看到信号，就发起佯攻，把敌人的火力吸引过来。懂得吗？"饶勇说。

"我懂得。"

季刚把首长安全地送下火线，浑身感到轻松起来。他听到首长说，要白天发起攻击，就不让敌人跑掉一个。不过他们处在正面的位置上，动作如果不快，就象赶鸭子一样，把敌人赶到别人那里去了。他把首长的意图传达给战士，一个个兴奋得跳跃起来。

太阳已经升到天顶。空气燥热。高粱低垂着头，不敢向上仰望。知了的声音也嘶哑了。敌人的阵地上看不到人影，炮声也停歇了。好象整个阵地变成了荒凉的废墟，冷冷清清。

不久，一挺苏式重机枪运进独立瓦房的阵地上来了。接着，一盘盘子弹象流水似的传递进来。由于这种机枪不用高架，一直推进隐蔽部里，迅速安装起来。

突然，四架红头的加拿大制的飞机，从辽远的天边绕一个半弧形的大圈，出现在阵地的上空。随即分界庄上的前面，摆出一幅中间嵌着红长条的白布，飞机绕着村庄兜圈子。

敌机做着各种低飞的姿势，有时机身擦过树梢，树叶被气浪震荡得哗哗地落下来。机舱里的敌人，有时探出头来向下俯视，一听到地面的枪声，就吓得魂不附体地飞走了。

战士们怀着紧张的心情，等待攻击的号令。他们都把鞋子扎紧，子弹带束紧，只要听到冲锋号一响，就准备来一个老鹰抓鸡的动作，向敌人猛扑上去。

忽然一发山炮炮弹落在敌人的炮兵阵地上，敌人就象从噩梦中惊醒，晕头转向，不知所措了。接着炮声和枪声就象倾盆大雨，落到敌人的各个阵地上。顿时，分界庄上人仰马翻，一片混乱。

季刚指挥重机枪和轻机枪向着敌人一起开火。分界庄上的瓦房里的敌人象一群鸭子似的冲出来。他发现敌人开始逃跑，举起手上的汤姆枪，大声喊道：

"同志们！敌人逃跑了，冲呀！"

他带领一班人从正门冲出去，随后二排三排都跟着前进。他刚冲到公路上，一发子弹穿过他的肩胛。好象被黄蜂咬了一口，他并不在意，继续追赶着敌人。

刘得胜刚刚从他身旁抢上前去，发现排长背上鲜血直淌，一把拉住他，喊道：

"排长，你带花了！"

季刚恍然感到身上无力，靠在刘得胜的肩膀上了。

战士们望着敌人溃退，谁都不在意，象潮水般涌向前去，勇猛地追击。……

十五

九十九旅旅长刘泽恩终于没有逃出人民的手掌，被俘了。

但他并不服输。第一、上级指挥失策。明知共军惯用围城打援一手，偏偏把他从黄桥调出来，正中敌人的计谋。这责任全不在他。第二、友军行动迟缓。他们明知他已在分界被围，却按兵不动。直到指挥部命令下达，才派出增援部队，坐失战机，被敌人各个击破。第三、下级不听命令。当他发现敌人只有一个团的兵力时，他曾命令前卫团从分界东面向北迂回，驱走敌人。而他们借口有条小河，部队运动困难，裹脚不前，以致最后全面被围。在这种种情况下，他，刘某人就是有降龙伏虎之术，也很难避免覆灭的命运。

他在整个战斗过程中，一直小心谨慎，沉着应战。他一发现情况，就采取断然处置：以分界为阵地，把部队靠拢，固守待援。他认为自己一点也没有错误。当时，如果他照师部的指示，冒险轻进，即使不在分界被围，也会在加利镇碰上敌人的主力。友邻部队的被歼，就是一个实证。他固守分界，敌人围攻一天一夜，才失去分界庄头的一所独立瓦房。如果援军及时赶到，完全有力量击破敌人的包围。直到拂晓，同友邻部队的联系突然中断；同时师部命令他随机应变。这时，他才感到事态严重，只有自己靠自己了。

刘泽恩一肚子怨气，无处发泄。如果师部的命令在拂晓以前到达，完全有把握胜利地突出共军的包围。可是不早不迟，正是天亮的时候，叫他随机应变，这怎么处置呢？

他清楚懂得，白天突围，等于送死。但是援军的联系已经中断，固守下去，也只是坐以待毙。他为防止发生意外，把自己的服装和勤务兵对换，立刻变成一个普通列兵。同时又把手表和钢笔都交给勤务兵。只有一枚金戒指，是他新夫人给他的纪念品，不能轻易丢失。他为慎重起见，藏在布鞋的后跟里。接着，他拿出镜子和保险刀，从容地把脸上的络腮胡子刮干净。本来，他有些象猿猴，经过细细修饰，却变成一个翩翩少年了。

他的这番化装手续，勤务兵完全看在眼里。他为了掩饰自己的卑怯，却冠冕堂皇地说：

"我们准备杀开一条血路，打出去！"

345

勤务兵当然没有作声，只是想着自己如何逃脱，落得一个美国游泳手表。因此，他一切看长官的脸色行事。

刘泽恩准备完毕，就开始拟定调动部队的计划。他估计要整个旅安全脱险，很难有把握。如果能保全大部，就是最大的胜利。因此，他决定先由分界西头的部队，向敌人发起攻击，把火力吸引过来，然后他率领前卫团从东面打开一个缺口，倾巢突围而出。

他的计划确定后，即命令参谋长指挥西头部队行动，而他自己却准备到前卫团相机行事。他刚刚走出大门，报务员跑上来报告：南通指挥部李司令官派飞机来掩护突围。他很不耐烦地回答："我知道。"

其实，他心里并不赞同白天突围；可是已经到这个地步，再迟疑，就可能误事。他心一横，立即叫联络参谋把联络信号摆出来，准备对空联络。

当飞机刚刚出现在分界上空时，参谋长打来电话：共军已经从南面迂回过来。刘泽恩又慌乱起来：难道共军白天敢于向他们进攻吗？他立即命令炮兵掉转炮口，准备向西南方轰击。

他的命令刚说出口，共军的山炮先向他们的炮兵阵地发射了。炮弹一发又一发击中他们的炮位，炮手负伤了。炮架也炸毁了。随着猛烈的炮击，四面的轻重机枪，如同狂风暴雨，袭击他的阵地。他发现共军已经抢在他们的前面，只有按照预定计划，向东南方向冲出去。

他的计划完全破产了。参谋长没有等他到达前卫团，就被迫后退了。前线阵地一放弃，整个战线混乱了。第二线的部队从战壕里、房子里冲出来，象崩溃了的堤防，哗哗哗地乱跑。他混杂在乱跑的队伍中，象一个小皮球，跟着人流冲到东，碰到火力拦阻；转回头向西，又被自己的队伍冲倒。他从地上爬起来，跟在他背后的勤务兵也不知去向。他颤抖起来。

他看到整个部队如同脱了缰的马，已经无法控制，感到一切都完了。他随着队伍冲到分界河的下游，又碰上共军。他乘士兵举起枪，纷纷缴械投降时，"扑咚"一声，跳下河去。

他象水鬼一样潜入水底，一口气游了几百公尺。当他从水里伸出头向四面一望，发现没有人跟踪追击，再钻到水里，向前游去。直至游到一片水草很深的岸边，他感到精疲力竭，继续游不下去了。他将整个身子泡在水草里，利用岸边的灌木做掩护，获得一阵喘息。

他象是做了一场噩梦。一小时以前，他感到自己还有强大的威力，掌握几千人的命运。此刻，只剩下孤单单的一人，连自己的影子也不敢见人了。

他在河岸上整整隐蔽了两小时，发现四周既无枪声，也无人声，估计危险已经过去，便从河里爬上岸，象小偷似的钻进高粱丛中，算是脱险了。

无边的青纱帐，已经成为他的避难所。他想起自己这一天还没有吃东西，肚子里有些空虚。他看到旁边的玉米，又壮又黄，便摘下一大堆，狼吞虎咽地塞下去，倒觉得别有滋味。

他一生还没有经受过这样的熬煎。浑身衣服潮湿，身上又不住地冒汗。他想脱下衣服晒晒，又唯恐发生情况。幸喜他下河的时候，鞋子抓在手上，纪念物没有丢失；不然，真是无脸见人。

八月的太阳，愈是希望它早点落山，却老是停在半空，动也不动。仿佛故意和他作难，叫他坐立不安。他想起自己在衡山军官训练团的时候，是何等威风。那时，他虽然只是一位上校团长，担任一分队队长，但多次被何应钦总长召见。从长沙派去的慰问团，也把他们看得比王子还尊贵。当时，日军虽占领武汉，还不敢轻易冒进。他们正在那里养精蓄锐，自得其乐。他的新夫人，那时还是稻田女子中学的高才生，经常在长沙《民国日报》上写些抒情诗。他在无意中发现她的大作；当她来慰劳的时候，他给了她一顿夸奖。从此一往情深，两人便结下不解之缘，成为他的随军眷属。如今孑然一身，真不胜感慨之至！

天断黑，他开始从高粱丛中走出来，向着黄桥方向走去。田塍一高一低，真是步履维艰。但他希望特务营固守黄桥，再向李司令官请求援救，或者还能将功赎罪。因此，他不顾一切困难，一心向前走去。

他的希望终于破灭了。他还没有走到黄桥，就听到那里炮声隆隆。显然，共军已发觉黄桥守备兵力薄弱，乘胜进攻。他的眼前一片漆黑，几乎迷失方向。他好象一个破产的投机商人，看到自己的家产已被查封，全身都软瘫了。

他向何处去呢？

他想到泰州城里还有人等着他。如果何成俊遵照他临行前的嘱咐，把黄桥的十万元慰劳捐解送后方，再加上他夫人的积蓄，即使不能东山再起，就在泰州做个寓公，也还可以混些时候。他鼓起勇气，又继续向前走了。

他心里很矛盾：愈是想到自己这样剩下孤家寡人，愈希望早点回到泰州，享受家庭的温暖。不过他穿着身上的服装，一旦碰上民兵，就没有生路。他为了慎重起见，撇开黄桥，朝着西北方向，从高粱地里摸索前进。

当炮声渐渐落在他的背后，紧张的心情稍为缓和一些。同时感到在高粱地里摸来摸去，实在吃力。他走到一条堤埂附近，发现一所独立的小茅房里，透漏出一点灯光。他靠近窗口倾听，里面一个女人说：

"你今天走路，已经有进步。"

他看到男的躺在床上，好象是一个病人。四周又没有人家，非常僻静。他轻轻地叩门，说：

"大嫂，请行行好事，开开门。"

顾小妹突然听到门外一个异乡人的口音叫门，感到很紧张。她连忙走近床前，轻声地对长春说：

"你把脸朝里，我去开门。"

顾小妹把门打开，一个高高大大的穿黄军装的男人冲到她的跟前，吓得她慌忙后退了一步。她看到他后面没有人，便高声说道：

"这么黑夜，你跑到我家来干吗？"

"大嫂，你不要嚷，"刘泽恩摇摇手，"我是从黄桥逃出来的。"

顾小妹看他脸上干干净净，不象一个小兵，便骗他说：

"我丈夫生病，家里没有别人。你进来歇一会。"

"大嫂，请你行个方便，弄一身便衣。"刘泽恩央求道。

"我们穷人家，真是老鼠身上一层皮，实在没有多的。"顾小妹回答。

"我不是白拿你的，你要多少钱给多少。"刘泽恩说。

"你先进来坐坐，再说，"顾小妹说，"看样子，你还没有吃晚饭，我到园子里摘个瓜来，给你炒点菜，吃饱饭再走。"

刘泽恩看她年青，还很和顺，便大胆地跟着她进来了。他向房间里望望，陈设很简单，不象一户人家。他便对床上的病人说：

"老乡，你生的什么病？"

"医生说是什么黑热症，"王长春转过脸来，"你老总是哪一部分的？"

"我，我是从黄桥逃出来的。"

刘泽恩看到床上躺着的是一个年青人。开始有些着慌。

"老总，你请坐，"王长春说，"等我女人给你烧点晚饭。"

顾小妹立即带着一个背枪的民兵进来了。刘泽恩双脚跪在地上，哀求道：

"请饶我一条命，你们要多少钱，我给多少。"

"谁要你的臭钱！"顾小妹厉声地说，"站起来！"

刘泽恩低垂着头，双手被反缚起来，带走了。

十六

黄桥镇上的敌人，紧接着九十九旅的主力在分界全军覆没以后，就被人民解放军全面包围了。

情报处长何成俊经受一天一夜的炮火威胁，陷于极度的恐慌和矛盾中。他已经三次从敌人的报话机里听到向他们发出的敦促投降书。如果在十二小时内不答复，就要招致毁灭性的打击。刘旅长并没有授予他这种权限，怎么能担当起这个责任呢？凭黄桥这点守备力量，坚持下去也没有生路。他从昨天中午已经和旅部失去联系，和师部又不直接通报。他象是一条遭受惊涛骇浪袭击的小船，四处找不到依靠了。

他怎么办呢？

如果投降，成为共军的俘虏，以他的身份和职位，不是死，也被监禁起来。何况他这样一位少壮军人，岂能屈膝投降。三十六计，走为上计。他想，季盛然在泰州还有产业，如果他能在这次危急中搭救他，今后决不会辜负他的好意。最后，他把一切希望寄托在季盛然的身上了。

特务营长就在他另谋出路的心情下，跑到何成俊的办公室来了。这是一个简单而暴躁的少年军人。他对何成俊向来心怀不满，认为他象太上皇，指手画脚，摆出一副高人一等的架势。现在情势危急，又拿不出办法。他带一种威胁的口气说：

"何处长，我听你指挥，你看怎么办？"

"不必这样说嘛，"何成俊回答，"同舟共济，有事好商量。"

"情势已经十分危急，不投降，就只有灭亡，"特务营长坦率地说，"你看怎么处置？"

"兵权在你手上，由你断然处置。"何成俊明白地回答。

"何处长，这话是你说的，"特务营长说，"我就遵命行事。"

何成俊望着特务营长走出去，便派勤务兵去请季盛然来。他要走在前面。如果让特务营长先接受投降命令，他就有被出卖的危险。

已经是下午一点钟。距离命令投降的时间还不到五小时。炮火已经暂时间断。街上的店门全部关上了。除了偶尔有一两条狗穿过街心，看不到一个人影。

季盛然就在这种冷冷清清的时刻，被请到情报处去；他心里非常惶惑：是不是他们准备逃走，向他再敲一笔竹杠？还是把他作为人质，准备向新四军求和？当他忧心忡忡地走进何成俊的办公室，却受到笑脸相迎。接着，何成俊递给他一支"三五"牌香烟，一边客气地说：

"共军围攻甚急，请季会长来共商对策。"

"黄桥是一个多事之地，希望处长多多成全我们老百姓。"季盛然狡猾地回答。

"现在不是我来成全你们，"何成俊坦白地说，"而是希望季会长给兄弟一臂之助。"

"哪里的话，"季盛然客气地回答，"军民合作，同舟共济，理所当然。"

何成俊看到时间紧迫，已不容许他多客套，便把椅子向前一拉，靠近季盛然，贴近他的耳朵，说出自己的心里话了。

季盛然感到很突然。他想，何成俊既然出此下策，不妨将计就计，为自己找一条后路。他说：

"何处长了解我是有家室的人，承何处长这样信赖兄弟，理应帮忙。不过希望何处长对兄弟也有所照顾。"

"只要力所能及，兄弟立即照办。"何成俊慷慨地回答。

"说起来，不是兄弟份内的事，"季盛然说，"你这里关了一位姓丁的女人。不知处长怎样处置？"

何成俊听他的口气，便明白他的心事。他说：

"季会长是不是有意保她出去？"

"如果何处长看得起兄弟，给我这个情面，当然感激不尽。"季盛然委婉地回答。

"季会长既然有这番意思，我立即派人把她送到府上来。"何成俊满口答应。

"那么，事不宜缓，"季盛然说，"请处长早点到舍下去，以便安排住宿。"

"千万保守秘密。"何成俊说。

"这一点还得请处长留意，"季盛然说，"隔墙有耳，请处长最好不要带随从人员。"

何成俊觉得他真是一只老狐狸，两面讨好，两面沾光。不过处在这种危急关头，为自身安全计，也就不去和他计较。何况他杀了一个乡下女人，于大局也不起什么作用。不如让季胡子多一层障眼术，对他的安全也多一层保障。

他刚刚把季盛然打发走，特务营长就摇电话来：他已决心放弃抵抗，避免无谓的牺牲。他无可奈何地回答：

"你瞧着办吧。"

何成俊立即派勤务兵带着他的手谕，释放丁秀芬；同时把一本电报密码丢在地上，擦了一根火柴，焚毁了。笨重的行李已经无法拿走，随手把一只半导体收音机和一支手枪，塞进手提包里，慌慌张张地溜出办公室了。

黄昏，何成俊已经去掉日本式的八字胡须，变成一个年青商人，出现在季盛然的东面院子里了。

这是一所古老的庭院。院墙上画着一条苍龙，被雨水淋得模糊不清了。花台上的兰草，馥郁而青翠。一盆盛开的茉莉花，散发出满院的清香。两株碧绿的石榴树，象是在冷眼望着他，显得有些古怪，可怕。

何成俊经过一阵恐惧之后，躺在一张红木的躺椅上，感到分外清静。他在办公室里，就象坐在火山上，坐立不宁。没有想到就在这戎马倥偬的黄桥镇上，还有这样一个世外桃源。他不由地对季盛然的家庭生活羡慕起来。

就在这时，季盛然的三姨太太金玉梅端着晚餐的菜饭进来了。她那清秀而细长的眉毛，稍为瘦长但很红润的两颊，象盛开着的桃花，十分引人注目。她把盘子放到桌上，点燃一盏绿色的高脚煤油灯，然后娇声地说：

"何大哥，请！"

何成俊立即被她的声音迷住了。不知是灯光的反射，还是他自己的心理作用，总觉得她在暗暗地打量他。他并不知道这是季胡子的姨太太，还以为是他的女儿，弄得他心里有些恍恍惚惚。但他懂得自己是来避难的，应当有所警惕。如果万一被她知道底细，就可能发生性命的危险。他为慎重起见，不妨先试探她一下，看她究竟可靠不可靠。他客气地说：

"小姐！劳你亲自送来，实在对不起。"

"你不要这么客气，"金玉梅含笑地回答，"我们家里人叫我对你兄妹相称，以遮外人耳目。"

"你知道我是做什么生意的？"何成俊故意地问。

"你在我面前就不要再卖关子了，"金玉梅说，"没有什么好菜，请用饭吧。"

"请你一起来用吧。"何成俊就在座位上坐下来了。

"不，"金玉梅回答，"我还要等我们季老回来，你先请吧。"

何成俊没有想到她是季胡子的女人，便走上前去，拉着她的手说：

"你就代表季会长，陪我吃吧。"

金玉梅觉得怪难为情，推开他的手，拿着空盘子，轻飘飘地出去了。

何成俊便对她发生非分之想。季盛然已经是一个老朽，还占有这样年青美貌的女人，未免太过分了。她既然知道他的来历，估计她为了自己的安全，也不会出卖他。他应当寻找机会，取得她的欢心。这样，他的安全就更多一层保障了。

他很满意地吃完晚餐。为了驱走生活中的寂寞与无聊，便从手提包里取出半导体收音机，躺在躺椅上，望着蓝净的天空，欣赏爵士音乐。他已经忘记自己是在避难的生活中，什么军队、荣辱，全都抛到九霄云外了。

金玉梅就在他被音乐陶醉的时刻，拿着盘子来收碗盏了。她走到门口听到一种优美的声音，非常惊奇。她停住脚，四下张望，什么也没看见。她索性不动，静静地听着。

何成俊突然发现她站在门口，便拿着收音机迎上前去，高兴地说：

"你高兴听音乐吗？"

"你这是什么玩意儿？"金玉梅好奇地问。

"这是美国造的一种新式收音机，"何成俊回答，"如果你高兴听京戏，也可以收到。"

"真的吗？"金玉梅高兴得几乎跳起来。

"你不信，我来拨给你听。"

何成俊回到躺椅上，对着灯光，便拨到京戏的波长了。

金玉梅已经着了迷，便从桌子旁边，移过来一张方凳，坐下了。

收音机里放出来的京戏，正是梅兰芳唱的《霸王别姬》。不但唱腔优美，而且咬字也非常清晰。听到那种声音，就想到楚霸王被围的凄凉情景。

金玉梅对音乐一点也听不懂；可是她听到京戏，一边听，一边合着拍子。她不由地轻声哼唱起来。

"想不到你还有这一手。"

何成俊乘着她高兴得忘乎所以的时刻，便轻轻地伸过手去，搂着她的腰，靠近她身边说：

"你说梅兰芳唱得好吗？"

"不要动手动脚，规规矩矩听吧。"金玉梅推开他的手说，"你听，虞姬就要舞剑了。"

"我们这里有霸王，可惜没有虞姬。"何成俊挑逗地说。

"虞姬到了这种地步，也就够痛苦了。"金玉梅开玩笑地回答。

何成俊象发了疯似的一把抱住她，轻声地说：

"你就做我的虞姬。"

"你疯了，让他看见，就没得命。"

金玉梅挣脱他的手，象旋风似的飞走了。

十七

深夜，丁秀芬被隆隆的炮声惊醒，感到自己得救了。

她好象被抛弃在深出丛林里的孤儿，时刻感受死亡的威胁，突然听到亲人的召唤，激动得流出眼泪来了。世界上还有什么比在死亡线上得到援救更为幸福的呢？每一阵炮声，就给她增添一分希望。

主力部队毕竟是老百姓的靠山。总是在我们处在困难的时刻，他们回来了。她倾听着炮声，想起在鬼头街围歼敌人的情景：战士们在炮火连天声中，前赴后继地奋勇向前。很奇怪，子弹从头顶、身旁呼啸而过，他们一点不感到危险，只想到夺取胜利。从那次以后，她才切身体验到什么叫做勇敢；勇敢就是一心为着战斗的胜利。

"季刚是不是回到了前线呢？"

她陷在这间黑暗的监牢里，只有用生命和敌人进行面对面的斗争。现在这班强盗终于逃不脱人民解放军的惩罚。也许明天早上，解放军跑来把牢门打开，她将是多么幸福啊！如果敌人在垂死前对她下毒手，他们的下场一定更悲惨。她的牺牲也就获得了最高的代价，还有什么不值得呢！

她兴奋得合不上眼，凝视着眼前的黑暗，独自微笑。不久，炮声渐渐稀少，以至最后听不到声音了。她怀疑自己是不是在做梦。不，她分明感到墙壁在震动，哪会是做梦。但为什么这时又听不到炮声了呢？难道战斗就这么快结束了？

她怀着疑虑而急迫的心情，期待解放军，期待天明。但是第二天早晨，仍然是那个瘦老头送饭来。所不同的是，铝桶放在门口，叫她自己提进来；而且外边增加了一个看守兵。她估计战斗并没有结束。泰兴城，不是头一晚上也没有攻，到第二天才打进去吗？她想起季刚多次对她说，他们决不打无准备之仗，也不打无把握之仗。解放军既然已经向敌人开炮，就不会轻易撤退。何况这是主力部队，不是游击队，打打就走。她把希望寄托在天黑。

她感到这一天比平常特别沉闷，也特别长。人在梦中什么也不觉得；可是醒着面对黑暗的现实，总希望冲出这黑暗的囚笼。她看到从墙洞里射进来一面象圆镜的阳光，又从地上移到东面墙上。啊！太阳已经西斜了。

突然，牢房门"哗哒"一声，敞开了。接着，看守兵大声喊道：

"丁秀芬，出来！"

她挺着胸脯走出去。

"你里面还有东西吗？"看守兵问。

"我一切都在身上。"丁秀芬回答。

"那么，你跟我走吧。"

一个挂盒子枪的勤务兵催促她走了。

丁秀芬很惊奇：既不象放她走，又不象押出去枪毙，让她自由地跟着勤务兵在街上行走。她跨前一步，问道：

"老总，你把我带到哪里去？"

"送你到季会长家里。"勤务兵老实告诉她。

丁秀芬知道已经释放了。她经过南街，既看不到老百姓，也看不到蒋军的官兵，好象经过洗劫的大家庭，变得空空洞洞。突然，她发现从一家店铺的窗口上探出一个头望着她，好象很面熟。待她仔细回头看时，又不见了。

不久，她跟着勤务兵走进季盛然的大门了。她一眼看到大厅上的四盏宫灯，就引起她强烈的反感。她一生中就讨厌和这些财主人家打交道，今天又偏偏跑到这里来了。

季盛然早已在大厅上等候。他并不认识丁秀芬，看到挂盒子枪的勤务兵后面跟着一个年青的女人，心里已经有数；便迎上前来，对勤务兵说：

"请你回去，让她留下来。"

丁秀芬过去没有和季盛然打过交道，但她知道他是镇上的老狐狸。他大概是看到主力部队回来了，又要出面做好人。她有意不理睬他，若无其事地站在那里。

季盛然送走勤务兵，回转头来对丁秀芬说：

"你就是丁同志吧？为了营救你，商会里花的钱可不少啦！"

"我又不是什么资本家的女儿，谁叫你花钱？"丁秀芬不以为然地回答。

"你当然不在乎；可是民主政府要我营救你，我不得不这样做。"季盛然说，"不过你已经安全出来，我也算有个交代，也就不在乎一点钱了。"

"这个，我不认帐。"丁秀芬坚决地说。

"当然不要你认帐，"季盛然客气地说，"你暂时就在我家里住下吧。"

"不，我家离黄桥很近，不打扰你啦。"丁秀芬明白地回答。

"镇上今天戒严，恐怕出不去。"

"我镇上还有亲戚。"

"既然这样，我也就不留你。"

丁秀芬好象怕别人知道她和季盛然有往来，影响不好，不愿和他多搭腔，很快就出来了。其实，她在镇上并没有亲戚，又怕碰到坏人，很想立即回家。她穿过一条横街，就朝黄桥北关走去。

她走过一座牌坊，陡然想起那天夜里提她去审问的恐怖情景，不由地义愤填膺。如果抓住王老四，定要开群众大会审判他。

林琴瑶就在她想得出神的一刹那，从后面追上来了。她听到她家的用人张妈告诉她，季盛然已经把丁秀芬保出来，立即跑来看她。没有想到这么快，她就从季家出来了。

丁秀芬和林琴瑶毕竟共过患难，一见面就感到分外亲切。林琴瑶把她家里的变化对丁秀芬讲完以后，就把她带到自己家里去了。

丁秀芬非常惊奇：她在牢房里还没有住上一个月，黄桥已经发生天翻地覆的变化。严子才的一家，死的死，走的走，被捕的被捕。特别使她奇怪的，是严子才的女人也会念阿弥陀佛。严子强落得自己吃官司的下场。国民党军队垮得这么快。难怪季盛然出来做好人，把她保出来。原来，他是以保她做资本，讨好人民政府。一有机会，她定要揭穿他这个底。照这种情形，王老四可能还在镇上。如果主力部队回来，定要好好搜查，揪出他来示众。她说：

"阿琴，你知道王老四还在镇上吗？"

"我们出来的时候，他还在镇上。"林琴瑶说，"这两天没有看见他。"

357

"你可知道，我这次受的苦，就是他搞的鬼。"丁秀芬说。

"你怎么晓得？"林琴瑶表示怀疑，"我们这次被放出来，听张妈说，倒是他帮的忙。"

"他和你们没有仇，"丁秀芬说，"我们不除掉他，终究是一个祸根。"

"我不知道他住的地方，"林琴瑶说，"明天去打听打听再说。"

丁秀芬听她的口气，不是那么很坚决，估计她有顾虑，便改变话题说：

"家珍走了，你一个人在家里干些什里？"

"一天到晚，还不是洗洗弄弄。"林琴瑶回答。

"你晚上听到炮声吗？"丁秀芬说，"解放军说不定明天就要回到镇上来了。你还呆在家里有什里趣味？"

"我不能跟你比，"林琴瑶托词回答，"我身边还有个小的。"

"孩子已经大了，又不要你喂奶。"

"我一不会打仗，二不会行医，如果到军队去，不是变成一个累赘？"林琴瑶解释道，"我留在镇上，也许还能帮你们做点什么。"

丁秀芬估计她没有革命的要求，更谈不到决心，要动员她离开家庭，放弃这种安逸的生活，恐怕谈不到。但觉得她留在家里，虚度一生，又实在为她惋惜。因为话不投机，她吃罢晚饭，就跑到严家珍留下的空床上休息去了。

她仰躺在床上望着天黑，倾听着屋外的动静。很奇怪：不仅没有听到炮声，而且连枪声也没有听见。她一直听着，听着，不由地迷迷糊糊合上眼睡着了。

第二天，一清早，她被一阵鞭炮声所惊醒，感觉外面人马奔腾，整个镇市在咆哮，立即从床上爬起来。

林琴瑶兴奋地跑进来，大声喊道：

"敌人已经投降了！"

丁秀芬什么话也没有说，抓住林琴瑶的手，发狂似的奔到街头上去了。

十八

晚上，季盛然象一位长途跋涉的旅人，经过许多艰难险阻，终于平安地回到家里；他平心静气地在躺椅上躺下了。

他的卧室并不华丽，而且古旧。但有一张宽阔的铜床。四方的蚊帐挂得高高的；床上铺着一床米色的簟席。房间的正中，挂着一幅长而厚的白色风帘。他躺在躺椅上，经常让金玉梅坐在他身旁，一面拉风帘，一面聊天。

今天是例外，他让金玉梅招待何某人吃晚饭去了。本来，他打算自己去陪陪他，可是奔波了一天，实在劳累不堪。何况何某人已经是一位避难者，不去陪他，也不算怠慢。同时，他这时的心绪也不见得很舒畅，谈起来也索然无味。不如让金玉梅敷衍他一下，更为合式。

他觉得最近这个时期，真是在夹攻中奋斗。现在，他已经除掉严子强，救出了丁秀芬。何成俊又在他的庇护下讨生活，算是左右开弓，各显神通。哪一面都不得罪，总可以坐享其成了。

金玉梅就在他这种得意的心境下，来到他身旁了。她看到房间里很黑，还没有点灯，便娇声地说：

"我不在房里，不好叫别人点个灯。"

"我就是在等着你。"季盛然满意地笑着回答。

"你以后这种无聊的差遣，最好派别人去做。"金玉梅有意对他撒娇地说。

"怎么样？派你去招待这样一位达官，难道辱没了你？"季盛然说。

金玉梅完全摸透了他的性格，只要她表示不高兴，就可以取得他的让步。本来，她对这种招待，并不很感兴趣；刚才和他一接触，这位所谓达官，已经对她有意思。她却爱上他那个玩意儿。如果她能取得季盛然的同意，把何某人那个东西弄到手，也就不枉做这一番招待。她说：

"你知道他是一位什么贵人？"

"人家一位堂堂的处长，总比你尊贵些。"季盛然回答。

"呸！"金玉梅轻视地说，"你以为他真是如你想的那样尊贵吗？刚才，我去收碗盏，他正在玩一个很小很小的收音机。只有手掌那么大的一点点，能听到南京的京戏。"

"这是一种新式的收音机。"季盛然很兴奋地说。

"我因为好奇，请他让我听听，"金玉梅生气地说，"他看到旁边没有人，就向我动手动脚。你说他算什么达官？"

"他也许和你开玩笑。你不要把这种事看得太认真，"季盛然开导她说，"你不好向他借来，让我们一起听听。"

金玉梅看他并不生气，有意卖弄地说：

"明天，我可不去招待他了。"

"你这可不能使性子，"季盛然认真地说，"明天，新四军就要来了，你弄出乱子来了，这不要我的命。"

"依你这样说，我可听任他胡调。"金玉梅带气地说。

"你敷衍他明天一上午，"季盛然说，"下午，找条船把他送走。"

"你说他身边带着那种玩意儿，一旦检查出来，你我还有没有命？"金玉梅提醒他说。

"你这话倒是真的，"季盛然说，"你可以劝他暂时保存在我们这里。"

"请他送给我好不好？"金玉梅说。

"要是他乐意，当然最好。"季盛然表示同意，"不过不要以为你乘人之危，给人一个不好的印象。"

"如果这样，就是他送给我，我也不要。"

"这就看你交际的本领，"季盛然说，"不过有一条，你得遵守：不要泄漏秘密。"

"如果明天新四军万一来搜查，怎么办？"金玉梅问。

"你把他带到地下室躲一躲,让我在外面应付。"季盛然回答。

"那么,好吧。我去给你端晚饭来。"

金玉梅看到季盛然已经对她让步,高兴地出去了。

第二天清早,金玉梅被外边的鞭炮和锣鼓声惊醒了。

她估计新四军已经进镇了。本来,她对于季盛然把何某人带到家里来,并不认为是什么了不起的大事。可是一想到万一被搜查出来,不要说何某人没得命,他们也得跟着倾家荡产,她感到恐慌起来。不过她家的地下室,是请外面的人来修的,镇上没有人知道。只要隐藏得好,不会有多大问题。她想起姓何的昨晚上对她那种轻薄劲儿,应当对他施点手腕,叫他拜倒在她的裙下,让他光杆儿离开这里,算是给他一点教训。

突然,女仆在外边紧急地叩门。她从床上坐起来,问道:

"什么事?"

"三太太,不好了,"女仆惊慌地回答,"新四军已经搜查到隔壁人家了。"

她立即转身推醒季胡子,说:

"你听见吗?外面已经在搜查啦!"

"你赶快到东院去,把他带走。"

季盛然慌慌张张地爬了起来。

金玉梅穿好衣服,用手把头发理了一下,就急匆匆地跑到东院去了。

何成俊也早已被锣鼓声吵醒,但他很安静,好象睡在自己家里一样。他懂得季盛然敢担这个风险,把他留下来,自然有十分把握;不然,他还能把自己的生命和产业当儿戏。因此,他抱着既来之则安之的思想,毫不惊慌。特别是他昨晚上接触过季家的女人,觉得对这间房子特别有好感。他没有料到在避难中还有这种艳遇,真是不幸之中的幸运。

金玉梅就在他想得出神的时刻,紧急地叩门了。她唯恐他没有睡醒,把门打得砰砰地响。何成俊听声音不对,立即从床上滚起来,没有披上外衣,就把门打开了。

361

金玉梅神色仓皇地关上门,说道:

"不好了,已经来搜查啦!"

何成俊顿然脸色发青,不由地一脚跌在地上,央求道:

"季太太,请救救我。"

"这时候,不救你,我们也没得命,"金玉梅紧张地说,"你有什么东西,统统带走!"

"到哪去?"何成俊惊慌地问。

"你不要问,跟我来就得了。"

金玉梅打开通后面的一扇门,等何成俊进去,又反手把门关上了。她走到靠墙壁的一个方柜子跟前,开开锁,把两扇柜门掀开。说:

"我先从这里面下去,你跟着下来,随后把柜门关上。"

她是熟路。一脚伸进去,就踏上扶梯。很快,整个身子就落进去了。她一边说:

"你把提包给我。脚踏住扶梯就没事了。"

何成俊跟着把脚伸进去,立即被她拉着他的脚踏上扶梯了。他小心翼翼地一步一步落下去。当他踩着地上的泥土,象在墨水里打滚,漆黑一团,便恐慌地叫道:

"季太太,你在什么地方?"

"我就在这里。"

金玉梅抓住他的手,象带瞎子似的领着他向前走去。

"这么黑,走到哪去?"何成俊胆怯地问。

"你站在这里,不要动,我去把灯点起来。"

金玉梅很快就从墙洞里摸到火柴,把油灯点亮了。

这是一间宽敞而阴凉的地下室。有柜子、椅子,还有一个又宽又长的土炕;上面铺着凉席,幽静而舒适。

何成俊真有一种柳暗花明又一村的感觉。刚才,他那种恐怖的情绪,顿然消失了。他兴奋地说:

"你们这个地方,真是一个保险箱。"

"你还害怕吗？"金玉梅搭讪地问。

"象你这样照顾我，什么也不怕了。"何成俊真诚地说。

"你昨晚上那个宝贝，带来吗？"金玉梅问。

"这里是地下室，没有天线，听不清楚。"何成俊回答。

"你带着这个玩意儿，如果被检查出来，怎么办？"金玉梅说。

何成俊本来没有想到这一层，经她一提醒，倒觉得是一个问题。不过他目前所担心的是生命的安全，并不在乎这些玩意儿。他说：

"只要你们安全地送我出去，这种玩意儿，我就留给你做个纪念。"

"这象什么话？"金玉梅说，"还以为我们乘你处境困难的时候，敲你的竹杠。"

"你这就说得太见外了，"何成俊诚恳地说，"你们这样关怀我生命的安全，这是用什么金钱也买不到的情义。"

"我们既然把你留下来，就有责任送你出去。"金玉梅安慰他说。

"你怎么想到把我带到这里来？"何成俊高兴地问。

"要不是你这样的贵客，我们是不肯轻易泄漏这个秘密。"金玉梅有意抬高他的身价。

"我碰上你这样一位贤惠太太，真是死里逢生。"何成俊恭维地说。

"你不怕我出卖你？"金玉梅开玩笑地说。

"你要是存心害我，不会这么一大早，亲自领我到这样一个秘密的洞房里来。"何成俊有意挑逗她说。

"你已经跑不掉，我就去报告你。"金玉梅带笑地站立起来。

何成俊唯恐她真的跑出去报告，便紧紧地抱住她，低声地说：

"你的心真有这样狠毒吗？"

金玉梅举起手似乎预备打他，却无意把旁边的油灯打翻在地了。

他们完全堕入黑暗的深渊，看不见身外的一切，只听到彼此低低的笑声。

季盛然却在外面受了一场虚惊。

实际上，并不是什么挨家挨户搜查，而是部队民运工作队的几个女同志来调查户口。他把家里的花名册交出去核对，知道他是商会会长，她们很快就走了。

黄桥区委书记马骏随后跟着进来了。

季盛然感到一阵惊喜。凭着他和新四军打交道的经验，他知道愈是上层负责人愈讲道理。特别是马书记，是一位政策水平很高的领导干部，一切都按政策办事。他猜想马书记是因为他救了丁秀芬，特地来拜访他的。他和马书记寒暄了几句，便请他到客厅里去喝茶。

马骏并不如他所想象的那么随和。他一到镇上，就有人揭发季盛然摊慰劳捐摊得太重，要和他算帐。他说：

"季会长，群众已经告发你。"

季盛然被这当头一棒，几乎吓昏了。他以为告发他窝藏了坏人，连忙支支吾吾地回答：

"兄弟并没有破坏政府法令。"

"你把慰劳捐都摊到老百姓头上，"马骏严厉地说，"当然引起民愤。"

季盛然听到说是慰劳捐，便随机应变地说：

"报告马书记，我也有我的苦处。我为了营救丁同志，不得不拍国民党这些混子的马屁。"

"你帮助我们救人是好事，"马骏说，"叫老百姓受罪，是极大的错误。"

"马书记的教导，有理，有理。"季盛然连忙认错。

"不过，你已经引起民愤，就要向老百姓低头认错，"马骏带着训斥的口气说，"不然，我们也不好替你圆场。"

"是、是、是。"季盛然连连点头。

马骏对他打了一个招呼，连坐都没有坐就走了。

季盛然碰了这一鼻子灰，扫兴得很。不过东院里藏着一个祸害，还没有人察觉，算是万幸。他觉得做人真难。应付了这一面，又得罪了那一方面。要做到四平八稳，真是谈何容易。他精神沮丧地回到房间里，躺在椅子上，象吃了一剂苦药，心里非常不舒服。

金玉梅就在这时回到他身边了。本来，她满载而归，满脑子的高兴；一看到季盛然象死人那样躺在那里，便吓了一跳。她靠近他跟前说：

"你怎么啦？脸色这么难看，出了什么事？"

"没有什么，受了点小闲气。"季盛然有气无力地回答。

"不要生气，我给你一个好东西玩。"

金玉梅已经在地下室学会了开半导体收音机的开关，一拨就拨到梅兰芳唱《凤还巢》的波频。声音非常清晰、悦耳。

季盛然高兴地坐起来了。他说：

"姓何的肯送给你吗？"

"他不仅送我这个，还送你一件好宝贝。"

金玉梅从怀里掏出一支手枪，向他瞄准。

季盛然真是喜出望外。他多年想弄没有弄到手，没有想到她无意中替他搞来了。他夸奖她说：

"你真有本事！"

"你知道这位大人，是什么货色？"金玉梅得意地说，"我跑去告诉他，有人来搜查。你想，他怎么样？一脚跪在我跟前，请救命啰。"

"这些混子，太没有出息，"季盛然鄙薄地说，"难怪吃败仗。"

"你倒不要这样瞧不起他，"金玉梅为他辩解说，"他倒顶重情义。我不受他的礼物，他还以为我不赏他的脸。"

"他还有什么贵重的东西？"季盛然贪婪地说，"如象金条这种东西，带在身边，一旦被检查出来，也不得了。"

"这怎么好去问他。"金玉梅觉得有些过分，"你自己对他去说吧。"

"我们男子汉大丈夫，怎么好去谈这些事。"季盛然说。

"他下午就要走，哪有时间跟他谈。"

"外边风声很紧，你劝他躲过这阵风，我保证安全地送他出去。"

"我为你效劳，你给我什么谢礼？"

"如果弄到金条，就做你的私房。"

"你这话可当真？"

"我什么时候哄骗过你。"

金玉梅快活得跳起来，两手捧住他干瘪的脸，亲了一亲，象燕子般飞出去了。

十九

何克礼听到解放军进了黄桥镇，就象老鼠听到猫儿的声音，浑身酥软了。

前天夜里，当他最初听到炮声时，一直睡不着。如果解放军回来，他到哪里去呢？他埋怨他的母亲：第一次受严子才女人的骗，使他落到还乡团手里，几乎不得脱身。当他脱出严子强的掌握，她又把他套上王老四的圈套。如今象失脚落水的人，他已经沾满一身的污泥，洗也洗不干净。

怎么办呢？

他特别放不下心的，是带人去抓过丁秀芬，已经结下血海深仇。解放军一来，定会找他算帐。如果落到丁秀芬手里，不是死，也得吃十年官司。他感觉自己已经没有什么前途，倒不如死了的好。不过他死了，母亲又怎么办？他们何家的烟火就到他这里熄灭了。他不由地落下痛苦的眼泪。

不久，炮声停了。街上又没有什么动静。他估计解放军可能撤走了。不然，怎么经过那样一阵激烈的炮声，又没有一点声音呢？他想着，模模糊糊地睡着了。

第二天，他早上起来，好象生了一场病似的，精神萎靡，走路都没得劲。他的母亲看到他这样神情沮丧，忧愁地问道：

"克礼，你什么地方不舒服？"

何克礼第一次对她感到厌烦。过去，他一直把她看作自己的生命，好象他到这个世界上来，就是为她而活着。经过昨晚上的思虑，联想到过去他听到的一些流言蜚语，也怀疑他母亲和王老四的关系。以前，他认为是一班无耻之徒，有意玷污他母亲的清白，全不记在心上。现在看来，她对王老四这般低声下气，就觉得里面有问题。这一来，他听到她的声音就反感，他不耐烦地回答：

"你不要管，最好让我死掉。"

何克礼妈看到儿子对她发这种态度，感到很痛苦。她身上只有这一块肉，没有他，怎能活下去呢？她低声地说：

"孩子，妈又没有得罪你，怎么对我发这种态度？"

"你看我现在弄成什么样子？"何克礼哭丧着脸说，"解放军来了，看怎么办？"

"你看到解放军在哪里？"

"你没有耳朵，昨晚上的炮声多激烈！"

"他们早已撤走了。不然，街上有这样安静。"

何克礼觉得自己对母亲的态度，有些过分，也就不作声了。千错万错，还是自己的错。他如果不去想和严家珍攀亲，什么事也没有了。特别是他在河下街见到严家珍，被她那样奚落，恨不得挖个洞，钻到地底下去。如今她已逃走，他的一切幻想都已破灭了。

他洗了脸，准备去吃早饭，在大厅上碰上他姨父，照例说一声：

"姨父，早晨好！"

张积成慢慢地抽着水烟，爱理不理地说：

"克礼，昨晚上你听到炮声吗？"

"听到了。"何克礼简单地回答。

"你们应当考虑考虑，再呆在我家里，不见得很安全吧？"

何克礼听他这么一说，再呆下去也太没有意思了。可是乡下已经回不去，上泰州吗，只有喝西北风。他完全处于孤立无援的境地。他跑回房里伏在床上呜呜地哭泣了。

何克礼妈并不知道张积成已经下了逐客令，看到儿子早饭不吃，哭得这样伤心，不知出了什么乱子。她安慰他说：

"孩子，你有什么事，跟妈说，哭有什么用？"

"你不知道，张积成已经对我们下逐客令了。"何克礼痛苦地回答。

"有这种事吗？岂有此理！"何克礼妈感到十分气忿，"当初，他把我留下来。如今过河拆桥。我倒要去问他是什么道理。"

她走到门口又迟疑了。如果当面和张积成吵翻了，他们母子一时又到哪里去安身？不如先找表姊谈谈，摸摸底，再作打算。

其实，张积成的妻子对她母子俩早已厌烦了。住了她家的房子倒事小，还每天三餐吃在她家里，好象她家欠了他们母子的债似的满不在乎。她昨晚上听到炮声，就在床上和张积成大吵；并且用一种威胁的口气说：

"你再把这几个祸根留在家里，我明天就搬出去。"

本来，张积成还有一个打算，和王子美合伙想法把黄桥的税收权弄过来，如今形势这么吃紧，也就不得不对何克礼母子下逐客令了。

何克礼妈来到表姊的房间里，喊了一声：

"阿姐。"

张积成的妻子正在摺衣服，头也不抬起来，装作没有听见。她有意给她一点颜色看，让她自己心里有数，快点离开。

何克礼妈已经冷了半截，又不好意思退出来，只得厚着脸皮迎上前去，说：

"阿姐，姐夫说要我们另找地方……。"

"你昨晚上听到打炮吗？"张积成的妻子抬起头来说，"如果新四军来了，你们抓了去事小，我一家人怎么办？"

何克礼妈气得一句话也说不出来。本来，她是一个怕惹是非的人，如今逼得她无路可走，只有去和王老四算帐。她想起年青的时候，让他玷污了自己的清白；如今人快要进棺材，还被他出卖，只好和他拼了这条老命。她怒气冲冲地走了。

王老四昨晚上听到炮声,也一夜没有好睡。他想得更多更远。本来,他有一场好梦:接任区长以后,准备向柳如眉租一幢房子,建立一个临时公馆。第一步,和她做一个邻居,取得和她接近的机会。如果看准她实在不耐寂寞,下一步就设法取得她的欢心,取严子才而代之。他也就称心满意了。不料一声炮响,全都毁灭了。如果新四军打回黄桥,逃都来不及了。他的一点动产,几年来逃亡在外,已经吃光用光,再这样下去,全家都得拿着碗去向人要饭。至于何克礼母子,他根本没有放在心上。

何克礼妈就在他这种灰冷的心情下,走进王子美的房间里来了。最初,他还以为她来替他整理床铺,站起来,准备到外面去;可是何克礼妈一把拉住他说:

"阿四,你不能这样黑良心,过河拆桥啊。"

王子美感到很突然。本来,他自己满腹愁绪,没处消遣,她又闯进来说这种气人的话,更叫他着恼。他说:

"一大早,你说这种话,是什么意思?"

"最初,你要克礼留下来,嘴巴比蜜还要甜。"何克礼妈说,"如今看局势不妙,就来撵我们走。"

"你这说到哪去了?"王子美感到很窘迫,"我自己也是寄人篱下,没落脚处,哪谈得上撵你们。"

"你不撵,张积成夫妇可对我们下了逐客令。"

王子美懂得事情不妙,不打算和她吵闹,怕闹出乱子来。他懂得她吃软不吃硬,便婉言对她说:

"阿春,你有困难,我和你的处境一样,也有困难。我们这时候,只能同舟共济,一起来想办法,不能对吵。"

何克礼妈听他这么一说,心又软下来了。的确,和他对吵,又有什么用呢?不如和他好好商量。她说:

"阿四,你不记我们的旧情,看在春平的面上,也替我们孤儿寡妇找条出路。"

"你不能急,"王子美冷静地说,"只要能逃出黄桥,我总归给你想办法。"

何克礼妈觉得他的处境也很困难,逼他又有什么用呢?如果他能带他们上泰州,让克礼有个去处,她就是给他家里做用人也甘愿。这一来,她的一肚子怨气,顿然消失了。

何克礼躺在床上想来想去,感到无路可走,唯一的办法,跑回去向马书记请罪。不过他就这样跑回去,还以为他另有企图,又犹豫了。

何克礼妈回到房间里,他还象死人一样躺在床上,觉得不对劲。年青人怎么这样没有志气?碰了一点钉子,就垂头丧气。她鼓励他说:

"克礼,天无绝人之路,总会想出办法来的,不要这样丧气。"

"现在已经到了山穷水尽的地步,还有什么办法?"何克礼悲观地回答。

"我刚才去找阿四叔,他答应给我们想办法。"

"他已经是泥菩萨过江,自身难保。"

"你不能这么说,"何克礼妈辩解道,"如果我们能跟他逃到泰州,只要他能给你找个去处,我就是给他家做女工,也甘愿。"

何克礼听到母亲说出这种糟蹋自己的话,心火直冒。他说:

"你要跟他去,你去,我要走自己的路。"

"我把你养到这么大,你打算甩了我,一个人走?"

"你要跟阿四走,让我去丢脸。"

"话说清楚,我丢你什么脸?"何克礼妈心虚嘴硬,"我东奔西走,无非为了你。你说我丢了你的脸,我今天就去死。"

何克礼听他妈这么一说,又吓住了。他哪里想甩掉她,只是她要跟阿四去,他受不了。他劝说道:

"妈,你也想想,你这一辈子受阿四的罪也受够了,如今这么大年纪,还要跟他去,叫我怎么去见人?"

她被何克礼的话刺痛了心,痛苦和悔恨一起涌上心头。她不由地倒在床上,呜呜地哭泣了。

何克礼在过去，他会跪在她身旁求饶，这时，他毫无这种念头，一声不响地跑出去了。他跑到街上，街上冷冷清清。最初，他还以为中央军撤走了；后来，他看到河那边还有一个哨兵，又心定了。

他没有料到一晚上睡下去，太太平平；突然被一阵强烈的鞭炮声惊醒了。他以为是什么人家做喜事，连忙穿上衣服跑出去看热闹。当他看到满街贴着欢迎解放军的标语，眼前一片昏黑，几乎昏倒了。

天呀！解放军从哪来的呢？

他丧魂落魄似的跑回来，迎头碰上张积成，连忙哀求道：

"姨父，请救命呀！"

"你还不赶快躲起来，"张积成喝斥道，"你妈他们在阁楼上，赶快上去！"

何克礼爬上阁楼，看到母亲和王老四偎依在一起，不由地感受到莫大的侮辱。他正想伸出手给王老四一拳头，民兵已经到楼下搜查了。他感到大势已去，要逃也逃不掉，便从阁楼上跑下去，大声喊道：

"王老四在这里。"

何克礼妈顿然昏倒在王老四的身边了。

二十

黄桥，英雄的黄桥。经受种种苦难，又在敌人的黑暗统治下胜利地站起来了，——这是人民战争的胜利；这是光辉的毛泽东军事思想的胜利。

人们在胜利的欢乐中，从大街小巷里象潮水般地涌到街头。鞭炮象密集的炮声，震撼着大地。胜利的歌声，响彻云霄。他们盼望的解放军，终于胜利地归来了。

黄桥中学的钟楼上竖起了一面白旗，象征蒋家王朝在黄桥的黑暗统治覆灭了。国民党九十九旅特务营的官兵全都放下武器，象一群绵羊集中在黄桥中学的操场上，等待受降。

老虎团整个部队雄赳赳地开进黄桥镇。街道两旁的群众敲锣打鼓，热烈地欢迎。战士们好象回到自己的家里，望着老乡们频频点头微笑。老乡们不断地报以热烈的掌声，高呼：

"中国人民解放军万岁！"

"中国共产党万岁！"

团长饶勇就在人们夹道欢呼声中，出现在黄桥的大街上。他和政治委员陈俊杰并肩地走着，感到格外兴奋。他们没有想到在分界这次偶然的遭遇战中，歼灭了九十九旅的主力；黄桥镇上的敌人，竟在一阵炮火的威胁下，屈膝投降了。

丁秀芬发现他们两个人在队伍中频频向老百姓点头，一个快步跑上去，抓住饶勇的手，激动地说：

"报告首长！我已经胜利归来了。"

饶勇已经不认识她。站在旁边的陈俊杰，却认出她是季刚的妻子，高兴地回答：

"你好！我们今天在胜利中会合了！"

"啊！你是丁秀芬同志，"饶勇顿然想起来了，"我们这次胜利是很大的；可惜美中不足，季刚又负伤到医院去了。"

丁秀芬脸色一沉；但为了抑制感情的激动，很平静地说：

"我以为他还在后方医院。"

"不过你要懂得，季刚在前线奋勇作战，对你在监牢里的斗争，是直接的援助。"饶勇安慰她说。

"这是全体同志的功劳。"丁秀芬回答。

"那么，请你去找找区委的同志来谈谈。"陈俊杰说。

他们继续向前走了。

团部又以严子才的住宅为中心布置宿营地。

两个月以后的严家，完全变了样：门前杂草丛生。院子里的白鸽都已经飞走了。花台上的花草枯萎了。池子里的金鱼也不见了。严子才的遗像供奉在神龛上，寂寞而冷静。

　　饶勇跨进严家的大门，好象走进一座古庙里，感到特别冷落。最初，他还以为他们搬了家，直到他看到严子才的遗像，知道他已经去世了。他派警卫员去请他家的姑娘，说早已离开家庭到乡下去了。他不由地想到，严子才这个地主家庭已经完全崩溃了。一个阶级已经腐朽，不管它的军队有多么精良的武器，也是注定要失败的。

　　丁秀芬在街上找了一阵没有看到区委的同志，跑回来看到饶团长也住在严子才的家里，感到很奇怪。她说：

　　"首长，你怎么也住到这里？"

　　"你知道，他家的姑娘，是我们的军属。"饶勇开玩笑地说，"你知道严子才怎么死的？"

　　丁秀芬随即把她从林琴瑶那里听来的情况详细地告诉了他。她说：

　　"国民党的军队真是腐败到了极点，士兵在前方打仗，军官在后方寻欢作乐，哪有不吃败仗哩！"

　　"你懂吗，这就是阶级斗争在战争中的反映。"

　　饶勇正说着，陈俊杰来邀请他去参加受降仪式了。

　　他们刚走出大门，迎面望见区委的马骏和陈静华朝他们走过来了。

　　丁秀芬跑上前去，一把抱住陈静华，激动地说：

　　"我刚才跑遍了大街，没有找到你们。"

　　"我们正在发动群众，锄奸反霸。"陈静华兴奋地说，"你可知道，你们庄上的王老四，已经被我们抓到了。"

　　丁秀芬连连拍手称快。她高兴地喊道：

　　"想不到王老四终于轮到我们来审判了。"

　　"你们两位女英雄，去不去参加受降仪式？"饶勇喊道，"来日方长，有话慢慢谈。"

　　陈静华望见陈俊杰，立刻回想起那天和他在黄桥告别的话：先打狼后顾家。如今完全证实他的话是真理。她走过去握着他的手，高兴地说：

"想不到主力部队回来得这么快！"

"这是你们坚持敌后斗争的胜利。"陈俊杰鼓励她说。

"一切应当归功于主力部队打胜仗。"陈静华回答。

"一切应当归功于毛主席的军事路线的胜利。"陈俊杰明确地说道。

"赶快走吧。"饶勇催促着，"回头再谈。"

受降仪式，布置在黄桥中学的操场上。

我们的队伍整整齐齐地排列在两旁，气势轩昂。将近八百名的敌人，排列成横队，站在操场的正中。士兵的军帽，所有的帽檐一律都向后。胸章全都取下了。轻重武器，支成三脚架，排列在队伍前面。所有敌人的士兵，无精打采地站在那里一声不响。

当饶团长带着一大批人进入操场，值班参谋发出尖锐而清脆的口令：

"立——正！"

全场肃然无声。所有的目光都集中注视着饶团长的动作。敌人的士兵并不懂得放下武器以后，自己的命运如何；脑子里仍然充满着恐惧与对立情绪。可是谁都不敢乱动。

饶勇走上前去，向投降的士兵宣布道：

"你们已经放下武器，就不再是我们的敌人。"接着他喊一声，"稍息！"

紧张的空气骤然缓和下来。

"你们应当仔细想想，"饶勇继续说道，"你们的武器，实际上比我们好，人马也比我们多，为什么还打败仗？千错万错，你们把千百万老百姓当作敌人，是最大的错。你们侵犯人民的利益，陷入人民汪洋大海的包围中，怎么能逃脱灭亡的命运？"

被俘虏的士兵和军官都低着头，静静地听着。

"你们凡是愿意留在我们这里的，向前五步走，"饶勇最后说道，"不愿意留下的，站着不要动！"

一阵哗哗的整齐的步伐，向前跨进五步。

留在后面的几十个人，零乱而孤单。他们明知没有去处，但又没有决心跨前一步。

饶勇命令值班参谋把出列的士兵带开；再把留下的一班人集中在一起，说：

"你们不愿意留下来，我们发给你们路费，送你们出境。不过你们应当吸取教训。停止内战，实现和平，才有前途。不然，你们最后的下场，将比今天更为悲惨！"末了，饶勇提高嗓门说：

"你们听懂我的意思吗？"

"听懂了。"一批俘虏军官有气无力地应答。

值班参谋正要把他们带走，丁秀芬跑过来说道：

"报告首长，他们里面有个最坏最坏的情报处长，怎么不见呢？"

"他是一个什么样子？"饶勇问。

"他修着两撇日本式的八字胡须。"

"他也许已经化装，我们回头再追查。"

下午，整个黄桥地区沸腾起来了。

各乡的民兵扛着步枪、土枪、红缨枪，一队队象洪流似的向着黄桥镇前进。人流涌到黄桥中学北面的大桥头，好象一股浪潮，汹涌澎湃。通过桥上哨岗的指挥，逐渐象流水似的流入黄桥中学的大操场。开始只有一点，渐渐扩大成面，最后象一片潮水，充塞整个院墙内，滚滚沸腾起来了。

高高竖起在钟楼顶上的一面大红旗，迎着炽热的阳光，随风飘扬。墙院上贴满了反对内战、保卫和平的红红绿绿的标语，鲜艳夺目。

操场上支起了临时讲台。毛主席的巨幅画像，面对着成千上万的群众，引颈含笑。庆祝黄桥解放大会的红幅布幔，横空招展。

区委书记马骏在军乐和鞭炮声中，宣布庆祝大会开始。人们报以热烈的掌声和欢呼声："中国人民解放军万岁！中国共产党万岁！"

接着，政治委员陈俊杰登上讲台。他最初以和缓的声调说明黄桥解放的重大政治意义，然后，又大声地说道：

"同志们！从我们自己的愿望来说，坚决反对内战，要求和平。敌人以为我们老实可欺，全面发动内战，向我们进攻，我们在苏中战场上，消灭了敌人八个旅，取得了七战七捷的伟大胜利。这是党中央、毛主席英明领导的结果！这是毛主席的军事路线的胜利！这是军民团结一致的胜利！这是人民战争的胜利！"

全场响起了狂风暴雨般的掌声。

陈俊杰列举了无数不可辩驳的事实，证明人民力量的强大，敌人力量的渺小，激发着每一个人的斗争热情和胜利信心。最后，他说：

"同志们！黑暗即将过去，曙光就在前头，高举起战斗的胜利的旗帜，奋勇前进！"

全场又响起了热烈的掌声、欢呼声，象滚滚的浪涛，激烈地浮动着。

随即，两个民兵押着还乡团团长严子强和地主恶霸王子美出现在讲台前面；人群象潮水般涌过去。一个个举起愤怒的拳头，准备揍他们。终于被民兵止住了。

"打倒刽子手严子强！打倒恶霸王子美！"

丁王庄的妇女纷纷登上讲台，控诉严子强和王子美的烧杀抢掠的罪恶。最后，丁秀芬愤怒地控诉了王老四在敌人的特务机关对她施行的种种苦刑，激发了全场群众的仇恨，象火焰般燃烧。台下不断高呼：

"枪毙土匪头子严子强！"

"枪毙恶霸王子美！"

最后，在群情愤激下，严子强和王子美象两条赖皮狗，被拖到院墙外面的空地上，"啪！""啪！"连放两枪，倒在地上，一声不响了。

院墙里面，群众高举起拳头，大声高呼：

"人民战争胜利万岁！"

"中国人民解放军万岁！"

"中国共产党万岁！"

声浪象波涛在空中回荡。人流象海潮般涌动。

（完）